insel taschenbuch 4829
Marie Hermanson
Der Sommer, in dem Einstein verschwand

»Eine gelungene Zeitreise.« *Dagensbok*

Göteborg im Sommer 1923: Zum 300. Gründungsjubiläum findet eine große Ausstellung statt, und über der gesamten Stadt hängt eine magische Atmosphäre der Euphorie und des Umbruchs.

Die junge Journalistin Ellen ergattert ihren ersten Job bei einer Zeitung und kann ihr Glück kaum fassen: Sie wird als Reporterin die Aufregung der Ausstellung einfangen. Als sie eines Nachts eine alarmierende Entdeckung macht, bittet sie den Polizisten Nils Gunnarsson um Hilfe.

Zur gleichen Zeit sitzt Albert Einstein in seinem Berliner Arbeitszimmer. Sein Privatleben steht kopf, seine Finanzen sind miserabel und er erhält Morddrohungen aus rechten Kreisen. Und ausgerechnet jetzt muss er nach Göteborg reisen, um seine Nobelpreisrede zu halten. Doch es gibt ungeahnte Kräfte, die diese Rede um jeden Preis verhindern wollen …

Marie Hermanson, 1956 geboren, lebt in Göteborg und hat etliche Jahre ihres Lebens als Journalistin gearbeitet. Sie debütierte mit einer Sammlung von Erzählungen und erhielt für ihren Roman *Die Schmetterlingsfrau* (1995) den renommierten schwedischen August-Preis. Mit ihrem Roman *Muschelstrand* (1998) gelang ihr der internationale Durchbruch.

Im insel taschenbuch liegen außerdem vor: *Saubere Verhältnisse* (it 4425), *Das unbeschriebene Blatt* (it 4390), *Pilze für Madeleine* (it 4327) und *Himmelstal* (it 4241).

Marie Hermanson
Der Sommer, in dem Einstein verschwand

Roman

Aus dem Schwedischen
von Regine Elsässer

Insel Verlag

Die schwedische Originalausgabe erschien 2018 unter dem Titel
Den stora utställningen bei Albert Bonniers Förlag, Stockholm.

Erste Auflage 2021
insel taschenbuch 4829
© der deutschen Ausgabe Insel Verlag Berlin 2020
© 2018 Marie Hermanson
Alle Rechte vorbehalten, insbesondere das des
öffentlichen Vortrags sowie der Übertragung
durch Rundfunk und Fernsehen, auch einzelner Teile.
Kein Teil des Werkes darf in irgendeiner Form
(durch Fotografie, Mikrofilm oder andere Verfahren)
ohne schriftliche Genehmigung des Verlages reproduziert
oder unter Verwendung elektronischer Systeme verarbeitet,
vervielfältigt oder verbreitet werden.
Vertrieb durch den Suhrkamp Taschenbuch Verlag
Umschlag: hißmann, heilmann, hamburg
Umschlagabbildung: Charlene Precious Co., Toronto, Canada
Satz: Satz-Offizin Hümmer GmbH, Waldbüttelbrunn
Druck: CPI books GmbH, Leck
Printed in Germany
ISBN 978-3-458-68129-8

Der Sommer, in dem Einstein verschwand

OTTO
Mai 2002

Mir ist etwas Eigenartiges passiert.

Meine Erinnerung, die lange Zeit dunkel und stellenweise ganz leer war, ist auf einmal glasklar. Allerdings nicht in Bezug auf die jüngste Vergangenheit; ich suche immer noch ständig meine Brille und schaue auf dem Speiseplan nach, was es zum Mittagessen gibt, obwohl ich es vor drei Minuten schon einmal gelesen habe. Nein, die glasklare Schärfe beschränkt sich auf einen lange zurückliegenden Zeitabschnitt: einen Sommer, als ich dreizehn war und in Göteborg die große Jubiläumsausstellung stattfand.

Einstein sagt, die Zeit ist nicht das, was wir glauben, sie ist etwas ganz anderes. Sie ist nichts Absolutes. Sie ist eine Illusion, ein Zaubertrick für unseren gutgläubigen Blick.

Das habe ich schon immer gewusst. Bella wusste das auch. Alle Tiere wissen das. Sie leben nicht im Gefängnis der Zeit, so wie wir Menschen.

Und das Vergessen ist auch nicht das, was wir glauben: eine ätzende Flüssigkeit, die alles auflöst und vernichtet. Es ist reine Dunkelheit. Alles Geschehene ist noch da, wenn auch unsichtbar, wie Möbel in einem Zimmer in der Nacht.

Diese Dunkelheit hat sich nun aufgelöst und ein Teil meines Lebens ist hell erleuchtet. Das als Erinnerung zu bezeichnen, ist nicht ganz richtig, da denkt man vielleicht an eine verblasste Fotografie. Was ich erlebe, ist so viel mehr. Es hat nichts Plattes oder Steifes, sondern eine lebendige Welt, mit Tiefe und Bewegung, Farben und Schatten, Stimmen und Gerüchen.

Ich stehe im Menschengetümmel der Ausstellung, spüre den warmen Atem von Bellas Schnauze und höre entfernte Musik. Ich kann den Blick zu Boden richten und bemerke eine Bananenschale im weißen Sand. Sehe die bräunlichen Fasern, die Sandkörner und all die Füße, die vorbeilaufen, frisch geputzte Stiefel und Riemchenschuhe. Ich kann mich frei durch die Ausstellung bewegen, nirgends ist es dunkel oder leer. Es ist alles da. Und deutlicher als je zuvor. Ich erinnere mich sogar an Situationen, in denen ich physisch nicht präsent gewesen sein kann. Ich sehe, wie alles zusammenhängt.

Warum sehe ich das alles erst jetzt? Es war schließlich die ganze Zeit da. Vielleicht liegt es daran, dass mein Dasein in letzter Zeit zu einem blinden Fleck geworden ist. Meine Gegenwart hat nichts zu bieten.

Ich vermute, das Gehirn kann normalerweise nicht alle Eindrücke der Vergangenheit verarbeiten, es muss sich aufs Heute konzentrieren. Große Teile des Lebens müssen einfach ausgeblendet werden. So funktioniert die Zeit. Wie der Strahl einer Taschenlampe, der umherschweift und nur die nächste Umgebung erleuchtet.

Genau, so muss es sein. Alles ist eine Frage des Lichts.

Viele haben sich gefragt, wie ich, ein armer Junge vom Land, zu der berühmten Ausstellung reisen und von Mai bis Oktober meine ganze Zeit dort verbringen konnte. Dass ich, der bisher nur Kartoffeläcker, Meerrettichfelder und Misthaufen gesehen hatte, auf einmal Luftakrobaten, elegante Restaurants, Seiltänzer und gewaltige Maschinen zu sehen bekam, dass ich den König treffen und hören würde, wie der große Albert Einstein über den gekrümmten Raum sprach. Wie konnte es dazu kommen?

Beginnen wir am Anfang.

Ich wurde 1910 auf einem Gutshof in Halland geboren, der sich im Besitz eines Grafen und seiner Familie befand. Meine Mutter war in Deutschland geboren worden und als Kindermädchen für die Kinder des Grafen auf das Gut gekommen. Sie war in Leonie Hartmanns Schule für fortschrittliche Kindererziehung in Frankfurt ausgebildet worden, einer angesehenen Institution, von der reiche schwedische Familien oft Kindermädchen holten, damit die Kinder schon frühzeitig die deutsche Sprache sprechen und verstehen lernten.

Ich besitze ein Foto von meiner Mutter und den vier gräflichen Kindern. Zum ersten Mal sah ich es in den 1970er Jahren in einer Zeitung. Es war ein Artikel über den Gutshof und die Familie des Grafen. Ich rief in der Redaktion an und sagte, die junge Frau auf dem Foto sei meine Mutter, und sie besorgten mir eine Kopie.

Meine Mutter und die Kinder stehen in einer Reihe nebeneinander auf dem Gartenweg. Das Kleinste sitzt in einem Kinderwagen. Mutter trägt eine Bluse mit Halskrause unter der Schwesternschürze, sie ist schlank und sehr hübsch. Sie lächelt selbstbewusst, als sei sie die Herrscherin des Guts und nicht eine der Dienstboten.

Das ist das einzige Foto, das ich von ihr besitze. Zusammen mit den Grafenkindern. Von ihr und mir habe ich kein Foto.

Im zweiten Jahr als Kindermädchen wurde sie schwanger und musste ihren Dienst quittieren. Meine Mutter wurde gut behandelt und durfte auf dem Gut bleiben. Sie wohnte nicht mehr in einer Kammer neben dem Kinderzimmer, sondern bekam eine kleine Dienstwohnung auf dem Gutsgelände für sich und ihren Sohn (das war ich). Die feinen Salons durfte sie jedoch nicht mehr betreten, wurde zum Küchenmädchen degradiert, mit sehr viel härteren Aufgaben als zuvor. Während der langen Arbeitstage wurde ich von zwei älteren Frauen betreut, ausrangierten Dienstboten, die die schwere Arbeit in der Küche und in den Ställen nicht mehr schafften und die zusammen in einer kleinen Hütte wohnten.

Meine arme Mutter. Sie war ausgebildete Erzieherin und wusste deshalb genau, wie ein empfindlicher Säugling gehoben und getragen werden musste, welche Temperatur das Badewasser haben sollte, wie die Schleifen der kleinen Schürzen gebunden wurden, damit sie nicht rieben, und wie man die Kissen arrangierte, wenn ein Kind sitzen lernte. Ihr eigenes Kind musste sie halb dementen, schmutzigen alten Frauen überlassen. Abends holte sie mich nach Hause, wusch mich und legte mich ins Bett, dabei flüsterte sie liebevoll und sang leise kleine Lieder in ihrer Muttersprache. Als ich größer wurde, las sie mir aus einer illustrierten Ausgabe der Märchen der Gebrüder Grimm und aus anderen deutschen Kinderbüchern vor. Sie versuchte, so gut es ging, mir eine gute Erziehung angedeihen zu lassen, sie sprach ausschließlich deutsch mit mir, sie lernte nie richtig Schwedisch.

Ich habe nie erfahren, wer mein Vater war. Es ist nicht ausgeschlossen, dass es der Graf selbst war. Seine Ehe mit der Gräfin war nicht glücklich, und sie ließen sich später scheiden. Mutters Gesicht auf dem Foto – das Kinn nach oben gereckt, damit der schmale Hals hervorgehoben wurde, das Lächeln keck in die Kamera gerichtet. Man sieht deutlich, dass sie sich geschätzt und schön fühlte. Hat der Graf selbst das Bild gemacht?

Meine Mutter starb in dem Jahr, als ich neun Jahre alt wurde, an der spanischen Grippe. An einem Dienstag bekam sie Fieber, am Montag darauf war sie tot. Es ging so schnell, dass ich es überhaupt nicht begreifen konnte. Ich dachte die ganze Zeit, dass sie gleich aus dem Bett aufstehen würde und wieder gesund wäre. Als ich an diesem Montag aus der Schule nach Hause kam, war die Tür zum Schlafzimmer verschlossen und die Nachbarin stand mit dem Doktor in der Küche. Sie sagte, ich solle mit ihr nach Hause kommen. Ihr Sohn war ungewöhnlich nett zu mir, ich durfte mit seinem Holzpferd, das einen Wagen zog, spielen und er schaute mir mitleidig zu. Ich zog das Pferd und den Wagen über den Boden und schnalzte wie zu einem richtigen Pferd, die Nachbarin flüsterte mit einer anderen Frau, die gekommen war: »Der arme Junge, jetzt ist er allein.«

Ich konnte bei der Nachbarsfamilie bleiben. Der Mann war Stallbursche und ich ging oft mit ihm in den Stall. Eigentlich wollte man mich dort nicht haben, aber ich schlich dennoch hin. Die eleganten Rassepferde faszinierten und erstaunten mich. Wie konnten diese großen, starken Geschöpfe sich den viel schwächeren Menschen unterordnen? Warum warfen sie die Menschen nicht ab, zermalmten sie unter ihren Hufen und galoppierten in die Freiheit? Kannten sie die eigene Stärke nicht? Den kleinen Esel dagegen fand ich viel klüger.

Der Esel Bella war, genau wie meine Mutter, aus Deutschland geholt worden, um den Kindern des Grafen Gesellschaft zu leisten. Aber, im Gegensatz zu Mutter, wollte Bella kein folgsames Streicheltier für die Oberschicht sein. Sie verschaffte sich sofort Respekt, indem sie biss.

Der Graf hatte hübsch geschmücktes Geschirr mit Troddeln und einen kleinen Einspänner für die Ausfahrten der Kinder gekauft. Der Esel wollte sich jedoch vor keinen Wagen spannen lassen. Beim ersten Versuch trat er den Einspänner kaputt, der blieb dann in der Remise stehen. Der Graf kaufte ein ordentlich dressiertes Pony, das bald der Liebling der Kinder war, und Bella hatte ihre Ruhe. Sie war auf ihrer Weide und graste, allein und vergessen, außer in den allerkältesten Winterwochen, wenn jemand sich daran erinnerte, dass sie auch noch existierte, und sie aus dem Schnee schaufelte und in eine Box im Stall brachte.

Mir wurde gesagt, ich solle mich von dem Esel fernhalten, man hielt Bella für gefährlich, aber ich ging heimlich doch zu ihr auf die Weide. Ich saß auf einem Grasbüschel und schaute ihr beim Fressen zu. Manchmal machte sie eine Pause und schaute zurück. Eines Tages kam sie von allein zu mir und ließ sich streicheln. Der Schmutz stand wie eine Rauchwolke um sie herum, ihr dickes Fell war voller getrockneter Lehmklumpen. Ich holte im Stall eine Bürste und fing sehr vorsichtig an, sie zu bürsten. Sie hielt ganz still, stand mit geschlossenen Augen da.

Ich bürstete sie jeden Tag, und eines Tages merkte der Stallmeister, dass der Esel gestriegelt und schön war, und fragte, wer das getan habe. Ich kroch aus meiner Ecke hervor und gab es zu, aber er glaubte mir nicht. Ich striegelte

Bella insgeheim weiter, und als er feststellte, dass wirklich ich es war, der sie sauber hielt, ließ er mich machen.

Ich kümmerte mich immer mehr um Bella. Ich ritt sie ohne Sattel. Dann suchte ich heimlich das mit Troddeln geschmückte Geschirr, legte ihr vorsichtig die Trense ins Maul und spannte sie auf der Weide an. Als der Stallmeister das sah, ließ er den Einspänner reparieren. Ich spannte Bella ein und fuhr auf kleinen Wegen mit ihr. Sie trippelte so nett und freundlich daher, dass sie ohne Zweifel eingefahren war, genau wie der deutsche Verkäufer behauptet hatte, obwohl alle meinten, er habe gelogen. Die Kinder des Grafen fuhren ein paar Mal mit, aber sie hatten jetzt noch ein Pony, mit dem der älteste Sohn Springreiten übte, und waren nicht mehr am Esel interessiert. Meistens kutschierte ich also allein mit dem bunten Wagen umher.

Zu Weihnachten fuhren wir nach Göteborg, da nahm Bella am Krippenspiel auf dem Platz vor dem Dom teil. Ich durfte auch mitmachen, als Hirte verkleidet. Viele Menschen drängten sich um Bella und wollten sie streicheln, sie ließ es geschehen, solange ich in der Nähe war. Eigentlich machte Bella alles, wenn ich nur dabei war. Wenn nicht, machte sie überhaupt nichts. Wenn man versuchte, sie zu zwingen, dann biss sie, bäumte sich unter schrecklichem Wiehern auf oder trat nach hinten aus.

Ein Mann, der mich und Bella beim Krippenspiel gesehen hatte, nahm später Kontakt mit dem Grafen auf und bat, den Esel für die kommende Jubiläumsausstellung mieten zu dürfen. Man brauchte nämlich kleine Zugtiere für das Kinderparadies und suchte nun Ponys, Ziegenböcke und Esel.

Der Graf fand, es sei eine Ehre, dass sein Esel an der

großen Jubiläumsausstellung teilnehmen durfte und lieh ihn gerne umsonst aus. Aber die Bedingung war, dass ihr Pfleger, also ich, auch mitkam. Ohne mich war der Esel wertlos.

ELLEN

5. April 1923

Göteborg rüstet sich für die Ausstellung. Überall in der Stadt kämpfen fleißige Arbeiter mit Spaten und Hämmern. Straßen werden gepflastert und verbreitert, was von der wachsenden Schar der Automobilisten sehr begrüßt wird.

Am Östra Hamnkanalen werden die Gaslaternen ausgetauscht und Elektriker ziehen Stromkabel in die Säulen. Die neuen Laternen sehen überhaupt nicht wie solche aus. Im Tageslicht ähneln sie großen Kugeln, die oben auf den Masten balancieren, man meint, sie könnten jeden Augenblick herunterkullern. Im Kungspark sind diese Wunderwerke bereits installiert, am Abend wirkt es, als schwebten die Lichtkugeln mit ihrem kalten elektrischen Schein zwischen den Baumkronen wie eine luftige Armada aus der Zukunft.

Der Redakteur hörte auf zu lesen, schob die Brille in die Stirn und schaute Ellen an. Er war über sechzig, hatte einen großen Bauch, trug ein verblichenes Hemd und Ärmelhalter aus federndem Metall.

»Diese Leuchten haben es mir angetan«, sagte er. Er sprach laut, um den Lärm der Bauarbeiten zu übertönen. »Sie haben einen guten Blick für Details. Das hat Humor und Esprit. *Eine luftige Armada aus der Zukunft.* Hm. Gar nicht schlecht.«

Ellen spürte, wie sie errötete.

»Ich habe schon einen männlichen Journalisten angestellt. Aber wir brauchen noch eine Frau. Eine junge Frau,
habe ich mir gedacht. Die all das Neue der Ausstellung ein
wenig augenzwinkernd betrachtet.«

Sie nickte eifrig. Genau das wollte sie machen.

Ellen hatte die Anzeige für ein Volontariat bei der Zeitung der Jubiläumsausstellung gelesen und sich direkt angesprochen gefühlt. Als Probe ihres Talents hatte sie einerseits einen alten Schulaufsatz eingeschickt, für den
sie sehr gelobt worden war, *Eine Reise nach Kinnekulle*,
sowie einen neu geschriebenen, mehr journalistischen
Text. Letzterer schien das Interesse des Redakteurs geweckt zu haben.

»Es ist ein wenig ungewöhnlich, dass eine junge Dame
sich für das Austauschen von Straßenlaternen interessiert«,
sagte der Redakteur und schaute Ellen forschend an.

»Mein Vater hat mir erzählt, dass sie ausgetauscht werden sollen. Er sitzt im Vorstand des Gas- und Elektrizi-
tätswerks. Und außerdem gefallen sie mir.«

Ein lautes Quietschen ließ beide zum Fenster schauen.
An einem Kran schaukelte eine riesige Säule. Überwacht
von einigen Bauarbeitern glitt sie langsam über die Ausstellungsstraße zu dem halb fertigen Gebäude daneben.
Der Redakteur wandte sich wieder an Ellen.

»Ihr Vater war in die Vorbereitungen zur Ausstellung
eingebunden, ja? Sie haben sich also schon ein wenig mit
der Ausstellung bekannt gemacht?«

Wenn das kein Einstellungsgespräch gewesen wäre, hätte Ellen die Augen verdreht und müde geseufzt.

Ihre komplette Kindheit über hatte sie von der Ausstellung gehört. Ihr Vater und ihre beiden Brüder sprachen

ständig über die Wunderwerke, die in der großen Maschinenhalle gezeigt werden würden; gigantische stahlglänzende Maschinen und neu erfundene elektrische Apparate. Axel studierte an der Technischen Hochschule Chalmers. Ture war bereits fertiger Ingenieur und hatte kürzlich eine Anstellung bei der Kugellagerfabrik SKF bekommen. Bei jedem Essen war über diese Ausstellung gesprochen worden, die nie fertig zu werden schien.

Seit Beginn des Jahrhunderts hatte es Überlegungen gegeben, das dreihundertjährige Jubiläum der Stadt Göteborg mit einer Ausstellung zu feiern. Dann war alles wegen des Weltkriegs aufgeschoben worden. Während dieser Zeit waren die Pläne stetig gewachsen und hatten unfassbare Proportionen angenommen. Ellen hatte den Eindruck bekommen, dass diese Ausstellung eine Art Märchenland für Erwachsene war. Eine Erscheinung, die sich immer weiter entfernte, je näher man ihr kam. Es sollte eine Stadt in der Stadt werden, mit eigenen Straßen und Plätzen, Restaurants, Banken, Postämtern und einer Krankenstation. Erst als sie hörte, dass es auch eine Tageszeitung geben sollte, war das Ganze real geworden, auch für sie.

»Ein wenig weiß ich darüber«, sagte sie bescheiden und fügte hinzu: »Aber ich kann mir natürlich nicht vorstellen, wie es in Wirklichkeit sein wird.«

»Nein«, sagte der Redakteur. »Das kann niemand. Es ist ein Abenteuer. Etwas völlig Neues. Deswegen wünsche ich mir, dass es durch den offenen und frischen Sinn eines jungen Menschen geschildert wird. Und Sie, Fräulein Grönblad, scheinen mir genau die richtige Person dafür zu sein.«

»Oh«, mehr brachte Ellen nicht heraus.

»Sie haben … so eine Frische. Wie alt sind Sie?«

»Neunzehn.«

»Neunzehn Jahre. Ein wunderbares Alter.« Der Redakteur schwieg ein paar Sekunden, lächelte und schien in Erinnerungen versunken zu sein.

Die Tür öffnete sich, und er wurde wieder munter.

»Ja, also dann willkommen bei *Krone und Löwe*, der Ausstellungszeitung«, sagte er schnell zu Ellen und dann zu einem großen mageren Mann, der gerade ins Zimmer gekommen war:

»Das kleine Ding da behalten wir, Hansson. Das ist ausgezeichnetes Material.«

Für einen Moment dachte Ellen, er meine sie, aber dann sah sie, dass er mit ihrem Artikel wedelte. Der magere Mann nickte schweigend und setzte sich an einen Schreibtisch.

»Wie schön, dass er Ihnen gefällt. Ich liebe das Schreiben«, sagte Ellen. »Ich mache immer …«

Aber der Redakteur war schon aufgestanden und streckte die Hand zum Abschied aus.

Ellen mochte gar nicht glauben, dass es wahr sein könnte. Sie würde als Journalistin arbeiten, ihre Arbeiten würden in einer richtigen Zeitung gedruckt und von ganz vielen Menschen gelesen werden. Sie würde einen Presseausweis für die Ausstellung bekommen und sich jeden Tag frei auf dem Gelände bewegen können! Ihr Traum war Realität geworden. Oder war es umgekehrt und alles nur ein Traum? Als sie die Kungsportsaveny hinunter zum Bahnhof ging, erschienen ihr die Farben unwirklich intensiv, und sie bewegte sich irgendwie anders. Leicht, ohne Widerstand. Ihre Füße in den neuen Riemenschuhen schritten zielbewusst und rasch voran, wie von alleine. Sie kam sich größer, schlanker, fröhlicher und schneller vor. Wie die *Neue Frau*.

Ellen hatte viel über die *Neue Frau* gelesen. La garçonne wie im Roman von Victor Margueritte. Die Flapper, die Jazz hörten, kurze Haare hatten, rauchten und tranken. Die Flapper. Die Zeitungen beschrieben sie als eine ganz neue Art des Frauengeschlechts. Ihr Wesen war widersprüchlich und ihr Ursprung in mystisches Dunkel gehüllt. Es heißt, sie sei »aus der modernen Zeit geboren«. Wie Venus aus dem Schaum, dachte Ellen. Aber sie änderte sofort ihren Vergleich: wie ein glänzendes Objekt, ausgespuckt von einer automatischen Maschine.

Ellen wäre gern so eine *Neue Frau*. Aber das schien schwierig. Man musste so vieles auf einmal sein:

Ein unschuldiges Kind und eine weltgewandte Dame. Knabenhaft mit flacher Brust und gleichzeitig weiblich grazil mit rotem Kirschmund. Man musste dekadent sein und Zigaretten mit langem Mundstück rauchen, jede Menge Champagner trinken – oder sogar Whisky – und die ganze Nacht tanzen. Um am nächsten Morgen in aller Herrgottsfrühe aufzustehen und, gesund und sportlich, lange Wanderungen im Wald zu unternehmen, vom Springbrett zu springen und Gymnastik zu machen. Man musste sprudelnd fröhlich und keck sein. Und gleichzeitig eine Kratzbürste, eine Katze mit heißem Temperament. Zielbewusst und willensstark. Aber auch launisch und unberechenbar wie das Aprilwetter.

Die *Neue Frau* hatte einen Beruf und war finanziell von niemandem abhängig. Sie hatte aber nicht irgendeinen Beruf; es musste etwas Freies und Kühnes sein, wie Künstlerin, Schauspielerin oder Journalistin. Sie flirtete unablässig und nahm sich gerne mal zum Spaß einen Liebhaber. Sie durfte jedoch auf keinen Fall billig oder ausschweifend werden. Oder – Gott bewahre! – schwanger.

Ellen brachte das alles nicht so recht zusammen. Die *Neue Frau* zu sein, das war bestimmt schrecklich anstrengend.

Aber jetzt hatte sie wenigstens ein Kriterium erfüllt: Sie hatte eine Arbeit als Journalistin gefunden. Zwar nur für ein halbes Jahr und ganz ohne Bezahlung. Aber was für ein Arbeitsgebiet! Die Jubiläumsausstellung war bestimmt der modernste Arbeitsplatz, den man momentan in Schweden finden konnte.

Ellens Eltern waren nicht ganz so glücklich mit ihrer neuen Arbeit, sie bedeutete ja Kontakte mit »allen möglichen« Menschen und viele Spätschichten. Es gehörte sich mit Sicherheit nicht, dass sie allein durch die Stadt ging und den letzten Vorortzug nach Hause nach Lerum nahm. Und was war, wenn sie den Zug verpasste und die Nacht auf der Straße zubringen musste! Nein, das konnten sie nicht zulassen.

Aber Ellen flehte und weinte, und der Vater schien ein wenig nachzugeben. Ihm war Tante Ida eingefallen, sie wohnte in einer großen Wohnung in der Vasagatan, zehn Minuten zu Fuß vom Eingang der Ausstellung. Vielleicht konnte sie Ellen in einem ihrer vielen Zimmer unterbringen?

Tante Ida war Vaters Tante, nicht Ellens, aber nur ein wenig älter als er. Sie war mit einem wohlhabenden Geschäftsmann aus der Textilbranche verheiratet gewesen.

Seit sie Witwe war, hatte sie sich der Religion zugewandt und interessierte sich lebhaft für mystische Lehren wie die Theosophie und den Spiritismus. Ellen hatte sie ein paar Mal mit ihrem Vater besucht. Sie erinnerte sich an große Zimmer mit vielen Möbeln, Bildern und Samtvorhängen. Das eigenartige Gerede der Tante über Gott und Engel hatte sie sowohl fasziniert als auch abgeschreckt.

»Sie ist ein bisschen eigen«, sagte der Vater. »Aber du hättest es am Abend nicht weit nach Hause.«

Tante Ida hatte nichts dagegen, dass Ellen das halbe Jahr während der Ausstellung bei ihr wohnte. Man entschied, dass sie Ende April einziehen würde.

Tante Idas Wohnung war dunkel und durch den Überfluss an Möbeln wirkte sie eng, obwohl sie so groß war. An den Wänden hingen Bilder mit dramatischen Szenen aus dem Alten Testament. Ellen erinnerte sich an sie von früheren Besuchen: Abraham, der das Schlachtermesser über dem kleinen Sohn erhebt, während Gott hinter einer Wolke hervorschaut, in gespannter Erwartung, wie weit Abraham für ihn zu gehen bereit ist. Die Kinder Israels auf der Wanderung durchs Rote Meer, zwischen Wänden aus Wasser. Fische starren sie wie durch eine Glasscheibe an. Ein kleiner roter Fisch ist aus dieser Wand geschleudert worden und fällt in einem Schwall Wasser auf Moses herunter, der mit seinem Stab die Richtung weist. »Der wird sich wundern, wenn er einen Fisch auf den Kopf bekommt«, hatte Ellen gedacht.

In ihrem Zimmer hing nur ein Bild, eine unangenehm realistische Reproduktion des gekreuzigten Jesus. Die Grundfläche des Zimmers war im Verhältnis zur Höhe so klein, dass es ihr vorkam wie ein Aufzugsschacht. Es gab ein Eisenbett, einen Kleiderschrank aus Eiche und einen schmalen Stuhl mit hohem Rücken. Es war kein gemütliches Zimmer.

Als die Tante ihr den Raum zeigte, wies sie auf das Bild mit dem gefolterten Jesus und drückte die Hoffnung aus, dass er eine Stütze für Ellen sein würde, falls sie sich allein oder niedergeschlagen fühlte.

»Es ist nicht leicht, so weit weg von zu Hause zu sein, wenn man jung ist«, sagte die Tante und legte ihre kalte, adrige Hand auf Ellens, »aber er hört immer zu. Er ist der Einzige, der weiß, was ich gelitten habe. Er sieht in mein Herz.« Die Tante tupfte sich vorsichtig im Augenwinkel, mit einem Spitzentaschentuch, das sie immer parat hatte, und fuhr mit einem ärgerlichen Schluchzen fort: »Die Juden haben ihn umgebracht!«

Ellen wusste, dass es Leute gab, die das jüdische Volk der Hinrichtung von Jesus beschuldigten.

»Aber Pontius Pilatus war doch Römer?«, wandte sie diplomatisch ein.

Doch die Tante schien nicht zuzuhören. Sie drückte streitlustig ihr Taschentuch zu einem kleinen Ball zusammen und fuhr fort:

»Die Juden haben ihn in Konkurs getrieben!«

»Jesus?«, rief Ellen erstaunt aus.

»Nein, Gustav«, sagte die Tante.

Gustav war Tante Idas verstorbener Mann, und die Verwechslung war nicht verwunderlich, denn in ihrer Welt war der Unterschied zwischen ihm und Jesus nicht sehr groß. Für sie hatte der Gatte ein Leben in heiliger Reinheit und Güte geführt, und im Salon war ihm zu Ehren ein kleiner Altar mit Foto, Kerze und Blumen aufgebaut.

Die Tante erzählte, dass die Juden Gustavs Firma große Konkurrenz gemacht hatten, indem sie ihre Waren zu Schleuderpreisen verkauften. Natürlich schlechte Waren. »Der Händler an der Vallgatan verkaufte Kaninchenfelle und nannte sie Zobel. Und der Schneider in der Storgatan verwendete Stoffe, die man nicht waschen konnte. Natürlich konnten sie so die Preise niedrig halten. Diese Juden haben Gustav so viele Sorgen bereitet, dass er einen Herzanfall bekam. Sie haben ihn in den Tod getrieben.«

Von Tora, der Haushälterin der Tante, bekam Ellen eine andere Version zu hören:

»Der Alkohol hat ihn umgebracht. Und das viele Essen. Er aß für drei und war dick wie ein Elefant. Kein Wunder, dass das Herz so einen Fleischkloß nicht mehr in Gang halten konnte. Da musste es am Ende aufgeben. Will Ellen sehen, wie dick er war?«

Die Tante hatte alle Kleider von Gustav aufgehoben, und Tora musste sie im Frühjahr und Herbst immer ausbürsten und im Hof lüften, damit keine Motten hineinkamen. Sie ging mit Ellen zum Schrank und zeigte ihr triumphierend Fräcke und Hosen in fast unmenschlicher Größe.

»Die Kleider dürfen nicht weggegeben werden, das hat er selbst so verfügt.«

»Er selbst?«

»Die gnädige Frau hat Kontakt mit seinem Geist. Ein Medium ruft ihn, wenn sie eine Séance halten«, erklärte Tora.

»Ich kann gut verstehen, dass er ihr in geistiger Form

lieber ist«, sagte Ellen lachend und kniff, widerwillig fasziniert, in die riesigen Kleidungsstücke.

Sie wäre gerne einmal bei einer Séance dabei gewesen, aber Tora sagte, die Spiritistische Gesellschaft mache gerade Sommerpause.

»Die Geister brauchen wohl auch mal Ferien. So wie die herumfliegen müssen und klopfen und alles. Manchmal sind sie ganz wild, und diese Séancen können bis tief in die Nacht gehen«, sagte Tora und hängte die Fräcke sorgfältig in den Schrank zurück.

»Aber Ellen kann sicher einmal an einem anderen Treffen teilnehmen, die gnädige Frau ist in vielen Gesellschaften Mitglied.«

ALBERT

Februar 1923

Nach sechs Monaten des Herumreisens in der Welt war das Ehepaar Einstein endlich wieder in seiner großen Wohnung in der Haberlandstraße in Berlin. Alberts Geschenke und Elsas Einkäufe waren ausgepackt und lagen in einem einzigen Durcheinander in der Bibliothek. Ein japanisches Teeservice, Kunstgegenstände aus Jade und Bronze, prachtvolle Bücher, maßgeschneiderte Seidenkleider aus Shanghai und handgeklöppelte spanische Spitzentücher bedeckten den Tisch, die Stühle und den Boden.

Wie sollten sie all das nur in der jetzt schon übervollen Wohnung unterbringen? Nun ja, das war Elsas Problem, dachte Albert. Er setzte sich ans Klavier und spielte ein kleines Stück von Schubert, Elsa packte weiter aus. Sie redete ununterbrochen. Albert biss auf den Pfeifenschaft und murmelte einsilbige Antworten, ohne zuzuhören.

Ein halbes Jahr lang hatten sie all ihre Zeit gemeinsam verbracht und waren einander ziemlich leid. Das Programm war beinahe unmenschlich anstrengend gewesen, lange, ermüdende Reisen und mehrere Vorträge an einem Tag. Bei den Mahlzeiten hatte Albert die Relativitätstheorie mit eigens eingeladenen Physikern diskutieren müssen und war fast nicht zum Essen gekommen. Abends Empfänge mit erstaunlich ahnungslosen Menschen der besseren Gesellschaft, die ihm ihre persönliche Deutung seiner Theorie mitteilen wollten. Und wenn er sich dann gerade mit einem höflichen »Gute Nacht« zurückziehen wollte, holte jemand eine Geige hervor! Es half auch nichts, wenn er sagte, er sei müde, er sei aus der Übung, er spiele nur für sich allein. Jemand war in sein Hotel geschickt worden und hatte die Geige geholt, und man erwartete von ihm, um ein Uhr nachts, fast ohnmächtig vor Müdigkeit, als Geiger aufzutreten.

Aber vielleicht würde er so die nächsten Jahre zubringen müssen. Als reisender Unterhalter und Salonlöwe. Der wandernde Jude.

Im April vorigen Jahres war er von einem hochrangigen Polizeibeamten kontaktiert worden, der sagte, er habe sichere Beweise dafür, dass Albert auf der Todesliste der Ultranationalisten stehe. Er hatte ihm den Rat gegeben, Berlin möglichst schnell zu verlassen. Er hatte es damals nicht sehr ernst genommen. Aber der Mord an seinem Freund Walter Rathenau zwei Monate danach hatte ihn sehr erschüttert.

Berlin war eine gefährliche Stadt. Die Menschen waren hungrig und verzweifelt. Die Lebensmittelpreise stiegen täglich, Frauen plünderten die Läden, Arbeiter streikten. In der Stadt wimmelte es von verwirrten ehemaligen Soldaten, die sich nach dem Krieg nicht zurechtfanden. Kämpfen und marschieren, das war alles, was sie konnten, aus Mangel an Beschäftigung machten sie damit weiter. Sie hatten ihre Uniformen und Waffen behalten, sich zu Gruppen zusammengeschlossen, Kommunisten oder Nationalisten, in den Seitenstraßen trugen sie kleine, gemeine Kriege gegeneinander aus.

Überall waren lautstarke Diskussionen zu hören, Parolen, Stiefelgetrampel und die Trillerpfeifen der Polizisten.

Mord war an der Tagesordnung: politische Morde, anti-semitische Morde, Raubmorde; seit Kriegsende hatte es mehrere hundert gegeben, und die Polizei hatte nicht einmal die Hälfte aufklären können. Ein Menschenleben war nicht mehr das Gleiche wert wie vor dem Weltkrieg.

Albert hatte aufgehört, Vorlesungen an der Universität zu geben. Er wollte sich nicht öffentlich zeigen, und durch die Inflation war sein Gehalt nur noch ein Witz.

Er verdiente seinen Unterhalt stattdessen mit Vorlesungen und Vorträgen im Ausland. Da fehlte es nicht an Angeboten. Er war fast lächerlich populär. Alle interessierten sich für die Relativitätstheorie. Dass niemand sie verstand, schien keine Rolle zu spielen. Er konnte nicht Taxi fahren, ohne sich die Meinung des Fahrers zur »Relativität« anhören zu müssen. Französische Philosophen sahen ihn als Humanisten und disputierten begeistert über die logischen und moralischen Konsequenzen der Theorie. Moderne Künstler und Komponisten bejubelten seine »Auflösung der Zeit«, sie ließen sich inspirieren zu Collagen mit Uhren ohne Zeiger und atonalen Musikstücken, bei denen Alberts musikalisches Ohr sich vor Entsetzen zusammenkrümmte. Anarchisten und Kommunisten schlugen ihm auf den Rücken und nannten ihn Kamerad. Für sie war die Relativitätstheorie das logische Ende der alten Gesellschaftsordnung. Die Frauen sahen den Schalk in seinen samtbraunen Augen, den dunklen ungebändigten Locken und der sinnlichen Unterlippe unter seinem Schnurrbart. In seiner Theorie glaubten sie Elemente aus der Poesie und der Erotik zu erkennen: das Licht, die Masse, die Kraft, die rasante Geschwindigkeit und den geheimnisvollen gekrümmten Raum.

Albert Einstein war ein Star. Er war *à la mode*.

Und gleichzeitig so verhasst, dass er sich in seiner Heimatstadt kaum auf die Straße traute.

Er war gezwungen, immer weiter durch die Welt zu reisen und über seine Theorie zu sprechen, vor Menschen, die sie liebten, ohne sie zu verstehen. Eine bewegliche Zielscheibe war nicht so leicht zu treffen. Reisen und Geduld. Das war seine Strategie.

Manchmal dachte er, der Grund für das alles sei der Name seiner Theorie. Es zeigte sich, dass das Wort *Relativität* ausgesprochen kontrovers war, das hatte er sich nicht vorstellen können. Es erzeugte das Bild einer fließenden und veränderlichen Welt, eines Zustands, der entweder Hoffnung oder Angst weckte. Je nachdem, wo in dieser Welt man sich befand.

Am Anfang hatte er überlegt, seine Theorie »Invarianztheorie« zu nennen. Was wäre passiert, wenn er diesen Namen gewählt hätte? Vermutlich wäre er jetzt ein respektierter Wissenschaftler, völlig unbeachtet von der großen Masse. Er würde nicht zu Cocktailpartys mit amerikanischen Filmstars eingeladen, die Klatschreporter würden sich nicht für seine Kleidung, seine Frisur und sein Liebesleben interessieren. Man würde ihn als harmlosen Langweiler betrachten und niemand käme auf den Gedanken, ihn auf eine Todesliste zu setzen. Und höchstwahrscheinlich hätte er schon lange seinen Nobelpreis bekommen.

Albert spielte die letzten Takte des Musikstücks. Das Klavier musste gestimmt werden. Er würde Elsa bitten, einen Klavierstimmer zu bestellen, bevor er sich zur nächsten

Vortragsreise aufmachte. Er klappte den Deckel über der Tastatur zu und ging hinauf in sein Turmzimmer.

Eigentlich lag es nicht in einem Turm. Es war einfach ein eingerichtetes Dachzimmer ohne Verbindung zur Wohnung. Aber es gefiel ihm, es Turmzimmer zu nennen. Es evozierte ein Gefühl von erhabener Einsamkeit.

Nur wenige Menschen wussten von der Existenz dieses Zimmers. Der Aufzug ging nicht bis nach oben, nur eine schmale Treppe führte hinauf. Hier saß er dann in seinem Sessel, las oder schaute aus dem Fenster und dachte nach. Die Aussicht gefiel ihm, sie bestand aus Hausdächern, Himmel und vielleicht einem Vogel. Keine Straße, keine Menschen.

In wolkenlosen Nächten richtete er sein Teleskop ins All, das sich über der flachen Stadt wölbte. In den Kriegsjahren war Leuchtreklame verboten gewesen, erst kürzlich war das Verbot aufgehoben worden, aber nur wenige Geschäftsleute konnten sich die Energiekosten leisten. Trotz seiner Größe war Berlin nachts immer noch so dunkel wie ein Bauerndorf, tausende von Sternen glitzerten ohne störende Konkurrenz.

Manchmal war er mehrere Tage ohne Unterbrechung dort oben. Da mussten dann Elsa oder die Haushälterin mit dem Essen zu ihm kommen.

Albert ließ sich in den alten Sessel unter der Schräge sinken und schmauchte an seiner Pfeife. Erst jetzt spürte er, dass er wirklich wieder zu Hause war. Offiziell war er immer noch im Ausland. Nur seine Freunde wussten, dass er in Berlin war. Er wollte eine Weile in der Haberlandstraße bleiben und Kräfte sammeln, bevor er sich wieder auf Reisen begab. Er vermied den Blick auf den Berg mit ungeöffneter Post auf seinem Schreibtisch.

Sein Problem war, dass er im Moment keine Sekretärin hatte. Bisher hatte seine Stieftochter Ilse diese Tätigkeiten übernommen. Sie hatte ihre Schreibmaschine im Turmzimmer gehabt, und wenn Albert sie brauchte, musste er nur den Telefonhörer des Haustelefons abheben und sie bitten, nach oben zu kommen. Das war sehr praktisch gewesen.

Aber nun hatte Ilse geheiratet und war aus der Haberlandstraße ausgezogen. Er brauchte eine neue Sekretärin. An eine Annonce war nicht zu denken. Er würde in Antworten ertrinken. Er hatte bei seinen Bekannten herumgefragt, und einer hatte die Nichte seiner Frau empfohlen, die einundzwanzigjährige Betty Neumann aus guter jüdischer Familie. Sie hatte auch ihrem Vater bei der Büroarbeit geholfen.

Das Haustelefon im Turmzimmer klingelte. Es war Elsa. Betty Neumann war da.

»Schon?«, sagte Albert.

»Es ist zwei Uhr«, bemerkte Elsa. »Wenigstens ist sie pünktlich.«

»Ist es wirklich schon zwei?«

Albert besaß keine Uhr. Früher hatte er eine Taschenuhr an einer Eisenkette gehabt. Er hatte sie von seinem Vater geerbt. Seit sie kaputtgegangen war, hatte er keine mehr. Bei seinen Vorlesungen wusste er deshalb nicht, wie lange er redete und musste ab und zu das Publikum fragen, wie spät es war. Das war natürlich immer ein Anlass für Gelächter und scherzhafte Antworten, die immer das Wort »relativ« enthielten.

Elsa fand es nicht lustig, dass er keine Uhr hatte. Im Gegenteil, es ärgerte sie kolossal. Sie hatte eine Wanduhr aus der übermöblierten Wohnung ins Turmzimmer geschleppt. Albert hatte sie umgehend wieder nach unten getragen.

»Möchtest du Fräulein Neumann treffen oder nicht?«, fragte Elsa.

Sie klang heute ungewöhnlich scharf.

»Ja, ja. Schick sie hoch.«

Dann hörte er Stimmen auf der Bodentreppe. Eine helle, angenehme Mädchenstimme, die in Elsas grellem Gelächter unterging. Direkt vor der Tür ging Elsas Stimme in ein vertrauliches Gemurmel über. Vermutlich erzählte sie etwas Lustiges über ihren berühmten Ehemann. Eine kleine Eigenheit, die nur sie als seine Ehefrau kannte. Sie erzählte liebend gern Anekdoten über seine Schwächen. Auch Journalisten. Aber nur Bagatellen, nichts Wichtiges, und sie machte es sehr liebevoll und geschickt. Albert hatte nichts dagegen. Im Gegenteil, diese kleinen Geschichten ließen ihn in den Augen der Welt als menschlich und sympathisch erscheinen, und er vermutete, dass sie vor allem im Ausland sehr zu seiner großen Popularität beitrugen.

Wie es ihre Angewohnheit war, klopfte Elsa erst, als sie die Tür schon geöffnet hatte und über die Schwelle getreten war. Sie lachte immer noch über einen ihrer Scherze, drehte sich um und sagte ein klein wenig ungeduldig: »Aber kommen Sie doch herein, meine Liebe, er beißt nicht.«

Als das junge Mädchen im Zimmer stand, wusste er, warum Elsa am Telefon so scharf geklungen hatte. Das Mädchen war hübsch. Elsa hatte schlechte Erfahrungen mit Albert und hübschen Mädchen gemacht.

Seine Frau sprach noch ein paar Minuten schnell und laut, dann verließ sie das Zimmer. Sie schloss die Tür ein wenig lauter als nötig. Isaac Newton zitterte in seinem Rahmen an der Wand, und die Stimmung im Turmzimmer beruhigte sich, wie eine Wasserfläche nach heftigem Wellengang.

Mit gesenktem Blick, als würde sie ein peinliches Geheimnis preisgeben, sagte das Mädchen:

»Ich weiß eigentlich überhaupt nichts über die Relativitätstheorie.«

»Das freut mich zu hören«, sagte Albert. »Ansonsten scheint ja jeder seine Meinung dazu zu haben.«

Das Mädchen hatte große dunkle Augen und wohlgeformte Augenbrauen.

Albert wusste nicht, was er sonst noch sagen sollte, also bat er sie, einen Brief mit der Schreibmaschine abzutippen.

»Ist das eine Probe?«, fragte sie.

»Probe?«

»Ja, Sie wollen mich natürlich testen, bevor Sie mich einstellen? Das ist sehr verständlich.«

»Aber Sie *sind* doch eingestellt«, sagte Albert erstaunt. »Habe ich das nicht gesagt?«

Er hatte sich bereits an das Mädchen gewöhnt. Obwohl sie gerade erst zur Tür hereingekommen war, kam ihre Anwesenheit ihm schon ganz selbstverständlich vor.

Albert schaute sie an, während sie schrieb. Die schnellen Hände über den Tasten, der lange Hals, die weich hochgesteckten Haare, die sich bewegten, wenn sie den Kopf rasch zwischen der Maschine und dem handgeschriebenen Blatt drehte. So eigenartig wohlbekannt, es kam ihm so natürlich und richtig vor, sie hier zu haben.

Als sie fertig war, bat er sie, eine Notiz in seinen Kalender einzutragen. Bisher hatte Ilse ihn geführt und alle seine Termine und Reisen vermerkt. Jetzt überreichte er ihn Betty mit einer scherzhaft hochtrabenden Geste.

»Mein Leben ruht in Ihren Händen, Fräulein Neumann.«

Sie nahm das längliche Buch entgegen, drückte es an ihre kleinen, aber deutlich hervortretenden Brüste und nickte ernst.

ELLEN

5. Mai 1923

Es waren noch drei Tage bis zur Einweihung der Ausstellung. Drüben bei der Exporthalle stand ein wütender Mann und schlug mit der Faust gegen eine halb fertige Wand.

»Bedroht sie! Bestecht sie!«, schrie er.

»Was ist hier los?«, fragte Ellen und kam näher, den Block in der Hand.

Der schlagende Mann nahm keine Notiz von ihr, ein anderer Mann mit Wollmütze antwortete an seiner Stelle:

»Die Hafenarbeiter haben ihren Streik ausgeweitet, alle Güter für die Ausstellung werden blockiert. Wir haben eine ganze Ladung mit Bauholz auf einem Schiff da unten, aber es wird weder gelöscht noch hierhergefahren.«

»Verflucht noch mal, es muss in dieser Stadt doch ein paar arbeitswillige Männer geben! Es können doch nicht alles Bolschewiken sein!«, fuhr der wütende Herr fort und schlug weiter gegen die wackelige Wand, die bedenklich schwankte.

»Kann ich das zitieren?«, fragte Ellen.

»Nein!«, brüllte der Mann.

Ellen steckte den Block in die Tasche und ging eilig davon. Sie verließ das Ausstellungsgelände durch ein Lieferantentor und kam beim Korsvägen heraus, gerade als die Straßenbahnlinie 4 im Regendunst aus Richtung Mölndal auftauchte. Eine halbe Stunde später stieg sie beim Masthuggsplatz wieder aus und ging zum Fluss hinunter. Das könnte ihre erste große Reportage für *Krone und Löwe* werden.

Der Hafen war schon immer eine fremde Welt für Ellen gewesen, beängstigend und verlockend zugleich, sogar fast verführerisch mit den aufdringlichen Gerüchen, den lauten Geräuschen und den ungehobelten muskulösen Männern. Sie war früher oft mit ihrem Vater und ihren Brüdern dort spazieren gegangen. Sie hatte sich eng an den Vater gedrückt. Die Kräne hatten sich bedrohlich über ihren Köpfen gedreht, Lastwagen waren hin- und hergefahren und man hatte nicht gewusst, in welche Richtung. Die Stimmen der Männer, die sich anschrien, hatten in ihren Ohren schrecklich wütend geklungen. Sie hatte alles als ein einziges Chaos wahrgenommen. Ihr Vater hatte versucht, ihr zu erklären, was hier passierte, und ganz allmählich hatte sie verstanden, dass der Hafen wie eine große Maschine war, in der alle Bewegungen und Handlungen ihrem genau berechneten Zweck dienten.

Aber jetzt war Streik.

Sie blieb am Kai stehen und schaute sich um. Sie war beinahe ein wenig enttäuscht. Es sah alles aus wie immer.

Dampfschiffe aus der ganzen Welt lagen in doppelten Reihen an den Kais. Draußen auf dem Fluss war das übliche Gewimmel aus Kähnen, Schleppern, Fähren und Fischerbooten. Pfeifen tuteten, der Rauch wirbelte über dem Wasser, und aus den Werften auf der anderen Seite dröhnten die Niethämmer, die Felsen warfen das Echo zurück, rhythmisch und aufstachelnd wie die Trommeln von Eingeborenen.

Ellen schlug den Mantelkragen hoch. Der Wind war unangenehm kalt. Man konnte wirklich nicht glauben, dass es Mai war. Sie ging raschen Schritts am Kai entlang, wo eines der großen Schiffe gerade entladen wurde.

Jetzt bemerkte sie, dass etwas anders war als sonst.

Die Eisenbahnwagen, die sonst quietschend auf den Hafenschienen hin- und herfuhren, standen still.

Drüben bei den Magazinen warteten wie immer die Lastwagen. Aber die Fahrer standen nicht wie gewöhnlich davor und rauchten und redeten, sondern saßen bei laufendem Motor in den Fahrerhäuschen.

Vor den Schiffen, die gelöscht werden sollten, hatte sich eine Gruppe von Männern versammelt, sie schauten zu, wie andere Männer große Holzkisten den Landgang herabtrugen. Die Arbeit ging nicht besonders schnell. Die Männer in den nagelneuen sauberen Overalls ließen den üblichen Rhythmus vermissen. Sie bewegten sich ungeschickt, schauten sich ängstlich um. Einige von ihnen glichen eher Büroangestellten als Lagerarbeitern, andere waren abgemagert und wieder andere sahen aus wie Alkoholiker. Alle Arbeiten mussten von Hand gemacht werden, die Kräne standen still.

Die Gruppe am Kai rief den anderen Männern Schimpfwörter zu. Eine Mauer aus Polizisten trennte sie vom Schiff. Es waren keine Hafenpolizisten, sondern richtige Polizeibeamte mit Säbeln und glänzenden Pickelhauben.

Hier war ganz offensichtlich etwas im Gange.

Ellen ging auf einen sehr jung aussehenden Polizisten zu.

»Ellen Grönblad von *Krone und Löwe*, der Ausstellungszeitung«, rief sie und versuchte, die Blätter ihres Blocks festzuhalten, die im Wind flatterten. »Können Sie mir sagen, was hier los ist?«

»Ja, es ist doch Streik«, brummte der Polizist. Er schien überrumpelt zu sein.

»Und die Männer da oben?« Ellen zeigte mit ihrem Stift auf den Landgang. »Das sind Streikbrecher, nicht wahr?«

»Manche nennen sie so.«

»Das sind Verräter!«, brüllte ein Mann hinter ihr. »Feige Schweine!«

Eine Frau mit einem Kopftuch kam zwischen den Magazingebäuden hervor, sie zog eine Karre mit Broten. Die Männer am Kai wollten sie aufhalten, manche schnappten sich einen Brotlaib. Aber sie kämpfte sich weiter vor und schlug nach den großen starken Kerlen, als wären sie eine Herde aufdringlicher Kühe.

»Weg mit euch, Kommunistenpack«, schrie sie heiser. »Glaubt ihr, die da oben müssen nicht auch was essen, genau wie ihr? Die trauen sich ja nicht an Land, um Pause zu machen, solange ihr hier steht.«

Zwei Polizisten halfen der Frau und eskortierten sie durch die Menge zum Landgang des Schiffs, wo ein paar Streikbrecher die Kisten mit den Broten entgegennahmen.

»Das ist Hilda Lundström«, rief einer. »Lundström beliefert die Streikbrecher! Boykottiert Lundströms Bäckerei!«

»Halt die Klappe«, zischte die Frau und zog ihren leeren, quietschenden Karren durch die Menge.

Die Streikbrecher liefen mit den Brotkisten den Landgang hinauf. Ellen bemerkte, dass einer von ihnen ein blaues Auge hatte. Sie nahm ihren Mut zusammen und wandte sich an einen der wütenden Männer am Kai.

»Ellen Grönblad, *Krone und Löwe*, die Ausstellungszeitung«, ratterte sie herunter und fügte schnell hinzu, »politisch unabhängig. Ich habe gehört, dass alle Transporte zur Ausstellung blockiert werden. Wie lange soll die Blockade fortgesetzt werden, was glauben Sie?«

»Schwer zu sagen, mein Fräulein«, antwortete der Mann und biss in den Brotlaib, den er gemopst hatte. »Wenn unsere Forderungen in den nächsten Tagen nicht erfüllt werden, dann müssen sie vielleicht diese ganze Ausstellung abblasen.«

»O nein, wäre ja schrecklich!«, sagte Ellen.

»So eine Ausstellung, das ist das Letzte, was wir brauchen«, schnaubte ein Mann neben ihnen. »Geprotze und Angeberei für hunderttausende von Kronen. Dabei gibt es in dieser Stadt Leute, die nichts zu essen haben. Schreiben Sie das, Fräulein.«

Die Männer am Kai riefen den Streikbrechern nun die gleichen Schimpfwörter zu. Von allen Seiten näherten sie sich dem Schiff, wie eine Schlinge, die sich zuzog. Ellen stellte fest, dass sie zwischen ihnen und den Polizisten eingeklemmt war, die standen jetzt eng beieinander, mit dem Rücken zum Schiff, die Hände am Säbelgriff. Die Masse drängte weiter vorwärts, Ellen wurde gegen rauen Uniformstoff und harte Messingknöpfe gedrückt.

»Es ist wohl besser, wenn Sie verschwinden, Fräulein. Es kann gleich gewalttätig werden«, zischte einer der Polizisten, den Blick nach vorne gerichtet. Sie stand so nahe bei ihm, dass sie seinen Atem spürte. Er roch nach Kaffee, ein beruhigender Duft, in all dem Tumult. Seine Hand am Säbelgriff zitterte.

»Aber ich komme doch weder vor noch zurück«, rief Ellen verzweifelt.

»Lasst die Dame durch«, hörte sie eine Stimme durch die Polizeikette.

Zwischen den Helmen bemerkte sie einen grauen Filzhut.

Die beiden Polizisten hinter ihr bewegten sich ein wenig und gaben einen Durchgang frei. Eine kräftige Hand wurde ausgestreckt und zog sie durch die Polizeimauer, die sich hinter ihr sofort wieder schloss.

Sie stand am Kai. Die Gerüche von Salzwasser, Teer und rostigem Metall mischten sich mit dem Geruch der verschwitzten Polizeiuniformen. Der Landgang war eingezogen. Auf dem Schiff bewegte sich nichts. Die Streikbrecher waren ins Innere verschwunden, wie Ameisen in den Ameisenhaufen, wenn es zu regnen anfing.

Der Mann hielt sie fest. Seine Hand reichte leicht um ihren Oberarm. Er hatte ein langes glattrasiertes Gesicht mit hellblauen Augen unter blonden Augenbrauen. Sie fand, er glich den kantigen, wettergegerbten Männern auf Carl Wilhelmsons Gemälden. Ein Fischer oder ein Bauer.

»Wer sind Sie?«, fragte sie vorsichtig. »Sind Sie Streikbrecher?«

Vielleicht hätte sie eher »arbeitswillig« sagen sollen. Gab es eigentlich ein neutrales Wort dafür? Sie rechnete damit, dass er ärgerlich werden würde. Aber er verzog keine Miene.

»Ich bin Polizist«, sagte er.

Sie befanden sich in einem Korridor, mit der Polizeikette auf der einen Seite und der gewaltigen Schiffswand auf der anderen. Sie hörte die taktfesten Rufe der Streikenden.

»Kommen Sie«, sagte der Polizist in Zivil und zog sie hinter sich her, an der Mauer der uniformierten Rücken entlang.

Ellen ging nahe am Rand des Kais entlang. Sie vermied

es, in das dunkle ölige Wasser neben dem Schiff zu schau-
en, sie hatte den Blick fest auf ihre teuren Riemchenschuhe geheftet, die in Möwenkot, Kautabak und Spucke traten. Sie würde sie wahrscheinlich wegwerfen müssen, wenn
sie nach Hause kam.

Ein vorbeifahrendes Schiff gab ein Signal von sich, so
dumpf und mächtig, dass der ganze Hafen zu beben schien.
Vor Schreck stolperte sie über eine Trosse. Sie wäre ins
Wasser gefallen, wenn der Polizist sie nicht fest im Griff
gehabt hätte.

Er brachte sie an eine ruhige Stelle hinter einigen Schuppen und ließ ihren Arm los.

Der Tumult unten am Kai schien zugenommen zu haben. Von ihrem Platz hinter dem Schuppen konnte Ellen
nichts mehr sehen, aber sie hörte eine militärisch klingen-
de Stimme, die Befehle rief, und Menschenmassen, die
brüllten und schrien. Mit zitternden Fingern suchte sie
ein leeres Blatt auf ihrem Block, um dann festzustellen, dass
sie ihren Stift verloren hatte.

Der Zivilpolizist schaute sie unter der Hutkrempe hervor an.

»Fahren Sie jetzt zurück in die Redaktion, mein Fräulein«, sagte er freundlich.

Er winkte einen Wagen von einer Taxistation am Zoll
zu sich, und bevor Ellen protestieren konnte, hatte er die
Tür zum Rücksitz geöffnet und ihr hineingeholfen.

»Vielen Dank, Herr Polizist«, mehr brachte Ellen nicht
heraus, als sie, immer noch ein wenig benommen, auf die
ledernen Sitze sank.

Das Auto bahnte sich seinen Weg durch die Menge am
Kai. Jemand schlug fest auf das Blech, sodass der Wagen

schaukelte. Sie drehte sich um. Durch das kleine Fenster konnte sie sehen, dass der Polizist noch dort stand und ihre Fahrt überwachte, groß und aufrecht, in seinem Mantel und Filzhut, offenbar unberührt von dem, was um ihn herum geschah.

ALBERT

Februar – März 1923

Ein paar Tage nach seiner Heimkehr zog Albert einen eleganten Tweedanzug an und begab sich ins Außenministerium in der Wilhelmstraße, um seinen Nobelpreis abzuholen.

Da er im Dezember in Japan gewesen war, hatte der deutsche Botschafter ihn bei der Zeremonie in Stockholm vertreten müssen. Während der den Preis aus der Hand des schwedischen Königs entgegennahm, hatten Albert und Elsa, in Kimonos gehüllt, auf Kissen in einem Teehaus in Kyoto gesessen und waren von Geishas bedient worden.

Albert liebte die Japaner. In deren Kultur fand er die gleiche kühle, einfache Schönheit wie in der Mathematik. Nun ja, vielleicht nicht, was die Musik anging. Albert meinte, er würde wohl nie lernen, die japanische Musik zu schätzen. Aber die bildende Kunst! Die Gärten, die Tempel, die Teezeremonie! Gar nicht zu reden von den Schriftzeichen, die ihn mit ihrer organischen Eleganz verzauberten.

Am nächsten Tag waren sie mit dem Zug weiter Richtung Westen gereist, vorbei an sich schlingernden Flüssen, grün bewaldeten Bergen im Morgennebel und der schönen Stadt Hiroshima. Elsa hatte sich ans Zugfenster gelehnt, aufgeregt wie ein kleines Mädchen. Sie hatten keinen Gedanken an den Nobelpreis verschwendet.

Eigentlich hätte er den Preis schon viel früher bekom-

men müssen, aber einflussreiche Personen im Nobelkomitee hatten gegen ihn gearbeitet. Er wusste auch, wer.
Schließlich war der Druck von der ihm geneigten Seite
zu stark geworden, und man hatte ihn nicht mehr überge-
hen können.

Albert fand das Ganze lächerlich. Ihm war dieser Preis
egal. Aber er hatte seiner ersten Frau gegenüber ein Versprechen abgegeben. Falls er den Nobelpreis bekommen
sollte, würden sie und ihre Söhne in der Schweiz das Geld
bekommen. Das stand in der Scheidungsurkunde, die er
unterschrieben hatte. Und die schwedische Krone war eine
stabile Währung. Nicht wie das deutsche Spielgeld.

Im Außenministerium bekam er eine Medaille und eine
Urkunde. Der Beamte, der ihm beides überreichte, schaute etwas herablassend. Das musste nicht gegen Albert persönlich gerichtet sein; es ist schwierig, mit einem Monokel im Auge freundlich auszusehen.

Albert betrachtete die Urkunde. Sie war handgemalt,
mit einem breiten Rahmen aus Lorbeer, und bestand aus
zwei Seiten.

Auf der ersten Seite stand, wofür er den Nobelpreis
nicht bekam: die Relativitätstheorie. Auf der zweiten Seite stand, wofür er den Preis *bekam*: für die Entdeckung
des Gesetzes des photoelektrischen Effekts. Eine eigenartige Begründung.

»Und das Geld?«, fragte Albert mit einem diskreten
Hüsteln. »Wann wird das auf mein Bankkonto in der
Schweiz überwiesen?«

Der Beamte verzog den einen Mundwinkel, sodass das
Licht des Kristallleuchters in seinem Monokel blitzte,
vielleicht sollte es ein Lächeln sein. Nein, so einfach war

es nicht. Die Schweden waren listig. Um das Geld zu bekommen, musste Albert dort eine Vorlesung halten. Ohne Nobelvorlesung gab es kein Nobelpreisgeld.

Albert nickte demütig.

»Ich muss also nach Stockholm fahren? Oder vielleicht nach Uppsala?«

»Weder noch. Sie werden Ihre Vorlesung in Göteborg halten. In Liseberg.«

»Ist das eine Universität?«

»Nein«, antwortete der Beamte mit einer neuerlichen Grimasse. »Das ist ein Vergnügungspark.«

Zwei Wochen danach ging Albert am Morgen wie immer in sein Turmzimmer hinauf. Schon im Treppenhaus hörte er das muntere Geknatter von Bettys Schreibmaschine und das nette Geklingel der kleinen Glocke, wenn sie die Zeile wechselte.

Sie hatte bereits ihre Gewohnheiten. Sie kam an drei Tagen in der Woche gegen acht Uhr, ging direkt ins Turmzimmer und öffnete die Tür mit einem eigenen Schlüssel. Albert kam dann gegen neun Uhr. Sie saßen jeder an einem Schreibtisch, mit dem Rücken zueinander. Alberts stand am Fenster und war sehr unaufgeräumt, Bettys Tisch an der gegenüberliegenden Wand war ordentlich und sauber. Um ihn nicht mit dem Geknatter zu stören, machte sie alle Reinschriften in der ersten Stunde am Morgen, wenn sie allein war. Danach arbeiteten beide konzentriert, Rücken an Rücken. Wenn sie etwas besprechen mussten, setzten sie sich in die Sitzecke unter der Schräge. Gegen dreizehn Uhr trennten sie sich. Albert ging hinunter zu Elsa zum Mittagessen und Betty nach Hause.

Was Albert an Betty am meisten schätzte, war, dass sie still sein konnte. Sie arbeitete so lautlos, dass er oft vergaß, dass sie da war, aber wenn sie dann miteinander sprachen, war sie munter und redegewandt und überhaupt nicht scheu.

Als er das Zimmer betrat, schaute sie von der Schreibmaschine auf.

»Guten Morgen, Fräulein Neumann«, sagte Albert lächelnd.

»Guten Morgen, Herr Professor. Ich soll Ihnen schöne Grüße von Doktor Müller ausrichten. Er war gerade hier und wollte Sie sprechen.«

»Wer?«

Albert blieb an seinem Schreibtisch stehen und drehte sich erstaunt zu ihr um.

»Doktor Müller«, wiederholte Betty. »Er scheint ein großer Bewunderer Ihrer Person und Ihrer Theorie zu sein.«

»Großer Gott«, murmelte Albert. »War er *hier*? Im Turmzimmer?«

Das Turmzimmer war bislang ein wohlgehütetes Geheimnis, das nur seine Familie und seine Freunde kannten. Es kam vor, dass sehr freche Journalisten an der Tür seiner Wohnung im vierten Stock klingelten und versuchten, die standhafte Elsa zu überreden, sie einzulassen. Aber keiner von denen würde auf den Gedanken kommen, die enge Treppe neben dem Aufzug hinaufzusteigen. Wie konnte also dieser Müller, wer immer er war, hierhergefunden haben?

»Er klopfte an die Tür, kurz nachdem ich selbst gekommen war«, fuhr Betty fort. »Ich hatte noch kaum den

Mantel ausgezogen. Er sagte, er sei Chemiker und habe einen Artikel über Kaliumsalze geschrieben.«

»Und er will natürlich, dass ich ihn lese?«, seufzte Albert.

Seit er berühmt war, schickten ihm die Leute alle möglichen Aufsätze und Artikel und baten ihn, sich dazu zu äußern. Normalerweise warf er einen Blick darauf und ließ dann Ilse eine freundliche, aber abschlägige Antwort schreiben. Das würde in Zukunft Bettys Aufgabe sein, er würde ihr das Muster für solche Briefe geben.

»Aber Sie haben ihn schon gelesen«, sagte Betty mit einem kleinen Lachen. »Er war doch gestern Nachmittag hier und hat den Aufsatz mit Ihnen diskutiert, wie Sie sich vielleicht erinnern. Er hat Ihnen sehr gut gefallen. Zumindest hat Doktor Müller das behauptet«, fügte sie mit einem hastigen Blick auf ihren Arbeitgeber hinzu, der plötzlich ganz blass geworden war. Sie fuhr rasch fort.

»Doktor Müller wollte ihn an eine wissenschaftliche Zeitschrift schicken, aber zuvor Ihre Meinung hören. Als er dann am Abend nach Hause kam, konnte er den Artikel nicht in seiner Aktentasche finden. Er glaubte, er habe ihn hier vergessen. Ich wusste natürlich nichts über die Angelegenheit, ich war ja am Nachmittag nicht hier. Ich bat ihn, später wiederzukommen, wenn Professor Einstein hier wäre, aber er schien es eilig zu haben. Er bat mich, gründlich zu suchen, er müsse diese Papiere sofort haben. Aber hier gibt es ja so schrecklich viel Papier und ich sagte, ›Wie soll ich denn wissen, welches Ihre Papiere sind, Doktor Müller?‹, ›Ich helfe Ihnen. Ich erkenne sie, wenn ich sie sehe‹, erwiderte er. Und dann zog er die Schubladen des Schreibtischs vom Professor auf! Ich sagte, ich könne es alleine und bat ihn, sich hinzusetzen und zu warten, während ich suchte. Aber das war, wie eine Nadel im Heuhaufen zu suchen.«

Sie machte eine hilflose Geste in Richtung der Papierberge auf dem Schreibtisch von Albert, den Bücherregalen und dem Boden.

»›Tut mir leid, Doktor Müller!‹«, sagte ich dann, »›ich glaube nicht, dass Ihr Artikel hier ist, und ich muss sie jetzt bitten zu gehen‹. Irgendetwas an ihm gefiel mir nicht. Dann stand er auf und sagte sehr höflich, ›Ich muss den Artikel woanders vergessen haben. Verzeihen Sie, wenn ich Ihnen Unannehmlichkeiten gemacht habe.‹ Und dann verbeugte er sich wie ein Kellner und ging so schnell, wie er gekommen war. Es war ein eigenartiger Mann. Kennen Sie ihn gut, Herr Professor?«

Albert schwieg und strich mit dem Daumen über den Schnurrbart. Dann sagte er:

»Ich habe diesen Doktor noch nie getroffen. Ich weiß nicht, wie er hierhergefunden hat.«

Betty runzelte die Stirn.

»Wissen Sie, ich glaube fast, er ist mir die Treppe hinauf gefolgt. Ich hörte jemanden hinter mir, aber immer ein Stockwerk tiefer, erkennen konnte ich also niemanden.«

Albert nickte langsam.

»Versprechen Sie mir eins, Betty. Lassen Sie nie wieder jemanden herein, es sei denn, ich hätte es zuvor gesagt. Wirklich niemanden. Das ist sehr wichtig.«

Betty versprach es.

Sie setzten sich in die Sessel und gingen zusammen die Post durch. Sie enthielt unter anderem einen Brief der Universität Leiden mit der Anfrage, ob Albert im Mai dort einige Vorlesungen halten wolle, ein Angebot, das er gerne annahm. Es klang verlockend, Berlin zu verlassen.

»Ich werde es gleich in den Kalender schreiben«, sagte Betty und ging zu ihrem Schreibtisch.

Als sie aufgestanden und der Sessel leer war, erinnerte Albert sich plötzlich an seinen Freund Walther Rathenau, der in genau diesem Sessel Platz genommen hatte, als sie sich das letzte Mal gesehen hatten. Das war nun ein Jahr her. Albert hatte immer gefunden, dass man sich so leicht mit ihm unterhalten konnte. Obwohl Rathenau Politiker war, hatten sie viele Gemeinsamkeiten, wie das Interesse für Musik und die jüdische Herkunft. Rathenau hatte außerdem in Physik promoviert und verstand deshalb recht gut, womit Albert sich beschäftigte.

Aber bei ihrem letzten Zusammentreffen hatten sie nicht über Alberts, sondern über Rathenaus Arbeit gesprochen. Albert hatte ihn gewarnt, den Posten als Außenminister anzunehmen. Ein Jude sollte keine so exponierte Position einnehmen. Es war Wahnsinn, das Kinn so weit vorzurecken. Rathenau hatte ihm von den hasserfüllten Briefen berichtet, die er bekam. Albert hatte genickt, er wusste Bescheid. Er hatte selbst solche Briefe bekommen, Sätze, die vor Bosheit trieften, und widerwärtige Zeichnungen, die er sofort verbrannte, damit Elsa sie nicht zu sehen bekam.

»Du solltest wirklich vorsichtiger sein«, hatte Albert gesagt.

Rathenau hatte ihn fest mit seinen dunklen, intelligenten Augen angeschaut und geantwortet:

»Ich *bin* vorsichtig.«

Und zu Alberts Entsetzen hatte sein Freund die Hand

in die Tasche gesteckt und einen Revolver hervorgeholt. Er hatte das schreckliche Ding mit seinen langen, sensiblen Fingern gestreichelt, diesen Fingern, die Albert so oft über die Tasten des Klaviers hatte fliegen sehen, und gesagt:

»Du solltest dir auch einen zulegen, Albert.«

Albert hatte heftig den Kopf geschüttelt. Er verabscheute lautes Knallen, und es war ihm gelungen, dem Militärdienst zu entgehen. Beim Anblick des Revolvers hatte er einen trockenen Mund bekommen und nicht weitersprechen können. Er hatte nur den blauschwarzen Lauf mit der gruseligen, dunklen Mündung angestarrt, und irgendwie hatte er an den Titel von Rathenaus Doktorarbeit denken müssen: *Die Absorption des Lichts bei Metallen.*

Rathenau hatte also einen Revolver. Aber was hatte der ihm geholfen? Eines Morgens, als er wie immer in seinem offenen Wagen zur Arbeit fuhr, hatte ein anderes Auto in der Allee auf ihn gewartet. Es war neben ihn gefahren und die Passagiere auf dem Rücksitz, zwei junge Männer um die zwanzig in langen Ledermänteln und Lederhelmen, hatten sich zu ihm gedreht und mehrere Schüsse mit einem Maschinengewehr abgegeben. Sicherheitshalber hatten sie dann auch noch eine Handgranate geworfen.

Albert war so sehr in seine Gedanken vertieft, dass es eine Weile dauerte, bis er begriff, was Betty sagte.

»Eigenartig«, hörte er sie sagen. Sie schaute sich auf ihrem ordentlich aufgeräumten Schreibtisch um und sah in die ebenso untadeligen Schubladen. »Der Kalender hat hier gelegen. Ich habe gestern Vormittag hineingeschaut und ihn dann an den gleichen Platz zurückgelegt. Ich lege ihn immer hierher.« Sie klopfte leicht auf den grünen Bezug des Schreibtischs. »Aber jetzt ist er weg.«

»Sind Sie sicher, Betty?«

Sie schaute ihn unglücklich an und nickte.

»Ganz und gar weg, Herr Professor.«

»Hm, der taucht schon wieder auf«, tröstete Albert sie und tätschelte vorsichtig ihre Wange, die erstaunlich zart war. »Vielleicht habe ich selbst hineingeschaut und ihn dann verlegt.«

Das war eine Lüge. Er würde nicht im Traum daran denken, etwas auf dem Schreibtisch seiner Sekretärin anzufassen. Elsa hatte ihn dringlich gebeten, sich nicht in Zeitpläne und Termine einzumischen.

Der Verlust des Kalenders war natürlich eine Katastrophe. Darin standen sämtliche Termine und Vorlesungen.

Als er am Abend Elsa davon erzählte, schaute sie beinahe zufrieden.

»Hab ich mir doch gedacht, dass diese kleine Betty nicht richtig auf die Sachen aufpassen kann. Aber vielleicht ist es nicht ganz so schlimm, wie du meinst, Albert.«

Sie rauschte aus dem Zimmer, war für ein paar Minuten verschwunden, und als sie zurückkam, wedelte sie triumphierend mit ihrem eigenen Kalender, in den sie eintrug, wann Schornsteinfeger oder Metzger kommen würden, sowie Essenseinladungen bei Freunden und die Geburtstage der Verwandtschaft. Ilse hatte die Angewohnheit gehabt, seine Termine in Elsas Kalender einzutragen, der so zum Duplikat seines eigenen wurde. Alle Termine, die vor der Reise nach Japan vereinbart worden waren, standen darin. Seit sie wieder in Berlin waren, hatte es noch nicht so viele neue Verabredungen gegeben, er hatte die meisten Anfragen abgelehnt. Der Nobelvorlesung in Göteborg hatte er natürlich zugestimmt. Das Datum hatte er im Kopf: 9. Juli.

»Du wirst also nichts verpassen«, sagte Elsa und zauste ihm freundlich durch die Haare. »Morgen kaufe ich dir einen neuen Kalender.«

Er nickte dankbar. Elsa hatte, wie schon so oft, wieder ein praktisches Problem für ihn gelöst.

Aber die eigentliche Katastrophe hatte er ihr gegenüber gar nicht erwähnt: dass der Kalender sich in falschen Händen befand. Dass eine fremde Person genau wusste, wo er sich in den nächsten Monaten aufhalten würde.

NILS

8. Mai 1923

Der große Tag der Einweihung war gekommen. Die Fahnen am Gustav-Adolf-Platz knatterten im Wind, die Leute drängelten sich, um zu sehen, wie König Gustaf V. einen Kranz an der Statue seines Vorgängers niederlegte. Der berühmte Komponist Wilhelm Stenhammar dirigierte das Orchester. In den Kanälen ruderten Rettungsboote umher, um Menschen herauszufischen, die im Gedränge ins Wasser geschubst worden waren.

Mit zittriger Stimme hielt der König eine Rede. Die Feder auf seinem Helm bewegte sich im Wind. Niemand verstand, was er sagte.

»Lauter, Eure Majestät! Lauter!«, rief ein Mann von einem Dach, ein paar Leute lachten.

Dann hob Wilhelm Stenhammar den Taktstock. Die Sonne blitzte im blanken Messing der Blasinstrumente, als das Orchester das Königslied anstimmte, und in einer einzigen wogenden Bewegung nahmen tausende Herren ihre Hüte ab.

»Jetzt ist der König da«, sagte Nils Gunnarsson, als er die mächtigen Töne vom großen Hafenkanal herüberwehen hörte. Er stand auf Deck des Mannschaftsschiffs Venus, wo die Streikbrecher ihre Kabinen hatten. Er und die anderen Polizisten hatten die Aufgabe, über deren Sicherheit zu wachen. Viele der Streikbrecher waren arme Bauernburschen oder Arbeitslose, die eine Möglichkeit sahen, ein paar Groschen zu verdienen. Sie kamen aus anderen Städten oder vom Land. Sie hatten keine Erfahrung als Hafenarbeiter, kannten den Ehrenkodex der Arbeiterbewegung nicht, und sie waren überhaupt nicht vorbereitet auf den wütenden Hass, der ihnen entgegengebracht wurde. Unter der ironischen Überschrift *Ehrenmänner* veröffentlichte die sozialdemokratische Zeitung *Ny Tid* Listen mit Namen und Adressen der Streikbrecher, auf welchem Mannschaftsschiff sie lebten und wie sie zur Arbeit kamen. Einige von ihnen blieben auf den Schiffen und gingen nie an Land.

Aber der Mann, der neben Nils auf dem Deck stand, schien überhaupt nicht beunruhigt zu sein. Er schlug den Mantelkragen hoch und bot dem Polizisten eine Zigarette aus einem Silberetui an.

Nils war dieser Mann gleich zu Anfang aufgefallen. Er war nicht wie die anderen Streikbrecher. Er sprach gewählt, benahm sich gesittet und war sogleich vom einfachen Hafenarbeiter zu einer Art Vertrauensmann aufgestiegen, was bedeutete, dass er keine körperliche Arbeit verrichten musste. Das Mannschaftsschiff war sein Arbeitsplatz, aber er wohnte nicht dort, er hatte sich in der Stadt ein Hotelzimmer besorgt. Er schien auch keine Angst zu haben, an Land zu gehen. Aus irgendeinem Grund hatten die Streikenden ihn nicht auf dem Kieker. Vielleicht wussten sie nicht so genau, wer er eigentlich war. Auch Nils war sich da nicht sicher.

Der Mann hieß Kurt Hamilton. Hamilton? Das war doch ein adeliger Name? Gleichwie, er war ein netter Kerl, und Nils hatte nichts dagegen, während der langen, kühlen Wachen ein bisschen mit ihm zu plaudern. Er nahm

eine Zigarette, und mit dem Rücken gegen den Wind gewandt gab Hamilton ihm Feuer. Nils rauchte sonst nicht,
aber die Geste des Mannes, als er ihm das Silberetui hin-
streckte, hatte etwas, das er nicht ablehnen konnte.

Sie standen auf Deck und rauchten zusammen. Die Töne des Orchesters vom Gustaf-Adolf-Platz waren leise,
aber deutlich zu hören. Der Zigarettenrauch wirbelte im
Wind und im Sonnenschein davon. Als Nils sich über die
Reling beugte, konnte er sich vorstellen, wie es war, auf
der *Venus* zu reisen, zu einer Zeit, als sie noch ein stolzes
Passagierschiff gewesen war und nicht ein verfallenes Wrack.

»Ja, nun wird also endlich diese Ausstellung eröffnet,
von der so viel geredet wird«, sagte er. »Das Problem
mit den Transporten scheint ja gelöst worden zu sein.«

»Die Blockade hatte wohl keinen großen Effekt«, kon-
statierte Hamilton leichthin und klopfte die Asche über
die Reling ab. Er sprach vornehmen Stockholmer Dialekt.
»Sie werden hingehen, nehme ich an?«

»Ja, ja«, sagte Nils. »Ich werde wahrscheinlich Dienst
haben. Und Sie? Werden Sie hingehen?«

Hamilton nickte.

»Ich werde dort arbeiten, genau wie Sie. Ich habe eine
Anstellung als Oberkellner im Hauptrestaurant.«

»Sieh da. Ich nehme an, Sie haben Erfahrung in der
Branche?«, fragte Nils vorsichtig.

Hamilton bestätigte das mit einem kurzen Nicken und
fügte hinzu, er habe vor, ein eigenes Restaurant zu eröffnen, sobald er das erforderliche Kapital zusammen habe.

Dank dieser Informationen hatte Nils jetzt ein klareres
Bild von Hamilton. Man konnte sich diesen Mann gut in
der Welt der eleganten Restaurants vorstellen.

»Ich nehme an, Sie werden die Ausstellung auch privat besuchen?«, sagte Hamilton.

»Ganz bestimmt.«

»Ich hoffe, Sie werden das Hauptrestaurant mit Ihrem Besuch beehren. Das Etablissement steht unter der Regie von Hasselbacken. Sie kennen doch das Restaurant Hasselbacken in Stockholm? Ich werde Ihnen einen Tisch reservieren.«

»Ich gehe nur selten ins Restaurant«, murmelte Nils.

Hamilton schien seine Gedanken zu lesen.

»Machen Sie sich keine Sorgen. Mit den richtigen Kontakten zur Küche muss es nicht teuer werden. Umsonst nachgeschenkte Getränke und ein Dessert aufs Haus kann ich jetzt schon versprechen. Fragen Sie einfach nach Oberkellner Hamilton, wenn Sie mit Ihrer Verlobten dorthin kommen. Sie haben doch eine Verlobte?«

Die hatte Nils nicht. Er wartete absichtlich noch damit. Er war sehr wählerisch. Wenn er das Wort *Verlobte* hörte, dachte er immer gleich an Carl Olanders Verlobte Dagny, eine hübsche und gut gekleidete Disponententochter, die ab und zu auf der Treppe der Polizeistation stand und wartete, bis Olander seinen Dienst beendet hatte. So ein Mädchen wie Dagny, das stellte Nils sich für später auch einmal vor.

»Nein. Noch nicht.«

Hamilton lächelte.

»In der Ausstellung werden Sie bestimmt jemanden kennenlernen. Dort werden sich in diesem Sommer alle hübschen jungen Damen aufhalten. Ich rate Ihnen, gehen Sie in die Rotunde, ein Tanzlokal direkt neben dem Hauptrestaurant. Das wird etwas ganz Besonderes. Da

werden Sie unter tausenden Schönheiten wählen können.«

Nils wollte es sich merken.

»Und wenn der Polizist dann die Frau seines Herzens
gefunden hat: Kommen Sie zum Hauptrestaurant, ich werde dafür sorgen, dass Sie einen unvergesslichen Abend erleben werden.«

Nils war neunundzwanzig. Er stammte aus der Provinz
Bohuslän nördlich von Göteborg. Nach einigen Jahren als
Soldat im Regiment von Bohuslän hatte er sich bei der Polizei beworben. Mit seinem stattlichen Körperbau und
dem militärischen Hintergrund war er als geeignet angesehen worden und wurde sofort als Hilfspolizist eingestellt.
Die Zeit als Hilfspolizist war als Einführung in den Beruf
und als Test auf seine Eignung gedacht.

Der sechs Jahre ältere Carl Olander war sein Mentor
und Kamerad, wenn sie auf Streife gingen. Während dieser langen Wanderungen unterrichtete Olander ihn, er erklärte ihm die Gesetze und wie man sich in allen möglichen polizeilichen Situationen und im Leben überhaupt
zu verhalten hatte. Jedes Eingreifen war eine praktische
Übung, die dann hinterher analysiert und diskutiert wurde.

Als Olander dann zur Kriminalpolizei in die Spannmålsgatan versetzt wurde, vermisste Nils seinen Kollegen.
Sein neuer Kollege auf Streife hatte keinerlei Lust, überhaupt etwas zu reden. Die Schichten waren unerträglich
lang.

Nils' ursprünglicher (und überaus heimlicher) Plan war
es gewesen, Verkehrspolizist zu werden und auf einem

Motorrad mit Seitenwagen zu fahren. Dann überlegte er jedoch, ob die Kriminalabteilung nicht interessanter wäre. Als die Zahl der Kriminalbeamten aufgestockt werden sollte, ermahnte Olander ihn, sich zu bewerben. Er wurde genommen, und so waren sie wieder Arbeitskollegen.

Nils hatte Olander schon als Ordnungspolizist bewundert, aber er bewunderte ihn noch mehr als Kriminalisten. Er besaß die Ruhe und natürliche Autorität, an denen es so vielen anderen Polizisten mangelte. Er verhörte Verdächtige, als würde er mit ihnen plaudern. In einem beiläufigen Gespräch über dieses und jenes platzierte er die entscheidenden Fragen, und auf einmal hatte der Schurke alle Informationen preisgegeben, die Olander für eine Festnahme brauchte. Er machte sich wie nebenbei Notizen, dankte für das Gespräch und lächelte freundlich, wenn der verblüffte Schurke in seine Zelle abgeführt wurde.

Nils gefiel die Arbeit auf dem Revier. Er beschwerte sich nie über den schlechten Lohn oder die unregelmäßigen Arbeitszeiten.

Er wohnte in einer Einzimmerwohnung mit Küche, und er besaß ein Fahrrad. In seiner knappen Freizeit nahm er an der Vereinsarbeit der Polizei teil. Er war Mitglied im Schachclub, im Fahrrad- und im Schützenverein.

Bevor er zu Bett ging, las er manchmal ein Stück in einem zerlesenen Gesetzbuch, das er in einem Antiquariat gekauft hatte und das voller Unterstreichungen und Anmerkungen eines Jurastudenten war. Die Lektüre hatte einen merkwürdig beruhigenden Einfluss auf ihn. Jedes Mal, wenn er das dicke Buch aufschlug und mit dem Finger entlang der kleingedruckten Zeilen fuhr, musste er an seine Mutter und ihre Bibel denken. Diese beiden Bücher erinnerten ihn daran, dass es trotz allem eine Ordnung und Gerechtigkeit in der Welt gab. (Was man manchmal wahrlich anzweifeln konnte.)

Ja, Nils ging es gut, und er empfand eine demütige und vorsichtige Hoffnung, dass es ihm bald noch besser gehen würde. Angenehmere Arbeitszeiten, bessere Bezahlung. Eine kleine Familie.

Aber er hatte es nicht eilig. Wenn er nur jeden Tag sein Bestes gab, dann würde irgendwann alles gut werden.

Sehr viel später würde er sich an den Tag erinnern, als er und Hamilton auf dem Deck des Schiffes standen und rauchten. Wie der Wind den Rauch davongewirbelt hatte und die Schreie der Möwen sich mit den entfernten Klängen von Stenhammars Orchester gemischt hatten.

»Sie müssen mir versprechen, zum Hauptrestaurant zu kommen«, hatte Hamilton gesagt, bevor sie auseinandergingen.

Nils hatte es versprochen.

Aber Hamilton selbst würde dort nie auftauchen.

OTTO
Mai 2002

Im Speisesaal des Altenheims ist der Fernseher immer bei voller Lautstärke an, obwohl niemand zuschaut. Es ist fürchterlich störend und macht eine normale Konversation unmöglich. Der Apparat ist hoch oben an der Wand festgeschraubt, aber heute habe ich die Fernbedienung gefunden, und als das Personal mit etwas anderem beschäftigt war, hab ich ihn ausgemacht.

Schon nach wenigen Sekunden bereute ich es. Die kompakte Stille von fünfunddreißig alten Leuten, nur unterbrochen vom Klirren des Bestecks und ab und zu einem Husten, das war ein Schreckensszenario, schlimmer als es je ein Fernsehapparat hervorbringen kann. Rasch holte ich die Fernbedienung wieder aus ihrem Versteck hinter den Topfpflanzen hervor und machte den Fernseher wieder an.

Hier gibt es niemanden, mit dem ich sprechen kann. Wir sind alle über achtzig oder sogar über neunzig, und man sollte meinen, man hat Gemeinsamkeiten mit seinen Altersgenossen. Das Problem ist, dass keiner von uns die anderen als gleichaltrig ansieht. Wir sehen um uns herum immer nur alte Männer und Frauen und selbst sind wir … etwas ganz anderes.

Eine Frau hier ist noch tiefer in der Demenz als ich. Sie glaubt, sie sei siebzehn und ist jedes Mal wieder schockiert, wenn sie an dem großen Spiegel vorbeikommt, den ein zynischer Innenarchitekt in der Eingangshalle angebracht hat.

»Das ist ein Irrtum, das ist ein Irrtum«, ruft sie verzweifelt und streicht sich mit den Handflächen übers Gesicht, als wolle sie die Falten und Pigmentflecken wegwischen.

»Spiel einfach mit«, zische ich, wenn ich mit meinem Rollator an ihr vorbeikomme. »Bald bist du von diesem Theater befreit. Bald kannst du diese zerknitterte Maske abstreifen. Spiel einfach mit.«

Eine Folge des Altwerdens ist, dass es niemanden mehr gibt, der einen jung kannte. Vor einem Jahrzehnt gab es noch einen kleinen Kreis von Menschen, ein paar gleichaltrige Bekannte, die in mir den kleinen Jungen oder den jungen Mann sahen, den sie einmal kannten. Genau wie ich durch *ihre* bejahrten Verkleidungen schauen konnte und sah, wie sie früher einmal waren, ihre »richtigen« Gesichter. Wie in einer Geheimgesellschaft suchten wir die Nähe der anderen, besuchten uns gegenseitig im Krankenhaus oder im Altenheim, spiegelten uns in den Blicken der anderen.

Oskar Eriksson war der Letzte. Als ich letztes Jahr seine Todesanzeige las, bat ich das Personal, mir den Fahrdienst zu buchen, und dann fuhr ich zu seiner Beerdigung. Es war ein Abenteuer, mit dem Rollator, dem Blumenladen und allem, aber ich schaffte es. Ich legte eine Blume auf seinen Sarg und weinte.

Wir haben uns nie sehr nah gestanden. Früher einmal waren wir Arbeitskollegen. Wir gingen tanzen und hatten Spaß zusammen, und wenn wir uns später auf der Straße begegneten, hoben wir den Hut und grüßten. Mehr war da nicht.

Seine Kinder und Enkel schauten verwundert den weinenden, ihnen völlig fremden Beerdigungsgast an.

Meine Tränen waren natürlich durch und durch egoistisch. Ich betrauerte nicht Oskar, sondern das Bild von mir als jungem Mann, das er nun mit sich ins Grab nahm.

Schrecklich eitel, ja. Aber wenn ich hier im Speisesaal sitze und all die schlaffen Gesichter um mich herum sehe, die trüben, leeren Blicke und die steifen, unförmigen Körper und mir dann klar wird, dass andere Menschen *mich* so sehen, dann könnte ich verzweifeln. Dann möchte ich wie die Frau ausrufen: »Das ist ein Irrtum, das ist ein Irrtum!«

Sobald ich in mein Zimmer komme, setze ich mich in den Sessel, der vor meinem eigenen Fernseher steht.

Ich schaue jetzt nie mehr fern. Früher habe ich noch die Nachrichten geschaut, aber auch damit habe ich aufgehört. Auch mit Unterhaltungssendungen oder Filmen. Mich interessiert nicht mehr, was in einer Welt geschieht, der ich nicht mehr angehöre. Welches Fernsehprogramm kann sich messen mit dem Film, der sich in meinem zerfallenden Gehirn entrollt? Welches Medium kann konkurrieren mit dem durchleuchteten, dreidimensionalen Erleben der Vergangenheit eines dementen Alten?

Ich sitze also vor dem ausgeschalteten grauen Bildschirm und suche das richtige Programm in meiner Erinnerung. Wo war ich gleich wieder? Ach, ja, die Ausstellung! 1923!

Es war eine merkwürdige Zeit.

Es gab die alte Gesellschaft noch, Seite an Seite mit der neuen, die noch zart war, noch nicht richtig fertig. Pferdegespanne drängten sich mit Autos auf den Straßen. Flugmaschinen brummten über zugige Holzhütten, in denen die Armen wie im neunzehnten Jahrhundert lebten. Innerhalb von fünfzig Jahren hatte sich die Einwohnerzahl von Göteborg vervierfacht. Das Leben in den Behausungen war klaustrophobisch eng. Man wohnte auf Dachböden, in Kellern und Schuppen auf den Hinterhöfen. Gleichstellung und soziale Reformen waren nur Ideen in den Köpfen der Menschen. Die Frauen hatten gerade erst das Wahlrecht errungen.

Die Arbeiterbewegung bekam politische Macht, aber sie war noch nicht richtig in die neuen Anzüge hineingewachsen. In Göteborg hatten die Sozialdemokraten die Mehrheit im Stadtrat. Aber der Vorsitzende, der Schreiner Herman Lindholm, sah sich nicht in der Lage, die Jubiläumsausstellung zu eröffnen, weil er keine fremden Sprachen beherrschte. Er gab während des Jubiläumsjahres freiwillig den Vorsitz ab und überließ die Macht vorübergehend denen, die es gewohnt waren, in Göteborg zu herrschen: den reichen Großhändlern und Industriebossen. Axel Carlander, der zusammen mit seinem Vater die schwedische Kugellagerfabrik SKF gegründet hatte, trat für die Dauer der Ausstellung wieder als Vorsitzender an.

Es war eine Zeit, die, so hatte es den Anschein, ein wenig zu früh geboren worden war. Vorsichtig und zittrig versuchte sie, auf eigenen Beinen zu stehen, unsicher, was sie konnte, was sie war.

Manchmal war man zu optimistisch. Die Zeitungen schrieben, dass bald jedermann mit der Flugmaschine von Göteborg nach Stockholm reisen könnte. Man würde eine »Luftdroschke« bestellen, so wie man es vor kurzem mit der Autodroschke gelernt hatte. Tatsächlich sollte es noch ein halbes Jahrhundert dauern, bis ein Flugticket für das gemeine Volk erschwinglich wurde, aber 1923 glaubte man, es wäre bald so weit.

Bei der Ausstellung ging es viel um Luft: Flugmaschinen, Luftschiffe, Seilbahnen, Luftkünstler und Radiowellen. Es ging auch um Licht: bunte Laternen, Feuerwerk, illuminierte Gebäude. Und Magie. Wörter wie Hexenkraft, Märchen, zauberhaft und Traum wurden ständig benutzt.

Das Ganze hatte etwas Unwirkliches. Es war eine Illusion. Die Zukunft streckte einen Moment lang ihren Kopf durch den Vorhang und zog ihn wieder zurück, bevor jemand verstand, was man gesehen hatte.

An einem Tag im Mai kamen wir dort an, Bella und ich. Wir wurden in einem speziell eingerichteten Lastwagen transportiert, in dem der Graf seine Pferde zu den Rennen fuhr. Ich fuhr mit Bella auf der Ladefläche. Das war kein schlechter Platz, es gab ein Fenster zum Hinausschauen und eine klappbare Bank zum Draufsitzen. Zwischen den beiden Pferdeständen gab es rot bemalte Schmiedearbeiten und Pfosten mit Messingknöpfen, damit die Pferde etwas Hübsches zum Anschauen hatten und gut gelaunt beim Rennen ankamen. Da ich sonst nie in einem Auto fuhr, war die Reise für mich ein spannendes Abenteuer.

Das fand Bella überhaupt nicht. Sie stieß während der ganzen Reise fürchterliche Schreie aus, trat gegen die gepolsterte Stallwand, sodass das ganze Auto wackelte. Am Anfang fuhr der Fahrer langsam und vorsichtig, damit die Reise so schonend wie möglich vonstattenging, aber als das nicht half, änderte er die Taktik und fuhr so schnell er konnte, um das Leiden für uns und Bella zu verkürzen.

Vom Södra Vägen fuhren wir von hinten ins *Barnens Paradis*, dem Kinderland der Ausstellung. Bella war von der Reise ziemlich müde, und als ich sie am Halfter herausführte, kam sie gefügig mit. Sie schnupperte an der lehmigen Erde, wieherte und schnaubte eifrig, so wie sie es machte, wenn sie sich wälzen wollte. Ich ließ sie gewähren, das war besser so, danach würde sie besser gelaunt sein. Ich würde sie am nächsten Morgen sowieso gründlich striegeln müssen.

Aber im Stall gab es Probleme. Da wohnten nämlich schon zehn Gotlandponys, ein Kalb und zwei Ziegen, und Letztere konnte Bella überhaupt nicht leiden. Sie schauten Bella neugierig an, als sie vorbeigeführt wurden, aber Bella stellte sich auf die Hinterbeine und schlug mit den Vorderhufen nach ihnen aus. Die Ziegen liefen wie verrückt umher und meckerten wild.

Ein Wächter kam herein und fragte, was los sei.

»Soll dieser Esel wirklich Kinder auf dem Rücken tragen?«, fragte er. »Der ist ja lebensgefährlich.«

Ich versicherte ihm, dass Bella sich beruhigen würde. Gegen Kinder hatte sie nichts, solange ich in der Nähe war. Aber sie hasste andere Tiere. Und ganz besonders Ziegen.

Nachdem Bella in ihrer Box installiert war, bekam ich Milch und zwei Hefebrötchen im Gasthaus Äppleboda, einem kleinen Restaurant, das zum Kinderparadies gehörte. Die Stühle und Tische waren kleiner als gewöhnlich, damit sie für Kinder passten. »Möchtest du vielleicht auch einen Eiertoddy haben?«, fragte das Mädchen, das servierte. Sie war ungefähr in meinem Alter, zwölf oder vielleicht dreizehn, sie trug eine weiße Schürze und eine kleine Haube wie eine erwachsene Kellnerin. Ich wusste nicht, was ein Eiertoddy war, und wollte nicht fragen, deshalb sagte ich: Nein, danke. Dann bereute ich es. Hätte ich ja gesagt, dann hätte ich herausgefunden, was es war. Wenn es schlecht geschmeckt hätte, dann hätte ich es in einen der großen Blumentöpfe schütten können, wenn sie es nicht sah. Ich beschloss, das nächste Mal, wenn es mir noch einmal angeboten würde, ja zu sagen.

Ich war bei einer Familie mit vier Kindern in Haga untergebracht. Ich schlief zusammen mit ihrem anderen Untermieter, einem etwas älteren Jungen, auf dem ausziehbaren Küchensofa. Er arbeitete als Hilfsarbeiter im Schlachthof und roch widerlich. Wenn wir uns am Abend hingelegt hatten, ich oben auf dem Sitz, er im ausgezogenen Teil des Sofas, erzählte er gemächlich und beinahe zufrieden von seiner Arbeit: Därme wegschaufeln, Blut wegspülen und Ratten ertränken. Aus dem Zimmer nebenan hörte man Kindergeschrei und Familienstreitereien.

Nach zwei Nächten hatte ich genug und zog bei Bella im Stall ein. Sie roch viel besser als der Schlachterjunge, und vor allem schwieg sie, wenn man schlafen wollte. Ich lag auf ein paar Strohballen und hatte es richtig gemütlich.

Die Familie in Haga würde mich kaum vermissen, sie hatte es auch so schon eng genug, und solange der Graf für meine Unterkunft bei ihnen bezahlte, sahen sie keinen Grund, ihm mitzuteilen, dass ich das Küchensofa nicht mehr nutzte.

Wenn die Ausstellung geschlossen wurde, machte das erwachsene Personal des Kinderparadieses eine Runde, bevor es nach Hause ging. Ich verkroch mich dann in eine dunkle Ecke von Bellas Box und zog eine Pferdedecke über mich. Weil niemand sich in Bellas Nähe traute, wurde ich nie entdeckt.

Nachts verließ ich Bella manchmal und machte meine einsamen Streifzüge durch die geschlossene Ausstellung. Es war wie eine Geisterstadt. Die großen Plätze, gedacht für tausende von Menschen, waren leer und verlassen. Die elektrische Beleuchtung der Straßenlaternen war ausgeschaltet. Aber die Fackeln des Minaretts brannten gegen den Nachthimmel und das wachsame Auge des Leuchtturms der Ausstellung blinkte vom Berg herab.

Es war nicht ganz ungefährlich, nachts umherzuwandern. Es gab Nachtwächter mit Taschenlampen, und das Polizeirevier war rund um die Uhr besetzt. Einmal war unten in der Automobilausstellung ein schrecklicher Lärm, ein paar Männer waren eingebrochen und hatten versucht, Autoteile zu stehlen. Sie wurden sofort festgenommen.

Aber meistens schlief ich wie ein Stock auf meinen Strohballen. Ich war müde, denn ich musste am Tag viele Kilometer laufen.

Am Morgen wusch ich mich unter der Pumpe und machte mich, so gut es ging, zurecht. Dann ging ich ins Gasthaus Äppleboda und bekam Milch und Wecken von der kleinen Kellnerin, die für mich sorgte.

Das Kinderparadies war eine eigene Welt. Alles war wie im Märchen, in den eigenartigsten Größen und Formen. Da gab es Fliegenpilze, die waren so groß, dass man aufrecht unter ihnen stehen konnte, wenn es regnete, und einen riesigen Blechmann mit beweglichen Beinen. Wenn der Mann marschierte, konnten die Kinder in seinen Galoschen sitzen und schaukeln. Der Mann hatte ein unangenehmes Grinsen in seinem aufgemalten Gesicht, seine enorme Größe und die quietschenden, mechanischen Bewegungen ängstigten die kleineren Kinder.

Es gab ein Karussell und einen Märchenbaum, an dem abends rote Laternen leuchteten. Und dann natürlich die Tiere: Ziegen, Ponys, Kälber, einen Papagei, drei Affen, einen jungen Seehund und sogar ein paar Krokodiljunge. Bella konnte sie allesamt nicht ausstehen.

Außer den Kindern, die ins Kinderparadies kamen, um sich zu vergnügen, gab es noch die vielen Kinder, die hier arbeiteten. Jungen und Mädchen, die Bonbons und Spielsachen in den lustigen kleinen Geschäften verkauften, die niedlichen Kellnerinnen im Gasthaus Äppleboda, die elegant uniformierten Jungen, die an der Parade der Kinderwache teilnahmen, und dann noch Kinderchöre, Kinderschauspieler und Kinderturner. Wir sollten gemeinsam die Illusion einer unschuldigen Welt erschaffen, wo wir Kinder für uns lebten, spielten, Tiere streichelten und den ganzen Tag nur Kekse futterten. Natürlich war das alles sehr genau von Erwachsenen inszeniert, sie waren immer im Hintergrund und überwachten uns.

Jeden Tag, kurz bevor die Ausstellung öffnete, machte ein Zeitungsjunge die Runde und teilte Gratisexemplare der Zeitung *Krone und Löwe* aus, das war eine Zeitung nur für die Ausstellung. Ich warf meistens einen Blick hinein, dann bürstete ich meine Uniform, schloss den obersten Metallknopf der Jacke und stellte jeden Morgen wieder fest: Wir waren auf der Titelseite.

Die Zeitung machte nämlich immer mit dem Programm des Tages auf, was wann und wo auf der Ausstellung passierte. Und da jeder Tag mit Bellas Ausritten begann, war sie immer die Erste im Programm, vor berühmten Opernsängern, Seiltänzerinnen, Wissenschaftlern und königlichen Hoheiten.

Wenn man jeden Tag auf der ersten Seite steht, gehört man natürlich zu den Berühmtheiten, und genau das war Bella. Den Esel Bella und die Galoschenschaukel des Blechmannes, das wollten die Kinder in der Ausstellung erleben. (Ich wage jedoch die Behauptung, dass Bella beliebter war als diese Schaukel, deren Ruf gründete sich mehr auf Angst als auf Vergnügen). Auch ich erlangte eine gewisse Berühmtheit. Das merkte ich, wenn ich aus irgendeinem Grund einmal alleine in meiner Uniform durch die Ausstellung gehen musste und immer wieder Kinder riefen: »Guck mal, da geht der Junge mit dem Esel!«

Und: »Hallo Eseljunge, wo hast du denn Bella?«

Wenn um zehn Uhr morgens das Tor zum Kinderparadies geöffnet wurde, stand dort bereits eine Schlange. Viele der Jungen trugen Seemannskostüme. Die Mädchen hatten weiße Tüllkleider, sie sahen aus wie Sahnetörtchen, auf dem Kopf hatten sie riesige Schleifen, Strohhüte mit Bändern oder topfähnliche Kapotthüte, genau wie erwachsene Damen.

Das Kind, das an der Reihe war, gab mir sein Billet, es war oft feucht und zerknittert, nachdem es lange von einer ungeduldigen kleinen Faust gedrückt worden war. Ich half dem Kind in den Sattel und wir gingen über die Ausstellung.

Ich hatte keine bestimmte Route. Je nachdem, wie viele Kinder warteten und wie viele Reittiere gerade im Dienst waren, passte ich die Tour an. Außer Bella gab es ja noch die zehn Gotlandponys und die Ziege Dora, die einen Wagen zog.

Wenn nicht allzu viele in der Schlange warteten, gingen wir hinüber zum Vergnügungspark, manchmal mit einem kleinen Umweg durch den Exporthof vor der Maschinenhalle oder hinunter zur Automobilausstellung. Manchmal gingen wir auch in den Teil der Ausstellung mit den stinkenden Aquarien, wo die Fische ständig starben, oder in die andere Richtung in den historischen Teil, wo Männer mit langen Bärten und Frauen mit Kopftüchern vor kleinen Hütten saßen und Arbeiten aus früheren Zeiten verrichteten (damit die Leute lächeln und stolz darauf sein konnten, wie modern sie waren).

Obwohl ich nicht in die Hallen hineingehen durfte, erlebte ich auf meinen Rundgängen mit Bella sehr viel. Zusammen waren wir ein wanderndes Auge, das alles unter Kontrolle hatte. An einem Tag sah ich erheblich mehr Menschen als bisher in meinem ganzen Leben, und ihre Kleidung, die Dialekte und ihr Benehmen faszinierten mich.

Die ganze Ausstellung bestand aus lauter kleinen Welten, genau wie das Kinderparadies. Erstaunlicherweise gelang es ihnen, autonom und solide zu wirken. Alle waren überzeugt davon, dass die spinnende Frau in der historischen Abteilung die Nächte in ihrer Hütte mit Grasdach verbrachte und dass die Ingenieure in der Maschinenhalle ständig an neuen Erfindungen arbeiteten oder dass die Zwerge in Liliput ihr ganzes Leben in ihrer lustigen Miniaturstadt verbrachten.

In meinem Fall stimmte die Illusion – ich wohnte ja wirklich im Kinderparadies.

Von den Eltern der bessergestellten Kinder bekam ich nach der Reittour oft Trinkgeld. Das verwendete ich unter anderem für regelmäßige Besuche in der modernen Duschanlage neben dem Hauptrestaurant.

Dort gab es auch eine Wäscherei, wo man für sehr wenig Geld seine Kleider abgeben konnte, aber das brauchte ich nicht, ich hatte immer nur meine blaue Uniform an. Weil ich auch darin schlief und mein Nachtlager aus ein paar Strohballen und einer Pferdedecke bestand, war sie oft schmutzig, was jedoch kein Problem war, weil ich sie einfach in der Personalwäscherei abgeben und eine frische entgegennehmen konnte. Ich hatte immer zwei Uniformen, damit ich eine hatte, wenn ich die schmutzige abgab. Unter der Uniform war ich nämlich nackt. Meine Unterwäsche hatte ich weggeworfen, weil ich keine Möglichkeit gehabt hatte, sie zu waschen. In Bellas Kiste mit den Striegelbürsten und der Hufsalbe bewahrte ich meine Hose, mein Hemd und meine Mütze von früher auf. Die brauchte ich zum Nachhausefahren. Wie man sieht, hatte ich an alles gedacht.

Bella und ich machten unsere Touren bei jedem Wetter, sogar wenn es schüttete und die Straßen der Ausstellung sich in Bäche verwandelten. Denn auch an solchen Tagen gab es erwartungsvolle Kinder, die mit ihren Eltern von weit her gekommen waren, um die Ausstellung und den berühmten Esel Bella zu erleben, und wir wollten sie nicht enttäuschen.

Es gab imprägnierte Regencapes mit Kapuzen, die ich den Kindern überzog, wenn sie im Sattel saßen. Auch ich selbst trug diese Ausrüstung über der Uniform, unser kleines Gespann glich dann Josef und Maria auf ihrer Flucht aus Bethlehem. Für Bella war es sicher eine Erinnerung an die Weihnachtskrippe vor dem Dom, und vielleicht hielt der Gedanke an ihre ersten Erfolge in der Öffentlichkeit sie bei Laune.

Esel sind unglaublich geduldige Tiere, Experten für karge Lebensbedingungen. Ja, sie mögen solche Verhältnisse tatsächlich lieber und wollen nicht verwöhnt werden. Sie bewegen sich geschickter auf steinigen Wegen als auf weichem Gras, ihre Hufe müssen nicht beschlagen werden. Sie essen fast alles, ziehen aber mageres Futter vor. Stachelige Disteln sind eine Delikatesse für sie. Von sehr nahrhaftem Futter bekommen sie Bauchschmerzen. Obwohl sie normalerweise in warmen Ländern leben, halten sie auch Schnee und Kälte gut aus.

Ich kann mich selbst in ihnen wiedererkennen. Ich habe mich in einfachen Verhältnissen immer am wohlsten gefühlt. Vielleicht verstanden Bella und ich uns deshalb so gut.

Aber es gibt etwas, das Esel nicht vertragen: Regen. Sie sind für trockenes Klima geschaffen. Wie Schwämme saugen ihre Hufe jeden Tautropfen auf und verteilen sie im Körper. Heftige Regengüsse und feuchte Winde sind nichts für dieses empfindliche System.

Für Bella muss der ungewöhnlich regenreiche Sommer 1923 wie ein langsames inneres Ertrinken gewesen sein.

NILS

16. Mai 1923

Nils und Kurt Hamilton standen wieder zusammen auf dem Deck der *Venus*.

Hamilton war wie immer erstaunlich elegant gekleidet. Der sahneweiße Anzug und der Seidenschal mit Paisley-muster schienen eher in einen Hollywoodfilm zu passen als auf ein heruntergekommenes Mannschaftsschiff für streikbrechende Hafenarbeiter.

»Was steht an?«, brummte er, als er aus den Aufbauten des Schiffs kam, zusammen mit dem Jungen, der ihn ge-holt hatte. »Ah, Sie sind es, Wachtmeister Gunnarsson. Ha-ben Sie die Ausstellung schon besucht?« Er schickte den Jungen mit einer Handbewegung davon.

»Nein, noch nicht, aber ...«

Nils räusperte sich.

»Ich freue mich immer, Sie zu treffen, Gunnarsson«, sagte Hamilton und zog an den Hemdmanschetten, damit sie ein wenig aus den Anzugärmeln herausschauten. »Aber ich habe im Moment leider keine Zeit für ein Plau-derstündchen. Wenn der Herr Wachtmeister mich entschul-digen.«

Mit einer angedeuteten Verbeugung drehte er sich um und wollte gerade ins Innere des Schiffs verschwinden, als Nils ihn am Arm packte.

»Was erlauben Sie sich, Mensch!«, rief er aus.

»Entschuldigen Sie, Herr Hamilton, wenn ich ein wenig fest zupacke«, sagte Nils, ohne seinen Griff zu lockern. »Aber ich habe den Auftrag, Sie zur Polizeiwache zu bringen. Wir haben eine Angelegenheit zu klären.«

»Was für eine Angelegenheit?«

»Es geht um eine Quittung.«

»*Eine Quittung*! Mein Gott! Können wir das nicht an einem anderen Tag klären?«

»Nein, meint mein Vorgesetzter. Ich habe den Auftrag, Sie umgehend zu holen. Ich sehe, dass Sie beschäftigt sind, aber ich glaube nicht, dass es sehr lange dauern wird.«

»Nun gut«, sagte Hamilton. »Dann bringen wir es aus der Welt. Ich hole nur meinen Mantel und Hut.«

Nils ließ ihn los. Hamilton untersuchte seine Anzugärmel.

»Ich hoffe, Sie haben saubere Hände. Man bekommt hier leicht Ölflecken.«

Er verschwand in den Aufbauten des Schiffs. Nils wartete auf Deck. Es hatte angefangen, leicht zu regnen.

Fünf Minuten später tauchte Hamilton wieder auf, in Doppelreiher und Homburg.

»So. Wir können gehen«, sagte er und schlug entschlossen ein Paar Lammlederhandschuhe gegen die Handfläche.

Kurz darauf waren sie unterwegs zur Spannmålsgatan. Herr Hamilton ging mit raschen, zielgerichteten Schritten an den Kanälen entlang und schien den Weg genau zu kennen, obwohl er neu in der Stadt war. Für einen Zuschauer müsste es so ausgesehen haben, als würde er Nils führen und nicht umgekehrt.

Nils fand die Situation ausgesprochen peinlich. Er wusste, dass die Gelegenheit, einen unvergesslichen Abend im

Hauptrestaurant der Ausstellung zu verleben, nun passé war. Das ließ sich nicht ändern. Er war in erster Linie Polizist, und als solcher hatte er den Befehl, den netten Herrn Hamilton zum Revier zu bringen. Es ging um eine Postsendung, die möglicherweise mit einem gefälschten Beleg abgeholt worden war, und das musste natürlich geklärt werden.

Glücklicherweise schien Hamilton die Sache gelassen zu sehen. Nach dem ersten Ärger war er sehr kooperativ, ihm schien daran gelegen, das Missverständnis so schnell wie möglich aus der Welt zu schaffen.

Als sie beim Revier ankamen, war Nils erleichtert, denn Olander würde das Verhör leiten. Olander würde den richtigen, leichten Ton finden. Alles wird sich schnell aufklären, dachte Nils, als er die beiden Herren allein ließ. Vielleicht würde das mit dem Essen im Hauptrestaurant doch noch klappen.

Aber das Verhör dauerte erheblich länger, als Nils gedacht hatte. Nachdem er von einem zweistündigen Auftrag zurückgekehrt war, redete Olander immer noch mit Hamilton. Auch Kommissar Nordfeldt war ebenfalls dabei, was bedeutete, dass die Sache ernst war.

Nils ging in den Personalraum. Er hatte gerade seinen Hut aufgehängt, eine Tasse Kaffee eingeschenkt und die Füße auf einen Hocker gelegt (eine Gewohnheit aus der Zeit, als er noch auf Streife gehen musste), da hörte er Olanders Stimme. Das war doch Olander? Die Stimme klang schrill, erregt, beinahe ängstlich. Nils hatte ihn noch nie so gehört.

»Aber was sind das denn für Dummheiten, Johansson!«

Nils erstarrte, mit der Tasse in der Hand. Wer war Johansson? War noch jemand zum Verhör genommen worden?

Im nächsten Moment hörte man einen Knall.

Das ist der falsche Ort, war Nils' erster Gedanke. Dieses schmerzhafte, kräftige Geräusch gehört auf den Schießstand. Oder vielleicht in eine Hafenkneipe oder eine nächtliche Gasse. Aber nicht hierher. *Absolut nicht ins Revier!*

Er lief aus dem Personalzimmer. Im engen Korridor fand ein wilder Ringkampf zwischen Kommissar Nordfeldt und Hamilton statt. Der großgewachsene Nordfeldt schien die Oberhand zu haben und hatte seinen Gegner auf den Rücken geworfen. Hamilton lag still und keuchte. Sein Seidenschal war zerrissen, und das helle Sakko, das ihm so wichtig war, voller Blutflecken.

Der Kampf schien vorbei, da befreite Hamilton sich mit einem Ruck, drehte sich auf die Seite, und auf den linken Ellbogen gestützt zog er den Revolver hervor, den er die ganze Zeit in der Hand gehabt haben musste. Nordfeldt hielt inne und starrte die Waffe an. Er selbst war nicht bewaffnet. Die Männer waren allzu sehr miteinander beschäftigt und bemerkten deshalb nicht, dass Nils sich mit großen Schritten näherte. Er stürzte sich auf Hamilton, packte sein Handgelenk und versuchte, ihm den Revolver aus der Hand zu drehen.

Aber der Mann hielt die Waffe krampfartig fest, der Arm war unbeweglich in einem auf Nordfeldt gerichteten Winkel festgefroren. Nils versuchte, Hamiltons Finger von der Waffe zu lösen, und als dieser plötzlich zu ihm aufschaute, war Nils bestürzt, welche Verwandlung dieses Gesicht in kurzer Zeit durchgemacht hatte.

Da war keine Spur mehr von dem eleganten Herrn, den Nils in Olanders Zimmer zurückgelassen hatte. Der von Panik ergriffene Blick mit schwarzen, geweiteten Pupillen war der eines Wahnsinnigen, der mit Dämonen kämpfte, der Atem war kurz und keuchend wie von einem eingefangenen wilden Tier. Dann verzog sich das Gesicht zu einer schrecklichen Grimasse und der Schuss wurde abgegeben.

Die Kugel flog dicht über Nordfeldts Kopf und bohrte sich in die Deckenleiste. Hamiltons Hand entspannte sich wie nach einer großen Anstrengung, und bevor er noch einmal abdrücken konnte, hatte Nils die Waffe an sich gerissen.

Mit vereinten Kräften drückten er und Nordfeldt Hamilton auf den Bauch. Nils setzte sich auf seinen Rücken und hielt die nach hinten gedrehten Arme fest, während Nordfeldt Handschellen holte. Hamiltons Körper war jetzt schlaff, er leistete keinen Widerstand. Als die Stahlringe sich um seine Gelenke schlossen, weinte er wie ein Kind.

»Wir müssen einen Krankenwagen rufen. Ich hoffe, es ist noch nicht zu spät«, sagte Nordfeldt außer Atem.

»Ach, er hat nur Nasenbluten«, sagte Nils und musterte Hamiltons blutverschmiertes Sakko. »Er scheint gut beieinander zu sein.«

Nordfeldt schaute ihn geschockt an.

»Glaubst du, ich rufe wegen diesem Aas einen Krankenwagen?«, zischte er. »Es geht um Olander.«

Er machte mit dem Kopf eine Geste zum Zimmer am anderen Ende des Korridors.

Erst jetzt sah Nils, dass die Tür zu dem ansonsten verschlossenen Zimmer sperrangelweit offen stand und jemand auf dem Boden lag.

Es war Olander, auf dem Bauch, den Kopf an der Türschwelle, als sei er auf dem Weg nach draußen gewesen. Das Gesicht war zur Seite gedreht und ruhte in einer dunkelroten Lache. Als Nils näher kam, sah er, dass das Blut aus einer Wunde direkt über der linken Augenbraue floss.

»O mein Gott«, murmelte er und kniete sich neben Olander auf den Boden.

Er legte den Zeigefinger an den Hals des Kollegen, aber er fühlte keinen Puls. Das hatte er auch nicht erwartet. Die vollständige Leere im Gesicht war deutlich genug. Er hatte einen leblosen Körper vor sich. Alles, was Olander gewesen war, existierte nicht mehr.

Er hörte schnelle Schritte auf den Treppen und in den Korridoren. Sie klangen weit weg und unwirklich, als hätte er Watte in den Ohren.

Beim Hochschauen stellte er fest, dass er von Polizisten umgeben war.

»Der Krankenwagen ist unterwegs«, sagte jemand.

Im Flur lag der an den Händen gefesselte Hamilton, er weinte laut und rief:

»Das war ein Versehen! Ich wollte mich selbst erschießen!«

Nils musste sich beherrschen, dass er nicht hinging und ihm einen Tritt gab.

Er blieb neben Olander sitzen, eine Hand auf seiner Schulter, bis der Krankenwagen kam.

Erst als Nordfeldt und er allein waren, bekam Nils die ganze Geschichte zu hören.

Nordfeldt erzählte, dass Olander Hamiltons Vorleben in den *Polizeinachrichten* studiert hatte. Er fand heraus, dass der Mann ein Dieb und Betrüger war, der schon für zahlreiche Vergehen verurteilt worden war, und dass sein richtiger Nachname Johansson war. Während des gemeinsamen Verhörs hatte der Mann sich in schlechte Lügengeschichten verwickelt und der Kommissar hatte beschlossen, ihn festzunehmen. Nordfeldt hatte Olander den Auftrag erteilt, Johansson in einem anderen Zimmer zu visitieren – was natürlich gleich zu Beginn hätte gemacht werden sollen – und ihn dann in eine Zelle zu bringen.

Kurz nachdem sie das Verhörzimmer verlassen hatten, hatte Johansson Olander erschossen und zu fliehen versucht. Nordfeldt hatte ihn im Korridor einholen können.

»Das war verdammt mutig von dir, dich auf einen bewaffneten Mann zu stürzen«, sagte Nordfeldt. »Das werde ich dir nie vergessen, Gunnarsson. Danke.«

Nils nahm verlegen Nordfeldts ausgestreckte Hand. Er dachte bei sich, dass Nordfeldt sich irrte. Nils hatte so gehandelt, weil er den Ernst der Lage nicht erkannt hatte. Hätte er den toten Olander etwas früher gesehen, dann hätte er sich nicht getraut, Hamilton festzuhalten. Sein Handeln war die Folge des Zufalls, dass er nach links statt nach rechts geschaut hatte, als er den Korridor betrat. Und – das musste er nun errötend vor sich selbst zugeben – er hatte sich überhaupt nicht vorstellen können, dass ein so feiner Herr wie Hamilton zu tödlicher Gewalt imstande war. Für Nils war die richtige Bedrohung von dem merkwürdigen, unsichtbaren Johansson ausgegangen, den er sich wie einen klassischen Schurken gedacht hatte, in schäbiger Kleidung, unrasiert und mit gebrochener Nase.

Was Nordfeldt als Mut ansah, war eigentlich eine Kombination aus Unaufmerksamkeit, Vorurteilen und blanker Dummheit, ein Geheimnis, das Nils vermutlich mit der Mehrzahl der sogenannten Helden dieser Welt teilte.

In der folgenden Woche wurde in Anwesenheit des Landespolizeihauptmanns in der Hagakirche die Beisetzungsfeier für Olander abgehalten. Uniformierte Polizeibeamte bildeten eine Gasse bis zum Altar. Nils und fünf andere Kriminalbeamte trugen den Sarg.

Der Trauerzug ging weiter zum Bahnhof, wo ein spezieller Eisenbahnwaggon wartete, um den Toten in seine Heimatstadt Alingsås zu bringen. Der Polizeichor sang *Über die Wälder, über die Seen* und der Sarg wurde in den Waggon gehoben.

Diese Zeremonie war noch trauriger als die in der Kirche. Der windige Bahnhof mit dem Gewirr aus Gleisen, Lokschuppen und quietschenden Wagen machte den Tod wirklich und grausam. Der Polizeihauptmann sprach vom Wagen herunter und dankte dem pflichtgetreuen Polizisten, der sein Leben für den Schutz der Gesellschaft hatte hingeben müssen.

Als er heruntergeklettert war und der Chor noch *Stille Schatten* sang, musste Olanders Verlobte Dagny so laut weinen, dass sie zur Seite geführt wurde.

Ein paar Tage später wurde Nils zum stellvertretenden Polizeiobermeister befördert.

Zehn Jahre später sollte Kurt Johansson-Hamilton in Stockholm ein Restaurant besitzen und – jetzt unter dem Namen Haijby – das Königshaus erpressen. Mit der Drohung, die homosexuelle Beziehung, die er angeblich zu König Gustaf V. gehabt haben wollte, an die Öffentlichkeit zu bringen, brachte er den Hof dazu, ihm ein Vermögen zu zahlen.

Aber das war wie gesagt später, in Stockholm. Jetzt war immer noch das Jahr 1923, in Göteborg, und in der Stadt fand die große Ausstellung statt, ein Ort voller eleganter Snobs, schlauer Geschäftsleute, sich verneigender Oberkellner, Zauberer und Glückssucher. Hierher hätte Johansson-Hamilton ausgezeichnet gepasst, wenn er nicht hinter Gittern gesessen hätte.

Aber das tat er. Und nach ein paar Tagen hatten die ausstellungsberauschten Göteborger seine schreckliche Tat vergessen.

ALBERT
März 1923

Der Grunewald war feucht und kühl. Albert und Betty trafen auf ihrem Spaziergang kaum eine Menschenseele, und das war ihnen gerade recht. Schwarze Krähen krächzten zwischen den Kiefern, Betty schlug den Pelzkragen ihres Mantels hoch. Albert legte den Arm um sie.

Seit vorgestern war sie seine Geliebte. Das war ein hervorragendes Arrangement. Er musste nicht einmal das Haus verlassen, um sie zu sehen. Nur Betty und er hatten einen Schlüssel zum Turmzimmer. Elsa würde es sich nie einfallen lassen, ihn dort oben zu stören. Wenn es etwas Wichtiges gab, griff sie zum Haustelefon.

Der ausgebaute Speicher, den er so romantisch Turmzimmer nannte, bestand aus drei Zimmern. Neben dem Arbeitszimmer und einem fensterlosen Raum mit all seinen Fachbüchern gab es noch ein gemütliches kleines Zimmer mit einem Diwan. Es war eine Junggesellenbude.

Albert lebte sein Leben auf zwei Ebenen: Die Familie, das gesellschaftliche Leben und Elsas gute Mahlzeiten unten. Die Gleichungen, der Sternenhimmel und die asketische Einsamkeit oben.

Vielleicht hatte er sein Leben unbewusst nach einer inneren, gefühlsmäßigen Karte eingerichtet: Elsa und er hatten getrennte Schlafzimmer an den entgegengesetzten Enden der großen Wohnung. Zum Turmzimmer gab es keine direkte Verbindung. Und seine frühere Frau und die Söhne lebten in einem anderen Land.

Jetzt hatte auch Betty im obersten Stockwerk ihren Platz in dieser Ordnung gefunden. Aber nur an bestimmten Tagen. Würde ihre Liebe die asketische Stimmung im Turmzimmer beeinflussen? Würde der Duft, den sie hinterließ, ihn stören, wenn er das Teleskop auf den Sternenhimmel richtete oder wenn er im Sessel saß und nachdachte? Das wusste er noch nicht.

Obwohl ihre Verbindung erst ein paar Tage alt war, verspürte er mehr für sie als er eigentlich wollte. Er musste sich die ganze Zeit daran erinnern, dass sie nur eine Geliebte war. Er würde Elsa niemals verlassen und er hoffte, dass Betty nicht auf den Gedanken käme, so etwas zu verlangen.

Ohne Elsa würde sein Leben nicht funktionieren. Seit dem Tod seiner Mutter vor ein paar Jahren war sie die wichtigste Person in seinem Leben. Sie kannte ihn seit er klein war und wusste genau, was er brauchte. Denn Elsa war nicht nur seine Ehefrau. Sie war auch seine Cousine. Mütterlicherseits. Auch väterlicherseits waren sie verwandt. Bei Familienfesten war sie das ältere, ein wenig beängstigende Mädchen gewesen, das laut und selbstsicher lachte und für Ordnung am Kindertisch sorgte. Jetzt sorgte sie für Ordnung in seinen finanziellen Angelegenheiten, im Haushalt und im gemeinsamen gesellschaftlichen Leben. Sie plante seine Reisen, buchte Zugfahrkarten und Hotels, packte seine Koffer und sagte ihm Bescheid, wenn es an der Zeit war, zur bestellten Droschke hinunter zu gehen.

Sie hätte auch gerne seine Kleidung ausgesucht, aber

das ging ihm zu weit. Albert fühlte sich wohl in seinen alten Strickjacken und Pantoffeln und wollte selbst entscheiden, wann es Zeit für ein Bad war. Das respektierte Elsa. Sie wusste genau, wo die Grenze verlief.

Frauen hatten sich schon immer zu Albert hingezogen gefühlt, besonders jetzt, wo er berühmt war, und es kam durchaus vor, dass er das ausnützte. Elsa wusste es, auch wenn sie nie darüber sprachen. Elsa liebte ihn. Und vor allem liebte sie es, Frau Einstein zu sein. Sie genoss es, bei feinen Empfängen an seiner Seite zu stehen, und sie plauderte fröhlich und ungezwungen mit königlichen Hoheiten und Filmstars. Die modischen Seidenkleider passten eigentlich nicht zu ihrer rundlichen Figur, und die Pelzboas, Federn und Strassohrringe, die bei anderen Frauen so elegant wirkten, sahen immer ein wenig nach Maskerade aus, wenn Elsa sie trug. Das kümmerte sie wenig. Sie drückte sich an ihren berühmten Ehemann und lächelte triumphierend in die blitzenden Kameras. Ihr Selbstvertrauen als Frau Einstein war unerschütterlich. Elsa würde auf keinen Fall ihre Stellung riskieren und wegen einer Geliebten Streit anfangen.

Albert und Betty verließen den Wald und spazierten durch die stillen, wohlhabenden Vororte. Einige Villen waren mit Stacheldraht eingezäunt worden, seit Albert sie zuletzt gesehen hatte. Und viele Eigentümer hatte Schilder mit dem Text *Zu verkaufen* aufgestellt.

Er dachte daran, wie oft er hier als Gast in Rathenaus schönem Haus gewesen war, an die Musik, die sie zusammen gespielt hatten, an die Allee, die die beiden Freunde oft auf ihren Spaziergängen entlanggegangen waren und wo an einem Junimorgen ein Auto mit ein paar Jünglingen unter einem Baum gewartet hatte – verwirrte junge Männer, die binnen Sekunden das Licht eines der strahlendsten Intellektuellen ihrer Zeit gelöscht hatten. Absorption des Lichts in Metallen.

Eine heruntergekommene S-Bahn mit zerbrochenen Scheiben brachte Albert und Betty wieder ins Stadtzentrum. Die Gardinen im Waggon waren heruntergerissen, vermutlich hatte irgendein armer Kerl sie gestohlen, weil er den Stoff brauchte.

Sie stiegen aus und mischten sich unter das eilige Tempo der Menschenmassen. Jetzt durften sie einander nicht mehr berühren, sie mussten sich verhalten wie ein Professor und seine Sekretärin. Aber die Spannung zwischen ihnen war stark und knisterte, fast noch mehr als im Wald, wo er seinen Arm um sie gelegt hatte. Er schaute sie beim Gehen von der Seite an. Bettys Hut lag eng am Kopf und war tief in die Stirn gezogen. Von der Seite konnte man ihre Augen nicht sehen, nur die kleine Nase lugte hervor wie ein Keim aus einem Samenkorn.

Sie gingen über eine Straße mit hektischem Verkehr von Straßenbahnen, Pferdekutschen und Autos. Noch drei Straßenecken, dann würden sie sich verabschieden und jeder zu sich nach Hause gehen. Sie mussten sich ohne Kuss verabschieden. Aber sie waren vorausschauend gewesen und hatten sich schon im Wald zum Abschied geküsst. Jetzt würden sie sich nur anschauen und an den Kuss denken, Bettys weiche Lippen, der Geruch von Kiefernnadeln, das Krächzen der Krähen. Noch drei Straßenecken.

Beim Gehen ließ Albert sich zu stillen Phantasien hinreißen, dass Betty vom oberen Stockwerk ins untere Stockwerk seines Lebens umziehen könnte. Dass Elsa Betty mit der Zeit akzeptieren würde. Dass Betty in ihre Wohnung einziehen und Ilses Zimmer übernehmen könnte, das leer stand. Sie könnte sich mit Elsas jüngster Tochter Margot anfreunden, die immer noch zu Hause wohnte, sie waren fast gleich alt, sie würden wie Schwestern werden können. Er sah schon vor sich, wie sie wie eine glückliche Familie im Esszimmer zu Tisch saßen: die hübschen, schlanken Mädchen, die mütterliche Elsa und er selbst.

Er hatte sich in diese völlig wahnsinnigen Träume verloren, als Betty ihn auf eine Gruppe von Menschen aufmerksam machte, die sich um eine Litfaßsäule drängten.

Wahrscheinlich gab es neue Meldungen über den Dollarkurs. Der stieg Tag für Tag mit erstaunlicher Geschwindigkeit, und gleichzeitig sank ihre eigene Valuta, die deutsche Mark. Elsa verfolgte das alles. Ihr Vermögen, das so sicher und stabil gewesen war, war in kurzer Zeit beunruhigend geschrumpft.

Albert blieb nie an den Litfaßsäulen stehen, weil sie oft voller schrecklicher Nachrichten über Vermisste und Ermordete waren. Dutzende von Menschen verschwanden. Meist waren sie politisch aktiv gewesen, aber das Verschwinden betraf auch andere Personen, die ganz allgemein als unerwünscht oder unbequem angesehen wurden. Solche wie er selbst. Die Täter blieben meistens unerkannt. Das Ganze war ausgesprochen merkwürdig. Es war, als würde Berlin von einer unsichtbaren Kraft beherrscht, die, ohne Spuren zu hinterlassen, Menschen und Sparkapital vernichtete.

»Schau mal, da steht ja Doktor Müller«, sagte Betty mit

einem Nicken Richtung Litfaßsäule. »Der links, ohne Hut. Ob er wohl seinen Artikel über Kaliumsalze wiedergefunden hat?«

Im nächsten Moment schien der Mann fertig gelesen zu haben und drehte sich um. Er verließ die Menschenansammlung, ging raschen Schritts ein Stück weiter und verschwand auf der Treppe zu einer U-Bahn-Station.

Albert war stehen geblieben und starrte dem Mann völlig unbeweglich und leichenblass hinterher. Er hatte ihn auch erkannt. Aber er kannte ihn unter einem ganz anderen Namen.

»Das war Paul Weyland«, sagte er mit dumpfer Stimme.

»Ach, und ich war mir ganz sicher, dass es Doktor Müller war«, sagte Betty erstaunt. »Paul Weyland? Wer ist das?«

ALBERT

1920-1923

Alberts erstes Zusammentreffen mit Paul Weyland hatte zweieinhalb Jahre zuvor stattgefunden. Es war ein erschreckendes Erlebnis gewesen.

Zu jener Zeit fühlte Albert sich noch sicher in seiner Heimatstadt. Er arbeitete an der Universität, seine Vorlesungen waren so etwas wie eine Touristenattraktion. Alle möglichen Menschen kamen und bestaunten mit großen Augen sowohl Albert als auch seine Gleichungen. Wenn sie genug hatten und zu gähnen begannen, machte er eine Pause, damit die Neugierigen den Hörsaal verlassen konnten und die Studenten, die ärgerlich draußen gewartet hatten, endlich Platz im Hörsaal fanden.

Die fast absurde Bekanntheit wurde natürlich von einigen Wissenschaftlern nicht gern gesehen, vor allem, wenn ihnen nie auch nur ansatzweise eine solche Aufmerksamkeit zuteilgeworden war. Aber Eitelkeit und Neid waren so normal an einer Universität, dass Albert die Sticheleien kaum bemerkte.

In der Presse wurde die Relativitätstheorie lebhaft diskutiert, und die Kritik war bisweilen sehr hart. Auch das störte ihn nicht, und hin und wieder ließ er sich auch auf einen belebenden »Tintenkrieg« ein.

Er kannte seine Feinde. Für manche, wie Philipp Lenard, einen begabten Antisemiten, empfand er sogar einen widerwilligen fachlichen Respekt. Andere, wie den starrköpfigen und ständig wütenden Ernst Gehrcke, betrachtete er mit amüsierter Nachsicht.

Paul Weyland jedoch war neu für ihn. Eine fremde Art, auf die er bisher nicht gestoßen war, weder privat noch in der Welt der Wissenschaft.

Im Sommer 1920 tauchte der Name Paul Weyland erstmals in der rechten Presse auf. Seine wiederholten Angriffe auf Einstein waren rein persönlich und voller Hass, was Albert erschreckend fand. Soweit er wusste, hatten Paul Weyland und er noch nie etwas miteinander zu tun gehabt. Es handelte sich also nicht um einen übergangenen Kollegen. In Weylands Artikeln gab es keinerlei wissenschaftliche Argumentation, und sein Hass war von einer anderen Sorte als Gehrkes Gift und Galle spuckender Ärger. Er wechselte in seinen Artikeln auf eine erstaunliche Art zwischen eiskaltem Zynismus, überschwänglicher Gefühligkeit und einem nüchtern räsonierenden Ton. Auch der Antisemitismus war von anderer Qualität als die üblichen Anwürfe, die Albert und andere erfolgreiche Juden mit Gelassenheit über sich ergehen ließen.

Was war das nur für eine Gestalt? Albert hörte sich um.

An der Universität kannte man Paul Weyland nicht näher. In einer Zeitung war er als Ingenieur vorgestellt worden. In einer anderen als Chemiker. In einer dritten nannte er sich Schriftsteller und in einer vierten Journalist.

Die Hasskampagne gegen ihn hatte in einem öffentlichen Vorlesungsabend kulminiert, mit der ausgesprochenen Absicht, Einstein und die Relativitätstheorie zu »entlarven«. In einer groß aufgemachten Anzeige hatte Albert die Namen der Redner gelesen. Er kannte sie, es waren seine üblichen alten Feinde. Paul Weyland hatte also gute Kontakte in die Welt der Wissenschaft.

Er musste allerdings auch andere, mächtigere Kontakte haben. Der Ort für dieses Spektakel war nämlich nicht irgendein Hörsaal. Weyland hatte die Philharmonie, Berlins prächtiges Konzerthaus, gemietet.

Laut Anzeige war das nur der erste in einer ganzen Serie von Vorträgen. Das genaue Programm war noch nicht fertig, aber man versprach nicht weniger als zwanzig solcher Vorlesungen, bei denen man den »Blender Einstein und seine sogenannte Relativitätstheorie« aus den verschiedensten Blickwinkeln entlarven wollte. Als offizieller Veranstalter wurde die *Arbeitsgruppe deutscher Naturwissenschaftler für die Erhaltung der reinen Wissenschaft* angegeben. Ein Zusammenschluss, von dem Albert noch nie etwas gehört hatte.

Am gleichen Tag, als die Anzeige veröffentlicht wurde, suchte er seinen Freund, den Chemiker Walther Nernst, auf. Er fand ihn im Labor der Universität, vorgebeugt und intensiv konzentriert auf etwas, was in einem Glaskolben über einer Gasflamme blubberte. Der wohlbekannte kahle Schädel glänzte in den stinkenden Schwaden.

Albert hustete und Nernst schaute auf. Verschiedenfarbige Glasgefäße und gebogene Röhren umgaben ihn wie eine kleine Stadt der Zukunft mit Türmen und Tunneln aus Glas.

»Wie in aller Welt kannst du in dieser Luft arbeiten?«, fragte Albert und wedelte mit den Händen. »Die Ventilation ist viel zu schlecht.«

»Ach, man gewöhnt sich dran«, sagte Nernst fröhlich. »Ich wollte gerade Tee trinken. Möchtest du auch?«

Er ging zu einem anderen kochenden Glaskolben, der eine rotbraune Flüssigkeit enthielt, hob sie vom Dreifuß und filterte den Inhalt in einen Messbecher. Er reichte ihn Albert.

»Schau nicht so misstrauisch, mein Freund. Das sind mein spezieller Tee-Kolben und meine speziellen Tee-Messbecher«, sagte er. »Noch nie für etwas anderes verwendet worden.«

»Nein, danke.«

Nernst zuckte mit den Schultern und nahm einen schlürfenden Schluck aus dem Messbecher.

»Ich bin gekommen, um dich etwas zu fragen«, sagte Albert. »Kennst du einen Chemiker namens Paul Weyland?«

»Warum?«

Albert reichte ihm die Zeitung. Walther Nernst stellte den Messbecher ab. Er schob den Zwicker zurecht, überflog die Anzeige, die die halbe Seite bedeckte, und gab ihm mit einem kleinen Seufzer die Zeitung zurück.

»Ach so, dieser Unsinn. Scher dich nicht drum, Albert. Da stehst du doch drüber.«

»Hast du schon einmal etwas von dieser *Arbeitsgruppe* gehört?«, fuhr Albert fort. »*Arbeitsgruppe deutscher Naturwissenschaftler für die Erhaltung der reinen Wissenschaft.*«

Nernst nippte am beschlagenen Messbecher und schüttelte den Kopf. »Vielleicht handelt es sich um eine Gesellschaft für begeisterte Amateurforscher. Davon gibt es ja viele, manche sind richtig gut, andere haben keine Ahnung. Je weniger Ahnung sie haben, desto fester glauben sie an ihre Sache.«

»Allerdings in diesem Fall«, fügte Nernst hinzu und hob den anderen Glaskolben von der Gasflamme, hielt ihn ins Licht und studierte den trüben Inhalt, »in diesem Fall würde es mich nicht erstaunen, wenn die Arbeitsgruppe nur aus einem Mitglied bestehen würde: Paul Weyland selbst. Und sie wurde in dem Moment gegründet, als der Text für die Anzeige geschrieben wurde. Die Philharmonie!« Nernst schnaubte. »Er muss größenwahnsinnig geworden sein. Aber ich verstehe deine Sorge. Da muss es im Hintergrund natürlich andere Financiers geben.«

Nernst stellte den Kolben mit dem stinkenden Inhalt wieder auf die Flamme des Bunsenbrenners und trank noch etwas Tee. Albert beobachtete ihn ernst.

»Hast du dich noch nie geirrt?«, fragte er mit einem Blick zum Teekolben.

Nernst lachte.

»Ein Chemiker darf sich nicht irren.«

»Was für ein Glück, dass ich Physiker geworden bin«, sagte Albert.

Er warf noch einmal einen Blick auf die Zeitungsanzeige und fuhr fort.

»Aber ist es nicht merkwürdig, dass sie eine der vornehmsten Lokalitäten in Berlin mieten, nur um Gift und Galle über mich auszuschütten? Und *zwanzig* Abende! Wird das nicht geschwätzig? Ich frage mich, worüber sie die ganze Zeit reden wollen.«

»Das wirst du bestimmt in der Zeitung lesen können. Das wird eine Diskussion geben, da kannst du sicher sein.«

»Ich werde selbst hingehen und zuhören.«

Nernst schaute ihn verblüfft an.

»Aber Albert, das ist doch wohl nicht dein Ernst?«

»Warum denn nicht? Das ist eine öffentliche Versammlung. Ich möchte sehen, wie dieser Weyland aussieht. Ich bin gespannt auf den Mann, der solche enormen Mittel einsetzt, um eine physikalische Theorie zu verunglimpfen.«

Nernst schüttelte besorgt den Kopf.

»Ich hoffe, du weißt, auf was du dich einlässt.«

»Ich weiß überhaupt nichts«, sagte Albert und schaute ihn sehr ernst an. »Deshalb werde ich hingehen.«

»Dann komme ich mit dir«, sagte Nernst.

Nein, Albert hatte wirklich nicht ahnen können, wie dieser Abend ablaufen würde.

Er und Walther Nernst hatten sich in einem kleinen österreichischen Restaurant getroffen, und sie hatten sich Wiener Schnitzel, Bier und Apfelstrudel schmecken lassen. Sie hatten es nicht eilig gehabt. Zehn Minuten nach der angegebenen Zeit waren sie in die Philharmonie gekommen. Das Publikum war schon im Saal. Aber am Eingang standen junge Männer, die etwas verkauften, Albert dachte sofort, es sei das Programmheft für den Abend. Reflexmäßig grub er in der Manteltasche nach einer Münze, so wie immer, wenn Elsa und er ein Programmheft für ein Konzert kauften. Aber Nernst legte ihm die Hand auf den Arm und zog ihn schnell weiter zu den Doppeltüren des Saals. Als sie an einem der jungen Männer vorbeigingen, warf Albert einen Blick auf das Heft, das ihm hingestreckt wurde. Die Überschrift in Fraktur konnte er nicht lesen, aber das Hakenkreuz, das sich wie eine fette schwarze Spinne darunter festklammerte, war deutlich genug.

»Informieren Sie sich über die Bedrohung der reinen

Wissenschaft!«, rief der Mann, hielt jedoch inne und zog mit schockierter Miene das Heft zurück, als er Albert erkannte.

Von innen glich die Konzerthalle einer Mischung aus Schloss und Kathedrale mit römischen Säulen, verzierten Wänden und achteckigen Dachfenstern mit Milchglasscheiben. Die Plätze fürs Publikum waren frei stehende, mit Samt bezogene Stühle, und als Albert und Nernst eintraten, holte der Platzanweiser rasch und diskret zwei Stühle für sie herbei. Um den Schein eines vollbesetzten Saals zu erwecken, holte man immer nur so viele Stühle, wie gebraucht wurden.

Trotz ihres Zuspätkommens schien niemand sie zu bemerken. Die Aufmerksamkeit war auf den Redner ganz vorne gerichtet, einen Mann Mitte dreißig mit vorgewölbter Stirn, dicken Augenbrauen und einem intensiven, durchdringenden Blick, den er wie einen Scheinwerfer ins Publikum mal hierhin, mal dorthin richtete. Das ist also Paul Weyland, dachte Albert, als er es sich auf seinem Stuhl bequem gemacht hatte.

»Die seriöse Forschung hat Einsteins Relativitätstheorie als Humbug entlarvt«, hörte er den Redner mit fester Stimme sagen. »Es ist an der Zeit, dass auch die breite Öffentlichkeit diese Wahrheit erfährt. Mit jüdischer Arroganz hat Einstein sich über erprobte experimentelle Methoden hinweggesetzt. Wie kommt es denn, dass eine Idee, die jeglichen wissenschaftlichen Grund vermissen lässt, so eine Durchschlagskraft bekommen kann?«

Weyland machte eine Kunstpause, ließ die Frage sich setzen und gab dann die erstaunliche Antwort:

»Ja, er bedient sich der Massensuggestion und politischer Propaganda übelster Sorte! Die Universitäten, die Einstein auf einen Sockel gestellt haben, sind nichts anderes als Reklamefabriken, betrieben von Stümpern und Idioten, die keine Ahnung haben, wem sie da dienen.«

Albert lehnte sich mit gekreuzten Armen zurück, blinzelte zum Redner nach vorne und lachte leise vor sich hin, als sei er amüsiert. Ein Zuhörer in der Reihe vor ihm drehte sich um. Gleich darauf wandte noch ein Kopf sich um und er hörte, wie immer wieder sein Name geflüstert wurde, als sei ein Wind durch die Versammlung gegangen: »Einstein ist da. Einstein. Einstein…«

»Aber wir, die wir sein Geschäft durchschaut haben, können nicht mehr schweigen«, fuhr Weyland vom Podium aus fort. »Ein Wissenschaftler darf niemals – *niemals*«, er schlug mit der geballten Faust aufs Rednerpult, »die deutsche Wissenschaft als Werkzeug benutzen, um sich Vorteile für sich oder seine Rasse zu verschaffen! Wissenschaft darf nicht als Geschäft betrieben werden! Von nun an müssen alle seriösen Wissenschaftler eine geeinte Front bilden und die Forschung von publizitätsgierigen Krämern befreien. So ein Nonsens wie ›die Relativität der Zeit‹ oder ›der gekrümmte Raum‹ hat in der deutschen Forschungswelt nichts zu suchen. Wissenschaftlicher *Dadaismus*!« Er spuckte die Worte heraus, als hätte er etwas Ekliges im Mund. »Genau das ist es!«

Weyland schwieg. Er schaute triumphierend ins Publikum und schien Applaus zu erwarten. Hier und da klatschte jemand höflich.

»Du lieber Gott«, flüsterte Walther Nernst und schloss die Augen.

»Ich finde das amüsant«, gluckste Albert.

Das Ganze war absurd. Seine Gegner beklagten sonst immer, er sei abstrakt, unbegreiflich oder gar wahnsinnig. Aber als Krämer war er bisher noch nicht bezeichnet worden. Wenn man Elsa fragte, so war er eine Katastrophe, wenn es um Geschäfte ging, und es war ein ständiger Scherz zwischen ihnen, dass er betrogen wurde, sobald er auch nur seine Nase in einen Laden steckte.

Und welche politische Propaganda soll er betrieben haben? Albert konnte sich nicht erinnern, jemals etwas gesagt oder getan zu haben, was man in eine solche Richtung deuten könnte.

Für ein einleitendes Referat war Weylands Rede sehr lang. Er schien eher der Hauptredner des Abends zu sein. Als er endlich fertig war, sagte er noch:

»Allen, die sich näher mit dieser wichtigen Frage beschäftigen wollen, kann ich wärmstens das Informationsmaterial empfehlen, das man am Eingang erwerben kann. Bevor ich das Wort an Herrn Professor Gehrcke übergebe, machen wir deshalb eine Pause von fünfzehn Minuten, damit alle, die diese informativen Schriften noch nicht gekauft haben, es nun tun können. Ich möchte noch darauf aufmerksam machen, dass sie heute zum Sonderpreis zu haben sind.«

Ein etwas merkwürdiger Schluss, wenn man bedenkt, wie sehr er sich über Krämer und Geschäftemacher erregt hatte.

Nernst meinte, sie sollten die Gelegenheit nutzen und nach Hause gehen. Aber Albert ging kühn und raschen Schritts zu einem der jungen Verkäufer. Er nahm eine Zeitschrift und blätterte sie durch, ehe er sie mit einem Kopfschütteln zurückgab. Er vermutete – völlig zu Recht, wie sich später herausstellte –, dass Paul Weyland sowohl Herausgeber als auch alleiniger Autor der Publikation war, die er so warm empfohlen hatte. Dann kehrte er zusammen mit dem treuen Nernst in den Konzertsaal zurück und lauschte Ernst Gehrcke, der wie ein kaputtes Grammophon die gleichen ausgeleierten Argumente wiederholte, die er seit Jahren gegen Einstein vorbrachte.

Auf dem Heimweg machte sich Albert über das Erlebte lustig. In Wirklichkeit war er zutiefst erschüttert. Er würde es niemals offen zugeben, aber da drinnen hatte es einen Moment gegeben, ein paar fürchterliche Sekunden, in denen Weylands Rede ihn in einen Zustand von Unwirklichkeit versetzt hatte. Der Stuhl unter ihm hatte geschwankt und der Saal mit seinen Säulen und Verzierungen hatte sich gleichsam zusammengezogen, als befände er sich im krampfenden Bauch eines riesigen Tiers. Es war eine Erfahrung von schierer Angst und, eigenartigerweise, von Einsamkeit.

Nernst und er hatten so eng nebeneinander gesessen, dass Albert spüren konnte, wie die Schultern des Freundes in solidarischer Empörung zitterten, und die meisten Zuhörer schienen eher auf Alberts und nicht auf Weylands Seite zu stehen. Gar nicht zu reden von all der wissenschaftlichen Ehre, die ihm im letzten Jahr zuteilgeworden war und der Liebe des Publikums, die ihn förmlich ertränkt hatte. Und doch schienen all diese wohlwollenden Menschen wie von einem Windstoß weggeweht worden zu sein. Nur er selbst und der Mann auf dem Podium mit seinem durchdringenden Blick waren noch da.

Am nächsten Tag verbarrikadierte Albert sich in seinem Turmzimmer und ließ niemanden hinein. Das war an sich nicht ungewöhnlich; wenn er mit einem Problem beschäftigt war, konnte er tagelang dort oben sitzen. Aber dieses Mal erfüllten ihn keine intellektuellen Überlegungen. Er hatte Angst. Seine Reaktionen waren primitiv, das kleinste Geräusch ließ ihn erzittern. Er wollte sich einschließen, verstecken. Fliehen. Ja, er würde Berlin verlassen. Nachts, im Geheimen, ohne sich von jemandem zu verabschieden, würde er sich davonmachen. Wohin? Ganz gleich, wohin. Weit, weit weg.

Am nächsten Morgen erwachte er auf der Chaiselongue im Turmzimmer, unrasiert und zerzaust, aber ausgeschlafen und mit einem Geist klar wie Glas. Die kindische Angst des Vortags war verschwunden, und ein ganz anderes Gefühl erfüllte ihn: ein schrecklicher, rechtschaffener Zorn.

Er ging von der Chaiselongue zum Schreibtisch und begann, immer noch in Unterwäsche, einen Artikel für das *Berliner Tageblatt* zu schreiben.

Er war in bester Kampfeslaune. Gehrcke wurde zertrümmert, Paul Weyland zu Staub zermalmt. Sogar sein alter Freund Philipp Lenard bekam ein paar tüchtige Schläge ab. Der war zwar nicht persönlich im Konzerthaus anwesend gewesen, aber Albert erinnerte sich, dass ein Artikel von Lenard zu dem Material gehörte, das am Eingang auslag. Was ja auch eine Art von Anwesenheit war. Die Anwesenheit des *Feiglings*.

Mit der einen Hand wedelte er das Blatt, damit die Tinte trocknete, und mit der anderen rief er den Redakteur des *Berliner Tageblatts* an, der versprach, sofort einen Boten zu schicken, der den Artikel abholen würde. Dann rief er über das Haustelefon Elsa an und bestellte ein ordentliches Frühstück, bestehend aus Bratwurst, Spiegeleiern, Salzgurken und Brezeln. Er war schrecklich hungrig.

Der Redakteur rief ihn sofort an, als er den Artikel bekommen hatte, er dankte begeistert und bat Albert um eine Aussage aus Anlass seines Eintretens in die Diskussion.

»Wenn es Ihnen nicht allzu große Mühe macht, Herr Professor, nur eine Frage?«

»Ja, gern«, sagte Albert und wischte sich mit der Serviette ein wenig Wurstfett aus dem Schnurrbart. »Was für eine Frage?«

»Wie würden Sie heute Ihre Stellung in der deutschen Wissenschaft beschreiben?«

»Meine Stellung ...«, sagte Albert zögernd, »ich liege in einem weichen Bett. Aber mit ein paar Läusen zwischen den Laken.«

Er grinste zufrieden und legte auf.

Am folgenden Tag stand sein Artikel auf der ersten Seite der Zeitung. Die Überschrift lautete: *Meine Antwort an die Aktiengesellschaft der Antirelativisten.* Seine Aussage am Telefon hatte einen eigenen Platz bekommen, mit Kommentaren von verschiedenen Personen.

Die Freunde waren schockiert. In Briefen und Telefonanrufen wollten sie sich vergewissern, dass wirklich Albert den Artikel geschrieben hatte. Was für eine Wortwahl! Was für eine Diskussionstechnik! Das war etwas ganz anderes als sein übliches, elegantes Fechten, um sich zu verteidigen. Und Lenard! Den Albert bisher sehr bewundert hatte.

»Ja, bevor er Antisemit wurde«, brummte Albert, als Nernst ihn darauf ansprach.

Sie saßen im Turmzimmer in den Sesseln. Nernst hatte die aufgeschlagene Zeitung auf dem Schoß.

»Aber seine Kritik an dir war doch stets rein akademisch«, bemerkte Nernst und las laut aus Alberts Artikel vor: »*Lenard hat noch nichts von Bedeutung auf dem Feld der theoretischen Physik publiziert, und seine Einwände gegen die Relativitätstheorie sind so oberflächlich, dass ich es bis heute nicht der Mühe wert fand, auf sie einzugehen. Das wird sich nun ändern*«, schloss Nernst und schaute auf. »Nichts von Bedeutung! Er hat den Nobelpreis erhalten, zum Teufel. Manchmal bist du ein großes Kind, Albert, da hat Elsa völlig recht. Es schmerzt mich, das zu sagen, aber du machst dich lächerlich.«

Albert wand sich verlegen auf seinem Sessel.

»Einige der Zuhörer im Konzerthaus haben dich in der Presse verteidigt, unter anderem ich«, fuhr Nernst fort. »Aber dein Artikel bricht allem die Spitze ab. Du hättest dir für so etwas eigentlich zu gut sein sollen.«

»Es ging alles sehr schnell. Jetzt ist es passiert«, sagte Albert mit einem Schulterzucken. »Da kann man nicht viel machen.«

»Du kannst um Entschuldigung bitten.«

»Um Entschuldigung bitten, wen denn? Etwa Weyland?«, sagte Albert erschrocken.

»Nein. Lenard.«

Albert überlegte.

»Ja. Du hast recht. Ich werde ihm heute einen Brief schreiben.«

»Nein, keinen Brief. Du musst ihn öffentlich um Entschuldigung bitten. Weil du ihn öffentlich beleidigt hast.«

»In einem Zeitungsartikel?«

»Ja.«

Albert schwieg. Nernst wartete ab.

Albert schaute ihn flehend und bittend an.

»Na?«, sagte Nernst. »Schreibst du den Artikel?«

Albert nickte langsam.

»Ausgezeichnet. Ich bin sicher, du wirst die richtigen Worte finden. Du weißt dich auszudrücken. Manchmal ein wenig zu gut. Weißt du was«, fügte Nernst mit einem aufmunternden Zwinkern hinzu, »das mit den Läusen war richtig lustig.«

Er legte seine Hand auf Alberts und streichelte sie leicht. Es war die Hand eines Chemikers, rau und voller Flecken und Narben von Verätzungen. Albert war sogar ein wenig gerührt.

Aber er schrieb keine Entschuldigung an Lenard. Er brachte es einfach nicht über sich. Damit hätte er Paul Weylands Sieg anerkannt. Weyland hätte über die Entschuldigung gelacht. »Es ist mir gelungen, ihn zu provozieren. Er hat sich lächerlich gemacht. Und jetzt kriecht er zu Kreuze«, würde er denken. Diesen Triumph gönnte Albert ihm nicht.

Lenard sprach nie wieder ein Wort mit ihm. Aber über gemeinsame Freunde wusste Albert, dass er zutiefst gekränkt war und insgeheim daran gearbeitet hatte, Alberts Ansehen beim schwedischen Nobelkomitee zu untergraben.

Alberts Freunde waren ziemlich lange von ihm enttäuscht. Elsa schimpfte, weil sie keine Einladungen mehr bekamen. Seine ehemalige Frau, Mileva, die vom Skandal Wind bekommen hatte, schrieb einen ärgerlichen Brief und fragte, ob er seine Chancen auf den Nobelpreis zerstören wollte, und sie erinnerte ihn an sein Versprechen, das Geld ihr und seinen Söhnen zu geben.

Irgendwann legte sich der Sturm. Aber noch lange schauderte Albert, wenn der Name Paul Weyland auftauchte. Was tatsächlich zu allen möglichen und unmöglichen Gelegenheiten passierte.

Einmal blieb er bei einer Buchhandlung stehen, die einen Teil ihres Sortiments auf das Trottoir gestellt hatte. Er las gerne Belletristik, als Abwechslung zur Fachliteratur. Er hatte einen recht konservativen Geschmack. Oft war es einer der großen Meister, Goethe, Schiller, Dostojewski. Und natürlich Jules Verne, wenn ihm danach war. Besonders *In achtzig Tagen um die Welt*. Das war die Geschichte mit den Zügen und Uhren.

Er stand unter der Markise der Buchhandlung, nahm ein Buch in die Hand, blätterte und stellte es wieder zurück. Er wollte gerade weitergehen, da fiel sein Blick auf eine Kiste mit herabgesetzten Exemplaren, alles durcheinander. Zwischen den Reiseberichten, Ratschlägen für Hausfrauen und Liebesromanen leuchtete ihm ein Name entgegen, so deutlich wie eine elektrische Leuchtreklame.

Er nahm das Buch in die Hand. Es war eine Schilderung des Kampfes zwischen christlichen Deutschen und slawischen Stämmen im zwölften Jahrhundert. Der Autor war Paul Weyland.

Stehend blätterte Albert das Buch durch. Es triefte nur so von blutigen Wunden und großartigem Patriotismus. Die Deutschen waren edel und mutig, die Slawen einfältige Wilde, die einem barbarischen Götzendienst anhingen.

Das Buch war eine merkwürdige Mischung aus historischem Werk, Abenteuerroman und politischem Pamphlet. In jeder Beziehung eine Katastrophe.

Auf der letzten Seite gab es Werbung des Verlags. Das Buch war das erste in einer neuen Serie über die Bedrohung der deutschen Kultur. (Albert meinte sich zu erinnern, dass die Hass-Vorlesung in der Philharmonie als *erste einer Serie* von Vorträgen über die Bedrohung der deutschen Wissenschaft angekündigt wurde. Weyland war offensichtlich ein Mann, der in Serien dachte.)

Das nächste Buch – auch ein Werk des berühmten Schriftstellers Paul Weyland – sollte überraschenderweise das Thema *Tanz* behandeln. Der Schritt von blutigen Kämpfen zum Tanz mag groß erscheinen, aber der rote Faden zeigte sich deutlich in der Präsentation des Verlages: der alte deutsche Volkstanz sei bedroht durch den modernen Tanz, der mit seinem Primitivismus und seiner Sittenlosigkeit die deutsche Jugend ins Verderben stürzen wollte. Dort stand auch, dass das Buch 1920 erscheinen würde, es musste also bereits im Buchhandel sein. Er ging in den Laden und bat den Verkäufer, ihm das Buch zu zeigen. Nach eifrigem Suchen in Regalen und Verzeichnissen wurde klar, dass so ein Buch nie erschienen war.

Natürlich nicht, dachte Albert. Paul Weyland hatte erkannt, dass die slawischen Stämme und der sittenlose Tanz Kleinkram waren verglichen mit der *wirklichen* unheimlichen Bedrohung Deutschlands: Einstein und die Relativitätstheorie. Im Jahr 1920 hatte er alles andere beiseitegelegt und seine Kräfte auf die Attacke im Konzerthaus konzentriert. Der Plan einer daraus resultierenden Vortragsreihe war, genau wie die Buchreihe, im Sande verlaufen. Paul Weyland schien es schwerzufallen, seine großartigen Projekte zu Ende zu bringen.

Das nächste Mal tauchte Paul Weylands Name auf einer wissenschaftlichen Konferenz auf. Albert stand in einer Rauchpause mit einem freundlichen Geologen aus Marburg zusammen, und dieser erwähnte, dass er während des Krieges in der gleichen Kompanie wie Weyland gedient hatte. Weyland sei nicht sehr beliebt bei den anderen Soldaten gewesen, aber den Offizieren hatten sein Patriotismus und seine Furchtlosigkeit imponiert. Er hätte nie gezögert angesichts der grausamen und schmutzigen Seiten des Krieges. Ganz im Gegenteil, das schien ihn zu beleben. Aber weil er auch Probleme gehabt hatte, Befehlen zu gehorchen und sich der Disziplin anderer zu unterwerfen, war er bald unten durch gewesen.

»Nach einer Weile verschwand er. Ich weiß nicht, ob freiwillig oder ob er irgendwohin geschickt wurde«, schloss der Geologe. Solche Worte sollte Albert noch mehrmals in Zusammenhang mit Paul Weyland hören.

Das Bild schärfte sich, als Albert bei einem Abendessen neben einem Geschichtsprofessor zu sitzen kam, der zusammen mit Weyland auf das renommierte Leibnizgymnasium gegangen war. Er erinnerte sich an seinen überaus begabten Schulkameraden.

»Weyland lernte schnell und war sprachbegabt. Er diskutierte gern und konnte sich ausdrücken. Manchmal ein bisschen zu gut. Leider war er bei den Prüfungen nicht so gut. Er war offenbar der Meinung, dass er nicht zu lernen brauchte. Ein klein bisschen hochmütig, wenn Sie verstehen.«

Albert verstand nur allzu gut. Hochmut war auch seine Jugendsünde gewesen.

»Dann verschwand er«, sagte der Professor mit einem Schulterzucken.

Da war es wieder!

»Ich weiß nicht, wo er abgeblieben ist. Ich erinnere ihn nur aus dem ersten Jahr. In der Abschlussklasse war er auf jeden Fall nicht.«

Diese phantastische Fähigkeit, still und leise zu verschwinden! Weylands Gegenwart war offenbar so stark, dass alle, die ihm einmal begegnet waren, sich noch lange an ihn erinnerten. Wenn so jemand verschwand, sollte man meinen, dass er eine Leere hinterlässt, und es wäre folgerichtig, dass man sich an die Umstände seines Verschwindens erinnerte. Aber Weylands Gegenwart schien unmerklich und nahtlos in Abwesenheit übergegangen zu sein.

Als Albert den Namen Paul Weyland zum letzten Mal gehört hatte, war er mit einem lauten Seufzen ausgesprochen worden. Er hatte einen Vortrag vor britischen Naturwissenschaftlern in London gehalten und danach an einem Empfang in der deutschen Botschaft teilgenommen. Das Spektakel im Konzerthaus in Berlin kam zur Sprache, und nun bekam Albert ein weiteres Puzzlestück von Weylands Charakter geliefert. Der Botschafter meinte, Weyland sei in den deutschen Gesandtschaften so unbeliebt wie die Pest.

»Ein professioneller Betrüger«, war sein Urteil. »Er reist mit falschen Papieren und gut geölter Zunge im Ausland umher. Er isst in feinen Restaurants und wohnt in Luxushotels und lässt die Rechnungen an renommierte Universitäten schicken. Nennt sich Wissenschaftler und bringt reiche Idioten dazu, in angebliche Erfindungen zu investieren. Wenn er auffliegt, kontaktiert er die deutsche Botschaft, und wir müssen ihn dann bei der Polizei auslösen. Ich glaube nicht, dass er jemals richtig bestraft worden ist. Ich nehme an, dass er überall seine Leute sitzen hat.«

Albert starrte immer noch auf die Treppe zur U-Bahn, wo Paul Weyland wie eine Wühlmaus in ihrem Loch verschwunden war.

»Albert, warum sagst du nichts?«, fragte Betty ungeduldig und packte ihn am Arm.

Die Menschen an der Litfaßsäule hatten sich zurückgezogen, um einen Arbeiter vorzulassen, der eine neue Mitteilung ankleben wollte. Kurz darauf hörte man einen Schrei größter Verzweiflung. Ob es um einen verschwundenen Angehörigen ging oder den Verfall einer Aktie war nicht auszumachen.

Ein Kriegsinvalider in einer zerschlissenen Uniform humpelte auf seinen Krücken herbei, streckte die Hand aus und versuchte mit bettelnden Worten die Aufmerksamkeit der Menschen zu erregen, aber sie sahen ihn gar nicht. Betty fand in ihrer Manteltasche ein paar Münzen und gab sie ihm schnell. Der Mann verbeugte sich ungeschickt und humpelte weiter.

»Und?«, sagte Betty und zog ihre Handschuhe wieder an. »Wer *ist* denn dieser Paul Weyland?«

Albert schüttelte den Kopf und murmelte:

»Wir leben in einer merkwürdigen Zeit, Betty. Menschen verschwinden spurlos. Solide Vermögen verdunsten über Nacht. Alles ist kaputt, und eigenartige Wesen kriechen aus den Ritzen hervor. Weyland ist so ein Wesen.«

ELLEN

4. bis 13. Juni 1923

In einer Ecke der Redaktion lagen Berge von Zeitungen, sowohl schwedische als auch ausländische, und es war Ellens Aufgabe, sie durchzublättern und alles zu finden, was über die Ausstellung geschrieben wurde. Ihre Arbeitsgeräte waren eine Papierschere und ein stählernes Lineal. Sie sollte die Spaltenzentimeter messen. Sowohl von Texten als auch von Bildern.

Der Redakteur erklärte ihr, warum.

»Unsere Leser wollen wissen, was andere über uns denken. Findet die Welt immer noch, dass Göteborg ein Kaff ist? Meinen sie, dass wir Bauern sind? Sprechen sie überhaupt über uns?«

Ellen las, schnitt und maß. Hin und wieder kam der Redakteur und schaute ihr über die Schulter. Er gluckste zufrieden, wenn er etwas sah, das ihm gefiel.

»*Die Ausstellung zeugt von der Tatkraft unserer Nachbarstadt und von den großen Möglichkeiten seiner Wirtschaft*«, las er laut aus der *Borås Tidning* vor. »Ja, ja, das muss ihnen vorkommen wie New York. Und was sagt das *Stockholms Dagblad*?«

Der Redakteur beugte sich vor. »*Die Ausstellung ist solide und glaubwürdig. Leerer Prunk liegt ihr fern, ebenso wie Effekthascherei.* Hm. Das klingt ein wenig gönnerhaft. Was sie eigentlich sagen wollen, ist *bäurisch*, oder? Nun ja. Es sind auf jeden Fall mindestens dreißig Zentimeter. Her mit dem Lineal, Ellen! Oder schau mal hier: *Imponierend. Alles bezeugt die Neigung der Schweden zum Großen. Ein Beweis für die administrativen Fähigkeiten der schwedischen Rasse. Norska Morgenposten.* Ha, ha. Auf die Norweger kann man sich verlassen.«

Die *Times* hatte einen groß aufgemachten Artikel mit Bildern von der Festung Älvsborg und der Statue von Gustaf Adolf. Der Redakteur überflog ihn uninteressiert.

»Nur Geschichte«, brummte er. »Nichts über das Göteborg von heute. Und viel über Schotten und Engländer und was sie alles für die Stadt getan haben. Typisch britisch. Es geht immer nur um sie selbst.«

Als Ellen alles Material zusammen hatte, übergab sie es dem Redakteur, der selbst eine Zusammenfassung schreiben wollte.

Das Ergebnis der Messung war beeindruckend: Die *Stockholmzeitung* hatte der Ausstellung 1800 Spaltenzentimeter in Text und Bild gewidmet, achtzehn Meter Journalismus über Göteborg! Im *Dagens Nyheter* waren es vierundzwanzig Meter. Das *Svenska Dagbladet* gewann mit fünfundzwanzig Metern. Und dabei war es erst Juni.

Wenn nur das Wetter ein bisschen besser wäre! Die Sommerwärme wollte nicht kommen, und es regnete fast die ganze Zeit.

Jeden Morgen nahm Ellen den Telegrammstreifen mit den Wetteraussichten entgegen. Der Text war genauso langweilig wie das Wetter selbst. Luftdruck und Windrichtungen und jede Menge Zahlen. Es war ihre Aufgabe, täglich ein paar Zeilen über das Wetter zu schreiben. Sie tat ihr Bestes, das Thema aufzulockern, und hoffte, dass der Redakteur ihr etwas Interessanteres anbieten würde, wenn sie fertig war.

Sie lernte allmählich, wie die Redaktion funktionierte.

Die interessantesten Aufgaben gingen meistens an Hansson, einen ambitionierten jungen Mann, der sich selbst sehr ernst nahm. Ellen hatte versucht, mit ihm zu plaudern, aber kaum jemals eine Antwort bekommen.

Interviews mit wichtigen Menschen machte der Redakteur selbst. Der Redakteur hieß Holmberg, wurde aber immer nur »der Redakteur« genannt.

Hinter einer Tür mit einer Milchglasscheibe saß Fräulein Lindkvist, sie kümmerte sich um die einspaltigen Anzeigen. Sie war eine Dame mittleren Alters mit kleinen, freundlich zwinkernden Augen, ihr Blusenkragen wurde von einer Brosche zusammengehalten. Ellen schaute öfter bei ihr herein, sie hatte nämlich festgestellt, dass Fräulein Lindkvist eine reichlich sprudelnde Informationsquelle war. Sie wusste über fast alles, was in Göteborg passierte, Bescheid.

Um die größeren Anzeigenkampagnen kümmerte sich der Chef der Anzeigenabteilung, Göte Fricksén, und diese Geschäfte wurden meist außerhalb der Redaktion vereinbart. Fricksén kam oft erst am Nachmittag nach einem ausgedehnten Mittagessen mit einem Kunden in die Redaktion, und nach einigen lauten Telefongesprächen in seinem Büro verschwand er wieder, um in einem der besseren Restaurants der Ausstellung zu Abend zu essen.

Wand an Wand mit der Redaktion lag das Pressezentrum, wo Journalisten von allen möglichen Zeitungen, sowohl schwedischen als auch ausländischen, in kleinen Kabinen saßen und für ihre Heimredaktionen Artikel über die Ausstellung schrieben. (Genau die Artikel, die Ellen später ausschneiden musste.) Manchmal schauten sie in die Redaktion von *Krone und Löwe*, um etwas zu fragen oder etwas auszuleihen – die Dose mit dem Klebstoff, Streichhölzer, ein Lexikon –, und man sollte sie freundlich und großzügig behandeln, hatte der Redakteur alle angewiesen. Ellen hatte gesehen, wie er selbst einem deutschen Journalisten aus der eigenen Tasche Geld geliehen hatte, der hatte nämlich gerade sein Honorar von dreitausend Mark in schwedische Kronen umgetauscht. Einundzwanzig Öre, mehr hatte der Ärmste nicht bekommen. Das Porto, um den Artikel zu schicken, hätte dreimal so viel gekostet.

Ellen schrieb nicht nur über das Wetter. Sie hatte auch über die Karpfen im Seerosenteich schreiben dürfen, sie fühlten sich sehr wohl und hatten sich in kurzer Zeit vermehrt, es waren jetzt große Schwärme, und über die Salzwasserfische im Aquarium, die sich überhaupt nicht wohl fühlten und eingingen, eine Art nach der anderen.

Außerdem hatte sie ein langes Interview mit dem Vorsitzenden des Feuerbestattungsvereins geführt, der bei Wind und Wetter auf seinem Posten am neuen hygienischen Musterfriedhof mit Urnengräbern stand. Er trug einen diskreten grauen Anzug (nicht schwarz, das war wichtig, hatte er betont) und ermahnte die Besucher, dem Verein beizutreten.

In den Urnen der Friedhofskapelle war natürlich keine Asche, und im Ofen mit den verschlungenen Jugendstilverzierungen brannte natürlich kein Feuer. Der Friedhof war, wie das meiste auf der Ausstellung, ein maßstabsgetreues Modell, es sollte überzeugen. Was auch gelang.

Der Verein hatte schon hunderte von neuen Mitgliedern bekommen, hatte der Vorsitzende stolz erzählt, Feuerbestattung war eine neue Volksbewegung geworden. »Heute wollen alle verbrannt werden. Asche ist die sauberste Substanz, die es gibt.«

Ellens Reportage vom Hafenarbeiterstreik war nie veröffentlicht worden. »Geht uns nichts an«, hatte der Redakteur nach einem kurzen Blick beschlossen. »Um die Politik sollen sich die großen Zeitungen kümmern.« Und dann hatte er, zu Ellens Entsetzen, ihr Manuskript zu einem Ball zusammengeknüllt und ihn dann mit geübter Geste in Richtung des Papierkorbs geworfen und auch gleich getroffen.

Aber die Reportagen über die Aquarien und die Feuerbestattung hatten ihn zu einem zufriedenen Brummen veranlasst wie ein alter Bär. Beide Themen hatte Hansson abgelehnt. Stattdessen hatte Ellen sie bekommen, und sie hatte etwas Gutes daraus gemacht. Als der Redakteur sie dafür lobte, hatte Hansson laut und beschäftigt in seine Schreibmaschine gehämmert und so fest die Kiefer zusammengebissen, dass die Wangen ganz weiß wurden.

Ellen war als unbezahlte Volontärin eingestellt. Aber als die anderen ihren Lohn erhielten, bekam auch sie einen Umschlag. »Als kleine Ermunterung«, hatte der Redakteur mit einem Zwinkern gesagt und hinzugefügt: »Das haben Sie sich verdient, Fräulein Grönblad.«

Als sie den Umschlag öffnete, war sie freudig überrascht. Natürlich hatte sie nicht so viel bekommen wie Hansson, der wurde als qualifizierte Arbeitskraft angesehen, aber es war doch mehr Geld, als sie jemals in der Hand gehabt hatte. Ihre Eltern bezahlten normalerweise alles für sie, und sie war es nicht gewohnt, selbst über größere Summen zu verfügen.

Jetzt würde sie ihre Einkäufe und Fahrten aus eigener Tasche bezahlen können. Und vielleicht eine kleine Summe für Kost und Logis bei der Tante. (Bezahlte ihr Vater für die Unterkunft bei der Tante? Ellen hatte bisher nicht darüber nachgedacht.)

Beim nächsten gemeinsamen Sonntagsessen der Familie würde sie alle überraschen. Sie beschloss, die Sache während des Essens nicht zu erwähnen, und wenn der Vater dann, kurz bevor sie mit dem Zug zurückfahren würde, seine Brieftasche herausziehen würde, um ihr das übliche Taschengeld zu geben, könnte sie ganz ruhig sagen: »Nein, danke, Papa. Ich verdiene jetzt mein eigenes Geld.« Sie freute sich schon darauf, sein Gesicht zu sehen.

Aber im Lauf der Woche kam sie am Schaufenster von Gillblads Damenkonfektion vorbei, und dort sah sie eine Bluse aus dünner, cremefarbener Seide. Dieses traumhafte Kleidungsstück fiel in weichen Falten von den Schultern der Schaufensterpuppe, verschwand an der Taille in einem schmalen, wadenlangen Rock wie ein üppiges Blumenbukett in einer zylindrischen Vase.

Ellen konnte sich gar nicht sattsehen an diesen Kleidern – das schmetterlingsleichte, weibliche Oberteil und, als Kontrast, der strenge Rock, für die Arbeit geeignet und beinahe maskulin mit dem Fischgrätmuster. Ja, so wollte sie aussehen: weich und großzügig, aber das Weiche und Liebliche fest verankert in etwas Festem und Reellem.

Sie konnte nicht anders, sie musste auch am nächsten Tag einen Umweg machen und bei Gillblads vorbeigehen. Sie ging hinein und fragte nach dem Preis der Bluse. Sie kostete erheblich mehr, als sie sich hatte vorstellen können. Sie kostete so viel, wie sie als Lohn bekommen hatte. Fast auf die Krone genau. Als ob die Bluse und das Lohnkuvert auf geheimnisvolle Weise füreinander bestimmt gewesen wären.

Als sie am nächsten Sonntag vom Bahnhof in Lerum zu dem gelben Holzhaus hinaufging, das ihr Elternhaus war, überlegte sie, wie sie es machen sollte.

Beim Essen hatte sie sich noch nicht entschieden. Sie war ungewöhnlich schweigsam, während Axel, Ture und dessen Verlobte in einem fort miteinander redeten. Und als ihr Vater sie später in sein Arbeitszimmer bat und mit der feierlichen Miene, die er immer aufsetzte, wenn er mit Geld hantierte, ihr die übliche Summe für die Woche überreichte, nahm Ellen sie entgegen, ohne ein Wort von einem Lohnkuvert zu sagen.

Am Montag kaufte sie die Bluse. Sie passte ihr perfekt. Sie konnte sie zu ihrem braunen Rock tragen, er war zwar nicht so schmal und elegant wie der aus dem Schaufenster, aber mit einem Gürtel in der Taille sah es richtig gut aus. Wenn sie dem Redakteur weiterhin imponierte, würde sie vielleicht noch weitere aufmunternde Umschläge bekommen.

Schon am nächsten Tag ergab sich die Gelegenheit, zu zeigen, was sie kann. Der Amerika-Dampfer *S/S Kungsholm* war auf dem Weg nach Göteborg und hatte einige prominente Passagiere an Bord. Der Vorstand der Ausstellung würde sie am Kai in Empfang nehmen, und der Redakteur würde vor Ort sein und einige kurze Interviews machen. Er hatte auch einen Auftrag für Ellen: Sie sollte auf dem Willkommensboot mitfahren, das das große Schiff am Hafeneingang empfangen würde.

»Eine Stimmungsreportage. Das Schiff taucht aus dem Nebel auf! Die Ankunft auf heimischem Boden!«, sagte der Redakteur emphatisch und blinzelte durch den Rauch seiner Zigarre. »Ich glaube, das ist etwas für Sie, Fräulein Grönblad.«

Am Abend saß Ellen in der Redaktion und bastelte mit einer Tasse heißem Tee neben sich an ihrem Artikel.

Die *S/S Kungsholm* war verspätet gewesen, und auf dem Deck des Willkommensboots hatte ein heftiger Wind geweht. In ihrer neuen Bluse und dem Sommermantel hatte sie schrecklich gefroren, ein Mitglied des Studentenchors war seekrank geworden und hatte sich über die Reling erbrochen. Die vaterländischen Lieder waren vom Wind verschluckt worden, keiner der Passagiere der *Kungsholm* war auf Deck gekommen, um ihnen zuzuwinken. Vermutlich saßen sie in ihren bequemen Kabinen, sie hatten keine Ahnung, dass ein flaggengeschmücktes kleines Boot mit einer tapfer singenden und »Hurra!« rufenden Besatzung um das Schiff herumfuhr wie eine surrende Mücke um einen Elefanten.

Ellen kämpfte mit allen möglichen verlogenen Beschreibungen, schließlich entschied sie sich für die ungeschminkte Wahrheit, aber mit einer gutmütigen ironischen Distanz.

Der Redakteur, der eine Droschke vom Hafen genommen hatte und kurz vor Ellen in der Redaktion eingetroffen war, saß an seinem Schreibtisch und arbeitete an seinem eigenen Artikel. Er schrieb alle seine Manuskripte von Hand, sehr schnell, fünfzehn, zwanzig Minuten, mehr Zeit brauchte er nie.

Er schrieb seine Interviews direkt aus dem Gedächtnis nieder, machte sich nie Notizen. Er behauptete, sich wortwörtlich an jeden Satz zu erinnern, aber das glaubte Ellen ihm nicht. Ganz im Gegenteil, sie hatte das Gefühl, dass der Redakteur den Interviewten die Worte in den Mund legte, deren Ansichten und ihre Wortwahl waren nämlich seinen eigenen sehr ähnlich.

Der Redakteur machte einen resoluten Punkt auf dem Papier, knipste seine Schreibtischlampe aus und legte das Manuskript in den Korb für den Druckereiboten.

Als er gegangen war, blieb Ellen allein in der Redaktion zurück. Jetzt konnte sie sich von ganzem Herzen ihrer stimmungsvollen Reportage widmen. Sie war gerne allein, wenn sie schrieb, und blieb oft noch da, wenn die anderen nach Hause gegangen waren. Sie konnte unmöglich einen Artikel in fünfzehn Minuten schreiben. Sie probierte verschiedene Sätze, x-te mit ihrer Schreibmaschine aus und schrieb immer wieder neue Versionen, bis sie schließlich das ganze Manuskript auf ein neues Papier ins Reine schrieb. Manchmal schämte sie sich, weil sie so lange brauchte. Aber wenn sie allein war, bekam es niemand mit.

Es war ganz still um sie herum. Die Schreibtischlampe verwandelte ihren Arbeitsplatz in eine gemütliche, helle Insel in dem dunklen Raum, und sie hatte gerade den richtigen Ton gefunden, als die Tür plötzlich aufgerissen wurde und der Anzeigenchef Göte Fricksén mit langen, etwas unsicheren Schritten hereinkam.

Ellen unterbrach ihre Arbeit. Fricksén war schon halbwegs durch den Raum gegangen, als er sie bemerkte und stehen blieb.

»Fräulein Grönblad! So fleißig zu später Stunde!«, rief er mit gespielter Verwunderung aus.

»Guten Abend, Herr Fricksén. Ja, die *Kungsholm* hatte

sich sehr verspätet. Ich muss mit meinem Artikel fertig werden, bevor der Druckereibote kommt.«

»Selbstverständlich müssen Sie das«, sagte Fricksén.

Aber statt sie in Ruhe arbeiten zu lassen, stellte er sich dicht hinter sie und beugte sich über ihre Schulter.

»*Das flaggengeschmückte kleine Boot schlingerte heftig in der Dünung*«, las er laut vom Papier in der Schreibmaschine. »Ah! Dramatik!«

Sein Keuchen wehte eine Wolke von Alkohol direkt in Ellens Gesicht. Und noch etwas, etwas Fettes und Scharfes. Räucheraal?

»Und Sie haben Anzeigen verkauft, Herr Fricksén?«, sagte sie kühl.

»Ja, und ob!« Er suchte in den Fächern seiner Aktentasche, holte eine gefaltete Zeitung heraus und warf sie auf Ellens Schreibtisch. »Die neueste Anzeige von *Tomten*. Wir fahren sie noch zwei Wochen, Montag, Mittwoch, Freitag. Ich nehme an, *Gumman* wird schon morgen mit einem dreispaltigen Gegenfeuer antworten.«

Ellen lächelte. Die Scheuerpulverfabrikanten *Tomten* und *Gumman* fochten einen Anzeigenkrieg gegeneinander aus. Der Trick von *Tomten* war, die erste Zeile wie eine dramatische Nachricht zu formulieren, um sich dann in der kleingedruckten nächsten Zeile zu entlarven: *SCHMUTZIGE HÄNDE VERSCHWINDEN – wenn man Tomtens Scheuerpulver verwendet.* Die Strategie von *Gumman* war, in der Art einer Hausfrau unverdrossen die schlichte Botschaft zu wiederholen: *Gummans Scheuerpulver ist einfach das beste.* In letzter Zeit hatten der schlaue *Tomten* und die starrköpfige *Gumman* den Kampf eskalieren lassen, was sowohl die Spaltenzentimeter als auch die Frequenz der Anzeigen anging, und die Anzeigenverkäufer rieben sich die Hände.

»Da werden Sie wohl noch eine ganze Menge Papierarbeit zu tun haben, Herr Fricksén«, sagte sie, um ihn loszuwerden, und fügte hinzu: »Da sind wir heute beide Nachtarbeiter.«

»Ja, was für ein Zufall!«

Er lachte leise, beugte sich wieder über ihre Schulter, so nahe, dass sein Kinn das ihre berührte, und las weiter mit einer Stimme, die dem unschuldigen Text etwas Zweideutiges gab: »*Man bereut seine Eitelkeit und wäre froh, wenn man etwas anderes angezogen hätte als eine dünne Seidenbluse.*« Er pfiff leise. »Man? Das ist natürlich Fräulein Grönblad, nicht wahr? Und die Seidenbluse – das ist natürlich diese hier, oder?«

Er strich langsam mit seinen Händen über ihre Schultern und den Arm entlang. Durch den hauchdünnen Stoff fühlte sich die Berührung an, als wäre sie nackt.

»Sie brauchen ihre Entscheidung nicht zu bedauern«, flüsterte er ihr ins Ohr. »Es ist eine sehr schöne Bluse. Sie steht Ihnen.«

Ellen zitterte vor Widerwillen. Er merkte es.

»Sie zittern? Haben Sie Angst?« Er lachte leise an ihrer Wange. »O nein, das glaube ich nicht. Sie doch nicht. Sie haben doch eine ganze Menge Erfahrung, wenn ich mich nicht irre.«

Er hatte seine Hand auf ihre Brust gelegt und drückte sie prüfend, während er ihr Gesicht studierte.

»Herr Fricksén. Bitte hören Sie auf«, murmelte Ellen erschrocken.

Sie waren völlig allein in der Redaktion. Der Bote von

der Druckerei würde erst viel später kommen. Gab es jemanden im Pressezentrum nebenan oder in den Büroräumen weiter unten? Würde jemand sie hören, wenn sie schrie? Und wie weit musste er gehen, bevor sie schreien musste? Weiter als eine Hand auf der Brust, vermutete Ellen. Aber dann wäre es vielleicht zu spät. Der Anzeigenchef war groß und breit und wog bestimmt einhundert Kilo. Sie schob, so höflich sie konnte, seine Hand weg.

»Ich glaube, sie missverstehen etwas.«

»Missverstehen? O nein.«

Mit einem Lachen riss er Ellen vom Stuhl hoch und hielt sie dicht vor sich. Einige Haarsträhnen, fett von Pomade, hatten sich aus dem Seitenscheitel gelöst und fielen über sein Auge.

»Ich liebe Zeitungsmädchen«, zischte er. »Ihr seid so keck! So frei von Konventionen! Immer bereit für ein Abenteuer!«

Er drückte seinen Mund auf den ihren. Seine Zunge versuchte, sich zwischen ihre zusammengekniffenen Lippen zu drängen wie eine hartnäckige, muskulöse Schnecke, und gleichzeitig spürte sie, wie eine andere Art von Tier – größer, härter – sich auffordernd gegen ihren Bauch drückte.

Jetzt musste sie schreien. Aber wenn sie den Mund auch nur einen Millimeter öffnete, würde die Schnecke eindringen.

Als er sie auf den Boden warf, konnte sie den Kopf wegdrehen, und der Schrei, der aus ihr hervordrang, war so laut und fremd, dass sie selbst Angst bekam. Er brachte sie sofort zum Schweigen, indem er seine Hand auf ihren

Mund und ihre Nase drückte, und er seinen schweren Körper auf sie wälzte, sodass sie fast erstickte.

Da wurde plötzlich die Deckenbeleuchtung des Redaktionsraums angeschaltet.

»Hello? Is anybody here?«, rief eine nasale Stimme.

An der Tür zum Pressezentrum stand ein Herr in Hemd und geöffnetem Krawattenknoten und schaute erstaunt umher. Es war der englische Korrespondent für die *Times*. Ellen konnte ihn sehen, obwohl sie halb unter dem Schreibtisch lag, mit dem großen, dicken Anzeigenchef über sich. Fricksén drückte seine Hand noch fester auf ihren Mund, ihr wurde schwindelig vor Sauerstoffmangel. Der Engländer konnte sie offenbar nicht sehen.

»Hello?«, rief er noch einmal.

Bitte, bitte, gehen Sie nicht, gehen Sie nicht!, dachte Ellen.

Der Korrespondent ging suchend durch den Raum, und als er sich dem Schreibtisch von Ellen näherte, stand Göte Fricksén schnell auf. Er strich sich über die Haare, murmelte etwas Unverständliches und ging eilig aus dem Raum.

»Are you alright, Sir?«, rief der Korrespondent ihm nach.

Ellen blieb unter dem Schreibtisch liegen, die Schritte des Anzeigenchefs entfernten sich.

Der Korrespondent schien sie nicht entdeckt zu haben. Er zuckte mit den Achseln, machte das Deckenlicht aus und ging in das Pressezentrum zurück.

Ellen kroch unter dem Schreibtisch hervor. Schniefend und zitternd setzte sie sich an ihre Schreibmaschine, beendete ordentlich ihren Artikel und holte das Papier aus der

Maschine. Sie nahm die zusammengefaltete Zeitung hoch, weil sie die Manuskriptseite brauchte, die darunter lag. Von der Zeitungsseite schrie ihr eine Überschrift entgegen:

ALLE FRAUEN PROTESTIEREN

dagegen, dass es etwas mit Tomtens Scheuerpulver Vergleichbares gibt.

Am nächsten Tag war alles wie immer. Fricksén grüßte sie beiläufig, als er nach dem Mittagessen an ihrem Schreibtisch vorbeikam.

Als ob die Ereignisse des Abends nie stattgefunden hätten.

Hatte sie wirklich unter dem Schreibtisch gelegen, mit seinem schweren Körper auf ihrem und seiner nach Zigarren stinkenden Hand auf ihrem Mund? Es kam ihr vor wie ein absurder Traum.

Der Redakteur kam zu ihr. Seine Augen leuchteten begeistert.

»Phänomenal, Fräulein Grönblad«, sagte er und klatschte mit der Handfläche auf die Zeitungsseite mit der Glosse über die *Kungsholm*. »Sie haben Talent für so etwas.«

»Danke, Herr Redakteur«, murmelte Ellen.

Sie war verlegen über das Lob und schaute zu Boden. Da bemerkte sie, dass etwas Kleines neben ihrem Papierkorb glitzerte.

»Aber gegen Ende fällt es etwas ab«, fuhr der Redakteur fort. »Nicht ganz die gleiche Spannung wie am Anfang.«

»Ich war müde«, sagte Ellen entschuldigend.

Als der Redakteur gegangen war, bückte sie sich und

hob den Gegenstand auf: einen kleinen Perlmuttknopf, der an einem herausgerissenen Stück Seidenstoff hing. Dann hatte sie also nicht geträumt.

NILS

22. Juni 1923

Nils konnte sich nicht über seine Beförderung freuen. Jedes Mal, wenn er sich an seinen Schreibtisch setzte, war es, als würde ihm eine Stimme ins Ohr flüstern: »Glaubst du, dass du etwas Besonderes bist? Was bildest du dir ein?«

Die flüsternde Stimme war so unangenehm wie die seines toten Vaters.

Nils hatte davon geträumt, Oberwachtmeister zu werden, aber dass es so geschehen würde, hätte er nie geglaubt. Er war unter falschen Voraussetzungen befördert worden, für eine Tat, die nur dumm und nicht mutig war.

Seine Hauptaufgabe sollte nach Aussage des Polizeidirektors sein, Kommissar Nordfeldt bei dessen Arbeit zu unterstützen. Er hatte im ersten Stockwerk ein kleines Zimmer bekommen, direkt neben Nordfeldt. Jemand hatte ihm gesagt, in diesem Zimmer habe bisher die Schreibkraft des Reviers gearbeitet.

Nils hatte sich für die Kriminalabteilung beworben, weil ihm Olander als Kollege gefehlt hatte. Er hatte davon geträumt, mit ihm zusammen Verbrechen aufzuklären. Am Schreibtisch miteinander zu diskutieren, so wie sie in seinem ersten Jahr auf Streife diskutiert hatten.

Jetzt saß er hier an einem Schreibtisch, aber ohne Olander.

Stattdessen war Nordfeldt sein Arbeitspartner geworden. Als wären die beiden bei ihrem Ringkampf mit Hamilton auf dem Flur unfreiwillig zusammengekettet worden. Es war eine ungleiche Partnerschaft. Nordfeldt war selbstverständlich der Vorgesetzte. Aber er hatte Nils sein Leben zu verdanken, eine Tatsache, derer sich beide peinlich bewusst waren.

Weder Nils noch Nordfeldt oder einer der anderen Polizisten sprachen über das, was geschehen war. Man erledigte mechanisch seine Aufgaben, Wache, Fahndung und Ermittlungen, aber das Schwatzen und die Kabbelei fanden nicht mehr statt.

Das Revier stand unter Schock, das war eine Tatsache. Niemand hätte sich vorstellen können, dass so etwas passieren könnte. Ein tollpatschiger Fausthieb von einem erregten Trunkenbold, damit musste man rechnen. Genauso wie mit der Gewalt, die bei einer Demonstration oder einem Streik aufkommen konnte. Darauf waren sie vorbereitet, das gehörte zum Job.

Aber ein gut angezogener Herr! Mit einem Revolver! Hier, auf ihrem Revier! Es war, als würde die Welt auf dem Kopf stehen.

Nils war sich nicht mehr sicher, ob er wirklich noch Kriminalpolizist sein wollte. Er sehnte sich nach seinem alten Posten zurück. In den vertrauten Vierteln auf Streife gehen, bekannten Menschen freundlich zunicken und die Gedanken wandern lassen.

Die Streife hatte etwas Beruhigendes. Immer die gleichen Straßen, hin und zurück, tagein, tagaus. Und doch so unterschiedlich. Olander hatte mit ihm darüber gesprochen: Man beobachtet sehr aufmerksam, wenn man immer den gleichen Weg geht. Deshalb ist die Streife auch eine gute Schule für einen Detektiv. Es ist wichtig, seine

Stadt zu kennen, zu wissen, was normal ist. Sonst kann man die Zeichen, dass etwas *nicht* normal ist, nicht erkennen: eine vertraute Person, die sich anders verhält, ein Geruch, den es sonst nicht gibt. »Das Erste, was ein Medizinstudent lernen muss, ist, wie ein *gesunder* Körper funktioniert«, hatte Olander gesagt.

Während einer Nachtschicht hatten in einem Hof ein paar Hunde gebellt, was nichts Ungewöhnliches war, es gab genug herrenlose Hunde in der Stadt. Aber gerade in *diesem* Viertel gab es normalerweise keine Hunde, Olander hatte also gemeint, sie sollten einmal nachschauen. Es stellte sich heraus, dass hinter den Mülltonnen ein toter Mann lag und dass die Leiche die Hunde angelockt hatte.

Nein, nun musste er aufhören, an tote Menschen zu denken, er hatte einen freien Abend vor sich. Vielleicht sollte er etwas anderes machen, als zu Hause zu sitzen und das Gesetzbuch zu studieren?

Er war immer noch nicht in der Ausstellung gewesen. Er hatte keine Lust verspürt, sie zu besuchen. Aber jetzt brauchte er ein wenig Aufmunterung. Zerstreuung. Wie hieß gleich wieder das Tanzlokal, das Hamilton empfohlen hatte und von dem alle sprachen? Die Rotunde?

Als Polizist musste man einen einwandfreien Lebenswandel führen, auch im Privaten. War Tanzen in der Rotunde damit vereinbar? Nils entschied, dass dem so war.

ELLEN

22. Juni 1923

Das Beste an Tante Idas Haus war der Aufzug. Mit den Messingknöpfen, holzgetäfelten Wänden und dem herunterklappbaren, samtbezogenem Sitz war er wirklich ein Beispiel für vollendeten Luxus und Modernität.

In den ersten Tagen war Ellen mehrmals auf und ab gefahren, immer wieder, die Wohnungstüren mit den blankpolierten Namensschildern waren hinter den Gittertüren vorbeigeglitten, bis sie schließlich im richtigen Stockwerk ausstieg. Aber jetzt musste sie die Treppe nehmen, der Aufzug kam nicht, als sie auf den Knopf drückte.

Im dritten Stock sah sie, was der Grund dafür war: Die Gittertür war geöffnet und eine Frau versuchte, eine Stehlampe herauszubugsieren. Die hatte einen riesigen, orangefarbenen Schirm mit ägyptischen Figuren.

Die Frau sah aus wie ein Filmstar, die Haare zu einem dunklen Bob geschnitten, ihr Kostüm sah sehr teuer aus. Die Augenbrauen waren zu dünnen Bogen gezupft und der Mund war rot geschminkt.

Ellen hatte sie schon einmal gesehen. Sie war ihr an der Eingangstür begegnet, und eines Abends, als sie mit dem Aufzug gefahren war und durch die Gittertür schaute, hatte sie gesehen, wie die Frau einem Herrn die Tür öffnete. Beim Vorbeigleiten konnte Ellen notieren, was die Frau trug – etwas lose Sitzendes aus sehr dünnem Stoff, vielleicht ein Negligé –, und sie bemerkte auch das Licht in der Wohnung. Es war rot. In der Nacht hatte Ellen geträumt, dass sie in der Wohnung der Frau war. Dort sah es aus wie in einem türkischen Harem, Männer und Frauen lagen auf seidenbezogenen Diwanen. Im Traum waren alle – auch Ellen – so gut wie nackt gewesen.

»Halten Sie bitte das Gitter auf«, schnaufte die Frau. »Es gleitet immer wieder zu. Und bitte öffnen Sie die Tür, damit ich das Ungetüm hineinbekomme.«

Mit leichtem Schaudern öffnete Ellen die Tür zur Wohnung der Frau.

»Im Geschäft sah sie ganz wundervoll aus«, sagte die Frau und stellte die Lampe im Flur ab. »Aber jetzt bin ich nicht mehr so sicher. Ich glaube, das Ding ist unterwegs gewachsen. Wie ein Pilz. Sie sieht tatsächlich ein bisschen aus wie ein Riesenpfifferling, nicht wahr?«

»Sie ist sehr schön«, sagte Ellen.

Die Frau hob die Lampe wieder an und schleppte sie in eines der Zimmer. Ellen stand immer noch im Flur, sie wusste nicht, was sie machen sollte.

»Was meinen Sie?«, hörte sie die Frau aus einem der Zimmer rufen. »Wo sind Sie denn?«

»Hier bin ich«, sagte Ellen und ging zu ihr.

»Neben dem Sofa steht sie doch gut, was?«

»Ausgezeichnet.«

Die Wohnung der Frau war kein türkischer Harem. Sie war modern eingerichtet, ordentlich und sauber. Aber so ganz falsch war der Traum dennoch nicht, denn sie liebte ganz offensichtlich orientalische Dinge. Das rote Licht im Flur kam von einer Lampe, die aussah wie eine chinesische Laterne, und auf dem Tisch, der Kommode und der Rückenlehne des Sofas waren Seidenschals mit asiatischen Mustern drapiert.

Ellen hatte geglaubt, die Frau sei Mitte dreißig, aber so aus der Nähe sah sie, dass die Schminke sie in die Irre geführt hatte und die Frau sehr viel jünger war.

»Sie trinken doch einen Mokka?«, sagte die Frau. »Ich heiße übrigens Vendela. Und ich finde, wir sollten uns duzen.«

Sie servierte den Kaffee in winzigen Tassen mit goldfarbener Innenseite. Ellen musste den Henkel zwischen Daumen und Zeigefinger nehmen und mit gespitzten Lippen trinken.

Vendela war einundzwanzig – also nur zwei Jahre älter als Ellen – und sie wohnte seit letztem Herbst in der Wohnung. Es gefiel ihr ausgezeichnet. Es wohnten nur *richtig* feine Leute in diesem Haus, erklärte sie Ellen flüsternd, als hätte sie vergessen, dass auch Ellen hier wohnte.

Ellen erzählte, dass sie bei ihrer Tante zur Untermiete war und für die Zeitung der Ausstellung schrieb.

»Die Ausstellung, ja! Ist sie nicht phantastisch?«, rief Vendela aus. »Ich bin ständig dort. Ich finde es wunderbar, in der Menge aufzugehen. Ausländer und Stockholmer, alles bunt durcheinander. Dass wir endlich international geworden sind. Das war wirklich an der Zeit, nicht wahr?«

»Wirklich«, bestätigte Ellen, »was gefällt dir denn am besten an der Ausstellung?«

»Die Rotunde, ist doch klar! Ich tanze jeden Abend dort. Kannst du Shimmy tanzen?«

»Leider nicht.«

Vendela legte eine Platte aufs Grammophon und tanzte

alleine, mit ausgestreckten Armen und rollenden Schultern.

»Ich bin selbst noch gar nicht in der Rotunde gewesen«, gestand Ellen. »Bisher war so vieles andere in der Ausstellung. Ich werde auf jeden Fall hingehen und mich umschauen und eine Reportage schreiben.«

»*Dich umschauen*?«, schnaubte Vendela. »Du musst natürlich *tanzen*! Ansonsten weißt du nicht, wie es ist. Man muss den Rhythmus in seinem Körper spüren.«

Sie drückte das Kinn auf die Brust, schaute Ellen streng unter ihrem geraden Pony an und schüttelte die Schultern, als hätte sie Ameisen im Kleid. Ellen betrachtete sie fasziniert. Es war, als würden Vendelas Schultern ein Eigenleben führen, befreit vom übrigen Körper. Es sah schrecklich unanständig aus.

»Man muss sich in den Wirbel ziehen lassen!«, rief Vendela.

Und dann beugte sie sich tief zur Seite, als hätte eine gewaltige Kraft sie erfasst, und drehte sich in kleinen Schritten rückwärts. Sie tanzte weiter im Kreis, immer schneller, bis sie auf dem Sofa neben Ellen zusammenbrach. Dann setzte sie sich auf, sehr gerade, und zündete eine Zigarette an. Mit einer weichen Mundbewegung blies sie den Rauch aus und sagte beinahe befehlend:

»Ich gehe gegen sieben aus dem Haus. Klingel um sechs Uhr bei mir, dann trinken wir zusammen ein Glas Likör und pudern uns die Nase.«

Ellen holte tief Luft. Vendela war zweifelsohne ein Exemplar der *Neuen Frau*, und Ellen wollte wirklich nichts lieber, als mit ihr befreundet sein. Aber würde Tante Ida ihr wirklich erlauben, zum Tanzen in die Rotunde zu gehen? Ellen könnte natürlich sagen, dass sie einen Auftrag hatte. Die Tante wusste, dass sie auch abends arbeiten musste. Und es wäre ja nicht einmal die Unwahrheit, denn Ellen wollte wirklich darüber schreiben.

Der Zeitpunkt war perfekt gewählt, wie sich herausstellte, denn als sie nach Hause kam, war Tora in der Küche und bereitete eine der Versammlungen der Tante vor, und Tante Ida selbst stellte die Sessel im Salon um und hatte keine Zeit für Ellen.

Sie wärmte die Lockenzange auf dem Herd. Tora unterbrach ihre Arbeit, wischte die Hände an einem Handtuch ab und half Ellen dabei, die taillenlangen blonden Haare in Wellen zu formen. Ellen steckte sie auf, so elegant wie es ging, und zog ihr modernstes Kleid an. (Die hübsche Seidenbluse hatte sie weggeworfen, der Riss, den der abgerissene Knopf hinterlassen hatte, ließ sich nicht flicken; nicht einmal eine Kunststopferin hätte es hinbekommen. Und überhaupt, beim Anblick der Bluse hatte sie ein unangenehmes Gefühl.)

Um sechs Uhr saß Ellen wieder auf Vendelas Sofa, mit einem geschliffenen Glas in der Hand. Sie nippte vorsichtig an dem süßen, lilafarbenen Getränk, während Vendela sich vor einem Handspiegel puderte.

»Wohnst du ganz alleine hier?«, fragte Ellen.

»Einsam und alleine«, sagte Vendela zufrieden.

Sie hatte das Ausgehkostüm gegen ein Kleid aus schwarzer Seide getauscht. Die Ärmel bestanden aus dünnen Fransen, die bis zu den Ellbogen reichten und die ihre Oberarme und Schultern mal bedeckten und mal entblößten.

»Dann hast du also eine Arbeit?«

Vendela drehte den Kopf vor dem Spiegel und betrachtete ihr Gesicht aus unterschiedlichen Winkeln.

»Nö.«

»Aber die Miete?«

Vendela schürzte ihren rot geschminkten Mund.

»Ich nehme an, ich bin ein *schrecklich* verwöhntes Mädchen.«

Sie warf einen letzten Blick in den Spiegel.

»Passt«, entschied sie. »Jetzt bist du dran, meine Liebe.«

Sie reichte Ellen die Puderdose und den Spiegel.

»Dass dies unser Göteborg ist!«

Mit einem glücklichen Seufzer schob Vendela ihren Arm unter Ellens, und sie verschmolzen mit dem Strom von Menschen auf der Aveny. Vor ihnen erhob sich das neu erbaute Kunstmuseum, mächtig und kontinental modern, mit den hohen, schmalen Gewölbebogen.

Der großstädtische Eindruck wurde ein wenig gedämpft durch den Jauchegestank, der über der Gegend lag. Nach der Ausstellung fand immer eine riesige Viehschau auf dem zentralen Heden-Platz statt, hunderte Kühe, Schweine, Schafe und Pferde verbreiteten ihre ländlichen Düfte und Laute. Die Bewohner des schicken Stadtteils Lorensberg beschwerten sich, dass ihre Nachtruhe vom Muhen gestört wurde und dass sie wegen des Geruchs die Fenster nicht öffnen konnten.

»O nein«, stöhnte Vendela, als der Chor der Kühe wieder loslegte, erst eine einzelne, dann alle auf einmal.

»Die haben Sehnsucht nach Hause, nach dem Land«, sagte Ellen.

»Müssen die sich so laut sehnen? Und wie sie stinken! Das ist peinlich, da könnten die Stockholmer ja glauben, wir wären Bauern.«

Vendela vergaß ihren Ärger schnell. Als sie in der Schlange standen, die sich über den Götaplatz ringelte, strahlte sie schon wieder selig.

Ellen betrachtete den Brunnen mit den Wasserspielen.

»Ich liebe Fontänen«, sagte sie.

»Aber diese hier ist ein wenig zahm und sinnlos auf diesem Platz, oder?«, sagte Vendela. »Es sollte etwas drin stehen. Eine Statue. Etwas Großes.«

»Ein König?«, schlug Ellen vor. »Oder vielleicht eine Königin?«

»Nein, ich will einen Mann! Einen prächtigen, nackten Kerl!«, sagte Vendela nachdrücklich.

Sie waren jetzt am Eingang zum Ausstellungsgelände. Ellen zeigte ihre Pressekarte und Vendela ihre Saisonkarte, die für die ganze Dauer der Ausstellung galt.

»Der Preis hat sich schon gelohnt«, sagte sie zu Ellen. »Die Ausstellung ist mein zweites Zuhause.«

Sie folgten der Menge auf der Eingangsgasse und bogen dann ab. Vendela blieb stehen und holte tief Luft, dabei drückte sie Ellens Arm:

»*Ist* es nicht wunderbar! Ich denke jedes Mal, ich träume, wenn ich um die Ecke komme und das sehe!«

Sie blieben stehen, während die Menge sich um sie teilte wie ein rauschender Bach um einen Stein. Die breite Ausstellungsstraße lag vor ihnen, gerade und ein wenig ansteigend, mit der kolossalen, tempelähnlichen Gedenkhalle am Ende.

»Aber es ist echt, es ist kein Traum«, flüsterte Vendela glücklich.

»Und im Herbst ist alles wieder weg«, sagte Ellen. »Das wird ein komisches Gefühl sein. Dass alles wieder verschwinden wird.«

»Still. Sag doch so was nicht.«

Vendela zog Ellen mit sich, und sie wurden Teil des gemächlichen Menschenstroms.

»Weißt du was«, fuhr Vendela fort und ließ dabei den Blick über die gestreiften Minarette schweifen. »Ich glaube nicht, dass sie das alles wieder abreißen. Die ganzen Gebäude, die viele Arbeit. Jetzt, wo Göteborg endlich eine richtige Stadt geworden ist. Das wird so bleiben, da bin ich sicher.«

Der Tanzsalon Rotunde lag im gleichen Gebäude wie das Hauptrestaurant. Er war wirklich kreisrund, stellte Ellen fest. Die Decke war in sich verdreht, man hatte das Gefühl, in einem Baiser zu sitzen.

Es war sehr voll, sowohl auf der Tanzfläche als auch an den Tischen am Rand. Ellen sah keinen einzigen freien Platz, und die gestressten Kellner hatten auch keine Zeit, ihnen zu helfen. Aber Vendela deutete auf einen Tisch in der Nähe der Tanzfläche, wo ein junger Mann aufgestanden war und mit einer Serviette wie mit einer Friedensflagge winkte.

»Da ist ja Kirre mit den anderen!«, rief Vendela und winkte zurück.

Sie bahnten sich ihren Weg zwischen den Gästen durch und saßen bald mit Vendelas Freunden zusammen. Eine Champagnerflasche in einem Kühler wurde vor sie gestellt, und schon im nächsten Moment hatte einer der jungen Männer Vendela auf die Tanzfläche gezogen. Die anderen redeten laut miteinander.

Ellen saß schweigend dabei und versuchte, alles in sich aufzunehmen. Sie hatte ihren Notizblock in der Handtasche, aber den konnte sie jetzt natürlich nicht herausholen. Sie musste sich alles einprägen. Das Lokal hatte keine Fenster, war nur spärlich beleuchtet durch die Lampen auf den Tischen und durch eine Milchstraße von kleinen Lichtern in der Deckenkuppel. In Gedanken notierte sie das Wort *Höhle*. Eine Höhle mit einem Loch zum Sternenhimmel.

Ellens Brüder spielten zu Hause oft Jazzplatten auf dem Grammophon. Aber die Musik von einem richtigen Orchester zu hören, in einem Lokal mit hunderten tanzenden Menschen, das war etwas ganz anderes. Die Rhythmen krochen unter die Haut. Man kam sich kühn und schlau und selbstbewusst vor.

Auf ihrem Platz in der Nähe der Tanzfläche spürte sie hin und wieder den Saum eines Kleides oder einen Schal ihren Körper berühren. Alle Paare tanzten in die gleiche Richtung. Und Ellen verstand, was Vendela mit »in einen Wirbel gezogen werden« gemeint hatte. *Wirbel*, notierte sie im Kopf, aber im gleichen Moment tauchte eine Erinnerung aus der Maschinenhalle auf, und sie notierte *Turbine*.

Die Tanzenden waren eine bunte Mischung. Direktoren im Frack, Schulmädchen in Baumwollkleidern, Verkäuferinnen, Hafenarbeiter, Frauen aus der besseren Gesellschaft, alle wurden in die Turbine hineingezogen und durcheinander gemischt.

Niemand schien so richtig zu wissen, was für eine Art

von Veranstaltung es war, welcher Stil herrschte und wie man sich zu benehmen hatte. Und es schien auch keine Rolle zu spielen. Ein älterer Herr führte seine Frau in einem aufrechten Wiener Walzer, völlig unberührt von den Jazzrhythmen, die gespielt wurden. Kurz darauf brachte das Menschenkarussell eine kleine Frau vorbei, die wie ein Gummiball hüpfte und mit den Händen in der Luft wedelte. Ein schwarz gekleidetes blasiertes Paar beherrschte die Tanzschritte so perfekt, dass ihre Körper sie automatisch auszuführen schienen und sie gelangweilt vor sich hin starrten.

Mit einem resoluten Beckenschlag hörte die Musik auf. Die sich im Kreis drehende Masse löste sich auf, und Vendela und Kirre kamen mit Schweißtropfen auf der Stirn an den Tisch zurück. Vendela umarmte Ellen leicht, und erst da schienen die anderen sich ihrer Anwesenheit bewusst zu werden. Vendela stellte sie als ihre Nachbarin vor.

»Unglaublich tolles Mädchen! Schreibt für die Zeitung und alles.«

Sie stießen mit Champagner an, rauchten Zigaretten. Vendelas Freunde machten einen netten Eindruck, obwohl man in diesem brummenden Lokal kein richtiges Gespräch führen konnte. Als das Orchester wieder spielte, wurde Ellen aufgefordert. Der Champagner hatte sie leicht und fröhlich gemacht und sie tanzte, wie ihre Brüder es ihr im heimischen Wohnzimmer beigebracht hatten.

Kaum hatte sie sich wieder gesetzt, da stand ein Mann an ihrem Tisch und bat um den Tanz. Er war groß, das merkte sie, als er sie aufs Parkett führte. Sie betrachtete seine kräftigen Gesichtszüge, seine weißblonden Haare und seine blauen Augen. Sowohl der Mann als auch die Situation kamen ihr irgendwie bekannt vor. Die vielen Menschen um sie herum, das Gedränge.

»Herr Wachtmeister!«, rief sie mit einem Lachen aus. »Sie haben mich doch neulich im Hafen gerettet. Als gestreikt wurde.«

Er beugte sich herab, um sie besser zu verstehen.

»Ellen Grönblad, *Krone und Löwe*, die Zeitung der Ausstellung«, sagte sie in sein Ohr, das ihr erstaunlich groß vorkam. »Erinnern Sie sich an mich?«

»Ach ja, Sie sind das!« Er hielt sie ein wenig von sich weg, um ihr Gesicht genauer betrachten zu können. »Gunnarsson. Nils. Wie nett, Sie in einer angenehmeren Umgebung wiederzusehen.«

»Ich schreibe einen Bericht über die Rotunde.« Ellen musste laut rufen, um die Musik zu übertönen. »Meine Nachbarin sagt, ich muss erst selbst tanzen gehen, bevor ich darüber schreiben kann.«

»Sie verbinden also das Nützliche mit dem Angenehmen?«

»Das könnte man so sagen.«

»Hallo, schönes Fräulein!«, rief eine wohlbekannte Stimme direkt neben Ellen.

Sie drehte den Kopf und sah ihren Bruder Axel, der breit grinste und mit ausladender Armführung eine kleine Brünette wiegte, dass die Troddel seiner Studentenmütze schaukelte.

»Keinen Ton zu Papa, dass du mich gesehen hast, versprich es!«, rief Ellen ihm noch hinterher, ehe er im Wirbel verschwand.

Als er das nächste Mal vorbeitanzte, legte sie einen Finger über die Lippen und schaute ihn streng an, Axel lachte und legte ebenfalls einen Finger über die Lippen.

»Mein Bruder«, erklärte Ellen, als Nils sich höflich zu ihr herabbeugte, damit sie ihm ins Ohr sprechen konnte.

Der Wachtmeister tanzte ein wenig steif, aber rhythmisch, man konnte ihm gut folgen. Er bewegte sich sparsam, überhaupt nicht ausladend, eher wie ein Konzentrat aus vielen Tanzschritten, getanzt auf unzähligen Tanzböden, Scheunen und Anlegestegen.

Ellen entspannte sich allmählich in seinen Armen, da bemerkte sie an einem Tisch in der Nähe der Tanzfläche Göte Fricksén und einige andere Herren. Es stimmte also, dass »alle« in die Rotunde gingen.

Der Chef der Anzeigenabteilung saß angelehnt zur Tanzfläche gewandt, mit gerade ausgestreckten Beinen. Er paffte seine Zigarre und beobachtete die Tanzenden mit Kennermiene. Wohl hauptsächlich die Tänzerinnen, vermutete Ellen und drehte rasch den Kopf in die andere Richtung, damit er sie nicht erkennen konnte.

Nach zwei Tänzen brachte Nils Gunnarsson sie zu ihren Freunden zurück. Vendela war irgendwo im Gewimmel auf der Tanzfläche verschwunden.

Ellen nippte an ihrem Champagnerglas und hielt vergeblich nach dem dunklen Haarschopf der Freundin Ausschau. Stattdessen bemerkte sie Göte Fricksén, der mit hochrotem Gesicht und geöffnetem Schlips über die Tanzfläche schritt und dabei lässig die Paare, die auf den nächsten Tanz warteten, beiseiteschob. Sein zielsicherer Blick war auf Ellen gerichtet, er lächelte breit und selbstsicher.

Großer Gott, er will mich auffordern!, dachte Ellen, ihr Herz schlug vor Schreck schneller.

Sie schaute rasch um sich. Nils Gunnarsson hatte noch keine neue Dame aufgefordert, aber sie sah seinen blonden Kopf an einem Tisch mit jungen Frauen, die aussahen wie Büromädchen. Sie kicherten, schauten sich an und drückten ihre Handtaschen auf dem Schoß fest an sich. Der Wachtmeister beugte sich zu einer von ihnen herunter, sie stand sofort auf, strich den Rock glatt und gab einer Freundin die Handtasche.

Ellen schaffte es gerade noch, als die ersten Takte erklangen:

»Entschuldigen Sie, Herr Wachtmeister!«, rief sie.

Er drehte sich um. Das aufgeforderte Mädchen starrte Ellen an.

»Herr Wachtmeister, können Sie mich bitte auffordern?«, sagte Ellen verzweifelt. Und dann fuhr sie leise fort: »Es tut mir schrecklich leid, aber der Herr da drüben. Der Große. Der zu uns herüberschaut.«

Nils Gunnarsson schien die Situation sofort zu verstehen, er entschuldigte sich bei dem Büromädchen und bot Ellen seinen Arm. Sie bewegten sich zusammen auf der Tanzfläche der Rotunde, aber das Büromädchen und ihre Freundinnen schauten ihnen missvergnügt hinterher.

Der Wachtmeister tanzte schweigend, genauso ruhig und zurückhaltend wie zuvor. Fricksén stand an einer Säule und folgte ihnen mit den Augen.

Als der Tanz vorüber war, sagte Ellen: »Vielen Dank, das war sehr nett von Ihnen. Aber ich glaube, ich muss jetzt nach Hause gehen.«

Nils bemerkte, wie sie unruhig in Richtung Säule schaute.

»Haben Sie eine Freundin, die mit Ihnen kommt?«, fragte er.

Ellen schüttelte den Kopf. Vendela hatte die Rotunde offenbar schon verlassen. Ellen hatte sie nicht mehr gesehen.

»Möchten Sie eine polizeiliche Eskorte haben? Ich begleite Sie gerne.«

»Sie brauchen den Tanz doch meinetwegen nicht zu verlassen!«

»Ich muss morgen früh raus. Ich sollte jetzt auch nach Hause gehen.«

»Das ist sehr freundlich von Ihnen«, sagte Ellen dankbar. »Aber ich habe es nicht weit. Ich wohne in der Vasagatan.«

»Ausgezeichnet. Das ist genau meine Richtung.«

Als sie nach draußen kamen, blieben sie einen Moment stehen und atmeten die frische Luft ein.

Es hatte geregnet. In der abendlichen Beleuchtung sahen die Kuppeln und Türme der Ausstellung noch merkwürdiger aus. Um den Seerosenteich brannten traubenblaue elektrische Kugeln. Die Gondeln der Seilbahn glitten durch die Sommernacht, länglich und erleuchtet wie Raumfahrzeuge, unterwegs zum Vergnügungspark im Osten. Ellen verspürte eine heftige Lust, sich in so eine Gondel zu setzen und zusammen mit dem Wachtmeister davon zu fahren. Aber sie kannten sich ja gar nicht.

Sie stellte die übliche Frage:

»Waren Sie schon oft in der Ausstellung?«

»Nein, das war das erste Mal«, gab Nils zu. »Eigentlich hätte ich hier arbeiten sollen, aber dann bekam ich andere Aufgaben zugewiesen.«

Er warf einen Blick auf die Terrasse des Restaurants, wo die Gäste unter knallgelben Markisen saßen, sie tropften noch vom Regen, und befrackte Kellner bedienten die Gäste. Er musste unweigerlich an Hamilton denken.

Sie gingen zusammen durch das Gedränge zum Ausgang, dann die Aveny hinunter und bogen in die Vasagatan ein.

»Sie finden mich vielleicht albern«, sagte Ellen. »Aber dieser Mann hat sich mir gegenüber sehr schlecht benommen. Ausgesprochen widerwärtig, ehrlich gesagt.«

»War sein Verhalten kriminell?«

»Nein, nein«, sagte Ellen. »Nur widerwärtig.«

Wie sollte sie ihm erzählen, was passiert war, ohne selbst in schlechtem Licht dazustehen? Was sollte dieser freundliche Wachtmeister von ihr glauben?

»Sie haben wohl schon reichlich Erfahrungen, nehme ich an?« Fricséns Worte hatten sich eingebrannt und erfüllten sie immer noch mit Scham.

An der Haustür der Tante verabschiedeten sie sich.

»Sie müssen mal tagsüber in die Ausstellung kommen, wenn die Hallen geöffnet sind, ich kann sie herumführen«, sagte Ellen. »Unsere Redaktion liegt direkt am Eingang. Fragen Sie einfach nach Ellen Grönblad.«

Nils fand, dass es wie ein unangenehmes Echo von Hamiltons Einladung klang. Der Kerl schien ihn zu verfolgen wie ein Gespenst.

»Das will ich mir merken«, sagte er. »Danke für den netten Abend.«

Er tippte mit der Hand an den Hut.

Ellen öffnete die Haustür und trat ein. Bevor die Tür hinter ihr zuschlug, drehte sie sich um und lächelte ihm vorsichtig zu.

ELLEN
22. Juni 1923, spät am Abend

Wenn sie sich vorgestellt hatte, dass ihre Tante besorgt und ängstlich im Schlafrock auf die Rückkehr ihrer jungen Nichte warten würde, dann hatte sie sich gründlich getäuscht.

Der Flur war voller fremder Mäntel, es roch nach Zigarren und schwerem Parfum, und aus dem Salon drang ein Stimmengewirr. Die Sitzung von Tante Ida war offenbar noch nicht zu Ende, obwohl es schon nach elf Uhr war. Ellen warf einen Blick in den Flurspiegel. Der Lippenstift war zum Glück nicht mehr zu sehen. Tora saß auf einem Hocker im Wirtschaftsflur, sie schlief mit dem Kinn auf der Brust, die kleine weiße Haube saß schief. Als Ellen an ihr vorbeischlich, wachte sie auf und fuhr hoch.

»Jesses, es ist ja nur Ellen«, sagte sie und setzte sich wieder hin.

»Was hast du denn geglaubt, wer es ist, Tora?«

»Ich dachte natürlich, dass er es war, der Deutsche. Wenn er doch nur bald käme, dann könnte ich die Küche aufräumen und schlafen gehen.«

Tante Ida kam aus dem Salon, ihr Korsett saß stramm, das Gastgeberlächeln perfekt. Als sie Ellen sah, schaute sie verdutzt drein und sagte im gleichen enttäuschten Ton wie Tora: »Ach so, du bist es bloß.«

Hier wird man wahrlich nicht sehnlich erwartet, dachte Ellen ein wenig verletzt.

»Wir warten auf einen Gast, verstehst du«, sagte die Tante und zog nervös an ihrer Kette, dass die Perlen klirrten. Er sollte mit dem Abendzug aus Stockholm kommen, aber er scheint verspätet zu sein. »Aber komm doch herein und sag guten Abend. Heute sind wunderbare Menschen hier.«

Ellen wäre am liebsten in ihr Zimmer gegangen, aber Tante Ida hatte schon den Arm um sie gelegt und zog sie in den Salon, wo ungefähr zehn Gäste versammelt waren.

Sessel und Stühle vom Esstisch standen in einem Halbkreis, wie die Plätze vor einer Bühne. Ein paar der Gäste saßen auf den Stühlen und sahen gelangweilt aus, andere standen weiter drinnen im Salon und unterhielten sich lebhaft miteinander.

Alle Blicke richteten sich auf Ellen. Die Tante führte sie herum und stellte sie als »die bezaubernde Tochter meines Neffen« vor. In Ellens Ohr flüsternd, aber doch so laut, dass man es hören musste, bedachte Tante Ida die Gäste mit ähnlich schmeichelhaften Zusätzen.

»Ein kolossal begabter Wissenschaftler«, flüsterte die Tante über einen Herrn mit kleiner runder Brille und sorgfältig in der Mitte gescheiteltem Haar. Er begrüßte Ellen uninteressiert und schielte dabei Richtung Flur.

In einer Ecke, halb verdeckt von einer Palme, stand ein kränklich magerer Mann mit glühenden Wangen und glänzenden Augen.

»Genialer Erfinder, weit vor seiner Zeit«, erklärte Ida, als Ellen zögernd die ausgestreckte Hand nahm. Sie hoffte, es war die Flamme der Genialität und nicht die der Tuberkulose, die seine Wangen so glühen ließ.

Eine Frau mit nachlässig gemalten Augenbrauen und wilden krausen Haaren wurde so charakterisiert: »Unglaublich sensibel, was das Spirituelle angeht. Sie hat sogar den Tag für die Rückkehr Christi vorhergesagt.«

»Oha. Wann wird das sein?«, fragte Ellen mit aufrichtiger Neugier.

»Meine Liebe«, sagte die Frau mit heiserer Stimme und legte ihre ringgeschmückte Hand auf Ellens, »wenn ich das sagen würde, dann würde eine Panik ausbrechen, nicht wahr?«

»Wahrscheinlich haben Sie recht.«

Ellen vermutete, dass diese Frau auch den Geist von Onkel Gustav rufen konnte.

Auch ein Pfarrer aus einer kleinen Gemeinde auf dem Land wurde ihr vorgestellt – er schien jedoch nichts von Christi Rückkehr zu wissen – und ein Geschäftsmann, »absolut tadellos, im Unterschied zu manchen anderen«, meinte die Tante.

»Wie nett, eine so charmante junge Dame hier zu treffen«, sagte der Tadellose und lächelte. »Sind Sie auch Mitglied der …«

»Nein, nein, nein«, unterbrach ihn Tante Ida und fingerte nervös an ihrer Perlenkette. »Ellen ist meine Untermieterin. Sie nimmt nicht an unserer Versammlung teil.«

»Oh«, sagte der Mann. »Ich verstehe.« Er zog an seiner Zigarre und sah plötzlich uninteressiert aus.

Ellen überlegte, was er wohl hatte sagen wollen. Mitglied von was?

Als sie der ganzen Gesellschaft vorgestellt worden war, schob die Tante sie aus dem Salon.

»In der Küche sind noch Lachsbrötchen. Und dann

willst du bestimmt schlafen gehen. Meine Kleine, du musst schrecklich müde sein nach der langen Abendschicht. Es ist nicht recht, anständige Leute so viele Überstunden machen zu lassen.«

»Ha!«, lachte Tora bitter von ihrem Hocker aus.

Ellen aß im Stehen an der Marmorplatte in der Küche. Sie steckte gerade den letzten Dillzweig in den Mund, als es an der Tür klingelte.

Tora schoss hoch, richtete das Häubchen und ging, um zu öffnen. Kurz darauf hörte Ellen die entzückten Rufe der Tante und einen Mann, der deutsch sprach.

»Herzlich willkommen, Herr Weyland«, zwitscherte die Tante auf Deutsch im Falsett.

Der Mann sagte etwas Entschuldigendes über einen verspäteten Zug, und die Tante antwortete, dass die Züge in Schweden leider nicht so pünktlich seien wie in Deutschland. Sie sprach gut Deutsch. Ellen wusste, dass Onkel Gustav oft geschäftlich in Deutschland zu tun gehabt hatte und sie sogar eine Weile dort gewohnt hatten.

Tora stellte rasch ein Tablett mit Brötchen und Tee zusammen. Sie ging in den Salon, kam jedoch gleich wieder zurück in die Küche.

»Der Deutsche will nichts haben«, brummte sie. »Er scheint den Mund voller Pfefferminzpastillen zu haben. Ja, ich leg mich jetzt schlafen.«

Sie nahm die Schürze und die Haube ab und verschwand in ihre Kammer.

Ellen wischte sich die Hände an einer Serviette ab und wollte es ihr gleichtun. Aber im Wirtschaftsflur blieb sie stehen. Der Samtvorhang vor der Tür zum Salon wurde normalerweise mit einer Seidenschnur mit Troddel am

Türpfosten befestigt. Jetzt war die Schnur gelöst und der Vorhang sorgfältig vorgezogen. Das weckte Ellens Neugier.

Sie hörte, dass drinnen der Name Einstein fiel. Interessierte Tante Ida sich für Physik? Das konnte Ellen sich nicht vorstellen. Sie stellte sich neben den Vorhang und schaute durch einen Schlitz.

Tante Ida stand zusammen mit dem Deutschen vor dem Halbkreis aus Sesseln und Stühlen. Die Tante sprach auf Deutsch, und Ellen, die in der Schule die besten Noten in dieser Sprache gehabt hatte, konnte ohne Schwierigkeiten folgen. Die Tante erzählte, was sie in einer Stockholmer Zeitung gelesen hatte.

»… ein deutscher Chemiker namens Paul Weyland zu Besuch in unserer Hauptstadt, mit der Absicht, schwedische Financiers für sein neuestes Produkt zu finden. Ein Mittel gegen Insekten, war es nicht so, Herr Weyland?«

Der deutsche Gast antwortete undeutlich und schmatzend. Er hatte wirklich den Mund voller Pastillen, genau wie Tora gesagt hatte.

»Und ich frage mich«, fuhr die Tante mit einer theatralischen Geste zum Publikum fort. »Könnte das der gleiche Paul Weyland sein, der vor drei Jahren so eine großartige Kampagne gegen Einstein arrangiert hat? Aus den Zeitungsartikeln ging hervor, in welchem Hotel jener Herr wohnte, und ich nahm mir die Freiheit, ihm ein Telegramm zu schicken. Ja, so kamen wir in Kontakt miteinander und es stellte sich heraus, dass er genau dieser Paul Weyland war, den ich drei Jahre zuvor so sehr für seine Courage und seine Handlungskraft bewundert hatte. Zu meiner Freude stellte ich fest, dass Herr Weylands Meinung über Einstein sich nicht geändert, sondern noch verstärkt hatte. Er teilt *ganz und gar* unsere Sorge angesichts der *skandalösen* Entscheidung, Einstein den Nobelpreis in Physik zu verleihen.«

»Jedoch nicht für die Relativitätstheorie«, rief jemand. (Ellen erkannte die Stimme des »kolossal begabten« Wissenschaftlers.)

»Genau«, fuhr die Tante fort. »Und ich weiß, dass einige von Ihnen, die hier sitzen, alles in ihrer Macht Stehende getan haben, um das Nobelkomitee umzustimmen. Wie wir alle wissen, ist es jedoch so, dass Einstein in drei Wochen hier in Göteborg sein wird, um seine Nobelvorlesung zu halten. Sobald er das tut, wird sein Preisgeld ausbezahlt. Und dann werden die Leute sagen, er hat das Geld für die Relativitätstheorie bekommen, weil wir Amateure und Laien das ja nicht auseinanderhalten können. Diese jüdische Theorie wird sich verbreiten wie die Pest und die christliche Weltanschauung untergraben. Können wir etwas dagegen unternehmen? Kann das noch verhindert werden? Um das zu diskutieren, hatte Herr Weyland die Freundlichkeit, sich heute Abend hier einzufinden.«

Ein begeisterter Applaus hieß den Gast willkommen, der nun das Wort ergriff. Der Pfarrer hatte schnell seinen Platz getauscht, er saß nun zwischen der geistersehenden Frau und einem älteren Mann, der als Dolmetscher zu fungieren schien.

»Liebe Freunde. Es ist schon spät. Ich werde mich so kurz fassen, wie es geht, und direkt zur Sache kommen«, sagte Paul Weyland, der nun seine Pastillen gelutscht hatte und klar und artikuliert sprach. »Die Relativitätstheorie als solche hat keinerlei Bedeutung für die Wissenschaft, es ist eine mathematische Abstraktion, die nur wenige Menschen in der Welt verstehen. Nein, der Erfolg der Theorie beruht einzig und allein auf Einstein selbst. Deswegen dürfen nie andere darüber reden, sondern er reist persönlich durch die Welt und lässt sich fotografieren und in der Presse wie ein Filmstar feiern.«

Lachen und Seufzer aus dem Publikum.

»Gegenbeweise für die Theorie sind kein Problem«, sagte Weyland, »die sind schon hunderte Male erbracht worden, und sie würde von alleine in der Versenkung verschwinden, wenn da nicht Einsteins Zirkustourneen wären. Der ganze Erfolg beruht auf seiner Persönlichkeit, die zweifelsohne außergewöhnlich ist, das können alle bezeugen, die ihn einmal getroffen haben. Es heißt, er strahle Charme und Wärme aus, sogar Güte. Ich selbst glaube, dass es Hypnose ist.«

»Genau! Das habe ich schon immer gesagt!«, rief die Geisterseherin.

»Wissenschaftliche Argumentation ist also sinnlos«, behauptete Weyland. »Das Problem ist die *Person* Einstein. Wenn er weg ist, gibt es auch das Problem nicht mehr.«

Er machte eine Pause und bewegte sich zu Boden schauend ein paar Schritte nach links, als wolle er dem Publikum Zeit geben, seine Botschaft zu verdauen. Als er wieder zu sprechen begann, war er aus Ellens Gesichtsfeld verschwunden.

»Frau Hornberg hat mich informiert, welcher Organisation Sie angehören. Da ich mich offenbar unter Freunden befinde, erlaube ich mir, offen zu sprechen.«

Es war jetzt ganz still im Salon. Mit gesenkter Stimme fuhr er fort:

»Ich stehe in Kontakt mit Leuten in Berlin, die Einstein schon lange unschädlich machen wollen und die auch über die Mittel verfügen, das zu verwirklichen. Einstein hält sich jedoch bedeckt, er befindet sich meistens im Ausland, und wenn er in Berlin ist, sieht er zu, dass er immer Menschen um sich herum hat. Er ist sehr wachsam. Hier in Göteborg ist die Situation jedoch eine andere. Ich habe mitbekommen, dass die Stimmung in Ihrem Lande viel entspannter ist als in Deutschland. Wichtige Persönlichkeiten bewegen sich ganz unbekümmert auf den Straßen. In Stockholm habe ich sogar Ihren König umherspazieren sehen, ganz wie ein gewöhnlicher Herr, ohne Wachleute oder Polizisten. Sie haben nicht, wie das deutsche Volk, gerade einen Krieg erlebt und Sie sind deshalb, ganz natürlich, ein wenig unschuldiger in Sicherheitsfragen. Auch Einstein besitzt Züge von kindlicher Unschuld. Das bezeugen viele in seiner Nähe, und das soll einen Teil seines sogenannten Charmes ausmachen. Auch wenn die Umstände ihn in seiner Heimatstadt wachsam gemacht haben, glaubt er sich in den skandinavischen Ländern sicher.«

Paul Weyland machte eine Pause, ging ein paar Schritte und stand direkt vor dem Spalt im Vorhang. Ellen konnte seinen Anzugrücken sehen und seine ordentlich gekämmten Haare. Sie stand so still wie möglich, als er fortfuhr:

»Ich habe erfahren, dass er seine Reise hierher ganz allein unternehmen wird. Ich kenne auch seine Reiseroute, die Termine, wo er in Kopenhagen und Göteborg wohnen wird und auch seine Tagespläne.«

»Sie sind wirklich gut informiert«, schob Tante Ida imponiert ein.

»Und ich glaube, ich kann versprechen, dass Einstein niemals eine Nobelvorlesung auf der Jubiläumsausstellung in Göteborg halten wird.«

Ellen verlagerte das Gewicht auf den anderen Fuß, und eine Fußbodendiele knarrte. Weyland drehte sich um. Sie hielt die Luft an. Jetzt sah sie ihn zum ersten Mal von vorne. Er hatte einen intensiven Blick unter dunklen, dichten Augenbrauen. Als könne er direkt durch den Vorhang hindurchsehen.

»Das Letzte müssen Sie uns genauer erklären«, sagte der Geschäftsmann.

Weyland wandte sich wieder ans Publikum.

»Ich habe das größte Vertrauen in Sie, meine Freunde. Aber mehr als das kann ich nicht sagen. Je weniger Sie über meine Pläne wissen, desto besser. In Berlin gibt es jede Menge Personen, die wissen, wie man solche Probleme löst. Professionell löst. Das Ganze muss nur richtig organisiert werden. Ich bitte Sie, meine Freunde, vertrauen Sie mir. Bald werden Einstein und seine Relativität so vergessen sein wie die Kleidermode vom letzten Jahr, und seriöse Wissenschaftler werden wieder nach ihren Verdiensten beurteilt werden.«

Er schwieg, und, als sei sie ein sorgfältig inszenierter Teil seiner Vorstellung, schlug die Glocke der Vasakirche zwölf. Weyland ergriff die Gelegenheit; ein effektvolleres Ende konnte er kaum finden. Als der letzte Glockenschlag verklang, verbeugte er sich und verabschiedete sich von seinem Publikum. Er schien es eilig zu haben, quittierte Tante Idas überschwänglichen Dank mit einem bloßen Nicken und bat sie, eine Droschke zu rufen.

Die unbeantworteten Fragen des Publikums schwirrten noch durch den Salon, als er durch die Doppeltür in den Flur trat. Ellen zog sich in den dunklen Wirtschaftsflur zurück. Weyland setzte seinen Hut auf, warf den Mantel über und verschwand zu dem wartenden Wagen.

In ihrem Zimmer sank Ellen aufs Bett. Was sie gehört hatte, verwirrte sie. Eine Drohung gegen Einstein – was könnte das für ein Artikel in der Zeitung werden!

Aber sie war sich bewusst, dass es sehr viel ernster war. Das war eine Angelegenheit für die Polizei. Sie musste anzeigen, was sie gehört hatte. Würde man sie ernst nehmen?

Sie kannte ja einen Polizisten, fiel ihr plötzlich ein. Nils Gunnarsson, der freundliche Wachtmeister mit den großen Ohren und den hellblauen Augen, der sie nach Hause begleitet hatte. Er würde ihr doch bestimmt zuhören?

ELLEN

23. Juni 1923

Die erste Abteilung der Kriminalpolizei war unter dem Namen Spannmålsgatan bekannt – für Besucher ein wenig verwirrend, weil der Haupteingang des Reviers und die offizielle Adresse die Östra Hamngatan 11 war.

Für die Polizisten war die Bezeichnung Spannmålsgatan dagegen ganz normal. Einerseits konnte man das Revier so nicht mit der Polizeizentrale verwechseln, deren Büros in der Östra Hamngatan 28 lagen, und andererseits benutzten sie selbst immer das Hoftor zur rückwärtigen Straße.

Auch für die Kriminellen war die Spannmålsgatan die selbstverständliche Adresse, sie wurden dort in ihre Zellen oder Verhörräume gebracht.

Der feine Eingang zur Östra Hamngatan wurde nur gelegentlich von Besuchern genutzt, die eine Anzeige erstatten wollten, und durch diese Tür betrat auch Ellen am folgenden Morgen das Gebäude und bat darum, mit Wachtmeister Gunnarsson sprechen zu dürfen. Sie wurde in den ersten Stock verwiesen und fand ihn in einem engen, kleinen Zimmer.

Er schaute erstaunt, als sie bei ihm auftauchte, aber er hörte aufmerksam zu, was sie ihm zu erzählen hatte, und bat sie, die Worte von Paul Weyland genau wiederzugeben. Ganz wörtlich erinnerte sie sich nicht. Sie konnte nur sagen, dass sie den Eindruck gewonnen hatte, Einstein solle mit Hilfe von »Professionellen« aus Berlin aus dem Weg geräumt werden, und Weyland würde alles organisieren.

Als sie von zu Hause aufbrach, war ihr das Erlebte wichtig und ernst vorgekommen. Jetzt hörte sie, wie wahnsinnig es klang. Am Abend zuvor hatte sie sich ja über einen anderen Mann beschwert und zum Wachtmeister gesagt, dass er sich schlecht benommen habe. Vielleicht dachte er, sie sei so ein hysterisches Frauenzimmer, das Männer verabscheute?

Sollte Nils Gunnarsson das glauben, zeigte er es jedenfalls nicht. Er fragte nach Namen. Ellen war zwar allen Teilnehmern des Treffens vorgestellt worden, aber sie erinnerte sich an keinen einzigen Namen, außer dem des deutschen Gastes.

Der Wachtmeister schrieb ihn auf, ebenso Name und Adresse ihrer Tante. Er hatte eine schöne, deutliche Schrift, bemerkte Ellen. Die Hände waren groß. Als er sie am Abend zuvor beim Tanzen gehalten hatte, bedeckte seine rechte Hand fast ihren ganzen Rücken, fest und stützend wie ein Korsett. An ihm war alles groß. Große Hände, große Ohren, großes Kinn, großer Kopf. Als wäre er nach einem anderen Maßstab hergestellt worden als sie selbst. Dafür geschaffen, sich im Freien aufzuhalten und nicht in einem kleinen Büroraum. Sie hatte das Gefühl, er würde gegen die Möbel stoßen, wenn er durch den Raum ging. Ein mächtiges Pferd in einem Verschlag für Kälber.

Aber als er sich erhob, um etwas zu holen, bewegte er sich geschmeidig und fast lautlos, er wühlte kurz in einem Stapel und fand schnell, was er suchte, ohne unnötige Bewegungen.

Er legte eine aufgeschlagene Zeitung vor Ellen auf den Schreibtisch. Sie sah eine Reihe von Porträtfotos. Die meisten zeigten Männer, aber auch einige Frauen. Ellen betrachtete sie, fasziniert und ein wenig ängstlich.

Die Fotografierten sahen nicht aus, wie Menschen normalerweise aussehen, wenn sie beim Fotografen sind, schön angezogen und mit sorgfältig arrangierten Gesichtszügen. Die meisten waren arm und ungekämmt, Ellen hatte noch nie so nackte und unverstellte Gesichter gesehen. Manche waren wie offene Wunden. Andere waren verschlossen vor Hass, mit Augen wie glühende Kohlen. Andere sahen einfach nur verwirrt aus, als seien sie gerade aufgewacht und wüssten nicht, wo sie waren. Es gab auch ganz leere und ausdruckslose Gesichter wie Steine, die stumm das Dasein ertragen.

»Was ist das für eine Zeitung?«, fragte Ellen.

»Das sind die *Polizeimitteilungen*. Die Reviere bekommen sie jede Woche. Darin steht alles über Menschen, nach denen gefahndet wird, die festgenommen oder kürzlich entlassen wurden, und so manches andere, was wir wissen müssen. Ich musste an diese Mitteilung denken.«

Er deutete rechts auf die Seite. Ellen nahm die Zeitung und las:

Das deutsche Außenministerium warnt Geschäftsleute und die Allgemeinheit vor dem umherreisenden Betrüger Paul Weyland, der sich in Schweden aufhält, bisweilen mit falscher Identität. Müller, Schütz oder Becker sind die Nachnamen, die er bisher benutzt hat. Der Mann ist deutscher Staatsbürger, er spricht mehrere Sprachen, jedoch kein Schwedisch. Er behauptet, Wissenschaftler auf dem

Gebiet der Chemie zu sein. Kürzlich wurde er in Stockholm gesehen, dort hat er Personen der Banken- und Geschäftswelt getroffen und versucht, sie durch Teilhaberschaft an der Finanzierung eines neuen Insektenmittels zu bewegen. In anderen Fällen ging es um einen neuen Motorbrennstoff, der die Autoindustrie revolutionieren soll. Er ist bereits mehrfach wegen Betrugs verurteilt. Der Mann ist mittelgroß, tritt höflich auf und beherrscht die wissenschaftliche Terminologie.

Das Bild über dem Text zeigte einen Mann Mitte dreißig, sorgfältig gekleidet und mit zurückgekämmten Haaren. Die dicken, dunklen Augenbrauen waren barsch zusammengezogen und der Blick, der etwas Unerschütterliches, beinahe Fanatisches hatte, war starr auf ein entferntes Ziel gerichtet, wie ein Adler, der seine Beute fixiert. Im Unterschied zu den anderen abgebildeten Personen schien dieser Mann die Situation völlig unter Kontrolle zu haben.

»War dieser Mann bei Ihrer Tante?«, fragte Nils.

»Der Name stimmt.«

»Und das Foto?«

»Ich glaube schon«, sagte Ellen plötzlich unsicher. »Ich habe ihn hinter dem Vorhang nicht so gut sehen können, er stand meistens mit dem Rücken zu mir. Aber doch, ich glaube, das ist er.«

»Wissen Sie, wohin er dann ging?«

»Nein. Vielleicht in ein Hotel. Aber ich weiß es nicht.«

Nils faltete die Zeitung zusammen.

»Sie finden bestimmt, dass ich ein bisschen verrückt bin«, sagte Ellen. »Ich komme her und melde eine Drohung gegen einen weltberühmten Mann. Und dann weiß ich fast nichts.«

»Sie sind nicht verrückt. Manche Leute sagen alles Mögliche, nur um es der Polizei recht zu machen. Sie sagen nur, was Sie gesehen und gehört haben, sonst nichts. Das ist gut.«

»Aber vielleicht habe ich alles falsch verstanden.«

Die Warnung in den *Polizeimitteilungen* ließ sie paradoxerweise an sich zweifeln. Alles schien so unwirklich zu sein. Ihr wurde klar, dass sie nicht damit gerechnet hatte, ernst genommen zu werden. Sie hatte gedacht, die Polizei würde sagen, sie übertreibe und solle sich wieder beruhigen. Das sagten Leute so oft zu ihr.

Aber Wachtmeister Gunnarsson schaute sie von der anderen Seite des Schreibtischs fest und ruhig an.

»Sie haben erzählt, was Sie gehört haben. Jetzt ist es an uns, zu beurteilen, wie wichtig es ist. Es war gut, dass Sie gekommen sind.«

Sie stand auf, um zu gehen, und fügte hinzu:

»Übrigens danke für gestern Abend. Es war nett von Ihnen, mich nach Hause zu bringen. Schade, dass ich so früh gehen musste. Ich hoffe, ich habe Ihnen nicht den Abend verdorben.«

»Wenn Sie später nach Hause gegangen wären, dann hätten Sie vielleicht Paul Weyland verpasst und diesen Bericht nicht abliefern können. Die Ausstellung gibt es ja noch eine Weile«, sagte er ruhig.

»Da haben Sie recht. Und ich würde Sie wie gesagt gerne einmal herumführen. Adieu, Herr Wachtmeister.«

Sie reichte ihm die Hand zum Abschied, und als er sie nahm, verschwand die ihre ganz und gar in seiner, als ob sie keine Hand mehr hätte.

Eine Stunde später saß Ellen in der Redaktion von *Krone und Löwe* und tippte ihren Artikel über einen Tanzabend in der Rotunde in die Maschine. Sie schrieb schnell und mit zehn Fingern, wie sie es in einem Abendkurs gelernt hatte, die Zeilenglocke klingelte in regelmäßigen Abständen.

»Hatten Sie gestern Spaß in der Rotunde, mein Fräulein?«

Ellen hielt inne und schaute hoch.

Göte Fricksén lehnte an ihrem Schreibtisch und puhlte sich mit einem Zahnstocher in den Zähnen.

»Sie wurden nach dem Tanz nach Hause begleitet, habe ich bemerkt?«

»Ja. Ein Gentleman war so freundlich, mich bis zur Haustür zu bringen. Und darüber war ich natürlich sehr dankbar. Es gibt ja so viele finstere Gestalten in der Stadt«, sagte Ellen säuerlich und widmete sich wieder ihrem Artikel.

Sie war in Sicherheit. Die ganze Etage war voller Menschen, und sowohl der Redakteur als auch Hansson saßen direkt neben ihr an ihren Schreibtischen. Und doch schlug ihr Herz so wild, dass ihr übel wurde. Sie war fest entschlossen, Fricksén nicht merken zu lassen, wie nervös sie war. Ohne den Blick von der Tastatur zu nehmen, fügte sie hinzu:

»Er ist übrigens Polizeiwachtmeister.«

Fricksén pfiff leise.

»Oha, oha!«

NILS

23.-24. Juni 1923

In der ersten Etage des Polizeireviers saß Nils in seinem kleinen Zimmer und tippte Ellens Zeugenaussage ins Reine. Er schrieb mit dem Zeigefinger der rechten Hand. Der Finger kreiste wie eine suchende Hummel über der Tastatur, bis er schließlich auf dem richtigen Buchstaben landete. Als er endlich fertig war, ging er ins Zimmer von Kommissar Nordfeldt.

»Ach ja, dieser Weyland«, sagte Nordfeldt trocken.

Er las Nils' Bericht durch und fuhr dann fort.

»Wir sind schon öfter vor ihm gewarnt worden. Der Kerl kann sowohl Professoren als auch gewieften Geschäftsleuten den Kopf verdrehen. Er bewegt sich durch ganz Europa und hat sich Forschungsgelder für nichtige Projekte und Investitionskapital für lächerliche Erfindungen ergaunert. Und dazu das Übliche – nicht bezahlte Hotel- und Restaurantrechnungen. Und, und, und.«

»Soll ich ihn suchen lassen?«

Nordfeldt zuckte mit den Achseln.

»Warte, bis ihr eine Anzeige wegen nicht bezahlter Hotelrechnungen bekommt. Obwohl, dann hat er wahrscheinlich schon das Land verlassen, nehme ich an.«

»Und die Zeugenaussage von Fräulein Grönblad?«

»Tja.« Nordfeldt kratzte sich im Nacken. »War das nicht das Mädel, das im Hafen mitten im Streik Interviews machen wollte? Die den Polizisten in der Kette mit dem Notizblock vor der Nase herumgewedelt hat? Sie scheint eine Vorliebe fürs Dramatische zu haben. Und jetzt hat sie also …«, Nordfeldt unterbrach sich, warf einen Blick auf Nils' Bericht und fuhr dann fort, »hinter einem Vorhang gestanden und heimlich einem Mann in einer fremden Sprache zugehört. Ich würde das mit Vorsicht genießen, Gunnarsson. Weyland ist ein richtiger Gauner. Aber er ist kein Attentäter. Kein Mörder. Man muss schon zwischen Schurken und Schurken unterscheiden.«

Nils dachte, auch Hamilton war ein Betrüger. Das hat ihn nicht daran gehindert, zum Mörder zu werden.

Er nickte kurz und verließ das Zimmer des Kommissars.

Der nächste Tag war ein Sonntag und Nils hatte einen freien Tag. Er widmete ihn der Polizeiarbeit. Kommissar Nordfeldt hatte gesagt, er solle keine Energie an Weyland verschwenden. Die Notiz in den *Polizeimitteilungen* war nur eine Warnung, keine Fahndung.

Aber Nordfeldt hatte es ihm auch nicht direkt verboten. Und wofür Nils seine Energie an seinem freien Tag verwendete, das war seine Sache.

Er radelte zum Hotelviertel rund um den Bahnhof. Es regnete. Nils konnte sich an keinen Tag ohne Regen in den letzten beiden Monaten erinnern. In den Kanälen stand das Wasser fast am Rand des Kais. Wenn Holzschlepper vorbeikamen, schwappte das Wasser auf die Straße, braun und schmutzig und voller Müll.

Er radelte die Hotels ab, zeigte an den Rezeptionen seine Polizeimarke und fragte, ob ein Herr Weyland, Herr Schütz, Herr Müller oder Herr Becker dort abgestiegen waren.

Das war natürlich eine Suche auf gut Glück. Weyland

konnte ebenso gut in einem der fünftausend privaten Zimmer wohnen, über die die Zimmervermittlung der Ausstellung verfügte. Aber Nils hatte so ein Gefühl, dass Weyland Hotels vorzog.

Im Hotel Royal wohnte ein Herr Schütz. Es stellte sich heraus, dass es ein älterer Herr aus Frankfurt war, der am Buchdruckerkongress der Ausstellung teilnahm. Der Portier zeigte diskret auf ihn, er saß im Speisesaal des Hotels und aß Suppe, die Serviette wie ein Lätzchen um den Hals gebunden. Nils schüttelte den Kopf, dankte und radelte weiter.

Er fand keinen Weyland, in keinem der Hotels. Auch keinen Becker. Aber dafür zwei Müllers.

Der eine wohnte in einem kleinen Hotel, dessen unansehnliche Fassade und versteckte Lage das Interesse von Nils weckte. Er hatte gerade eine positive Antwort vom Portier bekommen, als der Herr selbst auftauchte, ein rundlicher, ausgesprochen gesprächiger und nicht mehr ganz nüchterner Däne, Vorsitzender der Skandinavischen Federviehvereinigung, die im Anschluss an die Landwirtschaftsausstellung ihre Jahresversammlung abhielt. Als Nils endlich gehen konnte, wusste er alles über die verschiedenen Hühnerrassen, ihre Legeleistung, Haltung und Krankheiten, aber immer noch nicht, wo Paul Weyland sich aufhielt.

Der andere Herr Müller logierte im Grand Hotel Haglund, ein Hotel, das Nils sich bis zum Schluss aufgehoben hatte, weil es eine schlechte Wahl für jemanden war, der nicht auffallen wollte. Elegant und modern, mit viel Personal, gut besuchtem Restaurant in der ersten Etage und regem Verkehr vor dem Eingang.

Nils lehnte das Fahrrad an eine Laterne, löste die Klammern von den Hosenbeinen, steckte sie in die Jackentasche und ging durch die verglaste Doppeltür.

Der Portier untersuchte Nils' Polizeiausweis sehr genau. Schließlich hatte er ihn für echt befunden und gab ihn mit herabgezogenen Mundwinkeln zurück, als empfände er Ekel und nicht Respekt. Widerwillig holte er das Journal hervor und durchsuchte die Namen. Ja, es wohnte hier ein Herr Müller. Aus Berlin.

»Ist Herr Müller zurzeit in seinem Zimmer?«, fragte Nils.

Ein paar Regentropfen fielen von seiner Hutkrempe auf den Tisch.

»Das glaube ich nicht«, sagte der Portier und drehte sich um zur Tafel, an der die Zimmerschlüssel an nummerierten Messingschildern hingen.

»Tut mir leid. Herr Müller scheint unterwegs zu sein.«

»Bewahren Sie vielleicht seinen Pass hier in der Rezeption auf?«

Der Portier schaute Nils an, als sei er sich nicht sicher, ob Nils unverschämt, beschränkt oder absolut unwissend über die Vorgänge in einem erstklassigen Hotel sei.

»Selbstverständlich«, sagte er. »Alle ausländischen Gäste geben ihren Pass ab, bis die Rechnung bezahlt ist.«

»Könnte ich ihn bitte sehen?«

Der Portier schien sich die Sache zu überlegen und holte schließlich Herrn Müllers Pass hervor. Das Foto war genau das gleiche wie auf dem Warnhinweis der *Polizeimitteilungen*.

»Vielen Dank für die Mühe«, sagte Nils. »Seien Sie so freundlich und erwähnen Sie dem Herrn gegenüber meinen Besuch nicht. Ich werde hier auf ihn warten.«

Ohne zu antworten, zeigte der Portier in die Hotellobby, die kontinental eingerichtet war, mit Korbstühlen und hohen Palmen.

Nils hängte seinen nassen Mantel über den Rücken eines Korbstuhls, legte seinen Hut auf den kleinen runden Tisch und setzte sich. Um ihn herum saßen gut angezogene Gäste, sie tranken Kaffee oder Tee und plauderten in gedämpfter Lautstärke. Das Klirren der Tassen hallte in dem mit Marmor getäfelten Raum.

Er blätterte die ausgelegten Tageszeitungen durch. Über den Zeitungsrand hinweg sah er jeden, der durch die Lobby ging. Er erkannte eine Schauspielerin, einen schwedischen Reichstagsabgeordneten und einige Herren aus der Reedergesellschaft von Göteborg, die auf dem Weg ins Restaurant waren. Aber Weyland sah er nicht.

Er saß mehrere Stunden dort, bis der Portier vom Nachtdienst abgelöst wurde. Da war es elf Uhr. Nils zog seinen Mantel an und setzte seinen Hut auf, beides war nun wieder ganz trocken, und radelte nach Hause.

ELLEN
24. Juni 1923

Ellen öffnete schnell die schwere Tür zum Haus der Tante. Ihr Mantel war durchnässt, die Haare klebten an der Stirn.

Sie kehrte gerade vom sonntäglichen Mittagessen bei der Familie zurück, und in der Straßenbahn vom Bahnhof hatte ein Mann unangenehm nahe neben ihr gestanden und nach Alkohol gerochen. Sie stieg deswegen ein paar Haltestellen früher aus, obwohl es in Strömen regnete und sie ihren Schirm vergessen hatte.

Das war auch eine Folge der Ausstellung. Es waren viel mehr Menschen in der Stadt, und manchmal war es in den Straßenbahnen schrecklich voll. Man kam den Leuten näher, als man eigentlich wollte, und Ellen hatte mehr als einmal erlebt, dass sie eine Hand an einer Stelle spürte, wo sie nicht hingehörte. Aber da sie genug damit zu tun hatte, in dem schüttelnden Wagen aufrecht stehen zu bleiben und sich an einer Lederschlaufe an der Decke festzuhalten, war sie nie sicher, ob sich wirklich jemand Freiheiten erlaubte oder ob sie sich das einbildete. Nach dem Erlebnis mit Fricksén war sie in dieser Beziehung wachsamer geworden. Es musste nicht einmal ein körperlicher Kontakt sein. Schon der Geruch eines alkoholgesättigten Atems, ein Blick oder ein grinsendes Männergesicht ließen ihr Herz schneller schlagen, sie bekam weiche Knie vor Angst und musste sofort aussteigen.

Im Treppenhaus stieß sie auf Vendela, die ihren Regenschirm ausschüttelte.

»Meine Güte, Ellen, bist du von deiner Familie in Lerum *hergeschwommen*?«, rief sie aus. »Du siehst ja aus wie eine ertränkte Katze. Komm mit zu mir und trockne dich.«

Als sie oben waren, machte Vendela ein kleines Feuer im Kachelofen und hängte Ellens Mantel zum Trocknen über einen Stuhl vor die Messingtüren.

»Fahren denn keine Straßenbahnen mehr?«, fragte Vendela und stocherte mit einer Feuergabel in der Glut.

»Doch«, sagte Ellen. Sie hatte es sich auf dem Sofa mit einer Decke und einer Tasse Mokka bequem gemacht. »Aber ich bin fast gleich wieder ausgestiegen.«

Sie erzählte von dem Mann, der nach Alkohol roch.

»War er zudringlich?«, fragte Vendela.

Ellen schüttelte den Kopf. Um ihre Reaktion verständlich zu machen, musste sie von der Sache mit Fricksén erzählen.

»So ein Schwein«, schnaubte Vendela, als sie fertig war. »Hattest du denn keine Hutnadel?«

»Hutnadel?«, sagte Ellen erstaunt. »Nein, ich trage nie Hüte, für die man eine braucht. Ich dachte, das wäre unmodern.«

Vendela schaute Ellen ernst an.

»Eine Hutnadel hat nichts mit Mode zu tun«, erklärte sie. »Eine Hutnadel ist die beste Waffe einer Frau.«

Sie stand auf und holte eine große, flache Schachtel.

»Schau mal.«

Sie klappte den Deckel auf und hielt die Schachtel wie ein Hausierer, der seine Waren zeigt. Auf dem Seidenbezug der Innenseite war eine lange Reihe von Hutnadeln festgesteckt, alle hatten am Ende eine Verzierung: eine Perle, einen künstlichen Edelstein, eine goldene Blume oder einen Vogelkopf. Am anderen Ende hatten die meisten eine schützende Hülse, die man abschrauben konnte, aber ein paar waren ungeschützt und zeigten gefährliche Spitzen. Einige waren richtige kleine Spieße, fünfundzwanzig, dreißig Zentimeter lang.

Vendela machte eine der längsten Nadeln ab und hielt sie Ellen vors Gesicht.

»Oho«, sagte Ellen schaudernd.

Die Hutnadel war dick wie eine Strumpfnadel, das eine Ende war spitz wie eine Spritze. Der Stein aus rubinrotem Glas glänzte im Schein vom Kachelofen wie ein Blutstropfen.

»Die hättest du gegen den Anzeigenchef verwenden können. Die hätte ihn bestimmt außer Gefecht gesetzt«, sagte Vendela sachlich. »Für dich ist das völlig ungefährlich. Kein Mann geht zur Polizei und erstattet Anzeige, weil er von einer Frau mit einer Hutnadel attackiert worden ist.«

»Aber ich war doch im Haus«, wandte Ellen ein. »Ich kann doch in der Redaktion keinen Hut aufhaben.«

»Eine Dame kann immer einen Hut aufhaben, auch im Haus. Das ist unser Privileg.« Vendela steckte die gruselige Waffe an ihren Platz zurück. Eine Clubnadel würde es natürlich auch tun. »Die trägst du links, damit du sie mit der rechten Hand erreichen kannst. Ich bin Mitglied im Tennisclub von Långedrag und im Segelverein für Frauen, außerdem habe ich jede Menge Nadeln für wohltätige Zwecke gekauft. Manche sehen richtig gut aus.«

»Ich bin in keinem Club«, sagte Ellen. »Ich weiß nicht, was für eine Nadel ich tragen könnte.«

Aber dann fiel es ihr ein: die Jubiläumsnadel mit dem Stadtwappen von Göteborg. Die an jeder Ecke der Ausstellung verkauft wurde. Für eine Mitarbeiterin von *Krone und Löwe* war diese Nadel ein selbstverständliches Accessoire.

Am nächsten Tag kaufte sie eine Jubiläumsnadel bei dem Mädchen, das immer direkt hinter dem Eingang stand. Sie befestigte sie links am Kleid. Verglichen mit den Waffen in Vendelas Arsenal war sie ziemlich klein, aber besser als nichts.

NILS

25. Juni 1923

Bevor Nils am Montag seine Schicht antrat, schaute er noch einmal im Grand Hotel Haglund vorbei.

Die große Lobby war leer, bis auf eine Putzfrau in hellblauer Schürze, die den Boden mit feuchten Sägespänen wischte.

Der Portier war der Gleiche wie am Tag zuvor. Er war jetzt freundlicher und nickte erkennend, als Nils auf den Tresen zutrat.

»Herr Müller war die ganze Nacht nicht im Hotel«, teilte er mit, noch ehe Nils ihn hatte fragen können, und fuhr halb flüsternd fort, während er sich über den Tresen lehnte:

»Der Zimmerservice ist mit dem Frühstück nach oben gegangen. Herr Müller hatte das Zimmer für eine Woche gebucht und gebeten, jeden Morgen um sieben das Frühstück aufs Zimmer serviert zu bekommen. Aber niemand machte auf, trotz mehrmaligen Klopfens. Als die Putzfrau kurze Zeit danach hineinging, war das Zimmer leer, das Gepäck weg. Er ist offenbar verschwunden, ohne zu bezahlen. Nun ja. Er wird wohl kaum nach Berlin zurück gereist sein.«

Der Portier winkte triumphierend mit Müllers Pass.

»Ich fürchte, dieser Pass ist gefälscht«, sagte Nils. »Gut gefälscht.«

Der Portier schaute verblüfft.

»Sie werden natürlich Anzeige erstatten?«, sagte Nils freundlich.

Er brauchte eine Anzeige, um während der Arbeitszeit nach Weyland suchen zu können.

Der Portier winkte abwehrend.

»Das muss ich dem Hotelchef überlassen. Er kommt in einer halben Stunde.«

»Kann ich derweilen mit dem Mädchen sprechen, das im Zimmer war?«

Ein herbeigerufener Piccolo brachte ihn zum Lift und weiter nach oben in einen Korridor mit weinroten Teppichen, die so dick waren, dass er seine eigenen Schritte nicht hörte.

Sie fanden das Zimmermädchen in einer Suite, wo sie damit beschäftigt war, die Badewanne zu schrubben. Nils räusperte sich, und das Zimmermädchen ließ vor Schreck die Bürste fallen.

Ja doch, Herr Müllers Zimmer war heute Morgen leer gewesen, obwohl er es für eine Woche reserviert hatte.

»Haben Sie den Papierkorb geleert?«

»Sicher«, antwortete das Zimmermädchen und richtete sich auf, dabei zog sie eine Grimasse. »Das gehört doch zum Putzen.«

»Und wohin haben Sie den Papierkorb geleert?«

»Natürlich in die Mülltonne. Außer die Zeitungen. Die bringen wir immer in die Küche. Das Küchenpersonal kann die Zeitungen für alles Mögliche brauchen. Um den Herd anzuzünden oder Abfälle einzuwickeln und so.«

»In Herrn Müllers Zimmer gab es also Zeitungen?«

»Ja, Herr Wachtmeister.«

Nils wandte sich an den Piccolo, der aufrecht wie ein Zinnsoldat auf der Schwelle wartete.

»Bitte bringen Sie mich in die Küche«, bat er.

Sie nahmen einen anderen, sehr viel einfacheren Lift, der offenbar für das Personal gedacht war. Nils warf einen Blick auf die kleinen Schilder neben den Etagenknöpfen und notierte, dass der Lift unter anderem zum Hof und in den Keller fuhr.

In der Küche waren die Köche mit dem Mittagessen beschäftigt. Der Duft einer brodelnden Gemüsesuppe mischte sich mit dem weniger angenehmen Geruch von rohem Fisch.

»Steht heute Dorsch auf der Speisekarte?«, fragte Nils einen Küchenjungen, der gerade Fischabfälle in eine Zeitung einschlagen wollte.

Nils schaute ihm über die Schulter. Soweit er das zwischen Eingeweiden, Gräten und Flossen erkennen konnte, handelte es sich um eine deutsche Zeitung.

»Stammt das aus dem Zimmer von Herrn Müller?«, fragte er. Der Küchenjunge schaute ihn erstaunt an.

»Der Dorsch?«

»Die Zeitung. Stammt die aus einem der Hotelzimmer?«

»Das weiß ich nicht. Ich habe die genommen, die zuoberst lag«, sagte der Junge. »War das falsch?«

Nils ging zu der Kiste mit dem Altpapier. Oben auf den Tageszeitungen lag eine Zeitschrift in einem kleineren Format. Auch die in einer fremden Sprache. Englisch, vermutete Nils, als er sie hochnahm. Eine Sprache, die er überhaupt nicht beherrschte. Aber den Namen Einstein konnte er mehrmals erkennen.

Er nahm sie an sich und kehrte zusammen mit dem Piccolo in die obere Etage zurück.

»War das im Papierkorb von Herrn Müller?«, fragte er und zeigte dem Zimmermädchen die Zeitschrift.

Sie war immer noch in der Suite und putzte nun den Spiegel im Badezimmer. Jetzt war sie auf sein Erscheinen gefasst. Sie warf ihm einen Blick im Spiegel zu, ohne sich beim Putzen stören zu lassen.

»Ich weiß nicht mehr, was im Papierkorb lag«, sagte sie lachend, aber dann drehte sie sich um und schaute die Zeitschrift genauer an. »Sie haben recht. Die kleine lag drin. Sie war anders als die normalen großen Zeitungen. Eine große und eine kleine Zeitung waren drin, jetzt erinnere ich mich. Beide ausländisch.«

»Danke. Sie sind eine aufmerksame Dame«, sagte Nils.

Vor dem Badezimmer hielt er inne und schaute sich in der Suite um: Möbel in poliertem Walnussholz, mandelgrüne gefaltete Vorhänge und Vasen mit großen weißen Lilien. Er war noch nie in so einem Zimmer gewesen.

Er rollte die kleine Zeitschrift zusammen, steckte sie in die Tasche und fuhr zusammen mit dem Piccolo in die Lobby hinunter, um den Direktor des Hotels zu treffen und endlich seine Anzeige zu bekommen.

Zwei Stunden später war er in der Ausstellung. Er suchte die Redaktion von *Krone und Löwe*, die irgendwo im Inneren des Verwaltungsgebäudes versteckt lag. Schilder führten ihn Treppen hinauf und durch Korridore, wo Menschen mit Ordnern und Papieren hin und her eilten. Hinter den vielen Türen hörte man Telefone klingeln und das Rattern von Schreib- und Rechenmaschinen. Nils befand sich offensichtlich im Hauptquartier der Ausstellung. Hier saßen diejenigen, die die Fäden für das riesige Spektakel in den Händen hielten.

Schließlich fand er die richtige Tür. Nichts passierte, als er klopfte, er machte sie also auf und trat ein.

Die Räume waren eng und verraucht. Er fragte nach Ellen Grönblad. Ein sehr beschäftigter, Maschine schreibender Mann murmelte etwas Unverständliches, zwischen seinen Lippen schaukelte eine Zigarette.

Nils ging durch die Redaktionsräume und entdeckte Ellen, die an einem Schreibtisch in der Ecke saß, sie trug ein schwarzkariertes Baumwollkleid mit glattem weißem Kragen. Auch sie tippte in die Maschine. Eine Strähne hatte sich aus ihrer weichen Frisur gelöst.

Bevor er sich bemerkbar machte, blieb er ein paar Sekunden stehen und beobachtete sie aus der Ferne. Sie schaute besorgt, beinahe ärgerlich aus und schlug so heftig in die Tasten, als wäre die Schreibmaschine ein Feind, dem sie es zeigen wollte. Nils fragte sich, ob er wohl jemals so schnell und entschlossen auf der Maschine würde schreiben können.

»Schreiben Sie über unangenehme Dinge, Fräulein Grönblad?«

Ellen drehte den Kopf, und ihre wütende Miene verwandelte sich in ein Lächeln.

»Wachtmeister Gunnarsson! Sie haben also doch den Weg gefunden?«

Sie befestigte die lose Haarsträhne.

»Störe ich? Sie sagten, Sie könnten mich herumführen. Aber wenn Sie beschäftigt sind, komme ich ein anderes Mal.«

»Nein, nein, kein Problem. Ich muss nur noch die Wettervorhersage fertig schreiben.«

»Ist sie so düster wie immer?«

»Leider ja. Aber allmählich ist es fast schon lustig. Regen, Regen, jeden Tag Regen. Wie ein schlechter Witz. Nur noch ein paar Zeilen, dann bin ich fertig.«

Kurze Zeit später spazierten sie unter Regenschirmen durch die Ausstellung. Die Wege waren schlammig, und wenn es abwärts ging, hatte das Wasser kleine Bäche gebildet. Das schmutzige Wasser spritzte auf die feinen Kleider und frisch geputzten Schuhe der Besucher.

»Die Leute, die behaupten, dass es in Göteborg immer regnet, die bekommen Wasser auf ihre Mühlen. *Viel* Wasser«, sagte Nils und versuchte, witzig zu sein.

Ellen lachte, vermutlich aus Höflichkeit. So was hört sie jeden Tag, dachte Nils.

»Ja, der Redakteur behauptet, man muss aufpassen, wenn man sich unter die Markise des Restaurants setzt«, sagte sie. »Stellt man sein Bierglas zu nahe an den Tischrand, bekommt man möglicherweise ein Leichtbier zu trinken.«

Nils lachte gequält über diesen Scherz, der erheblich treffender war als sein eigener.

»Was wollen Sie sehen?«, fragte Ellen. »Die große Maschinenhalle, nehme ich an? Die wollen alle Männer sehen.«

»Gerne.«

Beim Restaurant bogen sie nach links ab und gingen über den Viadukt, der von Geschäften und Schaufenstern gesäumt war. Es war eigenartig, sich vorzustellen, dass der verkehrsreiche Korsvägen unter ihnen lag. Als hätte man eine neue Schicht über die alte Stadt gelegt.

Junge Frauen in blauen Uniformen verkauften Jubiläumsnadeln und Fläschchen mit dem Ausstellungsparfüm, und neben einer afrikanischen Figur mit elektrischen, beweglichen Augen stand ein Bananenverkäufer und rief unablässig: »Jamaika-Bananen, Jamaika-Bananen!«

»Diese Bananen«, seufzte Ellen. »Die Leute essen ständig Bananen und werfen überall die Schalen hin, sodass man auf ihnen ausrutscht. Ich weiß nicht, wie viele Bananenschalenopfer der Ausstellungsdoktor schon verarzten musste.«

Die große Maschinenhalle war eine Kathedrale aus Stahl, die den Mächten der neuen Zeit gewidmet war – Wasser, Dampf und Elektrizität.

Nils bewunderte den Drei-Phasen-Generator von ASEA, LM Ericssons automatisches Telefon, elektrische Loks, Schiffspropeller, Eisendrehbänke und die größte Wasserturbine der Welt. Ganz hinten in der Halle, hoch über allen Maschinen, thronte SKFs Kugellager auf einer Säule. Die blanken Stahlkugeln glänzten und blitzten im Licht der Dachfenster. Die Firma hatte Pfeile aus Pappe aufgestellt, sie zeigten, in welchen Maschinen ihre Produkte sich versteckten. Und das schien in fast jeder Erfindung in der Maschinenhalle der Fall zu sein. In Eisenbahnwaggons, Autos und Fabrikmaschinen, ja sogar in der Respekt einflößenden Haubitzenkanone von Bofors rollten die unermüdlichen kleinen Kugeln.

Ellen war schon mehrmals in der Maschinenhalle gewesen und deshalb nicht mehr so beeindruckt.

»Soll man das wirklich glauben?«, sagte sie kritisch und zeigte auf eine Maschine, von der Nils fand, dass sie aussah wie die Zentrifuge, mit der seine Mutter die Sahne von der Milch getrennt hatte, die aber laut dem Vorführer eine Geschirrspülmaschine war.

»Aber ja doch. Einfach heißes Wasser einfüllen, Deckel drauf und ein paar Mal drehen. Wenn das Geschirr sehr eingetrocknet ist, dauert es eine ganze Minute. Sonst reicht eine halbe. Zauberei, meinen Sie?«, sagte der Mann, obwohl weder Ellen noch Nils oder einer der anderen Besucher des Apparates etwas Derartiges gesagt hatten. »Nein, meine Freunde. Das Geheimnis ist die Zentrifugalkraft! Eine wunderbare Kraft. Reine Physik, ganz einfach. Nichts Besonderes.«

Eine Dame bekam den Auftrag, ein paar Mal zu drehen, was sie mit großem Ernst tat. Als der Vorführer, der einen weißen Kittel trug wie ein Arzt, den Deckel öffnete und mit einem Topflappen den dampfend heißen Teller herausholte, war er ganz sauber.

»Der war wohl schon vorher sauber«, flüsterte Ellen Nils zu. »Ich habe nicht gesehen, dass er schmutzig war. Sollen wir weitergehen?«

»Darf ich Sie etwas fragen?«, sagte Nils.

»Geht es um die Ausstellung?«

»Nein, gar nicht. Können Sie Englisch, Fräulein Grönblad?«

Sie mussten sich zueinander beugen und laut sprechen, um den Lärm von Stimmen und brummenden Maschinen zu übertönen.

»Sehr wenig«, rief Ellen. »Eigentlich gar nicht. Warum fragen Sie?«

Nils holte die gefaltete Zeitung aus der Innentasche seiner Jacke. Sie war vom Regen ein wenig feucht geworden. Er glättete sie und legte sie auf einen Elektroherd.

»Was ist das für eine Zeitschrift?«, fragte Ellen.

»Ich weiß es nicht. Paul Weyland hat sie in seinem Hotelzimmer zurückgelassen, als er die Rechnung prellte.«

»Oh. Sie haben also immerhin eine Spur von ihm.«

Ellen beugte sich über die Zeitschrift und las neugierig.

»*Academy of Nations*«, las sie. »Akademie der Nationen. Davon habe ich noch nie etwas gehört. Aber wissen Sie was, mein Bruder Ture steht am Stand von SKF. Er hat ein Jahr in England studiert und spricht die Sprache fließend. Er kann für uns übersetzen.«

Der Kugellagerpfeiler war von einer niedrigen Schranke umgeben, bemerkte Nils. Sie erinnerte an eine Altarschranke, was den religiösen Eindruck noch verstärkte. Aber die Schranke grenzte keine leere Fläche ab, wie es von weitem ausgesehen hatte, sondern eine runde Öffnung, durch die man in das untere Stockwerk schauen konnte, wo der Pfeiler seinen Fuß hatte. Die Schwedische Kugellagerfabrik hatte ihre Ausstellung auf beiden Ebenen, alles drehte sich um die Stahlkugel, die perfekte Sphäre. Es gab ein riesiges Rad, das von Kugeln angetrieben wurde, die ein halbes Gramm wogen und aus einer kleinen Röhre rollten, und eine große, sich drehende Erdkugel aus Stahl mit eingeprägten Erdteilen, auf denen eingezeichnet war, wo überall es Tochterfirmen gab.

Sie fanden Ellens Bruder im Untergeschoss, wo er sehr pädagogisch eine kleine Rutschbahn demonstrierte, mit zwei Wagen, die um die Wette fuhren, einer mit Kugellager und einer ohne. Er beendete die Vorführung, indem er ein kleines Kugellager unter den Besuchern herumreichte. Sie hielten das glänzende Ding in den Händen und bewunderten die kleinen Kugeln, die ganz sphärisch in ihren kreisrunden Samenhülsen ruhten, bereit, das Land mit Wohlstand zu befruchten.

Ellen packte Ture am Arm, bevor er mit der nächsten Vorführung anfing. Sie stellte ihn und Nils einander vor, und sie zogen sich in eine Ecke zurück, wo Ture die Zeitschrift, die Nils mitgebracht hatte, durchblättern konnte. Dann übersetzte er laut den Artikel auf der ersten Seite. Der Inhalt entsprach ungefähr dem, was Weyland bei der Tante vorgetragen hatte: Einstein war ein Bluff. Seine Relativitätstheorie war ein Plagiat der Theorien von anderen Wissenschaftlern (was ja bedeuten würde, dass auch die Wissenschaftler, die er plagiiert hatte, sich irren mussten?, dachte Nils).

»Danke, das reicht«, unterbrach Ellen. »Aber wer gibt denn diese Zeitung heraus?«

»Hm«, sagte Ture und suchte mit dem Finger über die Zeitungsseiten, bis er ganz unten rechts ein kleines Impressum fand. »*Academy of Nations. An International organization for the most enlightened men on earth.* Ui. Die aufgeklärtesten Menschen der Welt. Nicht schlecht.«

Er schlug eine andere Seite auf und begann, eine Rezension zu übersetzen, in der Professor A das wissenschaftliche Werk von Professor B in höchsten Tönen lobte. Er unterbrach und fuhr fort mit einer anderen Rezension, in der Professor B überschwängliches Lob über den genialen Professor A ausgoss. Das war so lächerlich, dass alle in Lachen ausbrachen.

Am Stand drängten sich die Menschen. Ein glatzköpfiger Herr mit Weste und Fliege beugte sich über das Geländer und zeigte auf die Wagen auf der Rutschbahn. Ture nickte ihm zu.

»Mein Chef«, erklärte er und gab Nils die Zeitschrift zurück. »Ich muss weitermachen.«

»Aber was ist denn diese Academy of Nations? Außer einem Verein für gegenseitige Bewunderung? Das habe ich nicht verstanden«, sagte Ellen.

»Ich hatte auf der Technischen Hochschule Chalmers einen Lehrer«, sagte Ture. »Enok Dahlberg. Er war ganz hin und weg von der Relativitätstheorie. ›Wenn die ollen Kerle im Nobelkomitee die Theorie auch nur ansatzweise verstanden hätten, dann hätten sie Einstein den Nobelpreis schon lange verliehen‹, sagte er immer. Vielleicht weiß er etwas über diese Organisation. Ihr könnt ihn von mir grüßen. Wir haben viel diskutiert, er und ich. Ein sehr sympathischer Mann. Jetzt muss ich los.«

»Sie waren eine große Hilfe«, sagte Nils. Er faltete die Zeitschrift zusammen und steckte sie in die Jackentasche.

»Was wollen Sie denn noch sehen?«, fragte Ellen, als sie die Maschinenhalle verlassen hatten. »Die Automobilausstellung?«

»Eigentlich würde ich lieber mit der Seilbahn fahren«, erwiderte Nils.

»Wollen Sie nicht lieber drinnen bleiben?«, sagte Ellen. »Es regnet immer noch.«

»Die Gondeln haben ein Dach«, sagte Nils und zeigte auf die gelben Fahrzeuge, die durch den Nieselregen glitten.

Sie klappten ihre Schirme auf und gingen zurück über den Viadukt zur Seilbahnstation hinter der Gedenkhalle. Nachdem sie eine Weile in der Schlange gewartet hatten, saßen sie sich in einer Gondel gegenüber. Der Motor der

Seilbahn brummte. Die Gondel schaukelte. Sie schauten sich an, lächelten nervös, und mit einem Ruck glitt die Gondel aus der Station.

Nils schaute über den Rand der Gondel nach unten. Sie schwebten hoch über den Autos, Bussen und Straßenbahnen auf dem Korsvägen, über den Viadukt mit den Verkaufsständen, über die Baumkronen und hinein in den Vergnügungspark, wo sich tausende von Schirmen drängten wie Quallen in einer Bucht. Es war wie fliegen, dachte Nils. Die Vogelperspektive berauschte ihn.

»Und jetzt«, sagte er, als sie wieder auf dem Boden standen, »würde ich gerne mit der Achterbahn fahren.«

Er hatte völlig vergessen, dass er eigentlich im Dienst war.

Sie gingen zusammen durch den Vergnügungspark. Alle Menschen um sie herum schienen aufgeregt und fröhlich unter ihren Schirmen zu sein. Die maschinellen Orgeln der Karuselle spielten die neuesten Schlager wie »*Maggi-dodi*«, und vor bunten Zelten lockten Marktschreier mit tätowierten Schlangenbändigerinnen und waschechten Arabern.

An der Achterbahn mussten sie Schirme und Hüte gegen eine Nummer abgeben. Kurz darauf saßen sie in einem Zug, der sich mit so einer Geschwindigkeit ins Tal stürzte, wie Nils es noch nie erlebt hatte. Sein Gesicht wurde in den Regen gepresst, als sei er mit dem Kopf in einen See getaucht. In einer engen Kurve wurde er an Ellen gedrückt. Er spürte jeden Teil ihres Körpers. Die durchnässten Haare, die Schultern, die weichen Brüste und die gespannten Muskeln in den Oberschenkeln. Er konnte es nicht vermeiden, sosehr er auch versuchte, dagegenzuhalten.

In der nächsten Kurve wurde *sie* hilflos und laut lachend gegen *ihn* gepresst. Irgendwo im Hinterkopf hörte sie die Worte des Spülmaschinenvorführers: »Die Zentrifugalkraft, meine Freunde. Eine unglaublich effektive Kraft.«

Sie kamen ans Ende und der Zug bremste heftig. Er tastete ängstlich nach seiner Jackentasche. Ja, die Zeitschrift war noch da.

»Na, Gunnarsson, wie ist es gegangen?«, fragte Kommissar Nordfeldt beinahe atemlos, als Nils ins Revier kam. »Wissen Sie, wo dieser Gauner sich versteckt hat? Wo waren Sie übrigens? Sie sind ja nass wie eine ertränkte Katze. Haben Sie denn keinen Schirm?«

»Ich bin mit den Rad gefahren, Herr Kommissar.«

Nils konnte schließlich nicht sagen, dass man in der Achterbahn keinen Schirm aufspannen durfte. Aber Nordfeldt hatte keine Zeit, seinen Erklärungen zuzuhören.

»Wir gehen in mein Zimmer«, bestimmte er und ging schnellen Schritts zur Treppe.

»Na«, fuhr er fort, als er die Tür hinter sich zugemacht hatte, »hat diese Spur irgendwohin geführt?«

Nils wunderte sich über das plötzliche Engagement. Er hatte am Morgen die Anzeige des Hoteldirektors wegen nicht bezahlter Hotelrechnung abgegeben und gesagt, er habe eine Spur, der er folgen wolle. »Meinetwegen können Sie es versuchen«, hatte Nordfeldt gebrummt und die Anzeige auf einen der Papierberge auf seinem Schreibtisch gelegt. »Aber solche Filous sind glatt wie Aale.«

Über die Zeitschrift aus Weylands Zimmer hatte er nur die Achseln gezuckt.

»Eine englische Zeitschrift«, hatte er nach einem raschen Blick konstatiert. »Was beweist, dass wir es mit einem international agierenden Schurken zu tun haben. Vermutlich sitzt er jetzt auf einem Schiff nach England oder Deutschland.«

Aber jetzt war Nordfeldts Interesse offenbar geweckt worden. Die Erklärung bekam Nils kurze Zeit später.

»Die Polizei in Stockholm hat angerufen«, teilte der Kommissar mit und setzte sich hinter seinen Schreibtisch. »Weyland hat auch dort seine Hotelrechnung nicht bezahlt. Fünf Nächte in einer Luxussuite und ebenso viele Abendessen im Restaurant des Hotels. Dann war er weg, vermutlich durch den Personalausgang. Ein Gast hatte beobachtet, wie er mitten in der Nacht den Personallift betrat. Seinen Pass hatte er gar nicht abgeben müssen, weil er so gut gekleidet war und so einen zuverlässigen Eindruck machte. Ja, ja. In Stockholm ist man *außerordentlich* interessiert daran, ihn zu schnappen. Er hat zudem versucht, Leute dazu zu überreden, große Summen in seine Scheinprojekte zu investieren. Sie wissen nicht, ob ihm das in Schweden schon gelungen ist, aber laut deutscher Botschaft ist er ein richtig übler Geselle.«

Nordfeldt sprach so eifrig, dass er über die Wörter stolperte und Nils sogar Schaum in den Mundwinkeln zu sehen glaubte.

»Nun ja«, fuhr der Kommissar fort und holte Luft, »ich habe natürlich berichtet, dass wir ihn gestern im Hotel Haglund lokalisiert haben, aber dass er während der Nacht aus dem Netz schlüpfen konnte. Ich sagte, wir hätten eine sehr interessante Spur und ich hätte einen Mann auf ihn angesetzt. Also, wie ist es gegangen? Wo waren Sie den ganzen Tag?«

»Ich habe Nachforschungen in der Ausstellung gemacht«, sagte Nils.

»In der Ausstellung? Aber ja doch!« Nordfeldt schlug mit der Handfläche auf den Schreibtisch. »Wenn er noch in Göteborg ist, dann ist er natürlich dort. Ausstellungen sind für Typen wie ihn anziehend wie Fliegenpapier. Was ist passiert? Haben Sie ihn gesehen?«

»Leider nicht. Aber ich habe den Inhalt der Zeitschrift übersetzt bekommen. Es ist das Organ einer internationalen Organisation, von der ich noch nie etwas gehört habe. Sehr kritisch gegenüber Albert Einstein. An der Technischen Hochschule Chalmers gibt es einen Lehrer, der etwas darüber wissen könnte.«

»Chalmers? Hm«, brummte Nordfeldt. »Das klingt wie eine nebensächliche Spur. Aber wir müssen allem nachgehen.«

NILS

26. Juni 1923

Die Technische Hochschule Chalmers in der Storgatan war ein schönes Haus im Stil der Neo-Renaissance, aber viel zu klein für die Horden von zukünftigen Technikern, Ingenieuren und Wissenschaftlern, die die moderne Zeit verlangte. Ein Gebiet hoch oben in den »Gibraltarbergen« war für ein größeres und zweckmäßigeres Gebäude ausersehen worden, und im nächsten Jahr wollte man mit den Sprengungen für den Baugrund beginnen.

Enok Dahlberg konnte sich jedoch nicht über Platzmangel beschweren. Der ergraute Professor empfing Nils in einem Arbeitszimmer, das so groß wie ein Salon war, mit Sesseln, eingebauten Bücherregalen und einem wunderbaren Kachelofen. Er entschuldigte sich mit einer komplizierten Geschichte, wie dieses Zimmer, das ursprünglich dem Rektor gehörte, ihm zugewiesen worden war, und sagte, dass er selbstverständlich mit einem anspruchsloseren zufrieden wäre, wenn das neue Institut fertig sein würde, sofern er diesen Tag überhaupt erleben dürfe.

Er bat Nils, in einem der Ohrensessel am Kachelofen Platz zu nehmen und setzte sich selbst in den anderen.

»Nun, Herr Oberwachtmeister, was verschafft mir die Ehre?«, fragte Professor Dahlberg.

Er streckte seinen Kopf zwischen den gebeugten Schultern hervor. Nils musste an eine freundliche alte Schildkröte denken, die unter ihrem Panzer hervorschaut. Der

Blick durch die runde Brille war wach und aufmerksam.

Nils überbrachte dem Professor den Gruß seines ehemaligen Schülers Ture Grönblad und betonte, wie sehr Ture seinen ehemaligen Lehrer und die Diskussionen mit ihm schätzte. Enok Dahlberg strahlte.

»Ture, ja! Der war ein schlaues Kerlchen. Er ist dann zu SKF gegangen, nicht wahr? Sein Bruder ist jetzt hier. Beides gute Jungen. Was hatten wir für Gespräche über Mathematik, Ture und ich. Oh, oh, oh.«

Er gluckste begeistert. Nils, der traumatische Erinnerungen an die Schule und Multiplikationstabellen und Wurzelziehen hatte, konnte sich nur schwer vorstellen, dass Mathematik etwas zum Lachen sein konnte.

»Professor Dahlberg, Sie interessieren sich für Einsteins Relativitätstheorie, habe ich das richtig verstanden?«

Dahlberg schien überrascht.

»Herr Wachtmeister, sind Sie hergekommen, um mit mir über die Relativitätstheorie zu diskutieren?«

»Nein«, sagte Nils und lächelte. »Das werde ich gewiss *nicht* tun, das kann ich Ihnen versichern.«

»Schade.« Der Professor schmatzte bedauernd. »Das wäre interessant gewesen, zu hören, wie ein Polizist das Ganze sieht. Zur Abwechslung und im Unterschied zu all den Künstlern und Umstürzlern. Als Physiker bin ich natürlich sehr engagiert. Die Relativitätstheorie ist ein Epochenwerk. Es ist ein großer Skandal, dass Professor Einstein den Nobelpreis erst jetzt bekommt! Ein großer Skandal und viel zu spät! Das ist nicht gut für den Nobelpreis und auch nicht gut für Schweden. Man muss sich schämen für das Nobelkomitee.«

»Hat man dort Einsteins Größe nicht erkannt?«, fragte Nils und holte sein Notizbuch und den Bleistift aus der Innentasche.

»Nein, nein, nein.« Dahlberg schüttelte heftig den Kopf. »Das brauchen sie auch nicht. Sie haben genug begabte Menschen, mit denen sie sich beraten können, sowohl in Schweden als auch im Ausland. *Denen* sollten sie zuhören und nicht gewissen anderen … Nun ja, jetzt weht Gott sei Dank ein etwas frischerer Wind in dieser muffigen Versammlung. Professor Oseens Vorschlag, Einstein den Preis für den photoelektrischen Effekt zu geben, ist ein Geniestreich, durch den die Mitglieder ihr Gesicht wahren konnten. Es ist schon traurig, dass man zu so einem Kompromiss greifen musste. Und dass man ihm das Geld verweigert, bis er herkommt und seine Vorlesung hält!« Dahlberg schloss die Augen und sah gequält aus. »Das ist erniedrigend! Aber schön für uns, dass Einstein nach Göteborg kommt. Ein bisschen sieht es schon nach Rache aus, weil er nicht zur Preisverleihung im letzten Herbst nach Stockholm kam, oder?«

»Was Sie da über ›gewisse andere‹ gesagt haben, wen meinen Sie da?«, fragte Nils.

Professor Dahlberg runzelte die Stirn.

»Habe ich das gesagt?«

»Dass das Nobelkomitee auf ›gewisse andere‹ gehört habe«, verdeutlichte Nils mit einem Blick in sein Notizbuch.

»Ach so, ja, ja. Wie Sie sicher verstehen, kann ich keine Namen nennen. Aber es ist ja kein Geheimnis, dass Einstein starke Kräfte gegen sich hatte. Vor allem in seinem Heimatland. Aber auch in anderen Ländern.«

»Hier in Schweden?«

»O ja. Es gibt Professoren in Uppsala, die in dieser Frage Druck auf das Nobelkomitee ausgeübt haben.«

»Wie? In Form von Drohungen?«

Dahlberg lachte trocken.

»Das ist kaum nötig. In diesen Kreisen sind Schmeicheleien genauso effektiv. Sie haben keine Ahnung, wie eitel diese Herren sind.«

»Bestechung?«

»Höchstens in Form von Auszeichnungen und Titeln. Nicht mit Geld.«

»Würden Sie sagen, dass es einen organisierten Widerstand gegen Einstein gibt?«

Dahlberg schwieg einen Moment. Man hörte nur das dumpfe Ticken einer alten Standuhr und den Regen vor dem Fenster. Schließlich sagte er:

»Es gibt eine Organisation, ja.«

Nils holte die zusammengefaltete Zeitschrift aus der Jackentasche. Das Mitgliederblatt der Academy of Nations war ein bisschen feucht. Er reichte es Enok Dahlberg, der sich steif danach streckte.

»Denken Sie an diese Organisation?«

Dahlberg rückte seine Brille zurecht und beugte sich vor.

»Genau«, sagte er und nickte. »Ganz genau.« Er schaute Nils interessiert an. »Woher haben Sie das?«

»Aus einem Hotel«, antwortete Nils kurz. Er nahm die Zeitschrift wieder an sich und steckte sie in die Tasche.

»Sie kennen diese Vereinigung also?«

Enok Dahlberg lehnte sich in seinem Sessel zurück. Das Muntere und Lebhafte war verschwunden. Jetzt schien er nur noch schlecht gelaunt zu sein.

»Ich habe eine Ahnung, was das für ein Verein ist«, brummte er.

»Ist es ein Geheimbund?«

»Nein, nein, geheim nicht. Einer der Anführer ist ein Schwedenamerikaner. Sie haben ihr Hauptquartier in Amerika und Unterabteilungen in anderen Ländern. Henry Ford unterstützt sie angeblich mit Geld. Aber sie werden wohl kaum eine öffentliche Mitgliederliste besitzen.«

»Warum nicht?«

»Das würde den Zielen der Vereinigung entgegenstehen.«

»Und die sind?«

»Das Vertrauen in Einstein zu untergraben. Seinen Ruf zu beschmutzen. Ihn aus der Welt der Wissenschaft zu eliminieren.«

»Das klingt nach einem eigenartigen Ziel für eine Vereinigung. Warum ist es so wichtig, Einstein loszuwerden?«

»Auf diese Frage gibt es sicher ebenso viele Antworten wie Mitglieder.«

»Die Mitglieder, was sind das für Menschen?«

»O je«, sagte Dahlberg und lächelte jetzt wieder. »Das ist eine bunte Mischung. Ich wäre bei ihren Treffen gerne die Fliege an der Wand. Wenn sie überhaupt Treffen abhalten. Das glaube ich eigentlich nicht. Viele der Aktiven forschen auf Einsteins Gebiet. Sie wurden übersehen, hatten Misserfolge und sind verbittert, weil es nicht zu einer Karriere gereicht hat. Viel zu konservativ, um sich einer neuen Zeit anzupassen. Oder auch umgekehrt: viel zu modern, mit kühnen Ideen, die niemand versteht. Vielleicht genial, vielleicht total verrückt, wer weiß? Wenn man sie fragt, sind ihre Theorien genauso revolutionär wie die von Einstein. Einige behaupten sogar, dass *sie* es waren, die die Relativitätstheorie entdeckt haben. Und es gibt die Religiösen, die meinen, Einstein würde Gotteslästerung begehen, indem er Gottes Schöpfung in Zeit und Raum in Frage stellt. Sie sehen ihn als den Abgesandten des Teufels. Und dann gibt es noch die Rechtsextremen, die ihn als Aufwiegler und Revolutionär ansehen. Und natürlich noch die Antisemiten. Einstein ist ja Jude, das wissen Sie sicher. Ja, es ist wirklich eine bunte Schar. Das Einzige, was sie vereint, ist der Hass auf Einstein.«

Nils nickte und machte sich Notizen.

»Sie sagen, die Organisation habe Unterabteilungen in verschiedenen Ländern«, fuhr er fort. »Gibt es auch hier in Schweden so eine Abteilung?«

»Nicht offiziell. Aber es wäre wohl kaum eine Überraschung, wenn die Organisation im Heimatland des Nobelpreises nicht aktiv wäre, oder?«

»Soweit ich es verstanden habe, ist diese Organisation sehr gegen Einstein als *Person* ausgerichtet.«

»Ja«, antwortete Professor Dahlberg. »Das ist eigenartig. Dieser schüchterne, freundliche Mann wird als Dämon hingestellt.«

»Kennen Sie ihn persönlich?«

»Ich habe in Berlin eine Vorlesung gehört. Er besitzt eine starke Ausstrahlung. Er verzaubert die Menschen. Frauen verlieben sich in ihn. So etwas ist natürlich zweischneidig.«

»Das mit dem Hass gegen Einstein als Person«, fuhr Nils fort, »könnte es sein, dass diese Organisation Einstein endgültig loswerden möchte?«

Professor Dahlberg schaute ihn erstaunt an.

»Woran denken Sie?«

»Ich denke an Mord.«

»Aha.« Dahlberg schaute konzentriert und erwog diese Hypothese. »Nein«, sagte er schließlich und schüttelte bestimmt den Kopf. »Nein, das kann ich mir nicht vorstellen. Ich glaube nicht, dass die Anführer dieser Organisation sich auf so etwas einlassen würden.« Er schwieg wieder und überlegte noch ein paar Sekunden. »Allerdings, eines ist klar. Wenn man bedenkt, was für Wirrköpfe in so einem Verein sein können. Welche Kontakte sie haben. Und die momentane Situation in Deutschland. Ja, wer weiß?«

»Eine letzte Frage: Kennen Sie einen Mann namens Paul Weyland?«

Die Augen des Professors begannen zu leuchten.

»Hat der nicht vor ein paar Jahren eine Kampagne gegen Einstein organisiert? Den Skandal im Konzerthaus? Ich war selbst nicht mehr in Berlin, aber ich lese ja manchmal deutsche Zeitungen. Er ist fürchterlich hart gegen Einstein vorgegangen. Die Zeitungen nannten ihn den *Mörder Einsteins.* Ein eigenartiger Kerl. Es wurde dann still um ihn. Ich glaube nicht, dass seine Methoden erfolgreich waren. Er ist einfach zu weit gegangen. Die Sympathien waren auf Einsteins Seite.« Er schaute Nils an, plötzlich wieder neugierig. »Warum fragen Sie nach ihm?«

»Er scheint sich im Moment in Göteborg aufzuhalten. Ich überlege, ob das etwas mit Einsteins Besuch in ein paar Wochen zu tun haben könnte.« Nils steckte sein Notizbuch in die Tasche. »Jetzt will ich Ihre Zeit nicht länger in Anspruch nehmen. Ich danke Ihnen sehr für das Gespräch.«

Er stand auf und reichte ihm die Hand zum Abschied.

»Nein, bleiben Sie sitzen, Herr Professor«, sagte er, als der alte Mann aus dem Sessel aufstehen wollte. »Ich finde selbst hinaus.«

Er verbeugte sich und ging auf die schmalen Doppeltüren zu.

»Noch was, Herr Oberwachtmeister«, rief Dahlberg ihm nach.

Nils blieb stehen und drehte sich um.

»Dieser Spitzname von Weyland, den ich erwähnt habe«, sagte Dahlberg. »Das war natürlich nur *bildlich* gemeint.«

Nils nickte.

»Das habe ich auch so verstanden.«

Als er wieder auf der Straße war, hatte die Stadt sich verändert. Er kam nicht darauf, was es war. Irgendetwas an den Geräuschen, dem Licht, der Luft.

Erst als er mit einer reflexhaften Bewegung seinen Regenschirm aufspannen wollte, wusste er es: Es regnete nicht mehr.

Er blieb mit dem halb aufgespannten Regenschirm stehen und schaute um sich. Die Luft war warm und still. Es tropfte aus den Linden, und über den Häusern schimmerte der grauweiße Himmel wie Perlmutt.

Nils klappte den Regenschirm zusammen und ging zum Polizeirevier.

ELLEN

7. Juli 1923

Es war warm geworden. Über Nacht hatte die Wärme die Stadt eingenommen, ohne dass Ellen auch nur eine Vorwarnung durch die Telegrammstreifen der Meteorologen bekommen hätte. Auf denen hatte es genauso trist wie bisher ausgesehen. Aber dieses Mal hatten die lästigen Tiefdruckgebiete von Island und den Britischen Inseln offenbar ihr Ziel verfehlt, und ein Hochdruckgebiet aus Afrika hatte es vor ihnen geschafft. Es war heiß wie in der Wüste, der Himmel hatte eine Farbe, die für die ungewohnten Augen der Göteborger fast unnatürlich blau und grell war.

Am Bahnhof stand auf dem Bahnsteig für Züge nach Süden ein Willkommens-Komitee, man schwitzte heftig, obwohl es schon kurz nach sieben Uhr am Abend war. Der harte Kern bestand aus dem Physikprofessor Svante Arrhenius vom Nobelkomitee und dem Industriellen Axel Carlander, der still, aber kraftvoll fast alles lenkte, was in Göteborg geschah. Hinter ihnen stand ein kleines Blasorchester, etwa zwanzig Journalisten und Fotografen sowie einige Einstein-Bewunderer oder ganz allgemein Neugierige.

Ellens Aufgabe war es, die Stimmung bei Einsteins Ankunft einzufangen. Der Redakteur würde später ein Interview mit dem großen Mann führen, aber das mit der *Stimmung*, das war Ellens Gebiet in der Zeitung geworden.

Sie hatte ein weiteres »aufmunterndes« Kuvert vom Redakteur bekommen. Dieses Mal hatte sie die Summe ihrem Vater genannt und sie durfte die Hälfte behalten. Sie hatte sich ein Puder gekauft und ein Paar neue Riemchenschuhe, ihre alten waren im Hafen ruiniert worden.

Jetzt stand sie zwischen den anderen Journalisten auf dem Bahnsteig, ihr Notizbuch und den Bleistift verwahrte sie in der geräumigen Tasche ihrer Kostümjacke.

In Gedanken hatte sie den Artikel schon vorbereitet: Wie Einstein den Bahnsteig betritt. Vielleicht ein wenig müde und matt nach der Reise. Wie sein Gesicht strahlt, wenn er das Willkommens-Komitee erblickt, und wie er, freundlich lächelnd, den Fotografen zuwinkt. Seine dunkelgelockten Haare mit grauen Strähnen, die sehnsuchtsvollen Blicke der Damen. Wie Professor Arrhenius ihn zu dem wartenden Auto geleitet und mit ihm einsteigt, um zu Gustaf Ekman zu fahren, bei dem Einstein während seines Aufenthalts in Göteborg wohnen wird. *In diesem palastartigen Haus am Kanal wird Einstein jeden nur erdenklichen Komfort genießen*, würde Ellen schreiben. *Ekman ist wie Einstein Naturwissenschaftler (Experte für Meeresströmungen). Die gelehrten Herren haben sicher viel zu besprechen, bevor Einstein am Dienstag seine lange erwartete Nobelvorlesung halten wird.*

Noch zwanzig Minuten. Das Orchester begann, einen preußischen Marsch zu spielen, wurde aber von Svante Arrhenius unterbrochen, der darauf hinwies, dass deutsche Militärmusik unpassend war angesichts der erniedrigenden deutschen Verluste im Krieg.

»Etwas Schwedisches?«, fragte der Mann, der die Basstuba spielte. »*Der Marsch der Svea Leibgarde?*«

»Keine Märsche«, entschied Arrhenius. »Einstein ist Pazifist.«

Unter den Musikern herrschte Verwirrung. Sie blätterten in den Notenblättern ihres Repertoires.

»Einen Strauß-Walzer?«, schlug der Flötist vor.

»Ausgezeichnet«, sagte Arrhenius.

Das Orchester intonierte *An der schönen blauen Donau* und konnte noch ein paar Mal repetieren, bevor der Zug in den Bahnhof stampfte. Rauch und pfeifende Geräusche erfüllten die Luft. Die Bläser taten, was sie konnten, sie schwitzten und spielten immer wieder das gleiche Stück.

Am Bahnhof in Göteborg herrschte eine fröhliche Festlichkeit, schrieb Ellen in ihr Notizheft. *Die Musik verstärkte die ausgelassene Stimmung.*

Träger mit ihren Lastkarren kamen herbeigeeilt, die Passagiere füllten den Bahnsteig.

Ellen stellte sich auf die Zehen, um besser sehen zu können.

»Ist er das da vorne?«, sagte Carlander und zeigte diskret auf einen dunkelhaarigen Herrn in einem dunklen Anzug.

»Nein, nein«, antwortete Arrhenius. »Das ist nicht Einstein.«

Das Orchester spielte den Walzer noch einmal von vorne. Menschen kamen am Bahnsteig an ihnen vorbei, die Männer in Hemden mit aufgekrempelten Ärmeln und Anzugjacken über dem Arm. Manche blieben stehen und begrüßten Verwandte oder Freunde, andere eilten zu wartenden Taxidroschken. Der korpulente Arrhenius wischte sich die Stirn mit einem Taschentuch ab.

Als das Orchester bei der fünften Wiederholung des Donauwalzers angekommen war, stieg der letzte Passagier auf den Bahnsteig, ein betrunkener Mann aus der dritten Klasse, der laut protestierte, als er vom Schaffner aus dem Waggon bugsiert wurde. Die Walzerklänge hoben seine Laune. Er stellte sich breitbeinig vor das Orchester und dirigierte mit weit ausholenden, unkoordinierten Bewegungen, bis ein Wachmann ihn wegführte.

Der Bahnsteig war leer.

Einstein war nicht im Zug gewesen.

Mit einer Geste brachte Carlander das Orchester mitten im Takt zum Schweigen.

»Sind Sie sicher, dass es dieser Zug war?«, fragte er, an Arrhenius gewandt.

»Ja, ganz sicher. Einstein hat mir vorgestern ein Telegramm geschickt und bestätigt, was wir vereinbart hatten. Er würde unterwegs in Kopenhagen übernachten und Niels Bohr treffen. Heute wollte er den Fährenzug vom Huvudbangården nehmen und um 7:40 Uhr am Abend in Göteborg ankommen. Das heißt, mit diesem Zug.«

»Er hat ihn vielleicht verpasst«, sagte Carlander. »Physikprofessoren sind ja manchmal etwas zerstreut.«

»Das ist ein Mythos«, sagte Arrhenius kurz.

»Entschuldigen Sie«, sagte Carlander, der in der Hitze und Verwirrung nicht bedacht hatte, mit wem er sprach.

»Kommt heute noch ein Zug aus Kopenhagen?«

»Das glaube ich nicht«, sagte Carlander.

»Nein, heute kommt kein Zug mehr.«

Letzteres sagte ein junger Journalist. Arrhenius drehte sich um, plötzlich wurde ihm der Kreis von Journalisten und Fotografen bewusst, die nun ihr Interesse auf ihn und

Carlander richteten wie ein Rudel Raubtiere, die sich ein neues Beutetier suchten, jetzt, wo das andere ihnen entkommen war.

»Tja, Pech gehabt, es gibt keine Neuigkeiten«, sagte Arrhenius schadenfroh. Er hatte Journalisten noch nie gemocht.

Carlander, der wusste, wie man die Presse behandeln muss, sagte rasch:

»Nicht schlimm, meine Herren. Wenn Sie sich bis morgen gedulden können, bekommen Sie Ihre Neuigkeit. Ich bin sicher, dann wird es phantastische Bilder und Aussagen von Einstein geben.«

»Wir brauchen uns nicht bis morgen zu gedulden. Dass er nicht gekommen ist, das ist auch eine Nachricht«, sagte der junge Journalist und grinste. »Was glauben Sie, was könnte passiert sein? Gibt es andere Ursachen als Zerstreutheit? Ist er womöglich verschwunden?«

Er hatte seinen Bleistift und den Notizblock gezückt, seine Augen blitzten. Die anderen Journalisten kamen eilig herbei, auch sie holten Stifte und Notizblöcke hervor.

»Immer schön langsam, junger Mann«, sagte Carlander. »Einstein hat sich vielleicht ganz einfach verspätet. Er kommt mit dem nächsten Zug. Mehr kannst du nicht schreiben. Sollte ich irgendwelche phantasievollen Spekulationen lesen, werde ich mit deinem Chef sprechen.«

»Verspätet«, wiederholte der Journalist. »Aha. Und die Ursache?«

»Unvorhergesehene Umstände«, sagte Carlander ruhig.

Er drehte dem jungen Mann den Rücken zu und fuhr mit leiserer Stimme zu Arrhenius fort:

»Wir werden bald eine Erklärung bekommen. Wenn wir nach Hause kommen, wartet da vermutlich ein Telegramm von Einstein. Er kann nicht wirklich verschwunden sein.«

Die Gruppe löste sich auf, und Ellen, die die ganze Zeit am Rand gestanden hatte, machte sich auf den Weg in die Redaktion und lieferte die wenigen Zeilen ab, für die Carlander gnädigst seine Zustimmung gegeben hatte. Sie ging in der Spannmålsgatan vorbei.

Eine Dame am Empfang teilte ihr mit, dass Nils Gunnarsson schon nach Hause gegangen war. Ellen seufzte.

»Wollen Sie vielleicht eine Nachricht hinterlassen?«

»Ja, gerne«, sagte Ellen.

Sie schrieb in ihr Notizbuch:

z. Hd. von Kriminalkommissar Nils Gunnarsson.

E. sollte um 7:40 Uhr am Bahnhof in Göteborg ankommen. Er war nicht im Zug.

Freundliche Grüße, Ellen Grönblad

Sie riss die Seite aus ihrem Notizbuch und gab sie der Dame am Empfang.

»Er ist stellvertretender Oberkommissar«, sagte die Dame zurechtweisend und klopfte mit dem Finger auf Ellens Zettel. »Stellvertretender Kriminal*ober*kommissar Nils Gunnarsson.«

»Ach ja, wirklich?«, sagte Ellen. »Das wusste ich nicht.«

ALBERT

6. Juli 1923

Albert stand auf dem Bahnsteig am Hauptbahnhof in Kopenhagen, müde und zerschlagen vom Lärm der rasenden Züge und dröhnenden Zugfähren.

Als er Niels Bohr erblickte, hellte seine Miene sich auf. Der Däne kam mit großen Schritten auf ihn zu und schüttelte ihm eifrig die Hand. Sein Lächeln war voller Wärme und schiefer Zähne.

»Wie schön, dass du da bist, Albert. Wir fahren jetzt nach Hause zu Margarethe und essen zu Abend. Und dann sprechen wir über Physik, du und ich.«

Er nahm Alberts Koffer und bahnte sich seinen Weg durch das Gewimmel des Bahnhofs. Albert hatte Mühe, mitzukommen.

Bohr war dafür bekannt, ein sehr *physischer* Mensch zu sein. Sein Körper sah aus, als sei er schwer wie eine Steinskulptur, war aber in Wirklichkeit sehr geschmeidig, er schien einen magischen Pakt mit den Kräften der Natur eingegangen zu sein. Er war schnell, stark und ausdauernd, und was das Werfen betraf, so besaß er nach übereinstimmenden Zeugenaussagen eine beinahe übermenschliche Treffsicherheit. Er fuhr Fahrrad, schwamm, segelte, rang, lief Ski und spielte Fußball. Dieser großgewachsene Mann wollte offenbar ständig in Bewegung sein.

Er war auch ein sehr sozialer Mensch, und damit er immer intelligente Diskussionspartner um sich scharen konnte, hatte er kürzlich ein Institut gegründet, wo junge Wissenschaftler aus aller Welt wohnen und mit ihm zusammenarbeiten konnten. Wenn es ein besonders schwieriges Problem zu lösen galt, nahm er einen der Wissenschaftler mit auf lange Wanderungen durch die Sanddünen von Nordseeland. Alberts einsames Turmzimmer wäre ihm vermutlich klaustrophobisch vorgekommen.

Eine Straßenbahn kam angerattert, und Bohr lief schneller zur Haltestelle.

»Los«, rief er, beförderte Alberts Koffer in den Wagen und zog mit der anderen Hand Albert nach.

»Erinnere mich daran, dass wir am Bredvej aussteigen müssen«, sagte er, als sie sich gesetzt hatten. »Ich fahre nicht so oft mit der Straßenbahn. Zum Institut nehme ich immer das Fahrrad. Das geht schneller. Die Straßenbahnen sind so langsam, das stört mich.«

»Nun ja, wir haben es doch nicht eilig«, sagte Albert. »Ich fahre ja erst morgen früh nach Göteborg. Wir haben reichlich Zeit zum Reden.«

»Du wirst also endlich dein Preisgeld bekommen? Es ist höchste Zeit, Albert, das muss ich sagen. Ich hätte gerne den Preis mit dir zusammen in Stockholm entgegengenommen, das wäre mir eine solche Ehre gewesen, und dann bist du nicht gekommen. Ja, ich habe mich fast geschämt, als ich alleine da stand.«

Es war eine komplizierte Geschichte. 1921 war Albert Einstein der selbstverständliche Kandidat für den Nobelpreis in Physik gewesen, aber seine Relativitätstheorie war eine allzu heiße Kartoffel, das Nobelkomitee entledigte sich des Problems, indem es in diesem Jahr keinen Preis vergab. 1922 wurde dann die Idee geboren, ihm nachträglich den Preis von 1921 für das Gesetz des photoelektrischen Effekts zu verleihen. Auf diese Weise konnte man Einstein belohnen, ohne zu der umstrittenen Relativitätstheorie Stellung beziehen zu müssen. Der Physikpreis für 1922 ging an Niels Bohr, und so würden die beiden Physiker den Preis gleichzeitig entgegennehmen können. Weil aber Einstein seine Reise nach Japan nicht absagen wollte, nahm nur Bohr an der feierlichen Zeremonie teil. Alberts jüngerer Nachfolger hatte also sein Preisgeld schon bekommen, während er selbst noch darauf warten musste.

»Sie hätten dir wirklich das Geld schicken können, ohne diesen Vortrag von dir zu verlangen«, meinte Bohr.

Dann beteuerte er seine große Bewunderung für Albert und betonte, dessen freies und kühnes Denken sei ihm schon immer ein Ideal gewesen.

Albert erwiderte natürlich die Ehrerbietungen. Er war allerdings der Meinung, dass Bohr erheblich kühner als er selbst war. Er nahm an, das lag am Alter.

»Wirklich Neues fällt einem nur in der Jugend ein«, seufzte er. »Danach sammelt man Erfahrungen, wird berühmt und dickköpfig. Der Intellekt erstarrt, aber die verkalkte Schale hüllt sich immer noch in dem glänzenden Ruhm.«

Bohr lachte prustend und – wie Albert fand – ein wenig peinlich berührt. Als hätte Albert entlarvt, was Bohr wirklich von ihm hielt.

»Zum Glück sind wir ja immer noch jung, wir beide, Albert«, sagte Bohr und boxte ihn spielerisch an die Schulter.

Die Straßenbahn bremste, und alle Fahrgäste außer Bohr und Einstein stiegen aus. Auch der Schaffner und

der Fahrer verschwanden. Ein Herr mit Melone, Aktentasche und Taschenuhr zögerte einen Moment am Ausgang
und schaute die beiden Herrn erstaunt an, ehe auch er ausstieg.

»Was ist los?«, fragte Albert. »Warum steigen alle aus?«
Bohr schaute hinaus.

»Jesses, wir sind an der Endstation in Hellerup. Wir
sind viel zu weit gefahren«, sagte er. »Wir müssen aussteigen und wenn der Fahrer die Bahn gewendet hat, wieder
einsteigen.«

Sie stiegen aus und warteten, zusammen mit einer kleinen Gruppe von wohlhabenden Hellerup-Bewohnern,
die ins Zentrum von Kopenhagen wollten, um die warme
Sommernacht zu genießen.

Ihr Altersunterschied war eigentlich nicht groß. Albert
war vierundvierzig, Bohr siebenunddreißig. Und doch
fand Albert, dass Bohr einer anderen Generation ange-
hörte. Er sprach von »den Jungs im Institut«, als würden
sie in einer Fußballmannschaft spielen.

»Ich möchte, dass mein Institut ein Spielplatz ist, wo
unsere Gehirne miteinander kämpfen können«, erklärte
er fröhlich.

Albert versuchte vergeblich, sich die Akademie der
Wissenschaften in Berlin als Spielplatz und die Herren
in gestärkten Kragen als »die Jungs in der Akademie« vorzustellen. Das ging nicht.

Als sie wieder in der Straßenbahn saßen, sprach Bohr
von seinen Forschungen, die wirklich sehr interessant waren und genauso revolutionierend wie die von Albert.

Wie konnte es nur sein, dass die Leute entweder empört
oder begeistert waren von Alberts Relativitätstheorie, wäh-

rend Bohrs Forschungen keineswegs so starke Gefühle weckten? Was war denn ein wenig Relativität gegen dessen absurde *Alice-im-Wunderland*-Welt! Die Leute sollten sich wirklich Sorgen machen. Ganz ehrlich gesagt, so war Albert ein wenig beunruhigt, um nicht zu sagen schockiert, was er widerwillig auch Bohr gegenüber zugab.

»Du musst beunruhigt sein, selbstverständlich«, sagte Bohr ganz ruhig. »Wer von der Quantenmechanik nicht schockiert ist, hat sie nicht verstanden.«

Im nächsten Moment stand er eilig auf, zog heftig an der Schnur für die Klingel und holte Alberts Reisekoffer von der Gepäckablage.

»Wir sind schon wieder zu weit gefahren, dieses Mal in die andere Richtung«, rief er. »Wir haben den Bredvej schon wieder verpasst.«

Sie stiegen aus, gingen auf die andere Straßenseite und führten ihr Gespräch fort, während sie auf die nächste Bahn warteten, um erneut zurückzufahren. Ihre Begeisterung ließ sie ein wenig laut werden, und wieder ernteten sie erstaunte, wenn auch diskrete Blicke von diesen Buchhaltertypen mit Melone und Aktentasche, die es in Kopenhagen zuhauf zu geben schien.

Dieses Mal führte das Gespräch sie in die kleinsten Bestandteile des Daseins. In eine Welt, in der nichts absolut war und in der man nicht einmal den Naturgesetzen trauen konnte. Eine Welt voller »Vielleichts«, »Sowohl-als-auchs« und »Weder-nochs«.

Albert argumentierte tapfer gegen die Theorien seines Freundes. Bohr fühlte sich vom Widerstand angestachelt und antwortete mit scharfen, wohlformulierten Beweisen, die Albert mit einer Mischung aus Schrecken und Bewunderung quittierte. Rein logisch hatte Bohr recht. Aber rein intuitiv wusste Albert, dass er nicht recht hatte. Das musste so sein. Die Welt würde nicht existieren können, wenn sie nur aus Zufällen und Widersprüchen bestünde.

»Die Frage ist, was man unter *Welt* versteht«, sagte Bohr. »Die Frage ist, was man unter *existieren* versteht. Die Frage ist, ob eine objektive Wirklichkeit überhaupt existiert. Die Frage ist …«

Er unterbrach sich. Um sie herum war es ganz still. Das Quietschen und Klingeln der Straßenbahn hatte aufgehört, ebenso wie die Unterhaltungen der Menschen und die Ansagen der Haltestellen des Schaffners. Durch die offene Tür hörte man eine Amsel singen.

Albert schaute aus dem Fenster und betrachtete das wohlhabende Viertel mit seinen großen Klinkerhäusern und den prachtvollen Gärten. Der Ort kam ihm bekannt vor.

»Korrigiere mich, wenn ich mich irre«, sagte er. »Aber ist dies nicht die Endhaltestelle von Hellerup?«

Als sie sich endlich zum Abendessen bei der Familie Bohr niederließen, war Albert ausgesprochen hungrig. Dass der Schweinebraten durch das lange Warmhalten ein wenig trocken geworden war, scherte ihn überhaupt nicht. Er fand, er habe noch nie etwas so Gutes gegessen wie dieses fette dänische Schweinefleisch mit knusprig gebratener Schwarte, den säuerlichen Trockenpflaumen und der zarten Sahnesoße.

Die Familie Bohr war die perfekteste Familie, die Albert kannte. Die Ehefrau Margarethe war eine Schönheit, und nichts an ihrer Figur verriet, dass sie vier Söhne mit jeweils exakt zwei Jahren Abstand geboren hatte. Die Buben waren blond und rosig und nahmen lebhaft an der Konversation am Essenstisch teil.

Die Mutter von Niels Bohr saß ebenfalls am Tisch. Sie wohnte vorübergehend mit im Haus. Im Institut wurde gerade eine Wohnung für die Familie hergerichtet, und bald würde er seine wissenschaftlichen Jungs und seine Familie unter einem Dach haben. Für das Nobelgeld wollte er sich ein Sommerhaus in Tisvilde kaufen.

Bohr war glänzend gelaunt und unterhielt die Familie mit physikalischen Tricks. Serviettenringe drehten sich, Gabeln wurden zum Schwingen gebracht, Wassergläser gaben melodische Töne von sich, das alles unter dem Jubel der Söhne und dem bewundernden Applaus von Margarethe. Die alte Frau Bohr, die diese Kunststücke vermutlich schon hundertmal gesehen hatte, kaute gelangweilt ihre Schweineschwarte, ohne auch nur vom Teller aufzuschauen.

Zum Nachtisch bekamen alle Söhne, außer der einjährige Aage, eine logische Aufgabe zu lösen, natürlich angepasst an die jeweilige intellektuelle Reife (die natürlich weit höher lag als bei normalen Kindern). Sie wurden ermahnt, laut zu denken, Bohr hörte ihren Überlegungen interessiert zu und gab ihnen listige Hilfen, wenn sie nicht weiterkamen.

Mit einem schmerzhaften Stich dachte Albert an seine eigenen Söhne, die er nie richtig kennengelernt hatte und die nicht einmal im gleichen Land wie er wohnten. Als er die zweite Ehe mit Elsa einging, hatte er vorgeschlagen, nach Zürich zu ziehen, wo Mileva und die Söhne wohnten, aber Elsa hatte sich strikt geweigert.

Bohr schien merkwürdigerweise alles zu gelingen. Seine Ehe, seine Söhne, seine Karriere. Er wohnte in einem wohlhabenden, friedlichen Land. Obwohl er, genau wie Albert, jüdische Wurzeln hatte und mit revolutionierenden Theorien hervortrat, gab es gegen ihn keine Hasskampagnen, er wurde nicht mit dem Tod bedroht, und sein Nobelpreis schien auch nie in Frage gestanden zu haben.

Als das Essen beendet war, schaute Niels' Bruder, der weltberühmte Mathematiker Harald Bohr, vorbei, um Albert zu begrüßen. Er sah aus wie ein Zwilling von Niels, war jedoch ein Jahr jünger. Als junger Mann hatte Harald Fußball gespielt, und weil er ein Bohr war, hatte er nicht nur so zum Spaß gekickt wie die anderen Jungen, er war schnell zum Verteidiger in der Nationalmannschaft aufgestiegen, hatte eine olympische Silbermedaille mit nach Hause gebracht und war einer der besten Spieler Dänemarks, bevor er den Fußball für eine kometenhafte Karriere in der Mathematik aufgab.

Niels' Söhne schienen ihn sehr zu mögen. Christian, Erik und Aage hingen wie Hundewelpen an ihrem Onkel und wollten ihn zu einem Ringkampf auf den Boden ziehen. Der fingerfertige kleine Hans blieb am Tisch sitzen, angestrengt damit beschäftigt, aus Dessertlöffeln und Tischtuchklammern ein Katapult zu konstruieren. Er hatte es gerade mit einem Zuckerwürfel geladen und wollte auf die alte Frau Bohr zielen, als Margarethe rasch eingriff.

Der Vorfall erinnerte Niels an einen Cowboyfilm, den

er kürzlich im Kino gesehen hatte. Er hatte etwas Interessantes beobachtet:

»Jedes Mal, wenn ein Schurke versucht, den Helden zu erschießen, gelingt es dem Helden, zuerst zu schießen. Wie kann das sein?«, fragte er, blinzelte verschmitzt und zündete seine Pfeife an.

Die Söhne schauten sofort konzentriert, und Albert konnte sehen, wie die kleinen Gehirne losratterten.

»Hat es vielleicht etwas mit der Dramaturgie von Hollywood-Filmen zu tun?«, schlug Margarethe vorsichtig vor, aber ihr Mann tat so, als höre er nichts und fuhr fort:

»Ich habe lange gegrübelt und habe, glaube ich, eine psychologische oder vielleicht sogar *neuro*logische Erklärung gefunden.« Er machte eine Kunstpause, und während er mit dem Pfeifenkopf rhythmisch auf die Tischkante klopfte, sagte er: »*Eine Handlung, die das Ergebnis einer Entscheidung ist, geht langsamer vonstatten als eine Handlung, die eine Reaktion auf ein äußeres Ereignis ist.* Das heißt« – er hielt die Pfeife in die Luft – »wenn der Schurke beschließt, seine Pistole zu ziehen, um den Helden zu erschießen, ist seine Handlung langsam genug, damit der Held, der ja sieht, was im Gange ist, seinen Revolver ziehen und zuerst schießen kann. Könnt ihr mir folgen? Ich habe diese Theorie den Jungs im Institut präsentiert. Sie waren skeptisch. Wir haben also ein paar Spielzeugpistolen und etwas Knallpulver gekauft und das Ganze im Faelledpark getestet. Ich war der Held und die anderen die Schurken, die mich erschießen wollten, den Zeitpunkt konnten sie selbst wählen. Obwohl ich nie wusste, wann sie die Pistole ziehen würden, gelang es mir immer, vor dem Schurken zu schießen. Interessant, nicht wahr?«

»Als Experiment, ja«, sagte sein Bruder. »Im wirklichen Leben hättest du keine Chance gehabt. Die Situation erfordert Bereitschaft. Im wirklichen Leben wärst du unvorbereitet gewesen, und das hätte deine Reaktion verzögert.«

»Meinst du?« Niels nickte nachdenklich und zündete wieder die Pfeife an, die beim Sprechen ausgegangen war. »Was denkst du, Albert?«

»Ich habe keine Ahnung«, sagte Einstein.

Er hatte von diesen Spielereien im Park gehört. Nach einem langen Tag im Institut gingen Bohr und seine jungen Kollegen manchmal ins Freie und reinigten ihre Gehirne mit erheiternden pyrotechnischen Streichen. Schwarzpulver in verschlossenen Eisenrohren, Explosionen und Feuerwerk. Albert konnte dem nichts abgewinnen. Er hatte empfindliche Ohren, und seit seiner Kindheit konnte er lautes Knallen nicht ausstehen.

»Ich könnte ins Institut radeln und die Pistolen holen«, bot Christian sich an. »Dann können wir das Experiment noch einmal machen, alle zusammen.«

»Ja, ja, bitte, Vater!«, jubelte der kleine Erik und hüpfte auf und ab.

Ein fröhliches Blitzen entzündete sich in Niels Bohrs Augen. Es wurde unmittelbar von Margarethe aufgefangen, sie stand auf und hielt mit überraschender Autorität fest:

»Kommt nicht in Frage. Keine Pistolen in diesem Haus.« Albert warf ihr einen dankbaren Blick zu. »Im Übrigen ist schon lange Schlafenszeit für euch. Sagt Onkel Albert und Onkel Harald gute Nacht.«

Das Ehepaar Bohr bestand darauf, dass Albert bei ihnen übernachtete. Er lehnte freundlich ab. Sein Zug nach

Göteborg würde früh am nächsten Morgen fahren, und Elsa hatte ihm ein Hotelzimmer in der Nähe des Bahnhofs reserviert.

Außerdem – aber das sagte er natürlich nicht – hielt er die Familie Bohr keine Minute länger aus. Er hatte das dringende Bedürfnis, allein zu sein.

Nachdem Albert im Hotelzimmer war, öffnete er als Erstes seinen Koffer, um das Nachthemd herauszuholen. Aus irgendeinem Grund hatte er sich, während des Besuchs bei Familie Bohr, kolossal nach dem verschlissenen, vertrauten Kleidungsstück gesehnt.

Zu seiner Enttäuschung bemerkte er, dass Elsa ihm ein anderes Nachthemd eingepackt hatte und nicht das, nach dem er sich sehnte. Es war ein abscheuliches Etwas aus neuem, steifem Stoff, mit dicken Nähten und einem albernen Kragen. Glaubte sie vielleicht, er würde es akzeptieren, wenn es nichts anderes gab? Sich vielleicht sogar daran gewöhnen und es auch zu Hause tragen?

Er legte das Nachthemd wieder in den Koffer und legte sich in Unterwäsche ins Bett. Er war schlecht gelaunt. Er hatte zu viel Schweinebraten gegessen und das Gerede über Pistolen hatte ihm missfallen.

»Im wirklichen Leben wärst du unvorbereitet gewesen. Du hättest keine Chance gehabt«, das hatte Harald Bohr gesagt.

Er hatte zu seinem Bruder gesprochen. Über eine rein hypothetische Situation. Und doch hatte Albert das Gefühl, die schicksalsschweren Worte waren direkt an ihn selbst gerichtet.

Mitten in der Nacht erwachte er und saß mit klopfendem Herzen aufrecht im Bett. Im Zimmer war es stickig und dunkel, und einen kurzen, schreckvollen Augenblick lang wusste er nicht, wo er sich befand. Dann sah er einen Streifen Straßenbeleuchtung, die durch einen Spalt des Rollos fiel, und er konnte sich wieder orientieren.

Aber die Unruhe blieb. Er hatte etwas Unheimliches geträumt, er wusste nicht mehr genau, was. Etwas mit Pistolen. Rathenau, der ihm einen Revolver gereicht und ihn aufgefordert hatte, *bereit* zu sein. Eine umherirrende Flucht durch eine Stadt, die Züge von Berlin und Kopenhagen hatte, von der er jedoch wusste, dass es die unglaublich gefährliche Stadt Göteborg war. Er wusste auch, dass er verfolgt wurde.

Und mit einem Mal sah er den gestrigen Tag in ganz neuem Licht. Der Traum hatte alles verdeutlicht: die Fahrt mit der Straßenbahn! Der Mann mit der Melone, der Taschenuhr und der Aktentasche! Jedes Mal, wenn er und Bohr an der falschen Haltestelle ausstiegen, war der Mann da gewesen.

In der quantenmechanischen Welt, in der sein Gehirn sich befunden hatte, war es ihm bemerkenswert erschienen, dass der gleiche Mann an allen Straßenbahnhaltestellen aufzutauchen schien.

In Wirklichkeit war dieser tadellos korrekte Mann ihnen auf ihrer wirren Fahrt, hin und zurück, hin und zurück, natürlich *gefolgt*. Albert erinnerte sich an seine vogelartigen, verwirrten Blicke in ihre Richtung, bis er sich wieder abwandte.

Vielleicht dachte der Verfolger, sie hätten ihn entlarvt und ihre zeitraubende Irrfahrt sei ein Versuch gewesen, ihn abzuschütteln?

ALBERT

7. Juli 1923

Schweden war so schön wie in einem Bilderbuch. Gelbe Getreidefelder, schmucke Bahnhöfe und Windmühlen, die sich energisch gegen den blauen Himmel drehten.

Menschen stiegen aus, andere stiegen ein. Diese Schweden hatten etwas Rührendes und Unschuldiges. Es schien ihnen peinlich zu sein, dicht neben einem Fremden in einem Zugabteil zu sitzen. Sie mühten sich, so wenig Platz wie möglich einzunehmen, sie entschuldigten sich, bedankten sich und entschuldigten sich noch einmal. Albert betrachtete sie mit Zärtlichkeit.

Er war in einer angenehmen, etwas schläfrigen Gemütsverfassung. Letzte Nacht hatte er nicht viel geschlafen. Er erinnerte sich an die Gedanken, die ihn wach gehalten hatten, und schämte sich, dass sein normalerweise so brillantes Gehirn so unlogische Folgerungen aus zufälligen Geschehnissen gezogen hatte, die noch dazu ziemlich trivial waren. Die anstrengenden quantenphysikalischen Diskussionen mit Bohr hatten ihn wohl erschöpft.

Er war immer noch müde. Er lehnte sich an das gehäkelte Schutzdeckchen der Kopfstütze, gab dem wiegenden Rhythmus des Zugs nach und glitt in angenehme Träume. Als der Schaffner die Schiebetür öffnete und den Namen des nächsten Bahnhofs verkündete, wachte er auf. Die Tür glitt wieder zu, der Schaffner ging weiter.

Durch die Scheibe konnte Albert den Gang sehen. Am

geöffneten Fenster stand ein Fahrgast mit dem Rücken zu ihm. Albert war sich sicher, dass er nicht dort gestanden hatte, bevor er eingeschlafen war. Es war sehr warm im Zug. Und doch trug der Mann einen Mantel und Hut. In der Hand hatte er eine Aktentasche. Der Hut war eine Melone. Der Mann im Gang erinnerte tatsächlich sehr an den aus Kopenhagen. Das konnte Albert nicht bestreiten, obwohl er ihn nur von hinten sah. Oder vielleicht gerade *weil* er ihn von hinten sah. Irgendetwas am Rücken des Mannes kam ihm bekannt vor.

War er nicht sehr kräftig gebaut für einen Angestellten? Albert studierte die breiten Schultern, den Stiernacken und die Oberarme, die sich unter dem Stoff abzeichneten. Es war ein Körper, der eher zu einem Arbeiter passte, einem Schmied oder einem Schlachter. Nicht zu einem Herrn mit Aktentasche.

Albert lehnte sich zurück und schloss die Augen. Werde ich verrückt?, dachte er.

Als er noch in Zürich wohnte, war er oft beim Psychiater Carl Gustav Jung zum Essen gewesen. Jung interessierte sich sehr für die Relativitätstheorie. Er wollte eine eigene Theorie über die Relativität des Raums und der Zeit im Unterbewussten formulieren. Er bat Albert, ihm die Relativitätstheorie zu erklären. Aber da ihm das notwendige Grundwissen fehlte, wurde daraus nichts, sosehr Albert es auch versuchte. Jung verstand nichts. Er wollte stattdessen wissen, wie es zugegangen war, als Albert seine Erkenntnisse hatte. In was für einem Gemütszustand befand er sich? Wie hatte es sich angefühlt?

Albert hatte von jenem intensiven Frühjahr erzählt, als die wissenschaftlichen Artikel nur so aus ihm heraussprudelten. Und wie er, Ende Mai in einer wunderbaren Frühsommernacht, diese Erkenntnis hatte, die man später die »Relativitätstheorie« oder »die spezielle Relativitätstheorie« nannte, die er selbst jedoch als »den Schritt« bezeichnete. Eigentlich kann man nicht erklären, wie es sich angefühlt hatte, oder wie der Verlauf der Gedanken gewesen war. Die Sprache eignet sich einfach nicht für diese Art von Erlebnissen.

»Versuchen Sie es«, hatte Jung gesagt.

Und Albert hatte über das Gefühl von Ganzheit und absoluter Klarheit gesprochen. Als ob man die Blechabdeckung von einer Maschine genommen hätte, sodass man die ganze Konstruktion darunter sehen konnte, und geschaudert hätte, wie schön sie war.

Und dieser unglaublich schöne Frühsommer, er hatte noch nie so eine Jahreszeit erlebt, weder davor noch danach. Das frische Grün, das Schlagen der Kirchenglocken, die blauen Nächte, der diesige Mond. Und die Düfte! Er hatte weder Essen noch Schlaf gebraucht. Alles war ein einziges jubelndes Glück gewesen. Als er seinen letzten Artikel abgeschickt hatte, war er völlig erschöpft und blieb zwei Wochen im Bett.

Jung hatte ein paar Mal nachdenklich an seiner Pfeife gezogen und dann festgestellt:

»Ihre Beschreibung deutet auf eine Psychose hin. Eine kurze Psychose. Mit vortrefflichem Ergebnis. Aber dennoch eine Psychose. Schauen Sie nicht so erschrocken, mein Freund. Auch ich habe mich schon in diesen Gegenden aufgehalten und weiß, dass man dort die wunderbarsten Entdeckungen machen kann. Die Kunst besteht darin, nicht dort zu verharren. Es gilt, den Schatz aus der Höhle des Drachens zu stehlen und dann so schnell wie möglich zu fliehen. Wir beide schaffen das. Wir haben beide eine robuste Psyche.«

Albert hatte nur gelacht. Aber vielleicht hatte Jung recht. Er *hatte* eine robuste Psyche. Er konnte manchmal geradezu unsensibel sein, das hatten seine beiden Ehefrauen gesagt.

Und doch gab es etwas Zartes, einen kleinen nackten Fleck, und dort entstanden seine wichtigsten Ideen. Er stellte es sich vor wie eine Wasserfläche, einen Brunnen zu einer unbekannten Quelle. Er musste sich sehr vorsichtig nähern, es bestand nämlich die Gefahr, dass er hineinfiel und ertrank. Ja, genau das war in diesem Frühjahr geschehen, er war hineingefallen und hatte nur mit größter Mühe wieder herausklettern können.

Er hatte diese Zeichen auch bei seinem jüngsten Sohn gesehen. Auch er hatte diese dunkle Quelle in sich. Aber dem Jungen fehlte, was Jung eine »robuste Psyche« genannt hatte. Wenn er hineinfiele, würde er nicht mehr herauskommen. Vielleicht hatte Albert sich deshalb nie so richtig an ihn binden können.

Bin ich verrückt, oder werde ich wirklich verfolgt, dachte Albert und betrachtete noch einmal den Mann durch die Scheibe des Abteils.

Nun ja, das war einfach herauszufinden. Hier, in diesem Zug, der durch die sonnige südschwedische Landschaft fuhr, kam ihm das Ganze wie ein hantierbares, empirisches Problem vor. Der lähmende Schreck der Nacht war verschwunden. Er stand auf und ging, den Mitreisenden freundlich zunickend, auf den Gang. Der Mann am Fenster drehte sich nicht um, aber Albert bemerkte, dass ein Zucken durch den breiten Rücken ging, als die Abteiltür zufiel. Er ging in Richtung des Speisewagens. Als er im nächsten Wagen war – ein Erste-Klasse-Wagen, der völlig leer zu sein schien –, warf er einen Blick in einen Spiegel und sah den Mann ein Stück hinter sich im Gang.

Im Speisewagen gab es viele leere Plätze, und er bekam einen Fensterplatz. Er bestellte ein Omelett. Der Mann war nicht zu sehen. Albert aß kaum etwas, aber er blieb zwanzig Minuten sitzen, ehe er bezahlte und sich wieder auf den Rückweg machte.

Als er durch den Erste-Klasse-Wagen ging, bemerkte er, dass die Samtvorhänge des letzten Abteils nun zugezogen waren. War da plötzlich ein Fahrgast? Sie hatten doch gar nicht angehalten. Er zögerte einen Moment, dann ging er weiter. Plötzlich ging alles sehr schnell. Als er in den kleinen zugigen Vorraum mit der Außentür kam, wurde die Tür hinter ihm aufgerissen. Bevor er reagieren konnte, hatte sein Verfolger sich auf ihn geworfen, hielt ihm mit einer Hand den Mund zu und schleppte ihn zur Tür.

Albert kämpfte, um freizukommen, aber der Mann war stark wie ein Bär. Als er ihn anders packen wollte, nahm er die Hand vom Mund, aber der Schrei wurde vom Stampfen der Lok gedämpft und von der Dampfpfeife, die gerade ein langes, schrilles Signal von sich gab. Durch den Kampf waren sie sehr nahe an die Tür geraten, und zu seinem Entsetzen bemerkte Albert, dass der Mann den Griff nur gelockert hatte, um die Hand zum Türgriff ausstrecken zu können.

Die Tür öffnete sich, der Fahrtwind verschlug ihm den Atem. Der Mann ließ ihn los und stieß ihn unsanft durch die Öffnung.

Im Fallen gelang es Albert, eine senkrechte Metallstange zu ergreifen, die außen am Zug befestigt war. Der Griff bremste den Fall, er lag jetzt mit dem Unterkörper im Zug und mit dem Oberkörper draußen. In dieser Stellung klammerte er sich fest, wie ein Embryo, zur Hälfte aus dem stampfenden Körper des Zugs geboren, mitten in einer umgekehrten Geburt vom Leben in den Tod. Die Schatten des Rauchs flimmerten über den sonnenbeschienenen Bahndamm, und das höllische Getöse schien seine Trommelfelle zu sprengen.

Der Mann versuchte, seinen Unterkörper anzuheben und auch den aus der Öffnung zu bugsieren. Dabei kam ihm eine Unebenheit der Gleise zu Hilfe, der Zug ruckelte, Alberts Kopf wurde so fest geschüttelt, dass die Augäpfel aus den Höhlen zu quellen schienen. Seine Finger hatten sich um die Metallstange gekrampft, er spannte die Armmuskeln aufs Äußerste an, seine Füße stemmten sich innen gegen die Wand, und es gelang ihm, sich festzuhalten und den Tod noch ein paar Augenblicke hinauszuzögern.

Er hatte sich vor Schusswaffen gefürchtet. Dabei reichte ein Stoß bei hoher Geschwindigkeit. Niemand würde etwas anderes beweisen können, als dass es ein Unfall war. Eine Tür, die nicht richtig geschlossen war, ein zerstreuter Professor, der zu früh aussteigen wollte.

Ein Zug! Sein Lieblingsbeispiel, wenn er Uneingeweihten die Relativitätstheorie erklären wollte. Der Eisenbahnwaggon, der sich im Verhältnis zum Bahndamm bewegt. Der Bahndamm, der sich im Verhältnis zum Zug bewegt. Er würde mitten in seinem eigenen Beispiel sterben, ohne das Nobelpreisgeld bekommen zu haben, und seine liebe alte Gravitationskraft würde die Mordwaffe sein. Albert musste gestehen, dass sein Mörder einen gewissen ironischen Humor besaß.

Dann spürte er, dass feste Arme ihn um die Taille packten, ein heftiger Ruck ließ ihn die Metallstange loslassen. Er war jetzt wieder im Inneren des Zugs. Die Tür wurde zugeschlagen, der Lärm gedämpft.

Der Schaffner beugte sich über ihn und sprach erregt auf ihn ein. Er half ihm beim Aufstehen, und als er sich vergewissert hatte, dass Albert unverletzt war, zeigte er auf die Tür und sagte etwas Barsches und Einschärfendes, Albert vermutete, dass es eine Warnung war, sich nicht an die Tür zu lehnen.

Albert sah sich nach dem Mann um, der versucht hatte, ihn aus dem Zug zu stoßen, aber er war nicht mehr da. Der Schaffner muss während des Kampfes aufgetaucht sein und offenbar den Eindruck gehabt haben, dass der Mann versucht hatte, Albert zu retten.

Der Schaffner hob den Zeigefinger, sagte noch einmal ein warnendes Wort und ging weiter, um den nächsten Bahnhof auszurufen.

Der Zug fuhr schon langsamer, bemerkte Albert. Im kleinen Türfenster sah er am Horizont das Meer. Sein Herz klopfte immer noch stark vom Schock, sein Hemd war nass vor Schweiß. Er hatte Blutgeschmack im Mund, wahrscheinlich hatte er sich auf die Zunge gebissen.

Der Zug bremste und blieb mit einem Ruck stehen. Albert schaute hinaus.

Sie befanden sich an einem Bahnhofsgebäude mit steil abfallendem Dach, umgeben von einem kleinen Garten mit Fliedersträuchern und Apfelbäumen. Der Bahnhofsvorsteher und eine schlafende Katze auf einer Bank waren die einzigen Lebewesen, die zu sehen waren. Auf die Fassade des Hauses war schwarz auf weißem Untergrund der Name des Bahnhofs gemalt: *Frillesås.*

Albert öffnete die Tür und stieg aus.

NILS

8. Juli 1923

Noch einmal stand eine Willkommensdelegation am Bahnhof von Göteborg und wartete auf den Zug aus Kopenhagen. Dieses Mal gab es keinen Strauß-Walzer, das Blasorchester war anderweitig bei der Ausstellung beschäftigt.
Auch Axel Carlander hatte geschäftlich zu tun.

Aber Svante Arrhenius stand treu auf dem Bahnsteig,
ebenso wie eine größere Anzahl von Journalisten und Bewunderern. Er zog seine Uhr aus der Westentasche und
verglich sie mit der Bahnhofsuhr über sich, als wollte er
sich vergewissern, dass sie sich einig waren.

Gerade als er die Uhr wieder einsteckte, kam der Zug
in den Bahnhof gestampft, auf die Sekunde pünktlich.

Er schaute auf die Waggontüren, die sich noch nicht öffneten, und fingerte nervös an seinem Schnurrbart.

Ein erklärendes Telegramm von Einstein war nicht gekommen. Arrhenius hatte beschlossen, keine Fragen in Bezug auf die Verspätung zu stellen und natürlich auch nicht zu erwähnen, welche Unannehmlichkeiten das für sie bedeutet hatte. Es gab bestimmt einen guten Grund, und den würde Einstein sicher bald liefern. Jetzt ging es darum, freundlich, entspannt und gastfreundlich auszusehen.

Auch Nils Gunnarsson war unter den Bewunderern von Einstein. Genau wie die anderen beobachtete er gespannt die vielen Reisenden, die jetzt aus dem Zug stiegen und den Bahnsteig entlangkamen.

Keiner von ihnen war der Professor. Damit hatte auch er nicht gerechnet.

Nils schaute sich in der Gruppe der Wartenden um, die sich mit enttäuschtem Gemurmel auflöste und den Bahnhof verließ.

Arrhenius blieb am längsten stehen. Dann schüttelte er den Kopf und ging ebenfalls.

Aber aus der Gruppe der Wartenden war ein Mann noch geblieben, das sah Nils. Er hatte die ganze Zeit etwas versteckt hinter einem Pfeiler gestanden, mit guter Aussicht über den Bahnsteig. Jetzt stand er breitbeinig, den Blick starr auf den leeren Zug gerichtet, als ob er darauf warten würde, dass noch jemand ausstiege. Er hatte eine Aktentasche in der Hand und einen Mantel über dem Arm. Die Ärmel seines Hemds waren hochgekrempelt und zeigten seine Armmuskeln. Sein Gesicht wurde von einer Melone beschattet.

Erst als die Putzfrauen ihre Arbeit in den Waggons verrichtet hatten und die Schilder am Zug für das neue Ziel ausgetauscht wurden, ging auch der Mann weg.

Nils folgte ihm mit gewissem Abstand und sah, wie er über den Drottningplatz zum neuen, halb fertigen Posthaus ging. Es war umgeben von Gerüsten und stand an dem Ort, wo sich bis vor kurzem das Armenhaus befunden hatte. Auf dem Platz wimmelte es von Menschen auf dem Weg zum oder vom Bahnhof, städtischen Boten mit Karren und Straßenbahnen.

Ein Lastwagen mit Baumaterial bremste für einen Radfahrer und verstellte Nils die Sicht. Als er ein paar Sekunden später weiterfuhr, hatte Nils den Mann aus den Augen verloren.

ELLEN

8. Juli 1923

Zeichen am Himmel
Haltet Ausschau nach der Läkerolmaschine! Am Sonntag-
nachmittag wird sie mit einer Geschwindigkeit von
200 km/h über Göteborg rasen. Sie macht ein paar Kunst-
stücke ins Blaue und verschwindet so schnell, wie sie ge-
kommen ist, also aufgepasst! Sie wird eine Art Wolkengas
ausstoßen und Kurven fliegen, sodass sich daraus das Wort
»Läkerol« formte.

Göteborgs-Posten

»Gin«, erklärte Vendela und reichte Ellen ein Cocktail-
glas mit einem rosafarbenen Inhalt.

Vendela mochte Getränke mit ungewöhnlichen Far-
ben – rosa Gin, gelben Bananenlikör oder giftgrünen
Chartreuse – alles Geschenke von ihrem großzügigen
Freund.

In letzter Zeit hatte Ellen es sich zur Gewohnheit gemacht, nach der Arbeit bei Vendela zu klingeln und einen
Drink zu genießen, ehe sie in die düstere Wohnung der
Tante hinaufging. Sie zog die Schuhe aus, machte es sich
zwischen den orientalischen Kissen auf Vendelas Sofa
bequem und spürte, wie der Drink und die Jazzmusik
sie nach dem hektischen Arbeitstag entspannten.

Für Vendela, die nie vor ein Uhr mittags aufstand, war
es der Moment, sich für die Aktivitäten des Abends vor-

zubereiten: Tanzen, Restaurantbesuche und nächtliche Feste in schicken Wohnungen und Villen. Manchmal kam ihr Freund und holte sie in seinem flaschengrünen Buick mit heruntergeklapptem Verdeck ab, aber meistens ging sie alleine los, wild entschlossen, mit Haut und Haar alle Vergnügungen zu genießen, die sich ihr boten.

Das Telefon klingelte, und Vendela streckte sich nach dem Hörer. Vendela war der einzige Mensch, den Ellen kannte, der das Telefon auf einem kleinen Tisch neben der Armlehne des Sofas hatte. Sie hatte ein langes Kabel vom Flur aus legen lassen, damit sie zum Antworten nicht aufstehen musste. Die Idee war ihr gekommen, nachdem sie einen Film mit Mary Pickford gesehen hatte. Nach einigem Jammern, Streiten, Lachen und lauten Schmatzern legte sie auf.

»Das war Puffie«, sagte sie.

Das hatte Ellen sich schon gedacht. Puffie war Vendelas Freund. Einmal hatte Ellen »dein Verlobter« gesagt und war sofort zurechtgewiesen worden. Puffie war »leider nicht« Vendelas Verlobter.

Ellen hatte recht schnell verstanden, dass Puffie verheiratet war. Er hieß eigentlich Rutger Ekborg und wohnte mit seiner Frau in einer großen Villa in Långedrag. Er bezahlte Vendelas Miete.

»Er ist unverschämt reich«, hatte Vendela gesagt.

»Womit verdient er sein Geld?«, Ellen hatte einfach fragen müssen.

»Mit Geschäften. Aktien. Investitionen. So Sachen, du weißt schon«, hatte Vendela mit einer nonchalanten Handbewegung geantwortet.

Puffie hatte also angerufen und mitgeteilt, dass er den

Abend frei habe und mit Vendela zum Tanzen in die Rotunde gehen wolle. Sie würden sich in einer Stunde am Eingang treffen.

»Na ja, wir werden ja sehen, ob er kommt«, sagte Vendela.

Sie war einiges gewöhnt. Puffie meldete sich, »wenn er sich losmachen« konnte, meist sehr kurzfristig. Oft »kam etwas dazwischen«; irgendetwas Geschäftliches oder etwas mit der Gattin. Vendelas Strategie war es, immer gut angezogen, geschminkt und bereit für sein Kommen zu sein, und falls er doch nicht kam, mit den Achseln zu zucken und sich auf eigene Faust zu amüsieren.

»Ich gehöre ihm ja nicht, oder?«, sagte sie dann etwas trotzig.

Nein, er mietet dich bloß, dachte Ellen.

»Willst du nicht mitkommen?«, schlug Vendela vor. »Dann bin ich nicht allein, wenn er nicht auftaucht?«

»Ich muss erst Tante Ida fragen«, sagte Ellen. »Aber sie hat sicher nichts dagegen.«

Die Tante ließ ihr tatsächlich viel Freiheit. Sie war viel zu beschäftigt mit ihren eigenen Angelegenheiten und scherte sich nicht darum, was Ellen machte, und sie schien auch nicht zu merken, dass Ellen nach den Besuchen in Vendelas Wohnung nach Alkohol roch. Vermutlich weil man Gerüche, die man selbst aussondert, nicht sehr gut riechen kann. Ellen hatte bemerkt, dass die Tante sich gerne ein Glas Portwein aus der Flasche in der Vitrine einschenkte.

Als sie in die Wohnung kam, war die Tante im Salon, sie war damit beschäftigt, einen Nelkenstrauß vor Gustavs Porträt zu arrangieren.

»Ich muss heute Abend in der Ausstellung arbeiten«, sagte Ellen. »Ich werde über eine Festlichkeit schreiben, deshalb soll ich mich schön anziehen. Es könnte spät werden.«

»Ja, ja«, sagte die Tante zerstreut, und dann fügte sie hinzu: »Ich habe heute eine Flugmaschine gesehen. Sie hat Wolkenbuchstaben in den Himmel gezeichnet.«

»Ja, war das nicht wunderbar?«, sagte Ellen. »Fast übernatürlich. Ich hoffe, dass ich einen der Piloten interviewen darf.«

»Und was hat er geschrieben?«, fuhr die Tante spitz fort und wandte sich an Ellen. »Was hatte diese himmlische Schrift für eine Botschaft an die Menschheit? Läkerol! Eine Halspastille!« Sie verzog heftig den Mund. »Wenn *ich* Gottes Himmel als Schreibtafel und seine Wolken als Kreide hätte, ich hätte etwas Passenderes geschrieben. Etwas aus der Bibel. Oder – falls das zu lang wäre – kurz und einfach: Jesus.«

»Hallo, meine Hühnchen!«, rief Puffie, als er ziemlich verspätet im Gewimmel vor dem Hauptrestaurant auftauchte.

Ellen sah Vendelas Freund zum ersten Mal aus der Nähe.

Sie hatte ihn zuvor nur durch das Gitter des Lifts gesehen, wenn er in Vendelas Wohnung schlüpfte oder von oben aus dem Fenster, wenn er mit seinem offenen Auto und ungeduldigem Hupen sein Kommen verkündete. Er trug einen elfenbeinfarbenen, zweireihigen Anzug und hatte so viel Pomade in seinen zurückgekämmten Haaren, dass Ellen an einen Seehund denken musste, der gerade mit dem Kopf aus dem Wasser kam.

»Oh, Puffie. Wie wunderbar, dich zu sehen«, zwitscherte Vendela.

»Du siehst ganz wunderbar aus, Tutta«, antwortete er.

Die albernen Kosenamen waren Ellen peinlich. Sie hatten etwas Intimes, Schlafzimmerhaftes.

»Schön, dass du eine Freundin dabei hast«, sagte er, als Ellen ihm vorgestellt wurde.

»Ihr könnt schon mal in die Rotunde gehen und die Tanzfläche für mich anwärmen. Ich muss nämlich erst noch ins Hauptrestaurant und mit einem Geschäftsmann essen.«

»Ohne mich?«, maulte Vendela.

»Schatz, das ist ein Geschäftsessen. Das würde dich nur langweilen.«

»Da bin ich nicht so sicher. Wen wirst du treffen?«

»Einen deutschen Chemiker. Er hat ein phantastisches Insektenmittel erfunden, das er in kleinen Mengen herstellt. Er ist hier, weil er Financiers sucht, damit er eine industrielle Produktion beginnen kann. Die Deutschen haben es im Moment ja nicht so dicke.«

»Ein Mittel gegen Insekten? Das wird bestimmt ein Erfolg. Ich hasse Insekten«, sagte Vendela. »Mücken können einen schrecklich ärgern.«

»Es geht nicht um Mücken, mein Schatz. Es handelt sich um viel größere Probleme. Es gibt kleine Viecher, die den Bauern die Ernte wegfressen, verstehst du. Sie verursachen Schäden für Millionen von Kronen. Dieser Chemiker will seine Erfindung am Dienstag auf der Landwirtschaftsmesse vorstellen. Ich habe ihn rein zufällig auf der Automobilausstellung getroffen. Wir kamen ins Gespräch über ein Fahrzeug, und da hat er es erwähnt. Im

Moment passiert sehr viel in der Landwirtschaft. Da muss man dranbleiben. Es ist ein riesiger Markt. Praktisch die ganze Welt. Es ist also sehr wichtig für mich, Tutta. Könnte was richtig Großes werden. Amüsier dich mit deiner Freundin, ich komme, sobald wir fertig sind.«

Mit ein paar galanten Luftküssen verschwand Puffie nach links ins Restaurant, Vendela und Ellen gingen durch den rechten Eingang in den Tanzpalast.

Ellen kannte sich inzwischen gut aus in der Rotunde. Sie war mehrmals mit Vendela hier gewesen, geschminkt und gekleidet wie ein richtiger Flapper. Ab und zu hatte sie ihren Bruder Axel getroffen, der sein Versprechen hielt und nichts den Eltern erzählte.

Der Besuch von Wachtmeister Gunnarsson in der Rotunde scheint jedoch ein einmaliger Vorgang gewesen zu sein. Sie hatte auf der Tanzfläche vergebens nach seinem blonden Schopf Ausschau gehalten.

Göte Fricksén hatte sie auch nie mehr gesehen, Gott sei Lob und Dank. Es reichte ihr, wenn sie ihn tagsüber sah, er strich um ihren Schreibtisch wie ein wartender, hungriger Hund.

Vendela schien schlecht gelaunt zu sein. Als Ellen nach einem Tanz neben ihr auf das Sofa sank, rauchte sie mit ärgerlichen, ungeduldigen Handbewegungen.

»Bloß Bauerntölpel hier heute Abend«, schnaubte sie mit einer verächtlichen Kopfbewegung Richtung Tanzfläche. »Ich habe mit einem selten bäurischen Exemplar aus Vårgåda getanzt. Als wir am Orchester vorbeikamen, blieb er stehen und rief: ›Könnt ihr den Kuckuckswalzer?‹ Der schwarze Saxophonist lachte nur. Mein Gott, was habe ich mich geschämt. Wo ist bloß Puffie? Wir sind doch jetzt schon über eine Stunde hier. Hat er mich vergessen, was meinst du?« Sie drückte ihre Zigarette im Aschenbecher aus und stand auf. »Komm, wir gehen ins Restaurant. So kann er mich nicht behandeln.«

»Guten Abend. Haben die Damen einen Tisch reserviert?«, fragte der befrackte Oberkellner, der neben Vendela und Ellen auftauchte, als sie den Speisesaal betraten.

Ohne ein Wort schob Vendela ihn beiseite und ging entschlossenen Schritts weiter. Mitten im Lokal blieb sie stehen und schaute sich suchend um. Dann entdeckte sie Puffie und seine Begleitung in einer Ecke und steuerte auf sie zu. Ellen folgte vorsichtig.

»Oh, mein Schatz, ich dachte, du hast mich vergessen«, maulte Vendela.

»Alles in Ordnung?«, fragte der herbeigeeilte Oberkellner.

»Ja, ja«, sagte Puffie mit einem Lächeln. »Die Damen sind mit mir befreundet. Setzt euch, Mädels. Wollt ihr etwas zu trinken?«

Er hatte selbst schon einiges getrunken, das konnte Ellen sehen, sein Gesicht war hochrot, die Augen glänzten.

»Champagner vielleicht? Champagner für die Damen!«, rief Puffie, ehe sie hatten antworten können, und winkte den Oberkellner weg, der seinerseits, mit einem erheblich diskreteren Winken, einen Kellner herbeirief.

Vendela setzte sich neben Puffie, und Ellen setzte sich an die andere Tischseite, neben seinen Geschäftsfreund.

»Darf ich euch Herrn Müller vorstellen?«, sagte Puffie. »Wir haben gerade ein prima Geschäft abgeschlossen, er und ich. Er ist Deutscher, er versteht also kein Wort, wenn du etwas sagst, mein Schatz, aber du kannst ja hier sitzen und ihn anlächeln, dann hat er was Schönes zum Anschauen.«

Puffie stellte Vendela auf Deutsch vor. Ellen musste sich selbst vorstellen, Puffie hatte ihren Namen vergessen. Als sie sich mit ausgestreckter Hand zu dem Mann drehte, erkannte sie ihn. Es war Paul Weyland.

Er nahm ihre Hand und hielt sie fest, dabei schaute er ihr in die Augen und sagte ein paar höfliche Floskeln auf Deutsch. Er drückte immer fester zu und fixierte sie dabei mit dem Blick. Ellen musste sich daran erinnern, dass er sie hinter dem Vorhang nicht hatte sehen können und das Erkennen also einseitig war.

Der Champagner war kaum serviert worden, da fiel Puffie ein, dass Herr Müller ja noch kein Dessert bekommen hatte. Er bestellte Sachertorte und Kognak für Herrn Müller und sich selbst und Sachertorte und Pflaumenlikör für Vendela. Ellen wollte nichts.

Puffie redete drauflos. Aus Höflichkeit Herrn Müller gegenüber sprach er Deutsch. Vendela verstand nichts und war vom Gespräch ausgeschlossen, eine ungewohnte Situation für sie. Sie aß ihre Torte unter unzufriedenem Schweigen.

Ellen hatte keine Sprachprobleme, aber sie hatte einen trockenen Mund vor lauter Nervosität.

»Haben Sie schon etwas Interessantes in der Ausstellung gesehen, Herr Müller?«, fragte sie höflich.

»Ich habe noch nicht sehr viel sehen können, aber die technischen und naturwissenschaftlichen Abteilungen interessieren mich sehr«, antwortete er. »Morgen werde ich bei der Landwirtschaftsausstellung einen Vortrag halten. Über Schadinsekten.«

»Das ist Ihr Spezialgebiet, nicht wahr?« Ellen lächelte höflich.

»Er ist *Experte*!«, fügte Puffie hinzu.

»Ich bin Doktor der angewandten Zoologie«, verdeutlichte Müller.

»Zoologie? Ich dachte, Sie seien Chemiker?«, sagte Ellen verwirrt.

»Ich bin Doktor der Chemie *und* der angewandten Zoologie«, sagte Herr Müller ruhig und tupfte sich die Lippen mit der Leinenserviette ab.

Puffie blieb der Mund offen stehen, er verdrehte die Augen.

»Zweifacher Doktor!« Er schlug mit der Handfläche auf den Tisch, sodass die Gläser und Teller klirrten. »Und ich nenne Sie einfach nur *Herr*! Sie sind *Doktor Doktor* Müller, zum Teufel. Ha, ha!«, rief Puffie, der inzwischen ziemlich betrunken war.

Müller lächelte still vor sich hin und wandte sich an Ellen.

»Interessieren Sie sich für Schadinsekten, Fräulein Grönblad?«

Ellen schauderte, als er ihren Namen aussprach. Sie hätte nicht gedacht, dass er ihn behalten würde.

»Es geht …«, murmelte sie.

»Das sollten Sie aber«, sagte Herr Müller ernst. »Die meisten Leute, sogar die Landwirte, sind erschreckend uninteressiert. Man redet über besseres Saatgut, bessere Düngung, bessere landwirtschaftliche Maschinen. Und natürlich kann das alles zu besseren Ernten führen. Aber was haben wir für eine Freude daran …« Er beugte sich näher zu Ellen, fixierte sie mit einem intensiven, hellen Blick und fuhr fort: »… *wenn sich in der goldenen, wogenden Saat kleine, beinahe unsichtbare Schädlinge verstecken?* Es gibt Parasiten, die im Verborgenen knabbern, Fräulein Grönblad. Es gilt, sie zu finden. Und sie auszurotten.«

»Da hörst du es, Tutta. Dr. Dr. Müller weiß, wovon er spricht«, rief Puffie und boxte Vendela in die Seite.

Vendela nickte gelangweilt, schaute in den Raum und fächelte mit ihrer Serviette. Puffie winkte den Kellner herbei, der sein Kognakglas nachfüllte. Er leerte es, als sei es Wasser.

Herr Müller sprach weiter über seine Mission auf dem Gebiet der Schädlingsbekämpfung, seine Stimme, die bisher gedämpft und zurückhaltend war, wurde immer erregter. Er erzählte, dass er vor kurzem, mit Hilfe »einer Dollarspende von Seiten eines Deutsch-Amerikaners« eine Zeitschrift zu diesem Thema gegründet hatte. In Deutschland sei sie sehr erfolgreich, und jetzt plane er eine Serie mit Zeitschriften auf anderen naturwissenschaftlichen Gebieten. Und vielleicht sogar eine über Philosophie, die ihn sehr interessiere. Er müsse nur noch Kontakte knüpfen und das Startkapital zusammenbekommen.

Im Restaurant war es stickig, obwohl die Türen zur Terrasse geöffnet waren. Von draußen hörte man das Gemurmel der Menschenmengen, das sich mit den Tönen der Musikkapelle am Seerosenteich mischte. Ellen hatte Kopfschmerzen. Es schien ein Gewitter in der Luft zu liegen.

Plötzlich zuckte Vendela zusammen und gab einen Schrei von sich. Eine Wespe kreiste direkt über ihren Köpfen.

»Bleib einfach still sitzen, Tutta, die fliegt gleich wieder raus«, sagte Puffie fröhlich.

Aber das tat sie nicht. Die Wespe wurde offenbar von seiner Haarpomade angezogen. Sie setzte sich auf die glänzende, fette Fläche und krabbelte suchend umher, während Puffie seinen eigenen Ratschlag befolgte und still wie eine Statue sitzen blieb.

»Siehst du«, sagte er und sah sehr erleichtert aus, als die Wespe sich endlich wieder erhob. »Nichts passiert, wenn man still sitzt.«

Die Wespe kreiste weiter über ihrem Tisch und setzte sich schließlich aufs Vendelas Teller, wo sie Kuchenkrümel fraß. Vendela hatte solche Angst, dass sie zitterte.

»Ich hasse Wespen«, flüsterte sie und fing fast an zu weinen.

Während Puffie und Ellen versuchten, sie zu beruhigen, hatte Herr Müller seine Aktentasche geöffnet und ein kleines Döschen herausgeholt. Er schraubte den Deckel ab und holte mit dem Ende eines Löffelstiels ein paar Körner zuckerähnlichen Inhalts heraus. Langsam und vorsichtig bewegte er den Löffelstiel zu Vendelas Teller, wo er die minimale Last über der krabbelnden Wespe ausschüttete. Niemand am Tisch sagte etwas, die Blicke waren auf den Tortenteller gerichtet.

Die Wespe bewegte sich für ein paar Sekunden gar nicht. Dann flog sie plötzlich und unerwartet und mit einem lauten Surren auf. Vendela schrie.

Die Wespe flog eine halbe Minute kreisend über den Tisch, zuerst wie in Raserei, dann torkelnd, mit kurzem, immer wieder unterbrochenem Surren ähnlich einem Flugzeug mit kaputtgeschossenem Motor. Wie verhext folgten sie dem Schauspiel.

Dann wurde es plötzlich still, die Wespe fiel herab und blieb auf dem Tischtuch liegen.

»*Tot*«, stellte Herr Müller fest.

Sogar Vendela verstand, was das bedeutete.

»Phantastisch!«, rief Puffie und klatschte. »Was für eine Werbung! Ha, ha! Einfach hinreißend, Herr Müller. Man könnte glauben, Sie hätten diese Wespe gemietet.«

Herr Müller lächelte und sagte, für ihn sei es an der Zeit, sich zurückzuziehen. Er rief den Kellner, aber Puffie kam ihm zuvor und erklärte, natürlich werde er die Rechnung übernehmen.

»Das würde ja gerade noch fehlen, nach so einer Vorstellung«, sagte er glucksend und angelte seine dicke Brieftasche heraus, die er so gerne vorzeigte.

»Ein toller Kerl, was?«, sagte Puffie, als er, Vendela und Ellen vor dem Restaurant standen. »Ich bin froh, dass ich mich mit ihm getroffen habe, bevor er seine Erfindung auf der Landwirtschaftsmesse vorstellt. Danach werden sich alle Investoren auf ihn stürzen. Aber ich war der Erste!«

»Bravo, mein Schatz. Du hast eben eine Nase für Geschäfte. Aber jetzt gehen wir tanzen«, sagte Vendela und nahm ihn beim Arm. »Kommst du mit, Ellen?«

»Danke, aber ich glaube, mir reicht es für heute.« Sie hatte immer noch Kopfschmerzen.

Sie blieb stehen, während die anderen in der Rotunde verschwanden. Es wimmelte von leicht angezogenen Menschen. In einer Gondel auf dem Seerosenteich saß ein Chor und sang im Schein der blauen Lichtkugeln traurige Lieder.

Als sie sich umdrehte, konnte sie durch die Glastür Paul Weyland in der Garderobe des Restaurants sehen. Er stand in einer Ecke und sprach mit dem Oberkellner.

Sie wog in einer Waagschale ihre Kopfschmerzen und in der anderen ihre Neugier. Letztere überwog. Wenn sie Weyland beschatten könnte und sehen, wo er wohnte! Das würde Wachtmeister Gunnarsson imponieren!

Als eine größere Gruppe das Restaurant betrat, ging sie auch hinein. Sie mischte sich unter die plaudernde Schar und schaute vorsichtig in Weylands Richtung. Sie sah, wie der Oberkellner auf eine Tür zeigte, dann kümmerte er sich um die neuen Gäste.

Weyland verschwand durch die angegebene Tür.

Ellen war davon ausgegangen, dass es sich um die Toilette handelte, aber als sie näher kam, sah sie, dass auf der Tür »Nur für Personal« stand.

Sie stellte sich in eine Ecke, halb verborgen vom Tresen des Garderobenwärters, und wartete. Der Garderobenwärter – ein freundlich blinzelnder älterer Mann, der heute nicht viel zu tun hatte, weil in der Hitze niemand einen Mantel trug – fragte, ob sie auf jemanden warte.

»Nein. Oder doch. Mein Bekannter kommt gleich«, sagte Ellen mit einem angestrengten Lächeln.

Der Garderobenwärter nickte. Im Lauf der Jahre hatte er schon viele Damen mit einem angestrengten Lächeln warten sehen.

Nach fünfundvierzig Minuten war Weyland immer noch nicht aufgetaucht. Vielleicht hatte er das Gebäude durch einen anderen Ausgang verlassen.

Ellen gab auf. Morgen würde sie als Erstes Wachtmeister Gunnarsson aufsuchen.

»Es geht auch später noch ein Zug, mein Fräulein«, rief der Garderobenwärter ihr tröstend hinterher.

NILS

9. Juli 1923

Jetzt bin ich also doch hier, dachte Nils, als er im Speisesaal des Hauptrestaurants stand und über die Tische mit den gemangelten Damasttischdecken, den Kristallgläsern und Silberbestecken blickte. Es war noch früh am Tag und das Lokal war fast leer.

»Wünschen der Herr einen Tisch?«, fragte der Oberkellner.

»Nein, danke«, sagte Nils.

Er stellte sich vor und fragte, ob sie einen Moment ungestört miteinander sprechen könnten. Der Oberkellner ließ sich von einem Kollegen ablösen und ging mit Nils in ein kleines Büro. Er schloss sorgfältig die Tür hinter ihnen und bot Nils den Stuhl am Schreibtisch an, dem einzigen Sitzplatz in dem engen Raum. Nils lehnte dankend ab und blieb stehen. Der Oberkellner setzte sich ebenfalls nicht.

Nils holte aus der Innentasche seiner Jacke ein Bild von Paul Weyland, er hatte es ohne Text aus den *Polizeimitteilungen* ausgeschnitten.

»Ich glaube, dieser Mann hat gestern hier zu Abend gegessen. Ein deutscher Herr. Stimmt das?«

Der Oberkellner warf einen kurzen Blick auf den Ausschnitt.

»Ja, das stimmt«, sagte er. »Ein Herr ... einen Moment.«

Er beugte sich über den Tisch und blätterte in einem großen, eingebundenen Schreibbuch.

»Herr Müller. Genau«, fuhr er mit dem Finger im Buch fort. »Er hat hier zu Abend gegessen, ja.«

»Ich habe erfahren, dass Herr Müller nach dem Essen in der Garderobe mit Ihnen gesprochen hat und danach durch den Personaleingang verschwunden ist.«

Der Oberkellner nickte.

»Das stimmt ebenfalls.«

»Darf ich fragen, worüber Sie gesprochen haben?«

»Er hat hier Arbeit gesucht.«

»Als was?«

»Als Kellner.«

»Wirklich?« Nils konnte sein Erstaunen fast nicht verbergen. »Ist es üblich, dass die Gäste sich bei Ihnen um eine Arbeit bewerben, wenn sie gegessen haben?«

»Nein. Aber dieser Mann hatte Erfahrung in unserem Beruf.«

»Hat er das gesagt?«

»Ja. Er hat gestern fast den ganzen Tag im Speisesaal gesessen, und als nicht viel los war, haben wir ein wenig miteinander geplaudert. Er erzählte, dass er früher in seinem Heimatland als Kellner gearbeitet habe. Dreizehn Jahre in einem Wirtshaus in Bayern. Ich selbst habe meine Lehrlingszeit in München absolviert, wir hatten also viele Gemeinsamkeiten. Er erzählte Anekdoten und erinnerte mich daran, wie es damals war.«

Ein schiefes Lächeln ließ das ansonsten unbewegliche Gesicht aufleuchten, und einen Moment lang sah der Oberkellner richtig menschlich aus. Er schüttelte den Kopf.

»Das war eine harte Schule, das können Sie mir glauben.«

Nils war verwirrt. Es war, als würden Hamilton und Paul Weyland zu einer Person verschmelzen: ein aufrechter Kellner in Livree mit sauber gekämmten Haaren. Hamiltons schmale Augen unter Weylands buschigen Augenbrauen.

»Sie sagen, er hätte den ganzen Tag hier im Speisesaal gesessen?«

Der Oberkellner nickte.

»Ja, erst aß er mit einem Herrn zu Mittag. Dann trank er mit einem anderen Herrn Kaffee. Und abends nahm er mit einem dritten das Abendessen ein. Da schlossen sich auch zwei Damen an. Ich schlug einen Tisch auf der Terrasse vor – es war ja ein so warmer Abend –, aber er wollte lieber drinnen in einer ruhigen Ecke sitzen. Ich hatte den Eindruck, Herr Müller hielt seine geschäftlichen Verabredungen im Restaurant ab. Das ist ja nichts Ungewöhnliches. Zwischendurch war immer etwas Zeit, da sprachen wir miteinander.«

Nils hatte das ausgeschnittene Bild wieder an sich genommen und seinen Notizblock und den Stift herausgeholt.

»Ich verstehe«, sagte er und schlug eine neue Seite auf. »Hat er die Rechnungen für all diese Mahlzeiten bezahlt?«

»Die anderen Herren haben immer die Rechnungen bezahlt. Ich hatte den Eindruck, dass seine Geschäfte nicht so gut liefen.«

»Was hat Sie das glauben gemacht?«

Der Oberkellner sah auf seine sauber geputzten Schuhe, schwieg einen Moment und sagte dann:

»Er bekam ein Telegramm, während er hier saß. Nachdem er es gelesen hatte, schaute er sehr enttäuscht. Er war sogar richtig wütend. Er knüllte es zu einem Ball zusammen und steckte es in die Tasche. Ich nehme an, dass ein Geschäft nicht zustande gekommen ist.«

In dem kleinen Büro war es stickig. Aus der Küche hörte man Klappern und laute Stimmen.

»Hat er nach dem Empfang des Telegramms mit Ihnen über seine Erfahrungen in der Restaurantbranche gesprochen?«

»Ja, genau.«

Nils nickte nachdenklich und machte sich eine Notiz.

»Um welche Uhrzeit kam das Telegramm?«

»Das war vielleicht gegen fünf Uhr. Dann trafen wir uns am Abend in der Garderobe, als er gehen wollte«, fuhr der Oberkellner fort. »Da hat er auch gefragt, ob es vielleicht eine Stelle für ihn als Kellner im Hauptrestaurant gäbe.«

»Haben Sie ihn angestellt?«

Der Oberkellner schüttelte den Kopf.

»Wir brauchen im Moment keine Kellner im Speisesaal. Und außerdem beherrscht er die schwedische Sprache nicht, das ist eine Voraussetzung, wenn man hier arbeiten möchte. Aber für die größeren Veranstaltungen brauchen wir immer wieder zusätzliches Personal, und da ist es nicht so wichtig, dass man Schwedisch kann. Ich habe ihn an meinen Kollegen verwiesen, der ist für diese Veranstaltungen verantwortlich.«

Nils steckte den Notizblock in die Jackentasche.

»Könnte ich mit Ihrem Kollegen sprechen?«

»Jetzt?«

»Ja, gerne.«

»Sie können es versuchen. Aber er ist sehr beschäftigt. Sie finden ihn vermutlich in einem der Festsäle im oberen Stockwerk.«

Nils ging die Treppe hinauf, aber die beiden Festsäle waren leer und verlassen, die Vorhänge zugezogen. Er ging wieder hinunter und erfuhr von einer Kellnerin, dass das Souper der Naturwissenschaftler in den Rosengarten verlegt wurde, der Wetterbericht hatte einen warmen und ruhigen Abend vorhergesagt.

Als Nils zu dem umbauten Hof in der Mitte des Restaurantkomplexes kam, fühlte er sich wie in einem Land am Mittelmeer. Üppige Rosenbüsche wuchsen in großen Töpfen entlang der Wände. In der Mitte plätscherte ein Springbrunnen, auch der von Rosen umgeben.

Der Bankettkellner lief zwischen den gedeckten Tischen hin und her und kontrollierte die Blumendekoration, die gerade angeliefert worden war. Sie wurden von einem wichtelähnlichen kleinen Herrn arrangiert, er sah aus, als wäre er gerade aus einem der Blumenkelche geklettert.

»Haben Sie Veilchen für den Ehrentisch bekommen?«, fragte der Bankettkellner besorgt.

»Gewiss. Gelbe Nelken und blaue Veilchen. Eine schwedische Symphonie, genau wie Sie gesagt haben«, piepste der kleine Herr.

Der Bankettkellner ging hinüber zum Tisch für die Ehrengäste. Nils folgte ihm und wartete in angemessenem Abstand.

»Entschuldigen Sie, dass ich störe«, sagte er höflich.

»Das tun Sie wirklich«, sagte der Bankettkellner. Er hielt jedes einzelne Kristallglas gegen das Licht und untersuchte es genau, dabei sagte er: »Suchen Sie Arbeit im Service, so ist die Antwort ja, wir brauchen Personal für das Souper der Naturwissenschaftler heute Abend. Wir erwarten Erfahrung, gute Haltung, saubere Fingernägel und freundliches Auftreten. Arbeitskleidung bekommen Sie von uns. Das Souper beginnt um acht Uhr, Sie sollten sich um sieben in der Küche einfinden.«

»Das ist ein Missverständnis. Ich suche keine Arbeit im Service«, begann Nils.

»Keine Erfahrung im Service? Dann Spülküche. Melden Sie sich in der Küche.«

Der Bankettkellner wandte sich zum Hof und rief dem Blumenwichtel zu:

»Wie viel Platz braucht die Dekoration auf dem Ehrentisch? Sie ist hoffentlich nicht zu hoch.«

Nils schaute sich bei den Rosen um.

»Ist die Blumendekoration wirklich nötig? Der ganze Hof ist ja eine einzige Blumendekoration«, sagte er.

»Wir hatten nicht damit gerechnet, im Rosengarten zu decken. Wir hatten für ein Souper im Saal geplant«, sagte der Bankettkellner. »Als ich die Blumen bestellte, regnete es wie aus Kübeln. Wir können zum ersten Mal den Rosengarten für eine größere Veranstaltung nutzen.«

»Man kann nie zu viele Blumen haben«, sagte der kleine Mann aus dem Blumenladen.

Nils fand, dass es an der Zeit war, zur Sache zu kommen. Er ging zum Bankettkellner, hob den Hut und stellte sich vor:

»Gunnarsson, Kriminalpolizei.«

Er lehnte den Ausschnitt mit Weylands Bild gegen ein Kristallglas.

»Ich habe eine Frage an Sie: Hat dieser Mann gestern bei Ihnen nach Arbeit gefragt?«

Der Bankettkellner beugte sich über das Bild.

»Ja«, antwortete er kurz. »Er war hier. Er bekam die gleichen Informationen, die ich gerade Ihnen gegeben habe.«

»Und was hat er geantwortet?«

»Geantwortet?« Der Bankettkellner schaute erstaunt. »Mein lieber Herr, ich habe keine Zeit für *Gespräche*. Er bekam die Information, dann ist er gegangen.«

»Durch den Personaleingang auf der Rückseite?«

»Das ist gut möglich.«

Als Nils den Zeitungsausschnitt wieder in die Innentasche seiner Jacke steckte, sah er die Tischkarte, die an dem Glas lehnte.

»*Professor Albert Einstein*«, las er. »Er kommt also heute Abend – er ist wieder aufgetaucht?«

»Professor Einstein steht als Ehrengast auf der Gästeliste.«

»Aber sind Sie wirklich sicher, dass er kommt? Ich habe gehört, er sei verschwunden.«

»Darüber weiß ich nichts. Ich gehe nach der Gästeliste«, sagte der Bankettkellner und schob die Tischkarte mit dem Zeigefinger wieder in die ursprüngliche Position.

Nils bedankte sich und ging. Beim Springbrunnen hielt er inne, blieb ein paar Sekunden stehen und schaute beim Nachdenken in das sprudelnde Wasser. Dann ging er zurück zum Bankettkellner und fragte vorsichtig:

»Also, um wie viel Uhr sollte man hier sein, wenn man heute Abend arbeiten will?«

Dies muss der wärmste Tag der ganzen Ausstellung sein, dachte Nils, als er aus dem Restaurantgebäude ins Freie trat. Er lockerte den Schlipsknoten, zog das Jackett aus, trug es über dem Arm und ging die Ausstellungsstraße entlang.

Auf der abschüssigen Wiese zum Seerosenteich saßen Familien im Schatten unter Bäumen. Die Männer hatten die Ärmel der Hemden hochgekrempelt, die Frauen fächelten sich mit den Strohhüten Luft zu.

Er fand die Telegrafenstation im gleichen Gebäude wie die Post, hier standen die Leute an, um einen einzigartigen Stempel mit Ausstellungsmotiven auf ihre Postkarten zu bekommen.

In der Telegrafenstation war keine Schlange, aber er musste doch ein Weilchen warten, bis er bedient wurde. Von seinem Platz aus konnte er in den angrenzenden Raum sehen, dort befand sich eine historische Ausstellung über die Entwicklung der Post, der Telegrafie und des Telefons. Eine Postkutsche stand neben einem modernen, gelben Postauto, und von der Decke hing das Modell eines Postfliegers.

Eine junge Frau zeigte sich im Schalter.

»Wollen Sie ein Telegramm verschicken?«, fragte sie.

Nils stellte sich vor und erklärte sein Anliegen.

»Ich möchte den Inhalt eines Telegramms wissen, das gestern hierhergeschickt und dann gegen fünf Uhr im Hauptrestaurant zugestellt wurde.«

»Damit kann ich Ihnen leider nicht helfen«, antwortete die Frau.

»Können Sie nicht oder wollen Sie nicht?«

»Wir haben Verschwiegenheitspflicht«, sagte die Frau

in wichtigem Ton. »Wir dürfen den Inhalt eines Telegramms nicht weitergeben.«

»In diesem Fall dürfen Sie. Es ist Ihre Schuldigkeit, der Polizei behilflich zu sein«, sagte Nils. »Wie heißen Sie?«

Ein kleines, ängstliches Zucken huschte über das Gesicht der Frau.

»Fräulein Brattström. Aber ich glaube, es ist besser, wenn Sie mit meinem Chef sprechen. Er ist gerade in die Mittagspause gegangen, aber in einer Stunde ist er bestimmt zurück.«

Na prima, dachte Nils. Alles ist einfacher ohne Chefs. Er setzte seine barscheste Wachtmeistermiene auf, sah die arme Frau streng an und sagte:

»So lange kann ich nicht warten. Es geht um Leben und Tod.«

»Aber das Telegramm ist doch schon ausgeliefert. Woher soll ich wissen, was darin stand?«, sagte die Frau unglücklich.

»Gibt es keine Kopie?«

»Nein. Die Nachricht kommt als Streifen aus diesem Apparat.« Sie drehte sich um und zeigte auf das Gerät. »Dann schneiden wir den Streifen in entsprechende Stücke und kleben sie auf ein Telegrammformular, das dann dem Empfänger übergeben wird. Wir behalten nichts.«

»Was sind denn das für Streifen?«, fragte Nils und zeigte auf große Körbe in einer Ecke.

Sie drehte sich um.

»Ah, das sind die Lochstreifen. Wir werfen sie in die Papierkörbe, wenn die Codes vom Drucker ausgelesen worden sind und dem Empfänger übergeben wurden.«

»Das ist also die ursprüngliche Nachricht?«

»Ja, aber das sind nur Löcher. Das kann man nicht lesen.«

»Könnten Sie mich bitte hereinlassen, mein Fräulein?«

Die Frau verschwand vom Schalter. Links öffnete sich eine Tür und Nils wurde eingelassen.

Er ging zu den Papierkörben, steckte die Hand hinein und holte einen Streifen heraus. Er war voller kleiner Nadelstiche, die ein unregelmäßiges Muster bildeten.

»Gibt es hier jemanden, der diese Codes lesen kann?«, fragte er.

»Nein«, sagte die Frau. »Das wird nicht mehr gebraucht. Das ist unmodern. Die Nachricht wird wie gesagt direkt vom Drucker ausgedruckt.«

»Hm«, murmelte Nils. Er schaute in das Knäuel im Korb, drehte sich dann zum Schalter um, durch den er die antike Postkutsche im Raum gegenüber sehen konnte.

»Ich leihe mir den einen Moment aus«, sagte er. »Wären Sie so freundlich, mich hinauszulassen?«

Mit dem Streifen in der Hand ging er in die historische Abteilung hinüber.

Ein Mann in der Uniform des Königlichen Telegrafenwerks stand vor einer Reihe von Vitrinen, in denen die Entwicklung der Briefpost in viertausend Jahren gezeigt wurde – Schreibwerkzeuge, Siegel und ägyptische Papyrusrollen, die das Museum vom Forschungsreisenden Sven Hedin geschenkt bekommen hatte. Der Mann starrte gelangweilt in den menschenleeren Raum. Wenn er nicht die Hand gehoben und seinen ergrauten Schnurrbart gezwirbelt hätte, dann hätte Nils ihn für eine Wachspuppe gehalten, für einen Teil der Ausstellung.

»Guten Tag«, sagte Nils. »Ich sehe, Sie stehen in Diensten des Königlichen Telegrafenwerks.«

»Telegrafist seit fünfunddreißig Jahren«, murmelte der Mann und starrte in die Ferne.

»Dann können Sie mir vielleicht helfen, das hier zu deuten?«, fragte Nils und hielt den Lochstreifen hoch.

Jetzt kam Leben in die Wachspuppe.

»Lassen Sie mich sehen, mein Herr.«

Mit der rechten Hand angelte er eine goldgerahmte Brille aus der Brusttasche und setzte sie auf. Mit der anderen Hand nahm er den Streifen. Er ließ ihn durch Daumen und Zeigefinger gleiten, er schaute genau wie ein Kameramann, der sich einen Überblick über eine Aufnahme verschaffen will.

»Kein Problem«, sagte er.

Er hielt ihn vor Nils in die Höhe.

»Es ist ein Morsecode, in Löcher übertragen, verstehen Sie? Die Löcher in der oberen Reihe entsprechen den kurzen Signalen, und die Löcher in der unteren Reihe den langen. Hier haben wir zum Beispiel das Absenderland«, sagte er eifrig und zeigte darauf. »Und hier«, er nahm ein neues Stück Streifen, »ist die Absenderstation.«

»Stopp«, sagte Nils. »Bedeutet das, dass all das ein einziges Wort ist?«

»Ja, genau. Von hier bis hier steht Stockholm.«

»Und der Zeitpunkt der Sendung?«

»Weiter unten.« Er blinzelte durch seine Brille. »Hier. Und dann die eigentliche Nachricht.«

Er fütterte noch ein Stück Streifen nach.

»Danke, das reicht«, sagte Nils. »Ich bin von der Polizei. Würden Sie bitte mit in die moderne Abteilung kommen und mir bei einem Problem helfen?«

»Mit dem größten Vergnügen, Herr Wachtmeister.«

Innerhalb von wenigen Sekunden war eine seltsame Verwandlung mit dem Mann geschehen. Seine Haut hatte eine frischere Farbe, die Augen glänzten und die Stimme klang jünger.

Die Frau hinter dem Schalter wartete auf sie und ließ sie sofort eintreten.

»Welchen Papierkorb würden Sie uns empfehlen, Fräulein Brattström?«, fragte Nils.

»Der ist von heute. Und der von gestern.« Sie zeigte auf die Körbe.

»Danke.« Nils zog den Korb von gestern heran und wandte sich an den Telegrafisten.

»Tja, dann wollen wir mal anfangen. Ich suche einen Streifen, der zwischen drei und fünf Uhr gestern Nachmittag verschickt wurde. Ich nehme an, Sie liefern die Telegramme sofort aus, wenn sie ankommen, Fräulein Brattström?«

»Selbstverständlich.«

»Das wird eine Weile dauern, bis wir durch diesen Haufen durch sind«, fuhr Nils fort. »Aber die Streifen sollten eigentlich in einer archäologischen Ordnung liegen, die vom Morgen ganz unten und die vom Abend ganz oben, nicht wahr?«

Er warf Fräulein Brattström einen Blick zu und bekam ein unsicheres Achselzucken zur Antwort.

»Oh, das macht nichts, wenn es dauert«, sagte der Telegrafist fröhlich. »Ich habe da drüben in der historischen Abteilung sowieso nichts zu tun. Die Leute interessieren sich nicht für die Technik von gestern. In der Abteilung für historische Kunst und Möbel ist ein einziges Gedränge. Aber historische Technik ist gewissermaßen ein Widerspruch in sich. Die Technik ist ihrer Natur nach modern, nicht wahr?«

»Da haben Sie sicher recht. Und es wäre gut, wenn Sie so schnell wie möglich anfangen könnten«, sagte Nils und zeigte auf das Schlangennest im Korb von gestern.

»Wenn Sie sich für die Uhrzeit interessieren, weiß ich ungefähr, wo auf dem Streifen sie sich befindet.«

Der Telegrafist angelte sich einen Streifen nach dem anderen hervor und ließ sie nach abgeschlossener Untersuchung auf den Boden fallen.

»Sechs Uhr zehn. Fünf Uhr achtunddreißig. Hoppla, das war eine Bananenschale. Fünf Uhr zwanzig«, murmelte er.

Fräulein Brattström schaute besorgt auf den Haufen auf dem Boden.

»Vielleicht wäre es doch besser, wenn wir warten, bis mein Chef zurück ist«, sagte sie.

»Dafür haben wir leider keine Zeit. Es geht wie gesagt um Leben und Tod«, erwiderte Nils und hoffte, der Chef der Telegrafenstation möge sich Zeit lassen. Er wusste, dass der ohne schriftliche Aufforderung des Polizeichefs nie die Erlaubnis hierzu geben würde.

Dann kam ein fröhlicher Ausruf vom Telegrafisten.

»Hier habe ich eins, das zwölf Minuten nach vier abgeschickt wurde. Soll ich die ganze Nachricht buchstabieren?«

»Ja, bitte. Geben Sie ihm Papier und einen Stift, Fräulein Brattström.«

Sie lief zu ihrem Tisch und brachte ein leeres Telegrammformular und einen Bleistift.

Buchstabe für Buchstabe schrieb der Telegrafist die

Nachricht ab und reichte sie Nils. Sie war immer noch nicht lesbar, weil sie auf Deutsch war. Und genau das hatte er gehofft.

»Vielen, vielen Dank«, sagte er, »Sie ahnen nicht, was für eine großartige Tat Sie gerade vollbracht haben.«

Der Telegrafist strahlte.

»Ich freue mich, dass ich der Polizei helfen konnte. Ein bisschen wie im Krieg«, sagte er begeistert.

»Und auch Ihnen ganz herzlichen Dank, Fräulein Brattström.«

Mit dem Telegramm in der Tasche verließ Nils das Gebäude und machte sich auf den Weg zur Redaktion von *Krone und Löwe*.

Unterwegs spürte er plötzlich Wassertropfen im Nacken. Die Hausmeister hatten Wasserschläuche an die Hydranten angeschlossen und benetzten die Höfe und Straßen, um den Staub zu binden. Es hatte etwas Ironisches, dass das Wasser, das noch vor Kurzem über der Ausstellung herabgeregnet war und so viele Probleme mit Pfützen, Bächen und Matsch verursacht hatte, plötzlich eine Mangelware war, die künstlich zugeführt werden musste.

Die Redaktionsräume waren menschenleer. Nils ging zu Ellens Schreibtisch, der voller Zeitungen, Broschüren, halbfertiger Manuskripte und kleiner Zettel war. Es war ihm unbegreiflich, wie sie in so einem Durcheinander arbeiten konnte. Er setzte sich auf einen Stuhl und wartete.

Nach zehn Minuten kam ein großer Mann herein. Er ging durch die ganze Redaktion, dabei wischte er sich mit einem Taschentuch den Schweiß von der Stirn ab. Als er Nils bemerkte, blieb er stehen.

»Suchen Sie jemanden?«

Nils stand auf, streckte die Hand aus und stellte sich vor: »Kriminaloberkommissar Gunnarsson. Ich warte auf Fräulein Grönblad. Wissen Sie vielleicht, wann sie kommt?«

Der Mann musterte Nils.

»Ich habe wirklich keine Ahnung«, sagte er lässig. »Sie kommt und geht. Bei diesen modernen Frauen weiß man ja nie, wo sie sind, nicht wahr?« Er zwinkerte Nils zu und verschwand hinter einer Tür, auf der *Anzeigenbüro* stand.

Nils wartete weitere zwanzig Minuten und wollte gerade gehen, als Ellen die Redaktion betrat. Sie trug ein hellgrünes Kleid und einen Hut mit vorne nach oben gebogener Krempe. Als sie Nils bemerkte, strahlte sie. Sie warf ihren Notizblock auf den Schreibtisch und setzte sich auf einen Stuhl ihm gegenüber.

»Meine dritte Reportage über das Aquarium!«, sagte sie seufzend. »Die Fische sterben einfach. In der Hitze stinkt es dort fürchterlich. Wenn ich doch diese Flugreportage hätte machen dürfen! Da wäre ich jetzt vielleicht in der Luft. An so einem Tag wäre das bestimmt ganz wundervoll. Natürlich haben sie es Hansson gegeben. Der Redakteur wollte es eigentlich selbst machen, aber dann kam ihm etwas dazwischen und er hat Hansson geschickt. Aber eigentlich glaube ich«, Ellen senkte ihre Stimme zu einem Flüstern, »dass er sich nicht *traut*!«

Sie lächelten.

Ellen nahm ein Blatt vom Schreibtisch und fächelte sich damit Luft zu. Es war die Informationsbroschüre des Schwedischen Mooskulturverbands.

»Haben Sie lange gewartet?«, fragte sie.

»Nicht sehr lange. Vor kurzem kam ein Herr vorbei.«

Nils begann zu flüstern und nickte in Richtung der Tür des Anzeigenbüros. »Ich habe ihn erkannt, aus der Rotunde. Er hat sich Ihnen gegenüber unpassend benommen, nicht wahr?«

Sie verzog das Gesicht.

»Ja. Aber jetzt, wo er weiß, dass wir uns kennen, wird er sich wohl zu beherrschen wissen.« Ein kleines Lächeln erhellte ihren Blick unter dem Hut. »Aber wie geht es Ihnen, Herr Wachtmeister? Haben Sie diesen Deutschen gefunden? Es ärgert mich *so*, dass ich ihn gestern Abend verloren habe.«

»Ihr Verhalten im Restaurant war genau richtig und auch, dass Sie heute Morgen zu mir gekommen sind. Ihre Beobachtungen waren sehr hilfreich. Dank Ihrer Hilfe haben wir jetzt tatsächlich eine Spur.«

»Wirklich?« Sie legte die Broschüre weg und schaute ihn interessiert an.

»Ich muss Sie um einen kleinen Dienst bitten.«

»Ja?«

Nils schaute sich um, er wollte sichergehen, dass sie immer noch allein in der Redaktion waren. Er zog das Formular mit dem Inhalt des Telegramms aus der Jackentasche und reichte es ihr.

»Könnten Sie diese Mitteilung für mich übersetzen?«

Ellen las die Buchstaben des Telegrafisten und mit einer verblüfften Falte zwischen den Augenbrauen übersetzte sie:

Von Franz Jäger, Göteborg, an Hans Müller, Hauptrestaurant, Jubiläumsausstellung, Göteborg. Kein Jagdglück. Beute entkommen. Keine Spur. Bewache Ankunftsbahnhof.

»Ausgezeichnet, vielen Dank«, sagte Nils, schnappte sich den Zettel und steckte ihn wieder ein.

»Wer ist Franz Jäger?«

»Wahrscheinlich einer von diesen ›Professionellen‹, von denen Paul Weyland bei Ihrer Tante gesprochen hat. Ich vermute übrigens, dass ich ihn gestern am Bahnhof gesehen habe.«

»Und die Beute, die entkommen ist, das ist Einstein? Dann hat er es also geschafft, er ist entwischt!«

Sie deutete einen kleinen Applaus an.

»Bis jetzt, ja.«

Nils beugte sich über den Schreibtisch, sah sie mit seinen hellblauen Augen an und sagte ernst:

»Und jetzt, Fräulein Grönblad, würde ich Sie gerne um einen großen Dienst bitten. Ich würde das nicht tun, wenn ich nicht wüsste, dass Sie eine intelligente und furchtlose Person sind.«

Ellen lächelte unsicher.

»Sie sagten gerade, Sie wären gerne mit dem Flugzeug geflogen und Sie seien enttäuscht, dass Ihr Kollege den Auftrag bekommen hat. Aber ich kann Ihnen einen Auftrag anbieten, der mindestens genauso spannend ist.«

ALBERT
7.-8. Juli 1923

Albert saß auf einer Bank am Bahnhof von Frillesås. Der Qualm von der abgefahrenen Eisenbahn hing noch in der Luft wie Nebel, und die Dampfpfeife war aus der Ferne zu hören. Mit zitternder Hand streichelte er die Katze, die neben ihm auf der Bank lag und schlief. Er konnte immer noch das Stampfen des Zugs unter der Haut spüren, es hatte sich wie ein Dämon in seinen Körper gedrängt. Es dauerte eine Weile, bis er merkte, dass sein eigener Puls ihm einen Streich spielte.

Außer ein paar Kisten mit Eiern und Gemüse, die aus den Güterwaggons ausgeladen worden waren, hatte niemand den Zug verlassen. Offenbar hatte er seinen Widersacher abgeschüttelt.

Wo war er eigentlich? Er stand auf, ging ein paar Schritte auf dem Bahnsteig, bis er die Bahnhofsuhr sehen konnte. Sie zeigte Viertel nach sechs. Wenn man bedachte, dass der Zug um zwanzig vor acht im Bahnhof von Göteborg ankommen sollte, konnte er nicht allzu weit entfernt sein, er war aber auch nicht in unmittelbarer Nähe der Stadt.

Er war offenbar in einem kleinen Dorf gelandet.

Als er einmal um das kleine Bahnhofsgebäude herumgegangen war, sah er, dass es zumindest eine Pension gab. Sie hatte eine rote Fassade, Satteldach und einen großen Garten.

Hatte er überhaupt Geld? Er tastete von außen nach

der Brieftasche und seufzte erleichtert, als er sie spürte. Sicherheitshalber holte er sie hervor und ging den Inhalt durch. Da waren die schwedischen Scheine, die Elsa ihm besorgt hatte. Nicht sehr viel – der Wechselkurs war katastrophal, und er hatte damit gerechnet, in Göteborg mehr oder weniger zu allem eingeladen zu werden. Aber sofern Frillesås nicht ein beliebter Ort für luxuriösen Tourismus war, sollte es für ein paar Tage reichen.

Was hatte er sonst noch? Die Pfeife? Schreck durchfuhr ihn und er suchte ängstlich in der Jackentasche. Ja! Gott sei Dank! Eigenartig, dass sie noch da war, nach diesem gewalttätigen Abenteuer im Zug. Streichhölzer hatte er ebenfalls. Er zündete die halb geraucht Pfeife an und machte ein paar tiefe, genussvolle Züge.

Sein Koffer lag im Gepäcknetz über seinem jetzt leeren Platz im Abteil. Was war darin? Albert dachte nach. Der Frack. Ein gestärkter Kragen, der unbequeme neue Pyjama. Auf das alles konnte er mit Leichtigkeit verzichten.

Und sonst? Ein paar Hemden. Unterwäsche. Toilettenartikel. Er würde ohne das alles zurechtkommen.

Er rauchte zu Ende und betrat die Pension.

Die Wirtin betrachtete ihn mit einem eigenartigen Blick. Erkannte sie ihn? War seine Popularität bis in dieses Bauerndorf im Norden gelangt? Sie konnte eigentlich keine Probleme haben, ihn zu verstehen. Er wollte ein Zimmer mieten, was sonst will man an so einem Ort?

»Voll?«, fragte Albert, als sie keinerlei Anstalten machte, ihn zu bedienen.

Sie antwortete mit einer Gegenfrage:

»Bagage?«

Er schüttelte den Kopf und machte eine bedauernde Handbewegung.

Sie musterte ihn und schwieg. Sie war um die vierzig, mit breiten Schultern und großem Busen, sie trug ein schwarzes Seidenkleid, die dunklen, mittelgescheitelten Haare waren zu einem Knoten frisiert.

Vermutlich bezweifelte sie seine Zahlungsfähigkeit. Er holte seine Brieftasche heraus und reichte ihr ein paar Scheine. Er hatte keine Ahnung, wie viel es war. Sie hielt einen Schein gegen das Fenster. Nach gründlicher Untersuchung behielt sie ihn und gab ihm die anderen Scheine zurück. Dann schlug sie ein hübsch gebundenes Gästebuch auf und bat ihn, sich einzuschreiben. Albert lächelte dankbar. Er wurde akzeptiert. Er hatte gerade seinen Vornamen geschrieben, da fiel ihm ein, dass er vielleicht nicht seinen richtigen Namen verwenden sollte. Die Wirtin hatte ihn offenbar nicht am Aussehen erkannt, der Name würde sie vielleicht doch reagieren lassen. Er wollte so wenig Aufmerksamkeit wie möglich erregen. Als Nachnamen gab er deshalb Neumann, Bettys Nachnamen, an.

Als er den Stift abgelegt hatte, sah er, dass er einen schwarzen Schmutzfleck im Buch hinterlassen hatte. Er lächelte entschuldigend. Die Wirtin schlug das Buch ohne ein Wort zu und ging vor ihm die teppichbelegte Treppe hinauf. Sie schien völlig unempfänglich für seinen Charme zu sein.

Er bekam ein freundliches Zimmer im ersten Stock, hell und groß und mit Aussicht über den grünenden Garten. Die Wirtin zeigte auf einen Anschlag mit den Zeiten für die Mahlzeiten an der Innenseite der Tür. Albert nickte aufmerksam. Sie warf ihm einen letzten misstrauischen Blick zu und ging.

Als er allein war, zog er das Jackett aus und warf einen Blick in den Spiegel über dem Waschbecken. Die Skepsis der Wirtin wurde plötzlich verständlich. Sein Gesicht war voller schwarzer Flecken wie bei einem Schornsteinfeger, das Hemd war vorne ganz schmutzig, die Haare standen ab. Er sah aus wie der Struwwelpeter, die Schreckfigur aller deutschen Kinder für schlechte Körperpflege. Nur die langen, klauenartigen Nägel fehlten noch. Er fand es nun unbegreiflich, dass die Wirtin ihn überhaupt eingelassen hatte. Er musste ihr einen sehr großen Schein gegeben haben.

Er ließ Wasser ins Waschbecken einlaufen, zog das Hemd aus und wusch sich mit der kleinen Veilchenseife, die in violettes Papier eingewickelt auf einem Porzellanteller lag.

Die Haare waren voller Ruß. Seine Haarbürste mit dem Schildpattgriff war im Etui des Reisekoffers, auf dem Weg nach Göteborg. Außer der Haarbürste gab es darin noch eine Zahnbürste und eine Nagelbürste, beide elegant bernsteinfarben mit harten Schweineborsten.

Das Reiseetui mit den »Utensilien zur Körperpflege« war Elsas erstes Geschenk für ihn gewesen. Sie schickte es ihm, nachdem sie das erste Mal intim miteinander gewesen waren. Das Geschenk wurde begleitet von einem Brief mit säuerlichen Anspielungen Alberts Hygiene betreffend. Von Anfang an hatte sie ihn korrigieren wollen. Es war auch typisch für Elsa, ihn mit einem teuren Geschenk zurechtzuweisen und ihm damit ins Gedächtnis zu rufen, wer das Geld hatte.

Eine halbe Stunde später klopfte es an seiner Tür. Die Wirtin stand davor. Mit ausdruckslosem Gesicht reichte sie ihm ein Badehandtuch und zeigte den Flur hinab. Er folgte ihr und stellte fest, dass sie ihm ein heißes Bad eingelassen hatte.

Er dankte eifrig für ihre Fürsorge, auch wenn er den Verdacht hegte, dass ihr mehr um ihre anderen Gäste zu tun war, die neben ihm im Speisesaal sitzen mussten.

Er stieg in das heiße Wasser, wusch den Ruß aus den Haaren. Das Gefühl der Fingerspitzen auf der Kopfhaut ließ ihn an Bettys wunderbare Finger denken. Sie liebte es, seine Haare zu kraulen und eine Strähne um den Zeigefinger zu wickeln.

Aber jetzt war er allein. Weder Elsa noch Betty waren bei ihm, und das war eigentlich sehr angenehm.

Er war zu spät für das Abendessen angekommen, das in diesem Land offenbar sehr früh eingenommen wurde. Aber die Wirtin brachte ihm eine Mahlzeit auf einem Tablett ins Zimmer, nachdem er fertig gebadet hatte. Butter, Brot, Käse und Hering, gefolgt von einer gebratenen Makrele mit gedünstetem Spinat und Frühkartoffeln. Es war die erste ordentliche Mahlzeit seit dem Hotelfrühstück in Kopenhagen, und es schmeckte ihm wunderbar.

Danach trank er im Garten Kaffee und aß Kekse. Die anderen Pensionsgäste betrachteten ihn von ihren weißen Gartenmöbeln zwischen den Fliederbüschen. Wussten sie, wer er war? Ein allein reisender, vitaler Herr erregte in einer überwiegend weiblichen Gesellschaft immer Aufmerksamkeit.

Er spürte etwas an seinen Beinen, schaute hinab und bemerkte seine Freundin, die Bahnhofskatze. Er kraulte sie hinter den Ohren, und zwei ältere Damen am Nebentisch lächelten ihm taktvoll zu.

Kurz darauf verschwand die Sonne hinter den Bäumen, und wie auf ein Signal erhoben sich die Gäste. In kleinen Gruppen wanderten sie aus dem Garten und entfernten sich von der Pension. Albert schaute ihnen erstaunt nach.

Die beiden älteren Damen standen als Letzte auf. Sie machten einen Umweg um Alberts Tisch, und die eine Dame sprach ihn an. Als sie seiner Antwort entnahm, dass er Ausländer war, hielt sie inne und sagte sehr langsam und deutlich und von Gesten begleitet:

»Sonne. Untergang. Sehr schön.«

Sie zeigte auf den Pfad und nickte eifrig, nahm den Arm der Freundin und machte sich auf den Weg.

Albert stand auf und folgte den anderen Gästen. Er ging an kleinen roten Häusern vorbei, hübschen Gärten und pickenden Hühnern.

Ein lauter Knall neben ihm ließ sein Herz beinahe stillstehen. Aber es waren nur Jungen, die mit einem Luftgewehr gegen eine Wand schossen. Sie lachten laut, als sie sahen, wie er zusammenzuckte und sich duckte. Wie können Menschen ein Vergnügen finden an so etwas Schrecklichem wie lautem Geknalle. Ihm war übel von dem Schock, und er folgte dem schmaler werdenden Pfad durch kleine Wäldchen aus windzerzausten Kiefern, über eine Anhöhe aus Sanddünen und Strandroggen.

Vor ihm lag das Meer. Die Gäste saßen auf Bänken am Strand, den Blick auf die Sonne gerichtet, die sich glühend rot am Horizont senkte. Albert setzte sich auf die letzte freie Bank. Weitere Pensionsgäste kamen über die Sanddünen, sie waren ein wenig außer Atem, als fürchteten sie, den richtigen Augenblick zu verpassen. Ganz offensichtlich war der Sonnenuntergang das große – und vermutlich einzige – Ereignis des Tages in Frillesås.

Die Neuankömmlinge blieben stehen und betrachteten das stille, aber prachtvolle Schauspiel. Albert hatte seine Bank für sich, obwohl Platz genug gewesen wäre. Er betrachtete die untergehende Sonne, zündete seine Pfeife an und dachte über seine Situation nach.

Er befand sich an einem Ort, von dem er noch nie etwas gehört hatte und dessen genaue Lage ihm zum Glück nicht bekannt war. Vor kurzem hatte er sich noch auf der geplanten Route Berlin–Kopenhagen–Göteborg befunden. Jetzt war er aus der Bahn geworfen worden und in einer Art Niemandsland gelandet. Genau wie die Elektronen von Niels Bohr befand er sich weder hier noch dort, eine Position, die ihm ausgesprochen gut gefiel.

Irgendwann musste er sich natürlich nach Göteborg begeben und seine Nobelvorlesung halten. Aber das war eine Frage für später, die ihn nicht sehr beunruhigte. In der Blase, in der er sich befand, war die Zeit unendlich lang und er fühlte sich geschützt wie ein Embryo in der Gebärmutter.

Alle Probleme waren weit weg. Mordlüsterne Verfolger. Missgünstige Kollegen. Die kontrollierende Elsa. Die wunderbare kleine Betty. Ja, auch Betty rechnete er zu den Problemen. Nicht weil sie eine Affäre und er untreu war, damit konnte sein Gewissen umgehen, sondern weil er erkannt hatte, dass er sie wirklich liebte.

Er besaß nur eine bestimmte Menge an Hingabe und Energie, und die musste er vorrangig für die Wissenschaft reservieren. Die Wissenschaft war seine eigentliche große Liebe. Nach der Scheidung von Mileva und der schuldbeladenen Liebe zu den Söhnen hatte er sich deshalb für eine kühle und praktische Ehe entschieden, mit Kindern, die nicht seine eigenen waren.

Betty hatte ihn überrumpelt. Sie war zunächst nur eine kleine Ausschmückung seines Turmzimmers gewesen, hatte sich jedoch zu etwas viel Größerem entwickelt. Das gut funktionierende Gebäude der Haberlandstraße drohte einzustürzen.

Aber jetzt war all das weit weg, es schien zu einem anderen Mann in einer anderen Welt zu gehören.

Es wurde dunkel, blau und durchsichtig, aber eigentlich war es keine richtige Dunkelheit. Albert blieb auf der Bank sitzen, noch lange nachdem die anderen Gäste gegangen waren. Er paffte an seiner Pfeife. Laue Winde kamen vom Meer. Es roch nach modrigem Tang und Kiefernnadeln, hoch oben in der Luft schrie eine Möwe.

Er klopfte seine Pfeife an einem Stein aus, steckte sie in die Tasche, und mit einem eigenartig friedlichen Gefühl kehrte er in die Pension zurück.

Sein Nachtschlaf wurde ein paar Mal von vorbeifahrenden Zügen unterbrochen. Da verwandelten seine Träume sich in Alpträume, er befand sich wieder mit dem halben Körper außerhalb des rasenden Zugs, während ein Fremder an ihm riss und zerrte. Er erwachte mit Herzklopfen, schlief aber gleich wieder ein.

Am nächsten Morgen besuchte er den Kaufladen des Dorfs. Er kaufte ein Hemd, etwas Tabak und – aus einem Impuls heraus – einen breitkrempigen Strohhut, der an einem Balken über dem Tresen hing.

Nach dem vormittäglichen Kaffee schaute er in den Gesellschaftsraum der Pension. Er hatte gesehen, dass es dort ein Klavier gab. Wie er gehofft hatte, waren die anderen Gäste bei dem schönen Wetter außer Haus und das Zimmer war leer. Die Spitzengardinen waren zugezogen und dämpften das Licht.

Er setzte sich ans Klavier. Das aufgeschlagene Notenheft war mit Hängebirken vor einem See illustriert. Vorsichtig versuchte seine rechte Hand den Diskant in dem unbekannten Stück, und als er sich mit der Melodie vertraut gemacht hatte, fügte er den Bass hinzu. Es war ein wehmütiges, schönes Stück, vielleicht ein Volkslied.

Als er es zum zweiten Mal spielte, hatte er das Gefühl, nicht mehr allein zu sein. Er saß mit dem Rücken zum Zimmer. An beiden Seiten des Notenständers hatte das Klavier Kerzenhalter aus Messing mit handtellergroßen Platten als Befestigung, und die waren blank geputzt wie Spiegel. Im rechten konnte er sehen, wie jemand mit dunklen Haaren in der Tür stand. Das konnte nur die Wirtin sein. Sie wiegte den Kopf ganz leicht im Takt. Ihre Miene konnte er nicht erkennen, aber er vermutete, dass sie melancholisch lächelte, wie Frauen es immer machten, wenn er spielte. Er spielte das Stück zu Ende und drehte sich dann zu ihr um.

Die Wirtin verließ ihren Platz an der Tür und kam mit bestimmten Schritten auf ihn zu. Sie schaute missbilligend, sagte etwas über Musik und Mittag und zeigte auf die Wanduhr. Er nahm an, es gab bestimmte Zeiten fürs Klavierspielen.

Aber sie hatte ihn nicht unterbrochen. Sie hatte still gestanden und die Musik genossen, und jetzt gab sie sich strenger, als sie war.

Er bat höflich um Entschuldigung und ging in sein Zimmer. Er setzte seinen neuen Strohhut auf und folgte dem Beispiel der anderen Gäste und ging an den Strand.

Es war windiger als gestern, die Wellen in der Bucht hatten Schaumkronen. Möwen kreisten schreiend in der Luft. Eine kleine Bachstelze spazierte unerschrocken an der Wasserkante entlang und trippelte schnell weg, wenn eine Welle sich näherte.

Albert zog Schuhe und Strümpfe aus und legte sie unter ein umgedrehtes Ruderboot. Er rollte die Hosenbeine hoch und ging den Strand entlang. Hier und da gab es kleine Teiche, sie stammten vom Hochwasser oder einer besonders starken Welle. An diesen Teichen spielten Kinder mit Booten aus Rindenstücken, Kiefernzapfen und Schilfrohren.

Albert erinnerte sich an die Spiele seiner Kindheit an Pfützen und Wasserläufen. Er blieb stehen, ging neben den Kindern in die Hocke und baute mit ihnen Kanäle und Sandburgen. Er wurde vom Spiel gefangen genommen. Die Welt bestand aus Wasser, Sand und Sonne. Er fühlte sich in die Kindheit zurückversetzt.

Er war ein unkompliziertes und glückliches Kind gewesen, ganz frei von Grübeleien. Er hatte nie, wie andere Kinder, seine Eltern mit Fragen über das Mysterium der Zeit oder das Ende des Universums bestürmt. Seine Kindheit war so friedvoll gewesen, seine Entwicklung gemütlich langsam, dass diese Fragen erst in einem Alter geweckt wurden, wenn andere Erwachsene schon lange das Interesse dafür verloren hatten. Und weil sie erst da entstanden und nicht in einem Kindergehirn, sondern einem reifen, fortgeschrittenen Denkapparat, hatte er tiefer als andere eindringen können.

Die Kinder stellten sich im Kreis um ihn herum. Sie waren stumm vor Staunen, dass ein Onkel mit solcher Begeisterung spielen konnte.

Als Albert irgendwann aufschaute, waren die Kinder verschwunden. Er stand auf, bürstete sich den Sand ab und wanderte weiter am Wasser entlang. Am Rand sah er Spuren von Vogelkrallen, Kinderfüßen und Hufen.

Er krempelte die Hosenbeine noch weiter hoch und ging ins flache Wasser hinaus, das ihm bis zur halben Wade reichte.

Er stellte sich vor, wie es sein könnte, sich hier in Frillesås niederzulassen und die Wirtin der Pension zu heiraten. Sie sah gut aus, ihre Strenge war herausfordernd, beinahe attraktiv. (Er hatte bemerkt, dass sie keinen Trauring trug. Was natürlich nichts bedeuten musste, aber er hatte so ein Gefühl, dass sie nicht an einen Mann gebunden war.)

Er würde bei den praktischen Dingen der Pension helfen können. In der Freizeit könnte er sich im Keller mit Erfindungen beschäftigen. Er würde nützliche, praktische Dinge erfinden, die den Alltag der Menschen erleichterten.

An schönen Tagen würde er an den Strand gehen und mit den Kindern spielen. Sie würden ihn Onkel Albert nennen. Er könnte sogar eigene Kinder mit der Pensionswirtin bekommen. Sie war um die vierzig, gesund und stark, es war nicht unmöglich. Ein oder zwei würden sie schaffen, wenn sie gleich loslegen würden. Sie würden wie die Familie Bohr werden. Er sah schon vor sich, wie er Tricks mit Serviettenringen und Gläsern bei Tisch vorführte und wilde Spiele im Pensionsgarten spielte. Vielleicht würde in der Bucht ein Segelboot liegen.

Aber die Pensionswirtin würde keinen Mann wollen. Sie sah aus, als käme sie sehr gut alleine zurecht. Und die Art, wie sie mit ihm umging, fürsorglich und zugleich zurechtweisend und überlegen, erinnerte ihn an Elsa.

Außerdem hatte er bereits zwei Söhne, die er liebte.

Er brauchte das Nobelpreisgeld, damit ihre Zukunft gesichert war! Er musste irgendwie nach Göteborg kommen und seine Nobelvorlesung halten! So schnell wie möglich, solange der Kongress der Naturwissenschaftler stattfand und Arrhenius vom Nobelkommittee noch in der Stadt war.

Er blickte hoch und sah einen Jungen auf dem Rücken eines Esels am Strand entlangkommen. Der Junge hatte eine Mütze auf. Albert beschattete die Augen mit der Hand. Etwas an dem Jungen kam ihm sehr bekannt vor, seine zarte Gestalt, die etwas hängenden Schultern.

Es war natürlich eine Täuschung, eine Fata Morgana in der sonnigen Meeresluft, aber für einen schwindelnden Augenblick lang war er überzeugt davon, dass sein jüngster Sohn Edouard ihm entgegengeritten kam.

OTTO

Mai 2002

Wie schnell es ging! Fast jede Woche wurde etwas Neues, Spannendes eingeweiht. Die Stadt schien in einem Feuerwerk aus modernen Schöpfungen zu explodieren.

Zuerst der Götaplatz, das Kunstmuseum und der Vergnügungspark Liseberg. Fünf Tage später wurde die Sportarena Slottskogsvallen eingeweiht. Am 8. Juli öffneten sich die Tore zum botanischen Garten und am Tag darauf wurde das majestätische naturhistorische Museum auf dem Berg gegenüber eingeweiht. Ein paar Wochen danach startete das erste Flugzeug vom nagelneuen Flugplatz draußen in Torslanda. Mit Erstaunen sahen die Göteborger, wie ihre entwässerten Sumpfgebiete, Felsen und Kuhweiden sich in einem einzigen Sommer in eine moderne Stadt verwandelten.

Ich selbst war mäßig beeindruckt. Das Einzige, was ich wirklich gerne gesehen hätte, war das große Pfadfinderlager am Rådasee Anfang Juli. Zweitausend Jungen aus ganz Schweden machten Feuer und schliefen in Zelten. Sie würden auch das Kinderparadies besuchen und ich freute mich darauf, einige von ihnen kennenzulernen.

Aus Gründen, die ich bald erläutern werde, habe ich diese Jungen nie getroffen. Aber ich konnte mir alles vorstellen: zweitausend Jungen in kurzen Hosen und breitkrempigen Hüten, die in Gruppen ums Lagerfeuer vor ihren kleinen Zelten sitzen und an den warmen Sommerabenden zusammen singen. Keine wohlerzogenen Gymnasiasten, marschierende Soldaten oder demonstrierende Arbeiter. Nein, eine Horde von Jungen in meinem Alter. Mit Schürfwunden an den Knien und Glanz in den Augen, neugierig, verspielt, offen. Mit Hunger auf das Leben und auf Abenteuer. Ich versuchte mir meine eigene Energie multipliziert mit zweitausend vorzustellen, und ich wusste, in diesem Lager musste die Luft knistern und funkeln.

Alle Zusammenkünfte dieses Sommers waren gigantisch. Chöre, Gymnastikgruppen, Orchester und Volkstanztruppen traten in Riesenformationen auf, und die Zeitungen schrieben immer, wie viel tausend Menschen teilgenommen hatten.

Man liebte genaue Zahlen, besonders große genaue Zahlen. Die Achterbahn hatte am Samstag 9 866 Passagiere. Im Hauptrestaurant wurden am Freitag 2 528 Diners serviert. Für jeden Buchstaben der Wolkenschrift des Flugzeugs wurden 10 000 Kubikmeter Gas gebraucht. Die Zigarettenmaschine des Tabakmonopols stellt in der Stunde 11 320 Zigaretten her.

Man empfand eine Wollust an der Vielfalt. Als wäre diese Vielfalt eine Kraft an sich, und das Wissen der exakten Zahlen ein Beweis für die Kontrolle des Menschen über diese Kraft.

Das Großartige war bald normal für mich. Ich betrachtete die Ausstellung als mein neues Zuhause. Ich wollte nicht daran denken, dass sie im Oktober verschwinden und ich dann wieder auf das Gut würde zurückkehren müssen.

Aber ich musste sie sehr viel früher verlassen.

Am 27. Juni trabte Bella ganz ruhig mit einem kleinen Jungen in einem Matrosenanzug auf dem Rücken unten beim Vergnügungspark entlang. Ich ging wie immer neben ihr und hatte die Zügel in der Hand. Es hatte den ganzen Vormittag nicht geregnet und das Gedränge war groß. Die Karussells drehten sich, die Achterbahn polterte den Berg hinab und die Passagiere schrien.

Gerade als wir an der Kongresshalle vorbeikamen, ging ein Beben durch Bellas Körper. Sie wurde schneller und ging vom Schritt in den Trab über. Der Junge schaukelte heftig und ich hatte die größte Mühe, mitzukommen.

»So, so, beruhige dich, mein Mädchen«, sagte ich und hängte mich in die Zügel, um sie zum Stehen zu bringen.

Aber das war nicht möglich. Bellas Ohren waren nach vorne gerichtet. Sie schnaubte und zitterte vor Erregung. So aufgeregt hatte ich sie noch nie erlebt.

Sie zielte auf einen Mann, der vor uns ging. Als wir neben ihm waren, ging sie langsamer und rieb sich freundlich an ihm.

Der Mann drehte sich um. Seine dunklen, dicken Augenbrauen waren ärgerlich zusammengezogen. Er stieß den Esel von sich und lief schnell davon. Ich hielt die Zügel fest und zwang Bella, stehen zu bleiben.

»Bella, du Dummkopf, warum hast du das getan?«, sagte ich.

»Dummer Esel«, rief der kleine Junge im Matrosenanzug.

Als der Mann etwa zwanzig Meter entfernt war, machte Bella eine heftige Bewegung mit dem Kopf und stellte sich auf die Hinterbeine. Der Junge fiel auf den Boden und ich verlor die Zügel. Schreiend raste Bella durch die Menge. Die Menschen liefen erschrocken zur Seite. (Wenn Sie schon einmal gehört haben, wie ein Esel schreit, dann wissen Sie, wie fürchterlich das klingt. Wie die quietschenden Bremsen einer Eisenbahn und tausend ungestimmte Trompeten. Gleichzeitig.)

Mitten auf der Straße, sehr ungeschickt platziert, stand ein Schild, das für einen Trapezkünstler Werbung machte, der am Abend auftreten würde. Bella rannte direkt hinein. Es fiel um, sie trat durch die Bretter, stolperte, fiel auf die Seite, kam jedoch wieder auf die Füße und lief weiter dem Mann hinterher. Mit gesenktem Kopf, wie ein anfallender Stier, raste sie auf ihn zu, packte seinen Mantel mit den Zähnen und warf ihn zu Boden. Sie riss und zerrte am Stoff, der Mann lag in einer Pfütze auf dem Rücken. Als ich endlich bei Bella war, hatte sie gefunden, was sie suchte. Ich hatte es schon befürchtet. Einen Moment lang sah ich eine Tüte mit Pfefferminzpastillen vor ihrer Schnauze. Im nächsten Moment war sie in Bellas Maul verschwunden, mit Papier und allem. Ich schimpfte mit ihr und schlug sie ein paar Mal zur Strafe. Der kleine Junge im Matrosenanzug half mir dabei und hämmerte mit seinen kleinen Fäusten auf den bösen Esel ein, der seinen Sonntagsanzug zerstört hatte.

Bella stand ganz still, sie hatte die Augen geschlossen und kaute genüsslich.

Zu behaupten, dass Esel Minze lieben, ist eine Untertreibung. Minze ist für einen Esel wie Morphium für einen Morphinisten. Ich weiß auch nicht, warum. Vielleicht ist das eine genetische Erinnerung an die Hügel am Mittelmeer, die mit Minze bedeckt sind, und sobald sie diesen wunderbaren Duft riechen, werden sie verrückt vor Begierde und nichts kann sie aufhalten.

Der Mann mit den dicken Augenbrauen kam wieder auf die Beine. Er stand da, in seinem schmutzigen zerrissenen Mantel, mit dem Hut in der Hand, und schaute mich an. Ich habe schon viele ärgerliche Blicke in meinem Leben ertragen müssen, aber noch nie so einen. Seine Augen waren wie zwei Bohrlöcher hinab in eine pechschwarze Quelle aus hochkonzentriertem Abscheu. Ich stellte mich auf tüchtige Ohrfeigen ein. Zu meiner Überraschung drehte er sich einfach um und ging davon, die zerrissene Manteltasche hing herab.

Ich bürstete, so gut ich konnte, den Jungen ab, hob ihn wieder auf Bellas Rücken und ging zum Kinderparadies.

Ich merkte sofort, dass Bella schwer humpelte. Sie musste sich verletzt haben, als sie in das Schild gerannt war. Der Junge musste wieder absteigen. Er weinte wütend.

»Dummer Esel, dummer Esel!«, rief er den ganzen Weg zurück. Ich erzählte seiner Mutter, was passiert war und dass die Hauptverwaltung die kaputten Kleider des Jungen ersetzen würde. Sie würde natürlich auch das Geld für den Ritt zurückbekommen. Das hatte man uns beigebracht, falls jemand sich beschwerte. Wir sollten die Betreffenden dann zur Hauptverwaltung schicken. Manchmal bekamen sie etwas ersetzt, manchmal nicht.

Während die Mutter zur Hauptverwaltung ging, nahm ich den Jungen mit ins Äppelboda und bat Margit, so hieß die kleine Kellnerin, ihm heiße Schokolade und jede Menge Zimtschnecken zu bringen. Er war gleich besser gelaunt. Und doch konnte er es nicht lassen, mit dem Finger auf mich zu zeigen und Margit mit dem Mund voller Kuchen zu erklären:

»Sein Esel hat mich abgeworfen. Mein Papa wird ihn hauen.«

Dann ging ich mit Bella in den Stall und untersuchte sie. Ich fand einen großen Splitter, der sich in den vom vielen Wasser aufgeweichten Huf gebohrt hatte. Es war kein Spaß, ihn herauszuziehen, weder für mich noch für Bella, aber es musste sein, und niemand außer mir durfte in ihre Nähe kommen. Als es vorbei war, hatte ich genauso große Schmerzen wie Bella. Aber sie hatte keinen Volltreffer mit ihren Hufen landen können, nur ein paar blaue Flecken hatte sie auf meinem Körper hinterlassen.

Sie humpelte immer noch. Ein Mann von der Hauptverwaltung kam in den Stall und fragte, was passiert sei.

»Wo ist denn der Mann mit den Pfefferminzpastillen abgeblieben? Er hätte eine Entschädigung bekommen müssen«, sagte er, als ich alles erzählt hatte. »Hast du ihm das nicht gesagt?«

»Ich bin nicht dazu gekommen«, antwortete ich wahrheitsgemäß.

Es war schon merkwürdig, dass der Mann so schnell verschwunden war, wo er doch offensichtlich sehr ärgerlich gewesen war.

»Ich möchte nicht, dass er schlechte Reklame für die Ausstellung macht«, sagte der Mann von der Hauptverwaltung. »Wir werden mittels *Krone und Löwe* nach ihm suchen lassen. Wie geht es dem Esel?«

Ich erklärte ihm, dass Bella im Moment nicht als Reittier taugte und dass die nassen Wege die Heilung des Hufs verzögern würden. Der Mann entschied, dass sie nach Hause geschickt werden sollte. Von einem lahmenden Esel hatte niemand etwas.

Am nächsten Morgen machten Bella und ich uns fertig für die Heimreise. Der Zeitungsjunge kam wie immer am Kinderparadies vorbei und brachte mir ein Exemplar von *Krone und Löwe*. Es war schrecklich, dass Bella nicht auf der ersten Seite war. Stattdessen stand da *Ausfahrt mit der Ziege Dora*. Bellas Hassobjekt Nummer eins hatte also ihren Platz eingenommen.

Die Notiz über den Mann, dessen Mantel zerstört wurde, stand auf Seite drei:

Unser aller Liebling Bella ist gestern von ihrem sonst so ruhigen und freundlichen Benehmen abgewichen. Ein Besucher hatte eine Tüte Pfefferminzpastillen in der Tasche, und der verführerische Duft erregte sie so sehr, dass sie hinter dem Mann herlief und ihm die Süßigkeit aus der Tasche stahl.

Im entstandenen Tumult fiel der Mann hin und sein Mantel ging kaputt. Bella verletzte sich an einem umgerissenen Schild und darf sich jetzt ein paar Tage auf dem Land erholen.

Die Leitung der Ausstellung möchte sich auf diesem Wege bei dem Herrn entschuldigen und mit ihm in Kontakt kommen. Wenn er sich bei der Hauptverwaltung meldet, kann er damit rechnen, das zerstörte Kleidungsstück ersetzt zu bekommen, zudem erhält er Karten für Attraktionen seiner Wahl im Vergnügungspark.

Ich sah, wie der Junge, der sich um Dora kümmerte, sie vor ihren Wagen spannte. Er streckte mir die Zunge heraus. Dora grinste ihr selbstzufriedenes Ziegengrinsen.

Ich wartete, bis sie weg waren, dann brachte ich Bella zum Lastwagen. Das brauchte sie nicht mit anschauen.

Als Bella wieder zu Hause war, kam sie auf die Strandwiese im Süden des Gutshofs. Es gefiel ihr schon, dort allein zu weiden, Disteln zu kauen und sich auszuruhen. Aber ein bisschen fehlte ihr auch die Bewunderung.

Ich fand, dass die Welt zu Hause sich verändert hatte. Wie still es hier war! So wenige Menschen! Ich war verwöhnt von den täglichen Auftritten der Artisten, den Menschenmengen und Paraden. Mir fehlte das blasierte Blättern in der Zeitung *Krone und Löwe*: Welche königlichen Hoheiten kamen heute? Welcher bekannte Schauspieler? Was für weltberühmte Akrobaten?

Ich war wieder zwischen den Misthaufen im Stall.

Nach etwa einer Woche bemerkte ich, dass Bella nicht mehr lahmte. Ich führte sie erst auf der Weide umher, dann sattelte ich sie und ritt aus.

Das Wetter hatte umgeschlagen. Auf den Regen und den Sturm folgte eine richtige Hitzewelle. Ich ritt jeden Tag über die Felsen und Strände. Es war angenehm, die kühle Meeresbrise im Gesicht zu spüren.

Bella tat das trockene Wetter gut. Ihre Hufe waren hart und fest, die Wunde vom Holzsplitter gut verheilt.

Die Hauptverwaltung hatte sich beim Grafen gemeldet und gefragt, wie es Bella ging. Erst als sie nicht mehr da war, hatte man realisiert, wie groß ihre Beliebtheit unter den jüngeren Besuchern der Ausstellung war. Kinderfamilien waren wegen ihr durch ganz Schweden gereist und sehr enttäuscht, dass sie nicht mehr da war. Ja, Bella war irgendwie das Maskottchen der Ausstellung geworden.

Die Ziege Dora hatte die neue Rolle als Favoritin nicht ausfüllen können. Sie war ihrer Aufgabe nicht gerecht geworden, und hatte sogar einmal – in einem Anfall von schlechter Laune – ein Kind mit den Hörnern gestoßen. Dass auch Bella sich schlecht benommen hatte, schienen alle vergessen zu haben.

Der Graf hätte es nie zugegeben, aber ich bin sicher, dass er stolz auf seinen berühmten Esel war. Die Vollblutpferde, die er auf der Landwirtschaftsausstellung gezeigt hatte, waren eine Enttäuschung gewesen. Sie hatten nicht die Preise und Medaillen gewonnen, die er sich erhofft hatte.

Als Bella wiederhergestellt war, beschloss er, dass sie so schnell wie möglich wieder zur Ausstellung gefahren werden sollte. Am 8. Juli sattelte ich Bella für einen letzten Ausritt auf dem Land, ehe es wieder zu den Pflichten in der Stadt ging.

Wir waren eine ganze Weile an Felsen und Stränden entlanggeritten, als ich den Mann mit dem Strohhut bemerkte. Er stand im Wasser und trug außer dem Strohhut ein Hemd mit hochgewickelten Ärmeln und eine Anzughose mit ebenfalls hochgekrempelten Beinen.

Wo er stand, floss ein kleiner Bach ins Meer und teilte den Strand. Ich ließ Bella halten und aus dem Bach trinken, wo das Wasser nicht salzig war.

Der Mann mit dem Strohhut kam auf uns zu. Er blinzelte zu mir hinauf, streichelte Bellas Hals und redete leise mit ihr. Bella trank weiter – vorsichtig, mit geschürzten Lippen, damit sie sich nicht mehr bespritzte als nötig –, aber ihre Ohren zeigten, dass sie zuhörte.

Er sprach mit weicher Stimme, sagte, sie sei sehr schön. Er sprach Deutsch. Mutters Sprache. Ich erinnerte mich an all die Märchen, die Mutter mir erzählt hatte, wenn sie nach einem langen Arbeitstag nach Hause kam, an all die Lieder, die sie mir vorgesungen, die lieben Worte, die sie mir zugeflüstert hatte. Vielleicht hatte sie jemand auch in Bellas Ohren geflüstert, als sie ein kleines Eselfohlen in Deutschland war? Das Geplauder des Mannes schien ihr zu gefallen. Als er sie an der wolligen Stelle hinter dem Ohr kraulte, hörte sie auf zu trinken, stand ganz still, schloss die Augen und ließ das Wasser vom Maul tropfen.

Ich schob meine Mütze in den Nacken, schwang das Bein über Bellas Rücken und hüpfte herunter.

»Sie mag Sie, mein Herr«, sagte ich.

Als der Mann hörte, dass ich Deutsch sprach, strahlte er und fragte, wie ich heiße und wie alt ich sei. Ich antwortete, dass ich Otto Fuchs hieße und dreizehn Jahre alt sei. Er stellte sich als Onkel Albert vor und erzählte, er habe einen Sohn, der genauso alt sei wie ich.

Dann redete er drauflos, so wie man es macht, wenn man lange etwas mit sich herumgetragen und nachgedacht hat. Ich habe wohl nicht alles verstanden. Aber ich verstand immerhin, dass er zur Ausstellung nach Göteborg musste, um dort einen Vortrag in der Kongresshalle zu halten. Da würde er ganz viel Geld bekommen, das er seinen Söhnen schicken würde, damit ihre Zukunft und Ausbildung gesichert wäre. Er sprach viel über seine Söhne, wie viel er an sie dachte und dass er sich Sorgen um sie mache. Besonders um den jüngeren, der so alt war wie ich.

»Können Sie ganz viel Geld bekommen, wenn Sie eine Weile in der Kongresshalle reden? Ja, dann sollten Sie hopplahopp hinfahren«, sagte ich.

»Ja, genau das sollte ich«, sagte Onkel Albert und nickte ernsthaft. »Eigentlich sollte ich schon dort sein.«

»Und warum sind Sie noch nicht gefahren? Es gibt ganz in der Nähe einen Bahnhof«, erklärte ich.

Onkel Albert nickte wieder. Er holte seine Pfeife aus der Tasche, zündete sie an und nahm ein paar Züge. Bella drehte den Kopf aus dem Rauch. Onkel Albert schaute aufs Meer und erzählte mir von seinem Problem.

Er traute sich nicht, mit der Eisenbahn zu fahren. Ein Mann hatte versucht, ihn aus dem Zug zu schubsen, und jetzt hatte er Angst vor dem Zugfahren. Vielleicht wartete der böse Mann am Bahnhof auf ihn.

Ich habe schon viele böse Menschen getroffen, aber das war etwas besonders Schlimmes.

»So ein Schurke! Sie hätten sich richtig wehtun können, Onkel Albert«, sagte ich. »Warum hat er das gemacht?«

Onkel Albert zuckte mit den Achseln.

»Ich habe etwas entdeckt, was manchen Leuten nicht gefällt.«

»Über den Mann im Zug?«

»*Nein, nein.* Ich weiß überhaupt nichts über den Mann im Zug. Er ist vermutlich nur das Werkzeug eines anderen. Es geht ums Licht. Und um die Zeit.«

»Das klingt nicht so, als ob man sich aufregen müsste«, sagte ich.

»Nein, aber manche Leute regen sich auf«, antwortete Onkel Albert und paffte mit seiner Pfeife.

Wir schwiegen eine Weile. Die Wellen rollten ans Ufer, gestrandete Quallen bewegten sich im Wind wie umgestülpte Sülze. Onkel Albert dachte nach, ich ebenfalls. Bella nutzte die Gelegenheit, sich zu erleichtern.

»Die Zugfahrt ist also das Problem?«, fragte ich schließlich.

Onkel Albert nickte.

»Da haben Sie Glück. Denn das Problem kann gelöst werden. Bella und ich fahren morgen mit dem Pferdetransport des Grafen zur Ausstellung. Wir fahren gegen sechs Uhr abends, um der schlimmsten Hitze zu entgehen. Wenn Sie dem Fahrer ein wenig Geld geben, macht er bestimmt gerne den kleinen Umweg und holt Sie ab. So kommen Sie direkt in die Ausstellung und können dem bösen Mann am Bahnhof ausweichen. Was halten Sie davon?«

Onkel Albert strahlte. Er fand das eine ausgezeichnete Idee. Vielleicht würde er es zum Souper der Naturwissenschaftler im Hauptrestaurant schaffen. Und den Vortrag würde man ihn bestimmt hinterher halten lassen.

Am nächsten Tag stand Onkel Albert zur verabredeten Zeit am Straßenrand, er trug einen Anzug und Schlips, die dunklen Locken flatterten im Wind. Er schien es eilig zu haben und kletterte gelenkig zu mir und Bella auf die Ladefläche.

Bella war ja inzwischen ein weltgewandter Esel und verbrachte deshalb die Reise liegend, sie kaute etwas Stroh, sie trat nicht und machte auch sonst keinen Ärger. Nach einer ruhigen Fahrt rollten wir in den Stall im Kinderparadies.

Eigentlich sollte Bella erst am nächsten Morgen ihren Dienst antreten. Aber als ich sie aus dem Lastwagen führte, standen da ein paar Jungen. Sobald sie sahen, dass Bella wieder da war, schrien sie vor Freude, und aus dem ganzen Kinderparadies strömten die Leute herbei. Der Blechmann musste ohne Kinder in seinen Galoschen laufen, und die Gotlandponys standen plötzlich allein und verlassen neben ihren Führern. Die Kinder drängten sich um Bella, streichelten ihr teddybärweiches Fell und wollten unbedingt auf ihr reiten.

Mitten in dem ganzen Durcheinander machte Onkel Albert sich davon. Ich hatte ihm das Hauptrestaurant gezeigt – es lag gleich über dem Kinderparadies – und während ich versuchte, die Kinder zu beruhigen, sah ich ihn eilig am Wirtshaus Äppleboda vorbeilaufen. Er drehte sich noch einmal um und winkte ein letztes Mal, bevor ich ihn hinter einem riesigen Fliegenpilz aus den Augen verlor.

ALBERT
9. Juli 1923

Im Rosengarten schien die Luft stillzustehen. Die Naturwissenschaftler in ihren steifen Kragen schwitzten, der kühle plätschernde Springbrunnen zog die Blicke an. Die Vorspeise war abgeräumt, man war bereits beim Hauptgericht, Steinbutt mit Champignons.

Das Servicepersonal stand an den Wänden aufgereiht, im Moment hatten sie nichts zu tun, aber sie warteten aufmerksam auf den kleinsten Wink des Oberkellners oder eines Gastes.

Während Svante Arrhenius seine Begrüßungsrede hielt, betrat ein Mann den Hof. Noch hatte ihn niemand bemerkt, er stand hinter einem Rosenbusch und schaute sich unsicher um. Der Mann schlich zu einem Tisch mit einem leeren Platz, beugte sich, eine Entschuldigung flüsternd, vor, las die Tischkarte und ging dann in einem großen Bogen hinter den Rosen zu einem anderen Tisch. Sein Anzug war zerknittert und nicht sehr sauber, die Wangen unrasiert, und er verströmte einen leichten Geruch nach Stall.

Dann erkannte jemand ihn und ein Rauschen ging durch den Rosengarten: »Einstein, Einstein«, wurde geflüstert, und Albert hatte ein kurzes Déjà-vu der unangenehmen Situation vor drei Jahren in der Philharmonie.

Auch Arrhenius hatte ihn jetzt bemerkt. Er beendete seine Rede, indem er Professor Einstein herzlich willkommen hieß und ihm durch die Rosen entgegenkam.

Er fasste Albert freundlich bei den Schultern und führte ihn unter dem Applaus der Gäste an den Ehrentisch. Albert wischte einen Strohhalm vom Ärmel und nahm neben Arrhenius Platz, ein wenig verlegen aufgrund des Aufstands, den er verursacht hatte. Er hatte noch keinen Wein zum Anstoßen bekommen, aber kaum hatte er dieses Faktum notiert, da streckte sich zu seiner Rechten ein Arm hervor und füllte sein Glas.

»Es tut mir leid, dass ich mich verspätet habe«, sagte Albert zu Arrhenius.

»Ach, das macht nichts«, sagte Arrhenius. »Professor Poulsson und Professor Ramsay sind für Sie eingesprungen. Poulsson sprach über seine Vitamine und Ramsay über die Eiszeit. Es war also gesund und kühlend. Aber das Publikum war natürlich gekommen, um Sie zu hören. Wir warten immer noch mit Spannung auf Ihre Nobelvorlesung. Ich hatte mir schon Sorgen gemacht, dass Sie überhaupt nicht auftauchen würden. Aber jetzt sind Sie ja da!«

»Ja«, sagte Albert mit einem Lächeln, »jetzt bin ich da.« Und dann stießen sie noch einmal an.

Es war ein milder Sommerabend. Die Rosen dufteten, der Wein war kühl und gut. Er war endlich in Göteborg. Er war unter Freunden. Er ließ seinen Blick über die Naturwissenschaftler aus aller Welt schweifen und spürte tief in seinem Herzen, wie wunderbar es war, dass sie hier zusammensitzen konnten, Deutsche, Engländer, Amerikaner und Skandinavier.

Die anderen hatten ihr Hauptgericht schon gegessen, als Albert seines serviert bekam. Er war in ein Gespräch mit Arrhenius über die Verbreitung von Samen zwischen

Planeten versunken und merkte deshalb nicht, dass der Kellner zu seiner anderen Seite erschien und geschickt einen Teller vor ihn stellte, um dann still und leicht wie ein Schatten wieder zu verschwinden.

Arrhenius machte ihn darauf aufmerksam, dass sein Essen vor ihm stand.

»Oh«, rief Albert erfreut. »Fisch!«

Er merkte plötzlich, dass er sehr hungrig war.

Er wollte den ersten Bissen des schneeweißen Steinbuttfleisches auf die Gabel nehmen, als eine junge Kellnerin sich mit einer Weinflasche über ihn beugte. Albert legte das Besteck wieder ab, während das Mädchen, ein wenig übereifrig, wie er fand, sein Glas auffüllte. Er hatte gerade erst ein paar Schlucke getrunken, Nachfüllen war also nicht nötig. Das Mädchen war ganz offensichtlich nervös, ihr Arm zitterte und ihre Bewegungen waren unkoordiniert. Albert blieb ganz still sitzen, um sie nicht zu stören, er sah zu seinem Schrecken, dass sie das Glas bis zum Rand füllte, bis es überlief. Die junge und offenbar sehr unerfahrene Kellnerin stieß einen Schrei aus, und als sie zu spät versuchte, die Flasche aufzurichten, stieß sie auch noch mit dem Flaschenboden an das übervolle Glas und stieß es um, es fiel an den Rand des Tellers und ging kaputt. Binnen Sekunden war die kunstvoll angerichtete Portion Fisch in eine matschige Suppe aus Wein, Essen und Glassplittern verwandelt worden.

Mit schniefenden Entschuldigungen nahm das Mädchen vorsichtig den Teller an sich, während ein älterer Kollege herbeigeeilt kam und versuchte, den Tisch vor Albert zu säubern.

»Tja, da ist der Fisch davongeschwommen«, sagte Albert und schaute traurig dem Mädchen nach, das sein verdorbenes Essen wegtrug.

»Unglaublich!«, sagte Arrhenius. »Das tut mir wirklich leid. Wahrscheinlich verpflichtet das Lokal für solche Veranstaltungen ungeübtes Personal.«

Kurz darauf bekam Albert eine neue Portion serviert und der Oberkellner höchstselbst schenkte ihm Wein ein. Von der jungen Kellnerin war nichts zu sehen. Albert tat sie ein bisschen leid.

Der Oberkellner drückte sein Bedauern über das Missgeschick aus.

»Selbstverständlich bezahlen wir die Reinigung Ihres Anzugs«, sagte er mit einem Blick auf Alberts fleckigen Anzug.

Albert wehrte ab und betrachtete seine Kleidung. Er vermutete, dass die Flecken tatsächlich Ruß von der Dampflok waren oder vielleicht sogar von einem Esel stammten.

Er schnitt einen Bissen des festen Steinbuttfleischs ab.

»Diese Portion ist noch köstlicher als die vorige«, sagte er genüsslich.

»Unglaublich«, sagte Arrhenius und schüttelte den Kopf.

NILS

9. Juli 1923

Die Küche des Hauptrestaurants war wie ein großes Karussell, das sich in wahnsinniger Geschwindigkeit drehte.

Im Zentrum arbeiteten die Köche unter Hochdruck an den Herden, unter den hohen Kochmützen tropfte der Schweiß. Küchenjungen liefen zwischen den Arbeitstischen und den Speisekammern hin und her, ein ununterbrochener Verkehr von Servicepersonal mit Platten und Tellern bewegte sich durch die Drehtüren.

Außer dem großen Speisesaal und der Terrasse musste die Küche auch die Rotunde, den Rosengarten und an manchen Tagen die beiden Festsäle versorgen. Das Tempo war hoch, man kam an seine Grenzen, die Leute liefen ineinander, kollidierten, schimpften und schrien.

Nils dachte, dass dahinter eine perfekt eingeübte Organisation liegen musste. Aber im Moment sah er einfach nur Chaos.

Er selbst war am Rande des Karussells. Er stand an der langen Spültheke, mit einer groben Schürze, die ihm bis zu den Waden reichte, und bearbeitete einen Teller nach dem anderen mit einer Bürste. Er hatte um diese Arbeit gebeten, einerseits, weil es eine Tätigkeit war, die er sich einigermaßen zutraute, andererseits, weil der Arbeitsplatz der Porzellanspüler ganz in der Nähe der Tür zum Rosengarten lag.

Er spülte, so schnell er konnte, aber der Tellerberg ne

ben ihm wurde immer höher. Die dröhnenden Gasflammen verwandelten die Küche in eine Sauna, der Geruch der verschiedenen Gerichte vermischte sich zu einem unappetitlichen, faden Gestank, vom dem ihm übel wurde.

Die Drehtür zum Rosengarten ging auf. Nils drehte sich um und sah Ellen hereinkommen – sie sah in der Kellnerinnenuniform entzückend aus, fand er. Sie blieb neben ihm stehen, stellte ein paar Teller auf den Berg mit den schmutzigen und flüsterte:

»Er ist gekommen.«

Dann verschwand sie wieder durch die Drehtür.

Nils schaute über die Schulter zu dem Tisch, wo die Köche die fertigen Teller zum Servieren abstellten.

»Hör mal«, brummte der Mann neben ihm an der Spüle, ein untersetzter Kerl mit roter, knubbeliger Nase. »Bist du hier, um den Kellnerinnen hinterherzuschauen oder um zu arbeiten?«

Nils nahm keine Notiz von ihm. Er nahm sich den nächsten Teller vor und schaute über die andere Schulter zur Drehtür in den Rosengarten.

Kurz darauf wurde sie geöffnet und der Bankettkellner kam in die Küche: Er klatschte hoch in der Luft in die Hände, um den Lärm zu übertönen, und rief:

»Noch einmal Steinbutt für den Rosengarten! Allez, allez!«

Der Koch hatte die Platte noch nicht richtig auf dem Serviertisch abgestellt, als Paul Weyland, aufrecht und tadellos in seinem Kellnerfrack, herangesegelt kam wie ein Habicht, und sich die Platte mit einer eleganten Geste wie im Flug schnappte. Er hob sie auf den Fingern der einen

Hand in Schulterhöhe und glitt in Richtung der Drehtür des Rosengartens davon.

Nils war beeindruckt von diesem Manöver. Ein Betrüger und Schurke, gewiss. Aber es bestand kein Zweifel, dass professionelles Kellnern zu seiner bunten Vergangenheit gehörte. In dieser Beziehung hatte er offenbar die Wahrheit gesagt. In Deutschland war Weyland ja berühmt für sein Organisationstalent. Hatte er es vielleicht in der Restaurantbranche gelernt?

Gerade als Weyland die Drehtür mit der Schulter aufschob, sah Nils, wie er die freie Hand zur Westentasche führte. Nils ließ die Spülbürste fallen und folgte ihm.

Hinter der Drehtür blieb er stehen. Ein Gang und eine offene Tür führten in den Rosengarten. Die Abendsonne strömte herein. Er konnte das Plätschern des Springbrunnens und das Rauschen der Stimmen hören. Nils wandte sich in die andere Richtung und sah Weyland in einem etwas schattigeren Teil des Ganges, die Servierplatte hatte er auf einer Bank abgestellt. Er stand mit dem Rücken zu Nils und machte eine Geste, als würde er etwas in die Westentasche stecken. Mit einer eleganten Hüftbewegung nahm er die Platte wieder hoch und ging mit schwungvollen Schritten in den Rosengarten. Ein Kellner kam an Nils vorbei und rammte ihm den Ellbogen in die Seite.

»Hey, was machst du hier?«, zischte der Kellner. Er schaute mit Verachtung an Nils langer, nasser Schürze herunter. »Hast du dich verlaufen? Die Küche ist dort.«

Nils murmelte etwas Unhörbares und schaute in den Rosengarten.

»Hast du verstanden? Idiot«, schnaubte der Kellner und verschwand in der Küche.

Nils blieb stehen und wartete. Es tropfte von seiner Schürze. Er konnte nichts ausrichten. Er musste sich auf Ellen verlassen.

Nach kurzer Zeit kehrte Weyland aus dem Rosengarten zurück, die Servierplatte hielt er immer noch auf Schulterhöhe. Er glitt, ohne ihn eines Blickes zu würdigen, im Gang an Nils vorbei und verschwand in der Küche. Nils folgte ihm und sah, wie Weyland die Reste des Essens auf der Platte in eine Mülltonne kippte. Die feinen Steinbuttfilets, den Kartoffelbrei und die Champignons. Dann stellte er ungerührt die leere Platte auf den Spültisch und ging wieder nach draußen.

Die Drehtür öffnete sich wieder, jetzt kam Ellen herein, sie balancierte einen Teller mit Essen, das in verschüttetem Wein unterging. Ein ganz offensichtlich gestresster Oberkellner folgte ihr, klatschte wieder in der Luft in die Hände und rief: »Noch einmal Steinbutt!«

Nils lief zu Ellen. Er wischte sich die Hände an der Schürze ab und führte sie in eine ruhige Ecke.

»Na?«, fragte er leise. »Wie ist es gegangen?«

»Gut. Einstein hat nichts davon gegessen.«

»Wunderbar, Fräulein Grönblad!«

Wieder wurde eine Platte auf den Serviertisch gestellt. Dieses Mal kümmerte sich der Oberkellner persönlich darum und trug sie hinaus. Nils folgte ihm mit den Augen. Er beugte sich noch näher an Ellen und flüsterte:

»Hat Weyland gesehen, dass Sie den Wein verschüttet haben?«

»Nein, da war er schon gegangen. Er hatte es sehr eilig, nachdem er das Essen serviert hatte.«

»Sie haben das ganz ausgezeichnet gemacht.«

»Danke. Aber meine Karriere in der Restaurantbranche ist jetzt vorbei«, sagte Ellen lachend. »Svante Arrhenius war richtig wütend. Ich muss mit sofortigem Rauswurf rechnen, fürchte ich.«

»Das tut mir leid, Fräulein Grönblad.«

Nils schaute sich um. Das große Küchenkarussell drehte sich noch schneller. Alle waren mit ihren Arbeiten beschäftigt, niemand schien sie zu bemerken.

»Geben Sie mir das.«

Er nahm ihr vorsichtig den übervollen Teller ab und legte ein sauberes Küchenhandtuch darüber.

»Haben Sie denn Material für Ihren Artikel bekommen?«, fragte er.

»*Ein Abend als Kellnerin im Hauptrestaurant*, meinen Sie den?« Ellen lächelte und schob ihr Häubchen zurecht. »Ja, aber jetzt habe ich Stoff für einen viel aufregenderen Artikel: *Als ich Professor Einstein das Leben rettete.*«

»Damit müssen Sie noch warten«, sagte Nils. »Das Essen muss erst im Labor analysiert werden. Und der Abend ist noch nicht vorbei. Glauben Sie, dass Weyland Sie von gestern Abend erkannt hat?«

Ellen schüttelte bestimmt den Kopf.

»Ich war für einen Tanzabend gekleidet. Vendela hatte mich perfekt als Flapper mit schwarzen Lidern geschminkt. Ich habe mich ja selbst kaum im Spiegel erkannt. Und Weyland sieht das übrige Personal überhaupt nicht. Er scheint sich ganz auf seine Aufgaben zu konzentrieren.«

»Gut. Behalten Sie ihn im Auge.«

Ellen ging wieder in den Rosengarten und Nils trug den zugedeckten Teller zu einer Tür mit der Aufschrift *Keller* und ging vorsichtig die Treppe hinunter. Er fand einen fast leeren Vorratsraum. Stellte den Teller auf den Boden und ging wieder hinauf in die Küche.

Er hatte gerade wieder seinen Platz am Spülbecken eingenommen, als er einen harten Schlag auf der Schulter verspürte. Er drehte sich um. Es war sein Arbeitskollege, der Spüler mit der knubbligen Nase, er hatte ihn mit der Spülbürste geschlagen.

»Es reicht dir also nicht, nur zu glotzen?«, grinste er.

»Wie meinst du das?«

»Die Kellnerin, mit der du flüsterst. Ich habe dich gerade aus dem Keller hochkommen gesehen. Ihr wart dort zusammen, nicht wahr?«

»Das hast du falsch gesehen«, sagte Nils streng.

Er spürte, dass er rot wurde, und das ärgerte ihn.

»Mir kannst du nichts vormachen. Ihr geht auf unterschiedlichen Wegen runter und kommt dann jeder für sich wieder herauf. Ich weiß genau, wie das läuft. Aber du wirst nicht bezahlt, um Kellnerinnen zu verführen, während wir anderen uns kaputtschuften.«

Nils spülte unter verbissenem Schweigen weiter.

Im Rosengarten war die Stimmung jetzt beschwingt und heiter, die meisten Gäste hatten ihre Anzugjacken über die Stuhlrücken gehängt und die gestärkten Kragen gelockert. Albert Einstein lehnte sich über den Tisch und sprach lebhaft mit einem Kollegen.

Ein paar Kellner gingen mit Weinflaschen umher und schenkten Wein nach. Der Rest des Servicepersonals stand an der Wand. Ellen konnte Weyland nicht entdecken. Sie ließ den Blick über die Gäste, die Rosenbüsche und den Springbrunnen schweifen.

Dann ging sie in die Küche und schaute sich in dem

dortigen Gewimmel um. Sie nahm einen Teller und trug ihn zur Spülabteilung, beugte sich zu Nils und flüsterte besorgt:

»Weyland ist nicht mehr im Rosengarten. Ich sehe ihn nirgends.«

Nils ließ eine Handvoll Dessertgabeln ins Wasser gleiten und ging schnell aus der Küche, während der andere Spüler ihm etwas Unanständiges hinterherrief.

Er ging in den Umkleideraum der Herren. Er schaute sich um, hier gab es nur Blechschränke und Bänke.

»O nein. Nicht schon wieder«, seufzte er und kniete sich neben einen Haufen mit Kleidern auf dem Boden.

Eine Kellneruniform – Hose, Hemd, Weste, Frack und weiße Handschuhe – unordentlich hingeworfen und auf links gedreht.

Die Schlange hatte sich wieder einmal gehäutet und war davongeschlängelt.

NILS

10. Juli 1923

»Das sage ich doch«, schnaubte Kommissar Nordfeldt. »Sie entwischen dir immer. Direkt vor deiner Nase. Die sind so frech. Diese Betrüger.«

Nachdem Einsteins Essensportion am Morgen ins Labor zur Analyse gebracht worden war, hatte Nordfeldt am Vormittag andere Dinge zu tun gehabt und konnte sich erst jetzt zu einem Gespräch mit Nils treffen.

»Einstein fuhr gestern Abend auf jeden Fall zusammen mit Gustaf Ekman in einer Droschke zu dessen Wohnung in der Södra Hamngatan«, sagte Nils. »Er wird während seines Aufenthalts in Göteborg bei ihm wohnen.«

»Dann wird er sich fühlen wie ein Prinz. Das ist ja schon fast ein Palast«, sagte Nordfeldt zufrieden.

»Ja, ich gehe auch davon aus, dass er dort in Sicherheit ist. Aber sollten wir nicht doch einen Mann an der Haustür platzieren, Herr Kommissar? Sicherheitshalber.«

Der Kommissar schaute ihn erstaunt an. Nils wusste nicht so recht, ob das Erstaunen seinem Vorschlag galt oder der Tatsache, dass er als Untergebener sich Gedanken machte, was getan werden sollte.

»Das hielte ich für übertrieben«, sagte Nordfeldt.

»Ich nicht, wenn Sie mich fragen, Herr Kommissar.«

»Ich frage Sie aber nicht, Gunnarsson.«

Nils ließ sich nicht so leicht abweisen und fuhr beharrlich fort.

»Wenn Weyland merkt, dass sein Vorhaben misslungen ist, wird er es wieder versuchen.«

»Wieder. Wir wissen doch gar nicht, ob er überhaupt schon etwas versucht hat. Wo ist Einstein übrigens im Moment?«

»Heute hält er an der Technischen Hochschule Chalmers Vorlesungen. Und morgen wird er die aufgeschobene Nobelvorlesung in der Kongresshalle halten. Er braucht an beiden Orten Schutz.«

Nordfeldt schien die Angelegenheit zu erwägen.

»Ich weiß nicht, ob wir genug Männer dafür haben. Viele unserer Leute sind ja auf dem Revier in der Ausstellung.«

»Ein paar von denen könnten doch als Wachen eingesetzt werden?«

»Immer schön langsam, Gunnarsson. Wir jagen einen Hotelbetrüger, keinen Mörder. Das einzige Gewaltverbrechen, dessen er sich schuldig gemacht hat, ist das Vergiften einer Wespe.«

»Wir können nicht warten, bis er sich etwas Ernstes zuschulden hat kommen lassen. Ich kann Wachtmeister Mollgren mitnehmen und direkt zur Chalmers gehen.«

»Mollgren ist in der Herberge der Heilsarmee, da hat es heute Nacht Ärger gegeben. Sie können Pettersson mitnehmen. Falls Sie Zeit haben?«, fügte Nordfeldt mit einem spöttischen Lächeln hinzu. »Ich möchte natürlich nicht, dass die polizeiliche Arbeit Sie bei Ihren anderen Tätigkeiten stört, Gunnarsson. Geschirrspüler im Restaurant und was es sonst noch geben mag.«

»Ich bin durchaus in der Lage, in meiner Freizeit ein paar Stunden etwas anderes zu tun und dennoch meine normale Arbeit zu erledigen, Herr Kommissar.«

Das Telefon klingelte. Immer noch grinsend hob Nordfeldt ab und wartete darauf, dass die Telefonistin ihn verbinden würde.

»Das ging aber schnell«, hörte Nils ihn sagen. »Was? Wirklich? Verdammt. Sind Sie sicher? Danke.«

Nordfeldt legte auf. Als er Nils wieder anschaute, war das Lächeln verschwunden, stattdessen sah man angespannte Kaumuskeln und eine entschlossene Falte auf der Stirn.

»Das war der Chemiker – die Analyse ist schon fertig. Einsteins Portion enthielt ausreichend Zyankali, um die ganze Versammlung von Naturwissenschaftlern umzubringen. Sie und Pettersson gehen jetzt zur Chalmers und bewachen Einstein. Aber diskret. Wir wollen ihn nicht beunruhigen. Außerdem stelle ich zwei Männer ab, die vor Ekmans Haus Wache halten. Einstein muss unter Schutz stehen, solange er sich in Göteborg aufhält. Was schauen Sie denn? Los, holen Sie Pettersson und machen Sie sich auf den Weg.«

Als Nils Einstein am Rednerpult der Universität sah, wurde ihm klar, warum seine Feinde sich gegen seine Person wandten, obwohl sie ja vor allem seine Theorie ablehnten.

Der Mann mit den dunklen, ein wenig grau gesprenkelten Locken besaß eine eigenartige Ausstrahlung. Er sprach sanft und freundlich, wie ein Vater, der seinen Kindern eine Gute-Nacht-Geschichte erzählt. Obwohl Nils nichts verstand, weder die deutsche Sprache noch die Kreidezeichen, die er an die Tafel geschrieben hatte, bekam er das Gefühl, dass alles eigentlich ziemlich einfach war.

Und gleichzeitig hatte Einsteins Erscheinung etwas

Ungezähmtes und Unberechenbares, und in den sanften Hundeaugen war ein Zwinkern, als brüte er Geheimnisse und Zaubertricks aus, die sonst niemand kannte. Nils glaubte auf einmal zu verstehen, wie Weyland auf seine absurden Anklagen in Bezug auf Hypnose und Propaganda kam.

Nils hatte sich an der unteren Tür postiert, um alle, die kamen oder gingen, sehen zu können. Pettersson stand vorne an der Wand, schräg unterhalb des Podiums. Dass sie standen, erweckte keine Aufmerksamkeit, weil ein großer Teil des Publikums ebenfalls stehen musste. Obwohl die Vorlesung im größten Saal von Chalmers stattfand und nur Fachleute eingeladen worden waren, reichten die Sitzplätze nicht für alle.

Petterssons Aufgabe war es, seine Aufmerksamkeit auf Einstein zu richten, und das tat er wirklich. Mit großen Augen verfolgte er jede Bewegung des Professors, und wenn er etwas an die Tafel schrieb, machte Pettersson ein paar Schritte nach vorn und stand dann direkt vor den Menschen, die in der ersten Reihe saßen, was dann doch eine gewisse Irritation auslöste.

Nils hatte noch nie verstanden, wieso Pettersson in der Abteilung von Nordfeldt gelandet war. Ein Gerücht besagte, dass er wegen seiner Korpulenz Probleme hatte, Streife zu gehen. Schon nach ein paar Straßen hatte er aufgegeben und sich keuchend in seinem Lieblingscafé niedergelassen, wo er dann den Rest seiner Schicht zubrachte, mit der Besitzerin plauderte, Zimtschnecken und Kopenhagener aß, was ihn wiederum noch dicker und unbeweglicher machte. Er war irgendwann vom Streifendienst abberufen und zum Kriminalpolizisten ernannt worden.

Vielleicht stand dahinter die Theorie, dass ein unbeweglicher Körper durch einen beweglichen Intellekt kompensiert wurde. Pettersson war auf jeden Fall ein schlechter Beweis für diese Theorie.

Das gestrige Fest im Rosengarten des Hauptrestaurants hatte bis spät in die Nacht gedauert und für manche der Naturwissenschaftler auf den Hotelzimmern bis zum frühen Morgen. Das wahrhaft qualifizierte Publikum (darunter ein paar Nobelpreisträger) war deshalb nicht ganz so aufmerksam, wie es unter anderen Umständen hätte sein können. Einstein, der das Fest beizeiten verlassen und wie gewöhnlich kaum Alkohol getrunken hatte, war jedoch munter und diskussionsfreudig. Er beendete seine Gleichung mit einem flotten Kreidestrich und wandte sich ans Publikum, gespannt auf Fragen, Kommentare, Einwände. Als nichts passierte, winkte er ungeduldig mit der Kreide und sagte etwas, das Nils ungefähr so deutete: »Na, sind Sie meiner Meinung?«

Die Zuhörer verkrochen sich in den Bänken wie Schulkinder, die ihre Hausaufgaben nicht gemacht hatten. Alle außer Pettersson, der noch einen Schritt nach vorne trat, sodass er direkt unter dem Podium stand, den Kopf zurückgebeugt und mit halb geöffnetem Mund den berühmten Mann anstarrte. Nils errötete vor Scham über seinen Kollegen.

»Ja?«, rief Einstein begeistert und zeigte mit der Kreide auf Pettersson.

Pettersson, der bemerkte, dass man ihn angesprochen hatte, wurde auf einmal verlegen. Er winkte abwehrend und stolperte rückwärts zur Wand, alle Blicke auf sich gerichtet.

Kurz darauf beendete Einstein seine Vorlesung. Aber der Auftrag der Polizisten war damit noch nicht erledigt.

»Jesses, was für ein Kerl«, stöhnte Pettersson, als er die Treppe in das nächste Stockwerk hinaufkeuchte. »Nicht nur, dass er eine Vorlesung hält, die so lang ist wie eine Sonntagspredigt. Er will auch noch die Predigten von allen anderen hören. Wohin geht er jetzt wohl?«

Einstein schien das selbst nicht so genau zu wissen. Er blätterte beim Gehen in einem Programmheft und wäre beinahe auf der Treppe gestolpert.

»Jesses!«, rief Pettersson noch einmal. »Wenn er hinfällt und sich was tut, dann sind wir schuld.«

Die Vorlesung, zu der Einstein unterwegs war, trug den Titel *Die täglichen Variationen der normalen Erdströmung*. Sie wurde in einem erheblich kleineren Saal gehalten und war auch nicht sehr gut besucht. Nils und Pettersson kam die Vorlesung unendlich lang vor, aber Einstein hörte mit höflicher Aufmerksamkeit zu, obwohl die Vorlesung auf Schwedisch gehalten wurde.

Danach gab es eine willkommene Pause mit kalter Limonade in der Treppenhalle des oberen Stockwerks. Nils versuchte, sehr nahe bei Einstein zu stehen, Pettersson bekam den etwas weiter entfernten Posten an der Treppe.

Einstein sprach mit Svante Arrhenius und einem älteren Herrn mit gebeugter Haltung. Plötzlich lief Einstein quer durch die Halle auf einen Japaner zu, der allein in einer Ecke stand. Der Japaner verneigte sich tief, als Einstein näher kam, und Einstein verneigte sich ebenfalls.

Der gebeugte Mann, mit dem Einstein zuvor gesprochen hatte, drehte sich um, und Nils erkannte Professor Dahlberg, den er vor ein paar Tagen hier besucht hatte.

»Ja guten Tag, Herr Kriminaloberwachtkommissar«, sagte der Professor herzlich. »Nett, Sie wiederzusehen. Sie interessieren sich also doch für die Naturwissenschaften? Ich habe Sie auch in Einsteins Vorlesung gesehen, richtig? Darf ich Sie Professor Arrhenius vorstellen. Kriminaloberkommissar Gunnarsson, nicht wahr?«

»Stellvertretender Kriminaloberkommissar«, sagte Nils verlegen und begrüßte den anderen Professor.

»Mein Kollege und ich sind dienstlich hier«, sagte er. »Um Herrn Einstein zu beschützen«, fügte er hinzu. »Wir wollen jedoch nicht auffallen. Wir wollen ihn nicht beunruhigen.«

»Ich verstehe«, sagte Dahlberg.

»Wen begrüßt er gerade?«, fragte Nils, ohne Einstein aus den Augen zu lassen.

»Einen Japaner«, sagte Svante Arrhenius. »Nicht angemeldet. Er kann weder Schwedisch noch Deutsch, und ich weiß nicht, was er von den Vorlesungen hat, aber er hat sich so tief verbeugt, dass ich ihn hereingelassen habe. Er nimmt ja auch nur einen halben Platz ein. Und Einstein liebt Japaner.«

»Man soll sich von der Größe nicht täuschen lassen«, sagte Nils. »In der Maschinenhalle haben zwei Japaner letzte Woche die Haubitzenkanonen fotografiert. Obwohl deutliche Schilder besagen, dass Fotografieren verboten ist. Unsere Kollegen im Ausstellungsrevier haben sie sofort gefasst.«

»Die haben sicher das Schild nicht lesen können«, sagte Dahlberg nachsichtig.

Nach weiteren gegenseitigen Verbeugungen trennte Einstein sich von dem Japaner und kehrte zu Arrhenius und

Dahlberg zurück. Er sprach mit seinen Kollegen, ein junger Student im Frack und mit Studentenmütze ging umher und füllte Limonade nach. Das Treppenhaus dröhnte von den Gesprächen der Wissenschaftler. Nils hielt sich im Hintergrund.

Plötzlich wandte Dahlberg sich an Nils und sagte:

»Ich nehme an, das war ein Kollege von Ihnen, der während Einsteins Vortrag direkt unter dem Podium stand?«

Nils schaute peinlich berührt in sein Glas.

»Ich muss Ihnen leider recht geben.«

»Hm«, sagte Dahlberg. »Die Sache ist die, dass Einstein mit ihm sprechen möchte.«

»Mit Pettersson?« Nils hätte sich beinahe an der Limonade verschluckt.

Im nächsten Moment stand Einstein neben ihnen und schaute Nils freundlich an. Enok Dahlberg stellte Nils als Doktor Gunnarsson vor und zwinkerte verschwörerisch. Einstein sagte etwas und Dahlberg übersetzte:

»Professor Einstein vermutet, dass der Mann drüben bei der Treppe ein Bekannter von Ihnen ist. Er notierte das Interesse Ihres Freundes während seiner Vorlesung. Er bittet Sie, Ihren Freund zu holen, ich soll das Gespräch dolmetschen.«

Bevor Nils eine Antwort herausbringen konnte, hatte Einstein schon wieder zu sprechen begonnen. Dahlberg übersetzte mit einem amüsierten Zug um den Mund:

»Professor Einstein findet die Stimmung hier sehr brav. Er ist es gewöhnt, Widerstand zu spüren. Er glaubt, Ihr Freund habe Einwände, und es würde ihn freuen, diese zu hören und mit ihm zu diskutieren.«

Nils räusperte sich.

»Bitte sagen Sie ihm, dass Doktor Pettersson tiefe Bewunderung für Professor Einstein hegt und dass er der Vorlesung mit großem Interesse gefolgt ist. Er ist jedoch ... hm ... unglaublich scheu«, sagte er schnell.

Dahlberg übersetzte und Einstein nickte. Am anderen Ende der Treppe stand Pettersson und starrte Einstein mit unverhohlener Neugier an, mit dem Rücken zur Treppe, die er ja eigentlich überwachen sollte.

»Er verlässt nur sehr selten sein Studierzimmer, machte jedoch eine Ausnahme für Professor Einstein«, fügte Nils hinzu. »Allein sich in einer solchen Menschenansammlung aufzuhalten, bedeutet eine große Anstrengung für ihn.«

»Ich verstehe, ich verstehe. So einen gibt es an jeder Universität«, sagte Einstein.

Er lächelte freundlich in Petterssons Richtung, legte den Kopf leicht schief und winkte sehr vorsichtig.

Pettersson strahlte wie eine Sonne, hob die Hand, um ebenfalls zu winken, schien sich jedoch plötzlich seiner eigentlichen Aufgabe zu erinnern. Die Hand fiel und er drehte sich resolut zur Treppe um.

»Sehr scheu.« Einstein nickte Petterssons breitem Rücken zu. »Ich will mich nicht aufdrängen. Grüßen Sie Doktor Pettersson herzlich von mir.«

ELLEN
10. Juli 1923

Ellen schlich durch den dunklen Flur zu ihrem Zimmer.

Sie hatte keine Angst, Tante Ida zu wecken (das Veronalpulver versetzte sie bis in den Vormittag in einen tiefen Schlaf). Aber Tora hatte, trotz ihres lauten Schnarchens, den leichten Schlaf einer Dienstbotin und kam in ihrem Flanellmorgenrock herbei, kaum dass sie den Schlüssel in der Tür hörte. Dann musste Ellen mit ihr zusammen in der Küche heiße Schokolade trinken und alles berichten, was sie bei ihrem spannenden Abendeinsatz in der Ausstellung erlebt hatte.

Ellen war dafür zu müde. Sie hatte die Luftpromenaden der Brüder Marino gesehen, das waren zwei Italiener, die auf einem Seil über den großen Teich gingen, beleuchtet von blauem Scheinwerferlicht und begleitet von einem richtigen Orchester, und sie wusste, dass Tora jede Einzelheit aus ihr herauspressen würde. Es war fast halb zwölf, sie war seit acht Uhr am Morgen auf den Beinen gewesen. Den Artikel würde sie morgen früh schreiben. Jetzt wollte sie nur noch ins Bett.

Sie schlich in ihr Zimmer. Dort war es stockdunkel. Sie konnte sich nicht erinnern, dass sie vor dem Weggehen das Rollo heruntergelassen hatte, aber vielleicht hatte Tora es geschlossen, um die Möbel vor dem Sonnenlicht zu schützen, genau wie sie im Salon die Samtvorhänge schloss, wenn niemand da war. Das Fenster hatte sie allerdings geöffnet, der laue Nachtwind ließ das Gewebe der Rollos leise rascheln.

Ellen zog sich aus, ohne Licht zu machen – wenn Tora aufwachte, würde sie den Lichtstreifen unter der Tür zum Anlass nehmen, anzuklopfen. Sie tastete sich zum Bett und zog die Decke weg.

Eine eigenartige Wärme schlug ihr entgegen. Als hätte jemand einen Ofen in ihr Bett gelegt. Als sie ins Bett kriechen wollte, stieß sie gegen die Wärmequelle: einen schlafenden Körper, in schweißfeuchten Baumwollstoff gekleidet und mit dem unverkennbaren Geruch nach Mann.

Sie zuckte zurück und stürzte aus dem Zimmer.

Die Tür des Dienstmädchenzimmers öffnete sich, noch ehe sie klopfen konnte.

»O Tora! In meinem Bett liegt ein Mann!«, keuchte sie.

»Herr du mein Jesus, ist Ellen zu Hause«, sagte Tora und schloss den Gürtel ihres Morgenrocks. »Ich hätte Sie warnen müssen, aber ich habe Sie nicht kommen gehört. Ellen muss heute Nacht bei mir schlafen.«

Sie zeigte auf ein gebettetes Sofa, das zusammen mit Toras Bett und einer Kommode den ganzen kleinen Raum einnahm.

»Aber wer schläft denn in meinem Bett?«, wollte Ellen wissen. Sie war immer noch außer Atem.

»Das ist der Deutsche«, antwortete Tora ruhig. »Der vor ein paar Wochen hier war, bei der Zusammenkunft der gnädigen Frau, wenn Ellen sich erinnert. Er hat eine Weile bei einer Freundin der Gnädigen gewohnt. Die mit den Geistern sprechen kann. Aber heute ist die Schwester der Geisterfrau aus Sollebrunn gekommen, und so gab es keinen Platz mehr für den Deutschen. Die Gnädige hat versprochen, sich um ihn zu kümmern. Er hat Ellens Zimmer bekommen. Wegen der Ausstellung sind ja alle Hotels ausgebucht. Es ist nur für eine Nacht. Er fährt morgen zurück nach Deutschland. Aber hat sie denn kein Nachthemd?«

Tora zupfte besorgt am Achselträger von Ellens kurzem, pfirsichfarbenen Seidenunterrock.

»Friert sie denn nicht? Ich kann ihr ein Nachthemd von mir geben.«

Doch, Ellen fror. Aber von innen. Es war, als würden sich ihre Adern mit eiskaltem Ammoniak füllen, wie in dem Kühlschrank, den sie in der Großen Maschinenhalle gesehen hatte.

Sie versuchte, ihre Stimme fest klingen zu lassen und sagte:

»Gibt es einen Schlüssel zu meinem Zimmer?«

»Nein, wir haben keine Schlüssel, zu keinem der Zimmer. Die Gnädige und ich, wir brauchen uns nie einschließen.«

»Hör mir gut zu, Tora: Ich muss jetzt telefonieren. Sieh zu, dass die Eingangstür verschlossen ist und versteck den Schlüssel. Schließ erst auf, wenn ich es sage. Und weck ihn bloß um Himmels willen nicht auf! Er darf nicht abhauen.«

Bevor Tora irgendwelche Fragen stellen konnte, war Ellen im Wirtschaftsflur. Lautlos schlich sie an dem Zimmer vorbei, in dem Paul Weyland schlief, und weiter in die Diele.

Mit zitternder Hand hob sie den Telefonhörer ab und bat, zum Polizeirevier durchgestellt zu werden. Sie hoffte, dass am anderen Ende Nils' ruhige Stimme zu hören sein würde. Aber er war natürlich schon nach Hause gegangen. Es meldete sich jemand mit den Worten »diensthabend«.

Während sie kurz erklärte, worum es ging, stand Tora neben ihr und schaute sie aus großen Augen an. Ellen zeigte auf die Eingangstür. Als Tora den Schlüssel von der Haustür abgezogen hatte, bedeutete Ellen ihr, in ihr Zimmer zurückzugehen, was sie widerwillig tat. Der Diensthabende schien Probleme zu haben, entweder mit dem Gehör oder mit dem Fassungsvermögen, womöglich mit beidem. Ellen musste die Adresse und Paul Weylands Namen mehrfach wiederholen, außerdem musste sie lauter sprechen, als sie wollte.

Als sie sich auf den Rückweg zu Toras Zimmer machte, konnte sie den eigenen Puls in den Ohren hören.

Von weitem sah sie die Tür zu ihrem Zimmer und hielt inne. Die Tür war einen Spaltbreit geöffnet. Hatte sie sie offen gelassen? Vermutlich.

Sie ging weiter in Richtung Dienstmädchenzimmer.

Plötzlich, als sie an ihrem Zimmer vorbeiging, öffnete sich die Tür vollends, und noch ehe sie reagieren konnte, legte sich eine Hand auf ihren Mund und etwas Kaltes berührte ihren Hals.

»*Kein Wort!*«, zischte eine nach Pfefferminz riechende Stimme in ihr Ohr.

Sie wurde ins Zimmer gezogen, die Tür hinter ihr geschlossen.

Nun brannte drinnen die Nachttischlampe, und in ihrem Schein konnte sie auf der dunkelroten Seidendecke ein geöffnetes Herrennecessaire erkennen. Offenbar war es gerade erst dorthin gelegt und geöffnet worden, um etwas herauszunehmen. Sie vermutete, dass dieses Etwas der kalte, scharfe Gegenstand war, der an ihren Hals gedrückt wurde. Sie traute sich nicht, nach unten zu schauen, aber der Griff der Hand und die Tatsache, dass der Gegenstand einem Necessaire entnommen worden war, ließ sie erkennen, was es war: ein Rasiermesser.

Sie stand, so still sie konnte, das Gesicht nach oben gerichtet, und traute sich nicht, den Kopf zu drehen, aus Angst, ihr Hals würde mit der Klinge in Berührung kommen. In dieser festgefrorenen Position traf ihr Blick das Bild mit der Kreuzigung Jesu. Das Bild, die schmutzbraune Tapete und das verzierte Deckenfries waren ironischerweise alles, was in ihrem Blickfeld Platz hatte.

Was für eine makabre Religion, dachte sie, deren Symbol ein Hinrichtungswerkzeug ist. Da war die Mondsichel der Muslime doch sehr viel netter. Wenn Jesus gehängt worden wäre und nicht gekreuzigt, wäre das Symbol des Christentums dann ein Galgen? Und wäre ihr Konfirmationsgeschenk dann ein kleiner Silbergalgen an einer Halskette gewesen?

Die Zeit schien stillzustehen, ihre Gedanken wanderten auf merkwürdigen Wegen. Ach ja, wo waren nur all die Hutnadeln und Clubabzeichen, wenn man sie brauchte? Und was würden die ihr jetzt helfen? Sie sah sich in einem Duell mit Weyland: Vendelas längste Hutnadel gegen sein Rasiermesser.

Sie hörte Tora im Wirtschaftsflur:

»Ellen, wo sind Sie? Ich habe hier ein Nachthemd. Es ist zu groß, aber für eine Nacht geht es.«

»*Kein Wort*«, wiederholte Weyland flüsternd und kitzelte ihre Kehle mit der Messerklinge.

Ein Lichtreflex in dem glänzenden Metall blitzte in ihrem Gesicht auf, und sie spürte, wie ihre Beine unter ihr nachgaben. Wenn er sie nicht so fest gepackt hätte, wäre sie wahrscheinlich auf dem Boden zusammengesunken.

NILS

10. Juli 1923

Die Bibliothek im oberen Stockwerk des Polizeireviers war klein, eigentlich war sie nicht viel mehr als eine Kammer, aber erstaunlich wohlsortiert. In Regalen, die bis zur Decke reichten, war so ziemlich alles, was ein Polizist wissen musste. Nils hatte sich hier oben häufig mit Olander getroffen. Jetzt war er fast der Einzige, der hierherkam. Er verbrachte dort oft seine Pausen und immer mal wieder einen freien Abend. Er saß auf einem Stuhl an einem kleinen Tisch, der zwischen die Regale geschoben war.

Nachdem die Bewachung in der Universität erledigt war und er im Stammlokal der Polizei zu Abend gegessen hatte, ging Nils in die Bibliothek. Er wollte etwas nachschlagen. Aber sobald er die Antwort auf seine Frage gefunden hatte, führte diese Antwort zu einer neuen Frage und er blätterte in weiteren Büchern. Ständig tauchten neue interessante Dinge auf, über die er etwas lesen wollte. Als wäre die kleine Kammer im oberen Stockwerk des Polizeireviers der Eingang zu einem gigantischen System von Gängen mit Öffnungen zu einer unendlichen Zahl von Räumen und Sälen. Und wie immer blieb er stundenlang auf dem harten Holzstuhl sitzen und vergaß, warum er eigentlich gekommen war.

Als unten beim Diensthabenden das Telefon klingelte, wurde ihm klar, dass es schon sehr spät sein musste, denn das Klingeln hallte in der Stille. Er legte das Buch weg und stelle sich an die Treppe. Die Wanduhr zeigte zu seinem Erstaunen zwanzig vor zwölf.

Er hörte die schlurfenden Schritte des Diensthabenden und seine ärgerliche Stimme am Telefon. Er ging ein paar Schritte die Treppe hinunter und blieb dann stehen.

Der Diensthabende, heute Abend offenbar Pettersson, sprach laut und wiederholte immer wieder Name und Adresse, bis er schließlich beides verstanden hatte.

Nils erkannte sowohl die Adresse als auch den Namen. Er lief eilig die Treppe hinunter und zu Pettersson, der ein weiteres Telefonat hatte.

»Bist du noch da, Nils?«, fragte er, als er aufgelegt hatte. »Eine Dame hat angerufen wegen einer Fahndung. Sie hat den Gesuchten gefunden, er schläft in ihrem Bett! So was aber auch! Die Schurken werden auch immer frecher. Wahrscheinlich nicht mehr ganz nüchtern. Ich habe im dritten Revier angerufen. Sie schicken ein paar Männer und einen Polizeiwagen hin.«

Während Pettersson sich wieder seiner Patience widmete, schloss Nils den Waffenschrank auf, nahm seine Dienstpistole und lief eilends zu seinem Fahrrad im Hof.

Tief übers Lenkrad gebeugt, strampelte er die Östra Hamngatan entlang, die Aveny hinauf und dann in die Vasagatan. Vor Schweiß triefend erreichte er Ellens Haus im gleichen Moment, als das Polizeiauto vom Lorensbergrevier anhielt. Drei uniformierte Polizisten stiegen aus. Nils übernahm den Befehl.

»Hauptkommissar Gunnarsson«, keuchte er und stieg vom Fahrrad.

»Ihr nehmt die Treppe, ich den Aufzug. Lasst ihn bloß nicht entkommen.«

Niemand öffnete, als er an der Eingangstür klingelte.

»Polizei! Aufmachen!«, brüllte ein Polizist mit Stentorstimme, dass es im ganzen Treppenhaus hallte.

Ein Schlüssel wurde zitternd ins Schloss gesteckt. Die Tür öffnete sich einen Spaltbreit und eine Frau im Morgenrock und mit einem Zopf starrte sie erschrocken an.

»Wo ist der Schurke?«, fragte der eine Polizist. »Schläft er immer noch seinen Rausch aus?«

Tora schüttelte stumm den Kopf und zeigte in die Wohnung. Die Polizisten folgten der Richtung, blieben jedoch plötzlich stehen.

In der Tür des einen Zimmers stand Paul Weyland, halb angezogen, die Hosenträger hingen herunter, und statt eines Hemds trug er das Pyjamaoberteil. Vor sich hielt er wie ein Schild die entsetzte Ellen. Das Blatt eines herausgeklappten Rasiermessers war auf ihren Hals gerichtet, wo die Schlagader verlief. Die Polizisten standen wie erstarrt da, Nils mit gezogener Pistole, die anderen beiden mit der Hand am Säbelknauf.

Langsam und mit sehr kleinen Schritten ging Weyland zur Eingangstür, seine Geisel schob er vor sich her. Sein Blick war schwarz, wachsam und eigenartig leer. Als er an Nils vorbei war, drehte er sich um und ging das letzte Stück zum Eingang rückwärts, sodass Ellen immer zwischen ihm und den Polizisten war.

Nils sah, wie Ellen ihn mit einem leisen, verzweifelten Gebet anschaute. Seine Machtlosigkeit machte ihn beinahe wahnsinnig.

Vendela hatte einen weiteren traurigen Abend mit Warten und in Ungewissheit verbracht. Stundenlang hatte sie, fertig geschminkt und angezogen, auf dem Sofa gesessen, an Drinks genippt, in Modezeitschriften geblättert und auf Puffies Anruf gewartet. Er wollte mit ein paar Freunden essen gehen, aber danach würde er »vermutlich« bei ihr vorbeischauen.

Gerade als sie aufgeben wollte, rief er an.

»Ah, da bist du ja, Tutta«, sagte er, als ob sie sich den ganzen Abend rar gemacht hätte. »Weißt du, ich habe so schrecklich nette Menschen getroffen. Absolut einmalig. Die würdest du auch toll finden, das weiß ich. Wir sind unterwegs zu einem Haus draußen in Särö, wir wollen da weiterfeiern. Ich hol dich auf dem Weg ab. Was meinst du, Schatz?«

»O, Puffie. Das klingt wundervoll«, sagte Vendela begeistert, aber leicht lallend. Sie hatte zu viel vorgetrunken. Puffie klang auch nicht ganz nüchtern, was soll's.

Eine Viertelstunde später tutete es auffordernd vor dem Haus. Puffie schien keinen Gedanken daran zu verschwenden, dass die meisten Bewohner des Hauses schon im Bett waren. Vendela zog den Lippenstift nach, warf sich einen Seidenschal über die Schultern und verließ die Wohnung in der Hoffnung auf eine weitere Nacht voller Vergnügen, Tanz und Champagner.

Sie drückte den Knopf für den Aufzug, aber zu ihrem Erstaunen war er besetzt, sehr ungewöhnlich für diese Tageszeit. Sie hörte, wie das Aufzuggitter ein paar Stockwerke über ihr zugezogen wurde und der Motor losbrummte. Wie in einem Traum oder einem Film sah sie den schwach beleuchteten Aufzugskorb vorbeigleiten. Sie hatte diese

Szene schon öfters mit verschiedenen Schauspielern gesehen. Jetzt wurde sie merkwürdigerweise von Menschen gespielt, die sie kannte: Der Schurke mit dem Messer war Puffies Geschäftsfreund und das leicht bekleidete Opfer ihre Nachbarin Ellen!

Im nächsten Moment wurde sie beinahe von einem Mann mit einer Pistole und zwei uniformierten Polizisten umgestoßen, die die Treppe hinunterrannten.

Offenbar wurde in ihrem Treppenhaus ein Film gedreht. Aber wo waren die Kameras?

Der Bus bremste.

Der Chauffeur war ein umtriebiger Mann, der in Hällesåker ein kleines Fuhrgeschäft betrieb. Im Zusammenhang mit der Ausstellung hatte er, so wie viele andere umtriebige Männer auch, um die Erlaubnis angesucht, eine Buslinie zu betreiben. Er hatte einen Bus mit sechzehn Plätzen angeschafft und fuhr nun mehrmals am Tag zwischen Göteborg, Mölndal, Lindome und Hällesåker hin und her. Das war ein lohnendes Geschäft. Die Ausstellung mit ihren Restaurants und Tanzcafés war zu einem neuen Vergnügungsviertel geworden, viele hatten sich eine Saisonkarte gekauft und fuhren regelmäßig hin.

Die letzte Fahrt ging um halb zwölf Uhr abends von der Ausstellung. Wenn noch Plätze im Bus frei waren, machte der Chauffeur eine Runde an den Restaurants im Zentrum vorbei und fischte dort Fahrgäste auf, die nach Süden wollten.

Es war schade, dass die Ausstellung im Herbst wieder schließen würde, jetzt, wo die Geschäfte so gut liefen, sowohl für ihn als auch für andere Kleinunternehmer. Es gab Stimmen, die für eine permanente Ausstellung warben. Zumindest für die lukrativsten Teile, wie den Vergnügungspark Liseberg.

An diesem Abend war der Bus jedoch fast leer, bis auf einen völlig betrunkenen Bauernburschen, der ganz vorne saß und schlief, im Arm hatte er eine riesige Puppe, die er an einem der Spielstände gewonnen hatte.

Unter einer Laterne in der Vasagatan stand ein Herr und winkte den Bus mit seinem Hut heran. Der Chauffeur bremste und ließ ihn einsteigen. Der Mann, der in Greggered wohnte und den Chauffeur ein wenig von früher kannte, plauderte fröhlich drauflos, während er in seiner Börse nach passendem Kleingeld suchte.

»Na, sieh mal an, da habe ich eine ausländische Münze bekommen. Mit einem Indianer drauf! Die ist bestimmt amerikanisch, nicht? Es ist wohl kein Dollar, aber immerhin.«

»Ja, aber die nehme ich nicht«, sagte der Chauffeur. »Es gibt viele Ausländer. Man muss aufpassen, was man für Wechselgeld bekommt.«

»Aber eine Münze aus Amerika zu bekommen, das ist doch prima. Und schau mal, auf der Rückseite ist ein Büffel!«, sagte der Mann begeistert und untersuchte die Münze im schwachen Licht der kleinen Lampe über der Tür. »Haben Sie das gesehen? Die werde ich aufheben.«

»Ich interessiere mich nur für schwedische Münzen. Und ein bisschen plötzlich, ich muss jetzt fahren«, sagte der Chauffeur ungeduldig zu dem Mann, der immer noch in seiner Börse suchte.

Wenn der Chauffeur und sein Passagier nicht in ihr Gespräch vertieft gewesen wären und stattdessen aus dem

Fenster geschaut hätten, dann hätten sie gesehen, wie ein Stückchen weiter vorne ein Mann aus einem Hauseingang kam, ein leicht bekleidetes Mädchen an sich gedrückt. Die Hosenträger des Mannes hingen herab, er schaute nach links und nach rechts und zerrte das Mädchen hinter sich her. Er hielt sich im Schatten der Hauswände und bewegte sich schnell, vorbei an einem geparkten Polizeiauto und einem Sportwagen, er lief in die Richtung des Busses.

Im nächsten Moment kamen drei uniformierte Polizisten aus dem Haus, zusammen mit einem Herrn in Hut und Mantel, dicht gefolgt von einer Frau mit Bobfrisur und hellrotem Seidenschal.

Der Mann mit den Hosenträgern erreichte den Bus. Er stieg rückwärts ein, er hatte immer noch den Arm um den Hals des Mädchens. Dann ließ er sie plötzlich los und stieß sie auf die Straße. Blitzschnell verschwand er im Bus, er zog, als der Bus losfuhr, die Tür hinter sich zu. Alles geschah in weniger als zehn Sekunden.

Erst jetzt warf der Chauffeur einen Blick in den Rückspiegel und bemerkte, dass er einen weiteren Fahrgast hatte. Er bremste und drehte sich halb um, um das Fahrgeld entgegennehmen zu können.

Mit einem Keuchen zog er die Hand zurück.

»Zum Teufel auch!«

Er hätte fast in die Klinge eines aufgeklappten Rasiermessers gefasst!

Der Mann mit dem Messer winkte ihm, weiterzufahren. Im Rückspiegel sah er seinen Blick, und der ließ ihn erstarren. Er hatte einen Wahnsinnigen an Bord.

Der Mann knuffte ihn an die Schulter und sagte etwas Undeutliches.

Der Chauffeur trat aufs Gas. Nachdem er keine Anweisungen bekommen hatte, fuhr er mit hoher Geschwindigkeit seine normale Route nach Hällesåker.

Vendela beugte sich über Ellen und half ihr, von der Straße aufzustehen, wo sie zusammengebrochen war.

»Mein Gott, Ellen, bist das wirklich du?«

»Ist sie unverletzt?«, rief Nils.

»Ich glaube schon«, antwortete Vendela. »Du bist es doch, Ellen?«

Ellen nickte, sie war wachsartig blass im Schein der Straßenlaterne.

»Das sah alles ganz schrecklich aus!«, sagte Vendela beeindruckt. Dann wandte sie sich an Nils und fügte hinzu: »Das war doch nur ein Film, oder?«

»Leider nicht.«

Er musterte Ellen kurz. Ihr Unterrock war schmutzig geworden, als sie auf der Straße hingefallen war, ihre nackten Schultern zitterten unter Schock, aber sie schien keinen physischen Schaden genommen zu haben.

»Halten Sie sie warm und kümmern Sie sich um sie«, sagte er zu Vendela.

Er lief zum Polizeiauto und den zu anderen Polizisten, blieb dann aber bei dem grünen Sportwagen stehen, er parkte ein Stück weiter vorn, startklar mit brummendem Motor und heruntergeklapptem Verdeck.

»Probleme?«, rief der Fahrer fröhlich. Mit seinen schwarzen, fettglänzenden Haaren erinnerte er an ein Rennpferd in der Startbox.

Nils schaute zum Polizeiauto und dann wieder zum Sportwagen mit seinem starken Motor und fasste eine schnelle Entscheidung. Er riss die Tür zum Beifahrersitz auf, setzte sich neben den pomadeglänzenden Mann und sagte im Befehlston, wobei er die Polizeimarke hochhielt:

»Haben Sie den Bus gesehen, der gerade wegfuhr? Folgen Sie ihm. So schnell Sie können.«

Er drehte sich noch zu den anderen Polizisten um und rief: »Folgt uns mit dem Polizeiauto, aber haltet etwas Abstand.«

Puffie ließ sich nicht lange bitten. Kurz darauf bogen er und Nils mit quietschenden Reifen in die Aveny ein. Normalerweise war hier um diese Tageszeit nicht viel los, aber jetzt, wo die Sommernacht so warm war wie in den Tropen und in der Stadt eine Ausstellung stattfand, war die breite Straße voller Menschen. Die meisten blieben auf den Bürgersteigen. Das war das Gute an der Ausstellung: Die Göteborger machten es den Stockholmern und dem internationalen Publikum nach und begriffen endlich, dass die Fahrbahn für den Verkehr gedacht war.

Die Gasfackeln auf den beiden Minaretten flammten in den Nachthimmel. Die Taxis fuhren in Karawanen die Aveny hinauf zum Eingang der Ausstellung und wieder zurück.

»Fahren Sie über die Berzeliigatan zum Södra Vägen«, befahl Nils.

Vor ihnen fuhr eine Straßenbahn, sie verdeckte die Sicht und sie mussten langsamer fahren.

»Jagen wir einen richtigen Schurken?«, fragte Puffie begeistert.

»Nein, es ist kein richtiger Schurke, ich bin kein richtiger Polizist und Sie fahren kein richtiges Auto«, brummte Nils.

»Einen Moment lang habe ich wirklich gedacht, es wird ein Film gedreht. Das Paar, das an den Hauswänden entlangschlich und die beiden Kerle in Polizeiuniform. Genau wie im Kino, nicht wahr?«

Er drehte sich zu Nils.

»Schauen Sie, wohin Sie fahren!«, schrie Nils.

Die Straßenbahn vor ihnen hatte gebremst und sie wären fast hineingefahren. Puffie machte eine solche Vollbremsung, dass er in die Scheibe geschleudert wurde.

»Hoppla«, sagte er und glättete die Frisur mit der Hand. »Das war knapp.«

Auf dem Södra Vägen war weniger Verkehr. Sie fuhren unter dem Viadukt und der Seilbahn durch und konnten wieder beschleunigen.

»Dort ist er!«, brüllte Puffie, als sie den kastenförmigen Bus ein Stück weiter vorne sahen.

Sie hatten ihn fast eingeholt.

»Halten Sie diesen Abstand.« Nils musste schreien, um den Fahrtwind und den Motor zu übertönen.

»Sie sind also *wirklich* Polizist?« Puffie schaute Nils bewundernd an. »Also Detektiv?«

Nils nickte müde. Warum fragten alle, ob das hier echt war? Waren die Leute so verdorben vom Kino, dass sie ihren Sinnen nicht mehr vertrauten?

»Ein Eifersuchtsdrama, nehme ich an?« Puffie wäre vor Begeisterung fast von der Straße abgekommen. »Der Ehemann ist zu früh nach Hause gekommen? Ich habe sie nicht so genau gesehen, aber die Dame war ziemlich leicht angezogen. Direkt aus dem Bett, nicht wahr?«

»Es geht hier nicht um Eifersucht«, sagte Nils kurz angebunden.

Sie waren jetzt in Mölndal, aber der Bus machte keinerlei Anstalten, an der Haltestelle anzuhalten. Mit hoher Geschwindigkeit fuhr er durch den Ort.

»Was machen wir jetzt, Chef?«, fragte Puffie, und Nils roch nun dessen deutliche Alkoholfahne.

»Fahren Sie einfach hinterher. Aber nicht zu nahe. Wir müssen versuchen, ihn ohne allzu viel Dramatik festzunehmen, wenn er aussteigt.«

Der Bus fuhr über einen Eisenbahnübergang. Als Nils und Puffie näher kamen, hörten sie das Warnsignal für einen durchfahrenden Zug, das Licht blinkte.

»Verdammt!«, rief Puffie, »soll ich fahren?«

»Nein! Glauben Sie immer noch, dass das ein Film ist?«

Puffie bremste und kurz darauf ratterte ein Güterzug mit unendlich vielen Waggons vorbei. Puffie trat ungeduldig aufs Gas.

»Kein Problem, wir holen sie wieder ein«, sagte Nils.

Nach dem letzten Waggon konnten sie weiterfahren.

Sie waren jetzt draußen auf dem Land. Die Straße war uneben und kurvig, Straßenbeleuchtung gab es schon lang nicht mehr. Als die Straße gerade wurde, konnten sie weit vorne die Rücklichter des Busses sehen.

»Was halten Sie davon, ihn draußen zu überwältigen?«, schlug Puffie vor. »Bevor wir nach Hällesåker kommen, meine ich. Ich könnte überholen und die Straße blockieren.«

Nils blickte um sich. Weit und breit nur Felder. Wenn es zu einem Schusswechsel kommen würde, dann wäre dies ein besserer Ort als das Dorf Hällesåker.

»Ist die Straße nicht zu schmal zum Überholen?«, fragte er.

»Es müsste gehen, wenn ich nah beim Bus bleibe.«

Nils erwog die Breite der Straße und die Fähigkeiten des Fahrers und dessen Fahrtüchtigkeit.

»All right«, sagte er dann. »Überholen Sie.«

Puffie beschleunigte, holte den Bus ein und fuhr dann neben ihm am Straßenrand. Er war halb im Graben, das Auto schaukelte gefährlich. Der Bus hupte wütend, verlangsamte jedoch, um sie vorbeizulassen.

Sie fuhren sehr schnell einige hundert Meter weiter. Hinter einer Kurve bremste Puffie heftig und drehte den Wagen quer. Das Auto schleuderte, Kies spritzte, dann blieb es mit eingeschalteten Scheinwerfern quer zur Fahrbahn stehen. Nils nickte Puffie zu und sie stiegen aus. Sie konnten hören, wie der Bus sich jenseits der Kurve näherte. Er tauchte aus dem Dunkel auf wie ein großes Nachttier mit leuchtenden Augen. Nils hielt den Unterarm vors Gesicht, um nicht geblendet zu werden, die andere Hand hob er als Stoppzeichen.

Der Bus stoppte mit einem Ruck.

Nils lief zur Tür des Busses – es gab nur eine –, öffnete sie und stieg ein.

Er blieb vorne beim Fahrersitz stehen. Außer der kleinen Lampe über der Tür war es dunkel im Inneren.

Der Chauffeur schaute ihn an, ohne etwas zu sagen. Links saß ein Bauernbursche und schlief mit zurückgelegtem Kopf und offenem Mund. Einen Moment lang glaubte Nils, er habe ein schlafendes, hübsch angezogenes Kind auf dem Schoß, dann sah er, dass es eine Puppe war. Rechts saß ein Mann mittleren Alters und schaute ihn entsetzt unter der Hutkrempe an.

»Polizei«, sagte Nils und wedelte mit seiner Polizeimarke, in der Dunkelheit hätte es allerdings irgendein Stück Blech sein können.

Vom Chauffeur kam ein Seufzer der Erleichterung.

»Haben Sie vielleicht eine Taschenlampe?«, fragte Nils und steckte die Polizeimarke wieder ein.

Nach einigem Suchen reichte der Chauffeur ihm eine batteriebetriebene Lampe. Das Licht war schockierend hell. Der schlafende Bursche wachte auf und fluchte, die Puppe hielt er wie einen Schirm vor sich.

Nils hielt die Lampe hoch und ging weiter in den Bus hinein. Die andere Hand hatte er an der Pistole in der Jackentasche. Er blieb stehen, als er Paul Weyland entdeckte, der zusammengekrümmt ganz hinten im Bus saß.

»Aussteigen, alle miteinander«, rief er den anderen zu, holte die Pistole heraus und richtete sie auf Weyland.

Der Chauffeur und der Mann mit Hut stiegen schnell aus, der Bauernbursche folgte ihnen, widerwillig und verschlafen. Die Puppe ließ er auf dem Sitz.

Langsam stand Weyland auf, und im Schein der Lampe konnte Nils sehen, dass er das aufgeklappte Rasiermesser in der Hand hielt. Seine Augen schienen ganz aus schwarzen Pupillen zu bestehen. Sie schauten mal zu Nils, mal zur Seite, als würden sie einen Ausweg suchen. Aber es gab keine Hintertür.

»Lassen Sie das Messer fallen«, sagte Nils mit einem Nicken in Richtung der Waffe.

In dieser Situation war der Befehl deutlich, ganz gleich in welcher Sprache, aber Weyland machte keine Miene, dass er ihn verstanden hatte.

Die Schatten an der Decke des Busses waren lang und

gespenstisch. Wo war nur das Polizeiauto? Das müsste doch schon lange hier sein. War es falsch abgebogen?

Um Zeit zu gewinnen, sprach Nils mit Weyland, obwohl der vermutlich nicht sehr viel begriff. Er hielt die ganze Zeit die Pistolenmündung auf Weyland und den Blick auf das schmale, ausgeklappte Rasiermesser gerichtet. Er bemühte sich, mit ruhiger Stimme zu sprechen. Es kam ihm vor wie eine Ewigkeit, dann senkte Weyland das Messer und ließ es fallen. Einen Moment schien es Nils, als huschte ein Lächeln über das Gesicht des Mannes, aber wahrscheinlich war es nur ein Schatten.

»Gut.« Nils nickte zur Bestätigung. »Hände hoch. Gehen Sie zur Tür«, fuhr er mit einer Kopfbewegung fort und ging Schritt für Schritt rückwärts, Weyland folgte ihm langsam.

Nils kletterte rückwärts die Stufen aus dem Bus.

Als Weyland in der Türöffnung mit hochgestreckten Händen auftauchte, hörte man ein anerkennendes Pfeifen von Puffie.

Der Deutsche blieb stehen und zögerte. Er schaute die Männer im Lichtschein vor dem Bus an.

Dann drehte er sich plötzlich um, zog sich in das Dunkel des Busses zurück und bückte sich, als ob er etwas verloren hätte.

Nils ahnte Böses. Er hielt die Pistole fest in der Hand. Er hörte ein gluckerndes Geräusch und dann spürte er den stechenden Geruch von Benzin. Instinktiv trat er zurück. Im nächsten Moment stürzte Weyland in einem einzigen pantherartigen Sprung aus dem Bus und eine gewaltige Flamme schoss hinter ihm hoch. Alle liefen vor der Hitze davon, kurz darauf explodierte etwas mit einem lauten Knall im Bus, und sie warfen sich alle auf den Boden.

»Der Reservekanister«, keuchte der Buschauffeur. Nils stand schnell auf und schaute sich um. Der Bus war ein einziges brüllendes Feuer. Schwarzer Rauch quoll in den Nachthimmel. Weyland war nicht zu sehen.

Die Taschenlampe war im Gras gelandet, und als Nils sie endlich fand und im Kreis leuchten konnte, war Weyland schon zu weit weg, als dass er ihn hätte sehen können. Er feuerte ein paar nutzlose Schüsse in die Luft.

»Sie ist noch da drinnen«, sagte jemand schluchzend.

Alle drehten sich zum Bauernburschen um, der auf das Feuer zeigte.

»Ist noch jemand drin?«, fragte der Chauffeur erschrocken.

»Die Puppe«, schniefte der Bursche. »Ich wollte sie meiner Nichte schenken.«

Der Chauffeur fauchte wie eine wütende Katze.

»Mein Bus verbrennt! Mein Lebensunterhalt, mein Sparkapital! Und du heulst wegen einer Tivolipuppe!«

»Wo sind wir eigentlich?«, fragte der andere Fahrgast und schaute um sich. »Sind wir in der Nähe von Greggered?«

Aus der Ferne war ein Automotor zu hören und kurz darauf sah man jenseits des Ackers auch Scheinwerfer. Dort war also auch eine Straße. Das Auto blieb stehen, der Motor wurde ausgeschaltet. Draußen auf dem Feld zirpten Grillen. Jemand dort drüben leuchtete mit einer Taschenlampe und in deren Schein konnte man eine Gestalt erkennen, die gebückt durch das Getreide lief.

»Halt! Polizei!«, hörte man von jenseits des Ackers. Nils erkannte den Polizisten mit der Stentorstimme.

»Das ist das Polizeiauto«, sagte er. »Die sind in der Dunkelheit falsch abgebogen. Wir können ihn jetzt von beiden Seiten einkreisen. Kommt!«

Mit hochgehaltener Taschenlampe stapfte Nils in den Getreideacker, dicht gefolgt von Puffie und dem Buschauffeur. Die beiden Fahrgäste kamen zögernd nach.

Weyland blieb mitten auf dem Acker stehen und schaute sich um. Dann machte er kehrt, lief in eine andere Richtung und verschwand aus dem Lichtkegel.

»Bildet einen Fächer!«, rief Nils. »Schnell!«

Von beiden Seiten leuchteten er und die Polizisten mit Taschenlampen. Die Lichtkegel kreuzten sich, dann wanderten sie weiter über den Acker.

Weyland tauchte wieder im Licht auf, zwanzig Meter vom Waldrand entfernt. Der Schein blendete ihn, er stolperte und verschwand im Getreide. Als er wieder auf die Füße kam, hatten die Männer ihn umringt. Er blieb stehen, streckte die Hände hoch und blinzelte in den Lauf der Pistole, die auf ihn gerichtet war. Seine Brust unter dem Pyjama hob sich schwer atmend. Er war schweißnass. Der Lauf durch das hohe Getreide hatte all seine Kraft verbraucht, völlig erschöpft ließ er sich Handschellen anlegen und zum Polizeiauto bringen.

Das größte Problem war, den wütenden Buschauffeur daran zu hindern, sich auf Weyland zu stürzen.

»Er wird mir jede Krone ersetzen, die der Bus gekostet hat! Und den Verdienstausfall! Jede einzelne Krone!«, schrie der Chauffeur, während Nils ihn festhielt, mit Hilfe des Burschen, der erstaunlich stark war, jetzt, wo er richtig wach war.

Als die Doppeltür des Polizeiautos sich hinter Weyland

geschlossen hatte, konnten sie den um sich schlagenden Chauffeur loslassen.

Puffie stand im Straßengraben und starrte mit offenem Mund dem Polizeiauto nach. Erst als sie den Schurken umringt hatten, hatte er ihn im starken Schein der Taschenlampe aus der Nähe sehen können.

»Das war doch Herr Müller«, sagte er verblüfft in Richtung des Polizeiautos. »Ein Geschäftsbekannter von mir. Wir haben gerade einen Vertrag unterschrieben, er und ich.«

»Dann können Sie sich an der Nase herumgeführt fühlen«, sagte Nils. Das weckte erneut die Wut des Buschauffeurs, er warf laut brüllend Hände voll Erde hinter dem Auto her.

Schließlich konnte Nils ihn so weit beruhigen, dass er mit zu Puffies Auto kam und versprach, ihnen den Weg zu einem Hof in der Nähe zu zeigen, wo es ein Telefon gab. Und während der Bursche und der Mann mit der amerikanischen Münze zu Fuß nach Hause gingen, fuhren Nils, der Buschauffeur und Puffie los, um die Feuerwehr zu alarmieren.

Die Grillen zirpten wieder in dem jetzt niedergetrampelten Getreidefeld. Der Bus brannte wie ein Osterfeuer in der bläulichen Dunkelheit.

Sobald Nils wieder im Revier war, ging er zum Telefon und bat, mit Vendelas Nummer, die er von Puffie bekommen hatte, verbunden zu werden.

»Wie geht es denn Fräulein Grönblad?«, fragte er.

»Sie können selbst mit ihr sprechen, Herr Kommissar«, antwortete Vendela, und während sie das Telefon weiterreichte, hörte Nils sie flüstern: »Dein Kommissar fragt, wie es dir geht.«

»Gar nicht so schlecht«, sagte Ellen. Nils wurde ganz warm zumute, als er ihre Stimme hörte. »Ich liege hier zwischen Decken, in Vendelas Seidenmorgenmantel mit einem Kragen aus Schwanendaunen und nippe an einem gelben Drink. Rum mit Apfelsine ist es, glaube ich, nicht wahr, Vendela? Aber wie geht es denn Ihnen, Herr Kommissar? Und wo ist Paul Weyland?«

»Wo er hingehört. In einer Zelle.«

»Gott sei Dank. Da kann Einstein morgen in aller Ruhe seine Nobelrede halten.«

»Aber wir schicken sicherheitshalber doch ein paar Männer.«

»Ich habe von der Zeitung den Auftrag, hinzugehen und die Stimmung einzufangen. Über den Vortrag will der Herr Redakteur selbst schreiben. Als wäre er in der Lage, ihn zu verstehen!«

»Sollten Sie morgen nicht lieber zu Hause bleiben und sich ausruhen?«, fragte Nils. Er war etwas besorgt wegen ihres munteren Tons. »Sie haben doch Schreckliches erlebt.«

»Nach allem, was ich dafür getan habe, Einsteins Leben zu retten, wäre es doch enttäuschend, wenn ich ihn nicht sehen könnte. Ich werde auf keinen Fall zu Hause bleiben. Und sein Vortrag ist erst um vierzehn Uhr.«

»Dann ist es wohl am besten, wenn Sie jetzt schlafen gehen. Gute Nacht, Fräulein Grönblad.«

NILS
11. Juli 1923

Nach einer Nacht in der Arrestzelle sah der Weltmann Paul Weyland genauso aus wie die meisten anderen Schurken, die Nils verhörte: unrasiert, zerzaust – und mit einer kleinen Brandwunde auf dem Handrücken. Die blaugestreifte Pyjamajacke, die er im Versuch, einen Rest von Würde zu bewahren, bis zum Hals zugeknöpft hatte, ließ ihn wie einen bereits verurteilten und internierten Sträfling aussehen. Eine Wache brachte ihn in das Verhörzimmer, wo Nils und der Dolmetscher – ein Herr mit Kneifer, den die Handelskammer geschickt hatte – auf ihn warteten. Mit gefesselten Händen setzte Weyland sich auf den Stuhl, der ihm angewiesen wurde.

Nils stellte sich und den Dolmetscher vor.

Weyland nickte kurz und fragte:

»Und wann kommt der Kommissar? Denn das Verhör wird ja wohl nicht von Ihnen, Herr Wachtmeister, abgehalten werden?«

»Doch, ich werde Sie verhören.«

Nils glaubte, Weyland habe aus Eitelkeit gefragt, er fand sich wohl zu wichtig, um von einem einfachen Wachtmeister verhört zu werden. Aber die Antwort schien ihn nicht zu enttäuschen. Ganz im Gegenteil, Nils glaubte eine Andeutung von Erleichterung in seinem Gesicht zu erkennen.

Nils begann mit den milderen Straftaten. Dem gefälschten Pass. Den geschäftlichen Betrügereien. Zu seinem Erstaunen gab Weyland alles zu. »Ja, ja, ja«, sagte er und nickte, beinahe eifrig, und ergänzte sogar Details, kleinlich und zurechtweisend.

Oft antwortete er auf Fragen, die der Dolmetscher noch gar nicht übersetzt hatte, das bestärkte Nils in seinem Verdacht, dass Weyland mehr Schwedisch verstand, als er zugeben wollte.

Die Luft im Verhörraum war stickig, nicht nur der Verhörte schwitzte. Nils spürte unter dem Hemd kleine kitzelnde Bäche aus Schweiß, und auch der Dolmetscher trocknete sich ständig die Stirn mit einem Taschentuch ab.

Nach einer Weile fand Nils, dass es genug sei und unterbrach das Verhör für eine halbe Stunde. Bevor Weyland aus dem Raum geführt wurde, bat er darum, Nils' Notizen vorgelesen und übersetzt zu bekommen, um sicherzugehen, dass wirklich alles mitgeschrieben wurde.

Nils ging in den gepflasterten Innenhof, um etwas Luft zu schnappen. In der Mitte stand ein großer Baum, darunter saß Kommissar Nordfeldt auf einem Holzstuhl und rauchte Zigarre, er saß breitbeinig nach vorne gebeugt und mit hochgekrempelten Ärmeln da.

»Wie geht es?«, fragte er.

»Ganz gut«, antwortete Nils. »Er hat die Betrügereien zugegeben. Er spuckt die Geständnisse geradezu heraus. Auch Dinge, von denen wir nichts wussten. Ich komme mir vor wie ein katholischer Priester im Beichtstuhl.«

»Hervorragend, Gunnarsson.« Nordfeldt zog zufrieden an seiner Zigarre, »und der Mordversuch?«

»So weit bin ich noch nicht.«

»Hoffentlich hält die Beichtlust an. Tatsache ist, dass

wir nichts haben, was ihn mit dem Gift in Verbindung bringt. Auch wenn es Weyland war, der Einstein das Essen serviert hat, so könnte jemand anderes in der Küche das Gift ins Essen getan haben. Da war ja jede Menge Personal. Manche sind in unserer Kartei. Wegen allerlei kleiner Verbrechen verurteilt. An sich nichts Ungewöhnliches in einer Restaurantküche.« Er blinzelte Nils durch den Zigarrenrauch zu. »Rein theoretisch könnten auch Sie es gewesen sein.«

»Wir haben Zeugenaussagen, dass Weyland ein Döschen mit Gift besaß, mit dem er am Abend zuvor eine Wespe getötet hat«, sagte Nils.

»Reicht nicht«, sagte Nordfeldt und schlug resolut die Asche seiner Zigarre ab. »Solange wir dieses Döschen nicht haben, wissen wir nicht, was drin war.«

Die Dose war nicht unter den Sachen, die Weyland bei Ellens Tante zurückgelassen hatte.

»Er hatte offenbar erwartet, von einem Kommissar verhört zu werden und nicht von einem Wachtmeister«, sagte Nils.

»Offenbar auch noch hochnäsig. Aber Sie machen weiter, Gunnarsson. Sie kennen ihn am besten. Er war ja irgendwie von Anfang an Ihr Mann, nicht wahr?«

»Ich glaube, er hat erwartet, für den Mordversuch angeklagt zu werden. Und er war erstaunt, auf einen Wachtmeister zu treffen, der von normalen kleinkriminellen Straftaten redete.«

»Ausgezeichnet. Dann kommt er vielleicht aus der Deckung«, brummte Nordfeldt. »Dann ist es an der Zeit zuzustoßen, Gunnarsson.«

Er nahm einen letzten Zug, warf die Zigarrenkippe auf

die Steinplatten und drückte sie mit dem Schuhabsatz aus.

Nils kehrte in das Verhörzimmer zurück. Er ließ Weyland und den Dolmetscher wieder hereinrufen und bat dann die Wache, eine Kanne kaltes Wasser und drei Gläser zu besorgen. Er plauderte ein wenig mit dem Dolmetscher und bat dann die Wache, Weylands Handschellen zu lösen, damit er ungehindert trinken konnte.

»Sie haben neulich im Hauptrestaurant zu Abend gegessen«, begann Nils.

Weyland sagte etwas, was wie die Einleitung zu einem weiteren Betrugsgeständnis klang. Nils machte eine abwehrende Handbewegung, auch zum Dolmetscher.

»Ihre Betrügereien interessieren mich im Moment nicht mehr, Herr Weyland. Eine der Damen am Tisch wurde von einer Wespe belästigt. Können Sie uns berichten, was Sie getan haben?«

»Ich habe ein Insektenmittel demonstriert, das ich verkaufe. Es ist ein harmloses Mittel. Nicht gefährlich für Menschen«, sagte Weyland.

Er hatte jetzt ein wachsames Blitzen in den Augen, sprach aber immer noch entspannt, beinahe träge.

»Warum glauben Sie, dass ich auf Menschen anspiele?«, sagte Nils.

Weyland lächelte.

»Aha. Wollen Sie mich wegen Tierquälerei anklagen?«

»Wo ist die Dose jetzt?«

Weyland schwieg ein paar Sekunden.

»Ich habe sie nicht mehr. Ich muss sie verloren haben.«

Nils studierte sein Gesicht. Einen Moment hatte er geglaubt, eine Spur von Angst in seinem selbstsicheren Blick zu erkennen.

Weyland wischte sich mit dem Ärmel des Pyjamas über die Stirn, und als seine Augen wieder sichtbar wurden, gab es darin nur höflich beherrschte Irritation, den Wunsch, diese Bagatelle erledigt zu bekommen.

Wie Hamilton, dachte Nils. Wie Hamilton, als ich ihn zum Verhör wegen der Postquittung holte.

Plötzlich fiel ihm auf, dass Weyland auf dem Stuhl saß, auf dem auch Hamilton kurz vor dem Mord gesessen hatte. Und dass er selbst auf dem Stuhl saß, auf dem Olander gesessen hatte.

Der Dolmetscher beobachtete ihn und wartete auf die nächste Frage.

Nils trank ein wenig Wasser, dann wandte er sich an Weyland und fuhr fort:

»Dann haben Sie sich um eine Anstellung als Kellner beim Diner der Naturwissenschaftler beworben?«

»Ja.«

»Warum?«

»Ich brauchte Geld. Wie Sie wissen, habe ich unter anderem Schulden bei einem Hotel in dieser Stadt. Ich war, als ich jünger war, in der Restaurantbranche tätig. Ich kenne die Arbeit.«

»Wussten Sie, dass Professor Einstein dort sein würde?«

Weyland schüttelte nachdrücklich den Kopf.

»Nein, nein. Er war zu Anfang auch gar nicht da. Er kam während des Essens.«

»Aber Sie wussten, dass er eingeladen war? Das war ja ziemlich klar. Sie haben vielleicht seine Tischkarte gesehen? Und Sie haben sich bemüht, an seinem Tisch servieren zu können?«

Weyland schüttelte wieder den Kopf und wedelte abwehrend mit den Händen.

»Dass ich seinen Tisch bekam, das war reiner Zufall.«

»Es stimmt nicht, dass Sie seinen Tisch hatten, das berichtet der Oberkellner. Sie beeilten sich, die Platte zu nehmen, die Einstein serviert werden sollte, bevor jemand anderes sie nehmen konnte. Und Sie bedienten ihn ausgerechnet in dem Moment, als er sich an seinen Tischnachbarn wandte. Ansonsten hielten Sie sich so weit weg wie möglich, damit Einstein Sie nicht zu Gesicht bekam.«

»Das ist Ihre Interpretation«, antwortete Weyland mit einem Achselzucken. »In einem Restaurant hilft man einander, damit das Servieren so glatt wie möglich vonstattengeht.«

Nils beobachtete ihn genau und fuhr fort:

»Wir haben die Essensportion, die Sie ihm gebracht haben, analysieren lassen. Sie enthielt tödliche Mengen von Zyankali.«

Noch bevor er die Übersetzung gehört hatte, hob Weyland seine dicken Augenbrauen.

»Das ist nicht Ihr Ernst! Wie schrecklich! Wer könnte das nur hineingetan haben? Haben Sie mit dem Koch gesprochen? Sie können mich nicht anklagen, nur weil ich am Tag zuvor einem Kunden ein Insektenmittel vorgeführt habe. Das ist doch lächerlich.«

Er lachte trocken.

»Was halten Sie von Professor Einstein und seinen Theorien?«, fuhr Nils fort.

Weyland richtete sich auf und sagte mit gespielter Würde:

»Es ist kein Geheimnis, was ich von ihm und seiner Arbeit halte. Ich bin wissenschaftlich ausgebildet und habe viel Energie darauf verwendet, Einsteins Hokuspokus zu entlarven. Aber ich ziehe es vor, mit meinem Intellekt als Waffe zu kämpfen.«

»Und das war es auch, was Sie taten, als Sie gestern Abend Fräulein Grönblad als Geisel nahmen und sie mit einem Rasiermesser bedrohten? Oder als Sie den Bus anzündeten? Nennen Sie das, Ihren Intellekt einzusetzen?«

Weyland schwieg. Er trank ein paar Schlucke Wasser.

Nils wartete.

Der Dolmetscher nahm den Kneifer ab, schloss die Augen und massierte die Nasenwurzel mit Daumen und Zeigefinger. Irgendwo hörte man einen Betrunkenen schreien und schimpfen, weil man ihn in die Arrestzelle brachte.

»Ich hatte Angst«, sagte Weyland leise.

»Wovor?«

»Vor einer Verhaftung natürlich.«

Er schaute Nils ärgerlich an.

»Und warum sollte man Sie verhaften?«

»Wegen der unbezahlten Hotelrechnungen. Der Betrügereien. Der Passfälschung. Wegen allem. Ich habe aus Verzweiflung gehandelt.«

Nils nickte langsam. Er wies ihn auf das Paradoxale in seiner Erklärung hin: Er verabscheute Einstein, weil er ihn als Betrüger ansah, und gab gleichzeitig offenherzig zu, selbst ein Betrüger zu sein.

»Aber am meisten Angst hatten Sie, weil Sie Gift in Einsteins Essen gemischt haben, nicht wahr?«

»Ich habe nichts mit der Vergiftung zu schaffen«, sagte Weyland ruhig.

Nils legte die Zeitung der Academy of Nations vor ihn auf den Tisch.

»Kennen Sie diese Organisation?«

Weyland studierte die Zeitung genau. Er nickte.

»Ja, sicher.«

»Sind Sie Mitglied dieser Organisation?«

»Nein. Aber ich teile ihre Auffassungen in Bezug auf Einstein. Er verführt die Menschen mit seinen Irrlehren. Einstein war ein gefährlicher Mann.«

War?, dachte Nils. Er musste sich anstrengen, sein Erstaunen nicht zu zeigen.

Er warf einen Blick zum Dolmetscher hinüber, um sich zu vergewissern, dass es keine falsche Übersetzung war. Aber auch der sah ein wenig verblüfft drein.

Dann wurde ihm klar: Weyland glaubte, dass Einstein tot war. Er war davon überzeugt, dass sein Mordversuch gelungen war. Er hatte die vergiftete Portion dem gerade eingetroffenen, hungrigen Einstein serviert, ihm sofort den Rücken gekehrt und das Restaurant verlassen, ohne Ellens Trick mit der Weinflasche zu bemerken.

Er war in Göteborg geblieben, um die offizielle Bestätigung zu bekommen. Dass Einstein tot und sein Auftrag erledigt war. Er zweifelte nicht daran, dass es ihm gelungen war.

Deshalb hatte Ellens Telefongespräch bei der Tante ihn so zur Verzweiflung gebracht. Er hatte die Worte *Polizei* und seinen Namen gehört und alles getan, um nicht gefasst zu werden. Jetzt gab er die Betrügereien zu, in der Hoffnung, wegen harmloser Vergehen angeklagt zu werden. Da würde die deutsche Botschaft ihm aus der Klemme helfen wie schon so oft. Auch was die ernsteren Anklagen betraf, die Drohung gegen Ellen und die Zerstörung des Busses, da verließ er sich wohl auf die Fähigkeiten seiner Landsleute, ihn mit Hilfe von Geld und Kontakten frei zu bekommen.

Wenn aber die Anklage Mord an einem Nobelpreisträger hieß, dann konnte er nicht mit ihrem Schutz rechnen. Dafür würden seine freundschaftlichen und sonstigen Verbindungen nicht reichen. Seine einzige Hoffnung war, dass die Polizei keine eindeutigen Beweise finden würde.

Die Schweißtropfen auf Weylands Stirn rührten nicht nur von der Hitze im Verhörzimmer her. *Er glaubte, die Todesstrafe zu riskieren.*

Nils dachte an das Rasiermesser an Ellens schmalem Hals und an die Angst in ihren Augen. Man konnte Weyland durchaus noch eine Weile in seinem Glauben lassen.

Er faltete in aller Ruhe die Zeitung zusammen.

»Ja, dann lasse ich Sie zurück in Ihre Zelle bringen, Herr Weyland. Ich glaube, dort ist es erheblich kühler als hier. Wenn Ihnen noch etwas einfällt, das Sie gestehen möchten, dann rufen Sie einfach nach der Wache. Dann machen wir ein neues Verhör. Ihr Geständnis kann zu mildernden Umständen führen.«

ALBERT

11. Juli 1923

Albert hatte eine unruhige Nacht im Haus von Gustaf Ekman.

Ohne auf die schrecklichen Details einzugehen, hatte er Ekman am Tag zuvor berichtet, dass ihm sein Gepäck im Zug abhandengekommen war. Ekman hatte kurz genickt, den Telefonhörer genommen und eine halbe Stunde später tauchte im Salon ein gut angezogener Herr mit einem Maßband auf. Schnell und diskret vermaß er Alberts Körper und zog sich dann mit einer Verbeugung zurück. Während der ganzen Prozedur hatte Ekman in aller Ruhe ihr wissenschaftliches Gespräch weitergeführt und über seine Beobachtungen der Meeresströmungen im Kattegatt berichtet, als ob er die Gegenwart des Mannes kaum wahrnehmen würde.

Als Albert am Abend in sein Schlafzimmer kam, hing da ein Frack in seiner Größe. Auf dem Bett lagen ein Pyjama aus kühler Seide, Hemden, Kragen, Unterwäsche, Rasierzeug und andere Dinge, die er vielleicht brauchen würde, und alles in bester Qualität.

Es gab also keinen Grund für Albert, sich zum Bahnhof und dort zur Stelle für vergessene Gegenstände zu begeben und nach seinem Koffer zu fragen, der vermutlich dort aufbewahrt wurde. Er brauchte nichts daraus.

Mitten in der Nacht fiel ihm plötzlich ein, dass auch das Manuskript für die Nobelvorlesung im Koffer war.

Er würde also doch am nächsten Morgen zum Bahnhof gehen müssen. Und wenn der Koffer nicht dort war?

Er konnte nicht schlafen. Er drehte sich hin und her, rutschte in seinem Seidenpyjama, ohne sich in dem riesigen Bett zurechtzufinden.

Er dachte über seine Ehefrauen nach. Die vorige, die jetzige und – vielleicht? – die zukünftige. Er dachte über seine Söhne nach. Er liebte sie und war gleichzeitig ein Fremder für sie.

Er erinnerte sich an den schrecklichen Moment, als er aus der Zugtür hing. An den Jungen und den Esel am Strand. An die verblüffende Ähnlichkeit des Jungen mit seinem Sohn Edouard, wie er ihm in der blendenden Sonne entgegengeritten kam und wie er unter dem Schirm der Mütze hervorlächelte.

Seine Überlegungen wurden vom Knattern eines Motorboots auf dem Kanal unterbrochen und von einer schreienden Möwe. Es war also schon Morgen?

Und gerade als sich ein Strahl rötliches Licht durch einen Spalt des Brokatvorhangs stahl und sich in den Prismen des Kronleuchters brach, wusste Albert, dass er den Koffer mit dem Manuskript nicht holen würde.

Seine Nobelvorlesung würde nicht vom *Gesetz über den photoelektrischen Effekt* handeln, auch wenn er dafür den Preis bekommen hatte. Niemand interessierte sich dafür. Er würde über die Relativitätstheorie sprechen. Das wollten alle hören, auch wenn niemand sie verstand. Er brauchte kein Manuskript, denn diese Rede hatte er schon so oft gehalten, er musste sie nur ein wenig ans jeweilige Publikum anpassen.

Als er diesen Entschluss gefasst hatte, konnte er doch noch einschlafen.

OTTO
Mai 2002

Am Mittwochvormittag kam der König zu Besuch ins Kinderparadies. Er, der Landeshauptmann und dessen Frau spazierten zwischen Tieren und Kindern umher, nickten nach rechts und nach links. Der Landeshauptmann eskortierte den König zum Affenkäfig und zum Seehund Fosse in seinem Teich und zu den Mädchen, die in kleinen Wannen Puppenkleider wuschen. Aber ich fand, der König sollte die eigentliche Berühmtheit im Paradies treffen, und führte Bella zu ihm, und wie ich es geahnt hatte, war der König ganz verrückt nach ihr.

»Ihre Majestät kann sie gerne streicheln, wenn Ihre Majestät das möchte.«

Aber er schüttelte nur den Kopf und lachte. Vielleicht hatte er Angst, sich die langen weißen Hände schmutzig zu machen? Er konnte ja nicht wissen, wie sauber und gut gebürstet Bella war.

»Ich muss gleich zur Kongresshalle, um der Nobelvorlesung von Professor Einstein beizuwohnen«, erklärte er feierlich.

»Wie schön, Eure Majestät. Das werde ich auch tun«, sagte ich.

Der König lachte und die Frau des Landeshauptmanns schaute mich unter ihrem blumengeschmückten Hut böse an, bevor sie rasch weitergingen.

Aber ich war *wirklich* zur Nobelvorlesung eingeladen.

Ich hatte am Morgen einen Brief ins Kinderparadies bekommen, er wurde von einem Boten gebracht. Wie sich herausstellte, kam er von Onkel Albert. Er hatte eine Eintrittskarte für die Kongresshalle dazugelegt, dankte mir dafür, dass er zur Ausstellung hatte mitfahren können, und schrieb weiter:

Du wirst meine Vorlesung leider nicht besonders unterhaltsam finden, mein Freund. Aber es würde mich wirklich freuen, wenn ich dich in der ersten Reihe sitzen sähe, wenn ich spreche. Du erinnerst mich so sehr an meinen Sohn. Und wenn es dir zu langweilig wird, dann kannst du dir verrückte Geschichten über mich oder die Menschen im Publikum ausdenken. Das mache ich auch immer, wenn ich mich in einer Vorlesung langweile. Niemand wird es merken, versprochen.

Ganz ehrlich, ich hatte keine große Lust auf diese Vorlesung. Sie kollidierte nämlich mit dem Besuch der Pfadfinder im Kinderparadies. Die zweitausend Jungen kamen mit einem Extrazug von Rådasee. Sie würden Limonade und Kuchen bekommen. Ich war unglaublich gespannt darauf, sie zu sehen. Wie kann man zweitausend Jungen gleichzeitig Limonade und Kuchen servieren? Wo würden sie sitzen? Würden sie sich abwechseln? Gruppenweise eingelassen werden? Am liebsten wäre es mir gewesen, wenn alle zweitausend ins Paradies geströmt kämen. Wenn ich zu Onkel Alberts Vorlesung gehen würde, müsste ich auf dieses Erlebnis verzichten.

So war es eben in der Ausstellung. Im normalen Leben passieren phantastische Dinge sehr selten und in großen

Abständen, in der Ausstellung jedoch fanden sie dauernd statt und oft genau zur gleichen Zeit.

Ich ging natürlich in die Vorlesung.

Sie hatten im letzten Moment die Plakate auswechseln müssen, denn Onkel Albert hatte sein Thema geändert und der Titel der Vorlesung war jetzt *Der Raum ist gekrümmt*. Das klang ja lustig.

Aber der Raum in der großen Kongresshalle war nicht gekrümmt. Nur schrecklich heiß. Die Sonne schien durch die hohen Fenster, die Halle war wie ein Gewächshaus.

Ich saß in der ersten Reihe bei den Journalisten. Onkel Albert stand direkt über mir am Pult und sprach mit der Hand in der Hosentasche. Ab und zu schaute er zu mir herunter, lächelte und zwinkerte mir zu. Seine Rede war wirklich schrecklich langweilig, genau wie er geschrieben hatte, aber ich befolgte seinen Rat und drehte mich um und schaute mir die Leute an und dachte mir Geschichten aus.

Neben mir saß eine junge Frau in einem hellgrünen Kleid mit einer Jubiläumsnadel am Kragen und einem Hut mit nach oben gebogener Krempe. Sie schrieb auf ihrem Notizblock. Ich rutschte ein wenig näher und stellte mir vor, dass sie meine Mutter wäre. Die Erinnerung an meine richtige Mutter war sehr undeutlich, deswegen war das gar nicht schwer. Ich stellte mir vor, dass sie sich über mich beugte und meine Jacke zurechtzog, dann auf ein Taschentuch spuckte und einen Flecken in meinem Gesicht wegrieb. Sie schimpfte ein wenig mit mir, aber nur ganz wenig, dass ich mich immer schmutzig machte, und dann lächelte sie und gab mir ein Küsschen. Das war eine nette Phantasie.

Die Stühle selbst waren auch lustig. Es waren Holz-stühle mit Klappsitzen, und sie waren mit einer Art Fir-nis angestrichen, die entweder nicht richtig getrocknet war oder eben keine Hitze vertrug, denn die Stühle waren richtig klebrig, und wenn man die Haltung ändern wollte, musste man wirklich kämpfen. Es sah lustig aus, wenn die feinen Anzugherren feststellten, dass sie festsaßen und sich mit einem schmatzenden Geräusch losreißen mussten.

Der König hatte jedoch einen gepolsterten Sessel be-kommen, er saß vorne im Mittelgang, auf der gleichen Hö-he wie mein Platz. Er hatte die langen Beine überkreuzt, stützte das Kinn auf die Finger der rechten Hand, mit den Fingern der linken Hand spielte und flatterte er stän-dig auf dem Knauf seines Stocks, das war faszinierend. Hin und wieder brummte er und nickte zustimmend, als würde er genau verstehen, worüber Onkel Albert sprach.

Ich beugte mich nach vorne und versuchte, den Blick des Königs einzufangen. Vielleicht würde er mich erken-nen, den Jungen mit dem netten Esel aus dem Kinderpara-dies, aber er war vollauf damit beschäftigt, Onkel Albert anzuschauen und zu versuchen, interessiert auszusehen.

Die Frau Landeshauptmann erkannte mich jedoch. Sie saß auf der anderen Seite des Gangs neben ihrem Mann, und als ich mich vorbeugte, drehte sie den Kopf mit einer so heftigen Bewegung in meine Richtung, dass ihre riesige Hutkrempe den schlafenden Landeshauptmann streifte. Ich grüßte sie mit einem Nicken und einem Lächeln. Sie schaute erschrocken um sich – nach einer Wache, die mich hinauswerfen würde, nahm ich an – und der Landeshaupt-mann bekam noch einmal eine mit der Hutkrempe ge-wischt, er blinzelte ganz verschlafen, wie eine Eule.

Onkel Albert sprach schrecklich lang, das musste er wohl. Er würde ja eine Menge Geld für diesen Vortrag bekommen, und da konnte man ja nicht nur fünf Minuten sprechen. Viele Menschen im Publikum nickten in der Hitze ein. Einige schliefen mit zurückgelehntem Kopf und offenem Mund, bei anderen ruhte das Kinn auf der Brust, und hier und da hörte man auch dumpfes Schnarchen. Das anzuschauen war auch lustig. Also eigentlich war die Vorlesung doch nicht so langweilig.

Hinterher kam Onkel Albert zu mir. Wir standen vor der Kongresshalle. Er nahm meine Hand und legte seine andere Hand darüber. Von der Achterbahn hörte man wildes Schreien, der Boden unter uns war weiß von Vogelkot, weil der Verein Schwedischer Brieftaubenzüchter am Tag zuvor dreitausend Brieftauben hatte fliegen lassen.

»Du hast es ausgehalten. Das war sehr brav von dir«, sagte er.

Ohne meine Hand loszulassen, dankte er mir noch einmal, dass ich ihn in Bellas Transportwagen zur Ausstellung mitgenommen hatte. Er schaute mich mit seinen braunen, ein wenig traurigen Augen an und lächelte.

Ich sagte, er müsse eigentlich dem Onkel mit den dicken Augenbrauen danken. Wenn Bella nicht seinen Pfefferminzpastillen hinterhergerannt und über das Schild gestolpert wäre, dann hätte man sie nicht zum Gut zurückgeschickt und wir wären nicht am Strand gewesen und hätten auch Onkel Albert nicht getroffen.

»Ja, dann muss ich wohl einen Gedanken der Dankbarkeit an den Onkel mit den dicken Augenbrauen schicken«, meinte er. »Was für ein Glück, dass er in der Ausstellung war.«

Ich hätte Onkel Albert gerne mit ins Lustige Haus genommen, das ganz in der Nähe lag. Da gab es Spiegel, in denen man ganz komisch und verdreht aussah. Bei seinem Interesse für den gekrümmten Raum hätte ihm das bestimmt gefallen.

Aber da kam ein Mann vorbei, der Limonade verkaufte, Onkel Albert kaufte eine Flasche für mich, verabschiedete sich und ging mit seinen Freunden davon. Das war das Letzte, was ich von ihm sah.

ELLEN
11. Juli 1923

Als sie in die Wohnung der Tante kam, war es schon Viertel vor acht Uhr am Abend.

Sie hatte keine Angst mehr, bis spät abends in der Redaktion zu bleiben. Seit Göte Fricksén gesehen hatte, dass Wachtmeister Gunnarsson an ihrem Schreibtisch auf sie gewartet hatte, hielt er Abstand von ihr. Er glaubte offenbar, dass sie ein Paar waren, und sie hatte ihm nicht widersprochen. Über die Sticheleien, die er sich hin und wieder erlaubte, konnte sie nur lachen. Zum Beispiel, als er sie fragte, was sie denn im Herbst machen wolle, wenn die Ausstellung schloss und es *Krone und Löwe* nicht mehr gab.

»Sie denken vielleicht an eine Karriere als Kriminalreporterin, mein Fräulein? Sie haben ja gute Kontakte zur Polizei«, hatte er mit einem zweideutigen Lächeln gesagt.

Ja, was würde sie im Herbst machen? Früher hatte sie einmal Grundschullehrerin werden wollen. Jetzt kam es ihr fast wie ein Schritt zurück vor, das Leben in der sicheren, aber auch etwas eingeschränkten Welt der Schule, wo sie den größten Teil ihres bisherigen Lebens verbracht hatte. Als Schülerin, gewiss. Lehrerin zu sein, das war etwas anderes. Aber es umgaben einen dennoch die gleichen Klassenzimmerwände. Seit sie für die Ausstellungszeitung arbeitete, war es eigentlich keine denkbare Möglichkeit mehr.

Sollte sie es tatsächlich als Journalistin versuchen und

sich bei einer der Zeitungen in der Stadt bewerben? Selbst für ihren Unterhalt aufkommen und zusammen mit einer Freundin eine Wohnung mieten? Der Redakteur würde ihr bestimmt ein gutes Zeugnis schreiben.

Aber dann sollte sie vielleicht zuerst studieren?

Hansson hatte ein Jahr lang in Lund studiert. Und was sollte sie überhaupt studieren?

Oder sollte sie, falls sie bei keiner der Zeitungen angestellt werden würde, sich eine Arbeit als Verkäuferin oder als Büroangestellte oder Ähnliches suchen? Kontakte knüpfen, offen sein für Möglichkeiten und ganz einfach abwarten, was passierte? Sich vom Wirbel mitdrehen lassen, so wie beim Tanz in der Rotunde?

Eins war auf jeden Fall sicher: Sie wollte nicht mehr bei den Eltern in Lerum wohnen. Bei der Tante hatte sie sich eine Selbstständigkeit erobert, die sie nicht mehr hergeben wollte.

Als sie an diesem Abend ihr Manuskript in den Korb für den Druckereiboten gelegt hatte, war sie mit sich zufrieden. Es gab nichts Schöneres, als nach hartem Bemühen beinahe körperlich zu spüren, dass ein Text fertig war. Nicht perfekt, keineswegs, aber so gut, wie sie ihn zu diesem Zeitpunkt schreiben konnte. Die steifen Glieder zu strecken, das Papier aus der Maschine zu nehmen, alles noch ein letztes Mal durchzulesen und dann das Manuskript abzugeben. Wenn sie den Text dann am nächsten Tag in gedruckter Form wieder sah, erlebte sie eine tiefe und heimliche Befriedigung, dass ihr altes Spiel mit Wörtern und Sätzen jetzt ernst genommen wurde. Und gleichzeitig war da auch ein winziger Stich von Enttäuschung. Diese geraden Zeitungsspalten, vor denen sie immer einen solchen Respekt gehabt hatte und die sie als ewige Wahrheiten von unfehlbaren Autoritäten angesehen hatte – eigentlich waren sie nichts Besonderes.

Sie hatte lange an der Beschreibung von Einsteins Vorlesung gearbeitet und versucht, die schläfrige Stimmung im Publikum (den schrecklichen Schweißgeruch hatte sie weggelassen) und die charismatische Ausstrahlung des Mannes auf dem Podium einzufangen. Sie beschrieb den Ort (ein Ofen aus Glas), den König und den kleinen Jungen neben ihr. Wer war er wohl? Er trug eine Jacke mit Metallknöpfen, wie ein kleiner Soldat, die Schirmmütze lag auf seinem Schoß. Ein Musiker aus der Kinderparade? Ein begabter kleiner Junge mit einem frühen Interesse für Physik? Die Hände, die feierlich gefaltet auf der Mütze ruhten, waren keineswegs sauber, und als er sich ein wenig zu ihr beugte, konnte sie einen scharfen Geruch nach Stall vernehmen.

Auch Einstein hatte den Jungen bemerkt und ihn freundlich angeschaut, einen Moment lang hatte es so ausgesehen, als würde sie eine heimliche Gemeinsamkeit verbinden, Einstein, der Junge und sie, in Blicken und Lächeln vereint.

Ellen hängte ihren Mantel und ihren Hut an die Garderobe. Die Tante war nicht zu sehen, aber Tora wartete wie immer getreu auf sie und servierte ihr in der Küche eine Portion aufgewärmtes Meerrettichfleisch.

»Ich habe das Bett frisch bezogen und das Zimmer geputzt, nach diesem schrecklichen Deutschen. Ellen kann heute Nacht dort schlafen«, sagte sie. »Wie gut, dass die Polizei diesen Schuft gefasst hat. Ich habe der gnädigen

Frau erzählt, wie er Ellen behandelt hat. Völlig wahnsinnig! Aber sie wollte mir nicht glauben. Die gnädige Frau sollte ein bisschen aufpassen, wen sie in ihre Wohnung lässt. Unter uns gesagt, es ist nicht der einzige Verrückte in ihrem Bekanntenkreis.«

»Wo ist sie jetzt?«, fragte Ellen und gab ein wenig Soße über die trockenen Fleischstücke.

»Bei einer Versammlung. Ich glaube, heute Abend sind es die Theosophen. Aber die tagen nie sehr lange. Sie kommt gleich nach Hause.«

Und wie zur Bestätigung von Toras Vermutung wurde die Eingangstür geöffnet und Tante Ida erschien in der Küche.

»Da bist du ja, Ellen. Es scheint dir gut zu gehen. Ich habe mir gleich gedacht, dass Tora übertrieben hat. Gestern Abend war hier ein kleines Durcheinander? Ja, meine Liebe, wir konnten dir leider nicht mitteilen, dass wir dein Zimmer einem Gast überlassen haben.« Sie lachte ein wenig und fingerte an ihrer langen Halskette, Perle für Perle, wie an einem Rosenkranz. »Aber es kam sehr plötzlich und war wirklich nötig, verstehst du? Ihr habt euch erschrocken, nicht wahr, du und er, das kann ich mir denken. Aber die Polizei zu rufen, das war wohl etwas übertrieben. Er ist ein sehr bedeutender Herr aus Deutschland, und ich war sehr überrascht, als Tora sagte, die Polizei habe ihn festgenommen. Das ist ein katastrophales Missverständnis.«

Ihre Stimme wurde plötzlich schrill. Sie ließ die Perlenkette los, holte ihr Spitzentaschentuch aus der Kostümtasche und drückte es in der Hand zu einem Ball, das machte sie immer, wenn sie nervös wurde.

»Der Grund, weshalb ich die Polizei gerufen habe ...«,
begann Ellen, wurde jedoch sofort unterbrochen.

»Nein, nein, liebe Ellen, du brauchst dich nicht zu beschuldigen. Es ist nicht dein Fehler. Es sind natürlich die
Juden, die das alles angerichtet haben.«

Tora unterbrach das Abwaschen, trocknete sich die Hände an der Schürze und holte stattdessen Milch, um sie auf
dem Herd warm zu machen.

»Die Juden?«, sagte Ellen verblüfft.

»Ja, natürlich.« Die Tante nickte heftig. »Ein jüdisches
Komplott. Die bekommen alles heraus. Nichts kann man
vor ihnen verheimlichen. Natürlich steckt hinter allem dieser Einstein. Er hat mit seiner Relativitätstheorie alles genau ausgerechnet. Doch, doch. Ganz bestimmt. Alles ist
ausgerechnet.«

Sie lachte bitter und drückte ihr spitzengeschmücktes
Schmusetuch an die Wange.

»O Gott«, stieß sie seufzend hervor, stand schnell auf
und ging hinaus, als sei ihr alles plötzlich zu viel.

Ellen schaute ihr verwundert nach.

»Sie ist ja verrückt! Tora, wie hältst du es aus, hier zu
arbeiten?«

»Ich habe mich daran gewöhnt.«

Aus dem Schlafzimmer hörte man das heftige Weinen
der Tante. Oder war es ein Lachen? Ellen wusste es nicht.

Tora schüttelte besorgt den Kopf.

»Heute ist es besonders schlimm«, sagte sie. »Aber
meistens hilft ein bisschen heiße Milch mit Honig.«

Sie goss das heiße Getränk in eine Teetasse, stellte sie
auf ein Tablett und ging zu ihr.

Als Ellen zu Ende gegessen hatte, ging sie zum Schlafzimmer der Tante. Sie klopfte, die Tante schniefte etwas Unverständliches. Ellen öffnete vorsichtig die Tür.

Die Tante saß im Bett, das Gesicht ganz faltig vom Weinen, wie ein Kind. Neben ihr saß Tora, sie hielt die zarte Hand der Tante in ihrer kräftigen, rotschuppigen Hand, und sie hatte den Arm um ihre Schultern gelegt.

»Es wird schon wieder gut, gnädige Frau. Alles wird wieder gut, ja, ja«, sagte Tora tröstend.

»Kannst du mir das versprechen, Tora, ganz bestimmt?«

»Ja, ganz bestimmt. Noch ein bisschen Honigmilch? Dann geht es doch gleich viel besser. Oder?«

Tora schaute auf und zwinkerte der erstaunten Ellen freundlich zu. Die Tante nahm die Tasse mit beiden Händen und trank schlürfend. Ellen schloss lautlos die Tür und entfernte sich.

Sie wartete in der Küche, bis Tora mit der leeren Tasse wiederkam.

»Sie dürfen der Gnädigen nicht böse sein, Fräulein Ellen. Sie meint es nicht so. Der Tod des Herrn hat sie sehr mitgenommen. Sie ist seither wie ausgewechselt«, seufzte Tora.

Sie stellte sich an die Spülschüssel und nahm ihre Arbeit wieder auf. Ellen holte ein Handtuch und half ihr beim Abtrocknen.

»Und diese eigenartigen Menschen, die sie ständig trifft, die machen es nicht besser«, fuhr Tora fort. »Aber dass sie mit Schurken und Banditen Umgang hat, das ist neu. Ich hatte keine Ahnung, was für ein Kerl dieser Deutsche ist, als ich ihm das Bett in Ellens Zimmer gerichtet habe. In diese Wohnung wird er auf jeden Fall nicht mehr hereingelassen. Davor muss er mich umbringen.«

»Tora, du kannst ganz beruhigt sein«, sagte Ellen. »Die Polizei hat ihn festgenommen. Er ist jetzt in einer Arrestzelle auf dem Revier.«

Tora wandte sich an Ellen und nickte zufrieden.

»Ja, da sitzt er jetzt. Ein paar Polizisten waren hier und haben gesagt, dass er im Kittchen ist. Sie haben seine Sachen geholt. Ich war froh, dass ich sie loswurde, ich wusste ja nicht, was ich damit machen soll. Ich hoffe, dass er diese Dose nicht mehr braucht. Aber ehrlich gesagt ist es mir auch egal, ob er sie braucht oder nicht.«

»Was für eine Dose?«

»Die ich unter der Matratze gefunden habe, als ich das Bett frisch bezogen habe. Da war irgendein Pulver drin. Wahrscheinlich so ein Schlafpulver, wie auch die Gnädige es verwendet.«

Ellen blieb mit einem Geschirrhandtuch und einem Glas in der Hand reglos stehen und starrte sie an.

»Wo ist diese Dose, Tora?«

Tora lächelte unwissend.

»Ich habe sie in den Müll geworfen, bevor die Polizisten kamen. Ich konnte ja nicht wissen, dass sie seine Sachen holen. Und«, fügte sie mit einer trotzigen Kopfbewegung hinzu, »von mir aus kann er gerne schlaflos in seiner Zelle liegen und über seine Sünden nachdenken.«

NILS

12. Juli 1923

Mit einem frischen Exemplar der *Göteborgs-Posten* in der Hand ging Nils hinunter in das Erdgeschoss der Polizeistation. Es war Donnerstag und im Wartezimmer vor dem polizeilichen Schnellgericht lag der übliche Geruch von ungewaschenen Körpern, billigem Branntwein und Armut, verstärkt durch die Sommerwärme.

Er ging in den länglichen Gebäudeteil, in dem sich die Arrestzellen befanden. Hier waren die Steinwände doppelt so dick und von draußen drang nur sehr wenig Luft herein, was an einem solchen Tag ein wenig Kühle bedeutete.

Der Wachmann zeigte ihm eine Tür, schob die kleine Luke beiseite, ließ Nils hineinschauen, um sich zu versichern, dass es die Person war, die er suchte. Nils nickte zur Bestätigung.

Auf der an der Wand befestigten Bank saß Paul Weyland, zusammengefallen und mit gesenktem Blick. Er hatte seine Pyjamajacke ausgezogen und trug nur ein Netzunterhemd. Die Haare standen ab, als hätte er sie verzweifelt mit den Händen gerauft. Auf den Steinboden vor seinen Füßen malte die Sonne ein Quadrat, das Gitter der Fensterluke zeichnete ein Karomuster. Der Rest des kleinen Zimmers war dunkel.

Das Klappern der Schlüssel des Wachmanns dröhnte zwischen den kahlen Wänden des Flurs und die Zellentür wurde aufgeschlossen.

Als Weyland Nils erblickte, richtete er sich schnell auf und schaute ihn mit seinem üblichen hochmütigen Blick an.

Ohne etwas zu sagen legte Nils die Zeitung neben ihn auf die Pritsche. Weyland schaute sie nicht an, Nils wartete mit verschränkten Armen. Keiner sagte etwas.

Dann siegte jedoch Weylands Neugier und er warf einen zerstreuten Blick auf die erste Seite.

Und jetzt kam die Reaktion. Er riss die Zeitung an sich, beugte sich darüber und im Lichtstreifen der Fensterluke studierte er das große und ungewöhnlich scharfe Bild. Es zeigte Einstein hinter einem Rednerpult vor einem großen Publikum, ganz vorne saß der schwedische König, im Hintergrund sah man die charakteristischen riesigen Fenster der Kongresshalle.

Weylands Blick sprang zwischen dem Bild und dem Datum in der Kopfzeile der Zeitung hin und her. Er schaute misstrauisch zu Nils auf, als ob der versuchte, ihn hinters Licht zu führen. Ganz zweifellos war der Anblick des wohlbehaltenen Einstein am Rednerpult eine Überraschung für ihn. Nils genoss seine Verwirrung.

Dann machte er das verabredete Klopfzeichen, der Wachmann öffnete die Zellentür, und ohne ein Wort gesagt zu haben, verließ er die Zelle. Die Zeitung konnte Weyland behalten.

Den Rest des Tages war er mit einem anderen Fall beschäftigt: ein Verkäufer eines Geschäfts für Büromaterial wurde des Betrugs verdächtigt. Es war die übliche Geschichte vom armen jungen Mann, dem eine so große Summe Geld, wie er sie noch nie zuvor in seinem Leben gesehen hatte, anvertraut wurde und der in seiner Naivität geglaubt hatte, dass niemand merken würde, wenn er einen kleinen Teil dieses Überflusses für sich abzweigen würde. Nils hatte ihn festgenommen, als er in einem Juweliergeschäft gerade ein Armband für seine Verlobte kaufen wollte. Der Juwelier war misstrauisch geworden, als der junge Mann die Scheine aus einer Mappe mit dem Emblem des Geschäfts für Bürobedarf holte. Nach ein paar Stunden des sinnlosen Leugnens hatte der junge Mann unter Tränen alles zugegeben.

Ehe Nils an diesem Tag nach Hause gehen konnte, rief er Ellen in der Redaktion an und fragte:

»Wie war der Vortrag gestern? Ist alles gut gegangen?« (Er wusste ja, dass alles gut gegangen war, er hatte schließlich zwei Männer dort gehabt, die Bericht erstattet hatten. Die Frage war nur ein Vorwand, sie anrufen zu können.) »Fanden Sie es sehr langweilig?«

»O nein«, sagte Ellen. »Ganz im Gegenteil.«

»Haben Sie etwas verstanden von dem, was Einstein gesagt hat?«

»Ah!«, rief sie aus. Es klang wie ein Zwischending zwischen einem Seufzer und einem Lachen. »Es ist gleichgültig, *was* er sagt. *Wie* er es sagt, das ist das Wichtige. Er spricht so weich und schön. Wie Musik. Und er ist so elegant! Ich glaube, ich habe mich ein wenig verliebt.«

Zu seinem Ärger spürte Nils eine Spur von Eifersucht. Er versuchte zu lachen. Ellen muss gehört haben, wie angestrengt es klang. Sie fuhr aufmunternd fort.

»Und dann, wenn das hier vorbei ist, kann ich darüber schreiben, wie Sie und ich Einsteins Leben gerettet haben. Das ist doch bestimmt eine Feder am Hut für uns beide, oder?«

»Tut mir leid«, sagte Nils. »Darüber dürfen Sie nichts schreiben. Wir mussten dem deutschen Konsulat mitteilen, dass ein Landsmann bei uns im Arrest sitzt. Das müssen wir bei ausländischen Straftätern immer machen. Sie haben um Diskretion gebeten. Es würde Einstein sehr schaden, wenn diese Geschichte öffentlich würde.«

»Aber bei Gericht wird es doch auf jeden Fall herauskommen. Haben Sie die Dose mit dem Gift in der Mülltonne gefunden?«

Es war ein paar Sekunden still.

»Hallo? Sind Sie noch da?«, rief Ellen.

»Ich weiß nicht, wovon Sie sprechen«, sagte Nils.

»Die Dose, die Tora unter der Matratze gefunden hat. Ich habe gestern Abend bei der Polizei angerufen. Sie waren schon weg, und da habe ich mit dem Diensthabenden gesprochen. Ich wollte nicht selbst im Müll wühlen und vielleicht Gift an die Hände bekommen.«

»Vielen Dank für die Mitteilung, Fräulein Grönblad. Sie ist sehr wichtig für uns«, sagte Nils rasch und legte auf.

»Ja, das stimmt«, antwortete Nordfeldt aufs Nils' Frage. »Setzen Sie sich, Gunnarsson. Ich sehe, Sie sind erregt. Aber es ist gut, dass Sie zu mir kommen. Ich wollte sowieso mit Ihnen sprechen.«

Nils setzte sich widerwillig. Nordfeldt lächelte ihn an und zog eine Schreibtischschublade auf. Er holte eine kleine Schachtel heraus.

»Wollen Sie ein Läkerol? Bitte sehr. Nehmen Sie die ganze Schachtel.« Nordfeldt schob sie Nils über den Tisch zu. »Die Wachtmeister in der Ausstellung haben einen ganzen Karton voll bekommen. Die machen gerade eine Werbekampagne. Sie haben bestimmt auch die Flugwerbung gesehen. Wollen Sie nicht?«

»Nein, danke.«

»Nicht? Ich finde sie tatsächlich richtig erfrischend.« Nordfeldt nahm die Schachtel wieder an sich, er öffnete sie, steckte eine Pastille in den Mund und fuhr, laut schmatzend, fort. »Ja, der Diensthabende wurde gestern Abend von Fräulein Grönblad angerufen, wie Sie sehr richtig bemerkt haben. Ida Hornborgs Hausangestellte hatte eine Dose mit einem Pulver unter Weylands Matratze gefunden. Sie hatte sie in die Mülltonne geworfen. Ich habe ein paar Leute hingeschickt, die die Mülltonnen im Hof durchsucht haben. Leider wurde diese Nachricht bei der Wachübergabe heute Morgen nicht mitgeteilt und ich habe erst um dreizehn Uhr etwas erfahren. Als die Polizisten ankamen, war das Müllauto schon da gewesen und hatte die Tonnen geleert wie offenbar jeden Donnerstag. Wirklich Pech.«

»Und die Dose?«

Nordfeldt machte eine resignierte Geste.

»Irgendwo auf dem Müllberg draußen in Skräppekärr. Wir können nur hoffen, dass die Hausangestellte ein ordentliches Frauenzimmer ist und die Dose nicht aus Versehen in die Tonne für Essensreste geworfen hat. Dann würden nämlich die Schweine da draußen den Inhalt fressen.«

»Wir müssen sofort nach Skräppekärr rausfahren und nach der Dose suchen!«, sagte Nils und stand so heftig auf, dass beinahe der Stuhl umgefallen wäre. »Das ist doch unser Beweismaterial!«

Nordfeldt lachte laut auf.

»Machen Sie sich lustig über mich? Wissen Sie, wie es dort aussieht? Eine Nadel im Heuhaufen wäre leichter zu finden. Außerdem geht es uns nichts mehr an.«

»Es geht uns nichts mehr an?«, sagte Nils erstaunt.

Nordfeldt räusperte sich und legte ein paar Bleistifte auf seinem Schreibtisch gerade.

»Die Deutschen haben sich gemeldet, Sie übernehmen den Fall.«

Nils starrte ihn an, als könne er seinen Ohren nicht trauen.

»Wollen Sie damit sagen, Herr Kommissar, dass Weyland verlegt wird?«

Nordfeldt nickte kurz.

»Sie holen ihn jeden Moment ab. Sie haben die Hotelrechnung bezahlt. Das Grand Hotel Haglund hat die Anzeige zurückgezogen.«

»Und der Vergiftungsversuch? Und dass er Fräulein Grönblad als Geisel genommen hat? Der Bus?«

Kommissar Nordfeldt nickte wieder, kurz und schnell, mit zusammengepressten Lippen, als würde er in die Kritik einstimmen wollen, sei jedoch verhindert, sie zu kommentieren.

»Ich habe meine Anweisungen von oben«, sagte er leise. »Die Deutschen übernehmen die Ermittlungen und kontaktieren uns, wenn sie Hilfe brauchen.«

»Aber die werden alles einstellen! Er wird sich herauswinden können!« Nils war hochrot im Gesicht vor Zorn.

Nordfeldt zuckte mit den Achseln.

»Was sollen wir machen? Sie haben die Auslieferung verlangt. Jetzt ist es ihre Angelegenheit. Wir werden uns darauf konzentrieren müssen, Einstein zu bewachen, so lange er in Göteborg ist. Nach seiner Abreise ist die Angelegenheit für uns erledigt, und wir können uns wieder um die Branntweinschmuggler und Fahrraddiebe kümmern. Darauf freue ich mich schon.«

Nils wollte noch etwas sagen, biss sich jedoch auf die Lippen. Er nickte kurz zum Abschied und ging dann zur Tür.

»Ich weiß ja nicht, wie Sie es halten werden, Gunnarsson«, rief Nordfeldt ihm nach. »Aber ich werde in nächster Zeit kein Schweinefleisch essen.«

Als Nils aus dem Polizeirevier kam, blieb er stehen.

In der Spannmålsgatan stand ein schwarzes, glänzendes Auto, das er noch nie gesehen hatte. Der Chauffeur hatte direkt vor dem Revier angehalten und war hinter dem Steuer sitzen geblieben, als warte er auf seine Fahrgäste.

Nils blieb im Schatten der Hauswand stehen und betrachtete das fremde Auto. Die lackierten Seiten glänzten in der Sonne wie die Flügel eines großen Käfers.

Im nächsten Moment wurde die Tür zum Hof des Polizeireviers geöffnet und Weyland wurde von zwei Männern in langen, gut sitzenden Mänteln herausgeführt. Ihre Schuhe waren genauso schwarz und glänzend wie das Auto.

Weyland trug einen ordentlichen, etwas zu großen Anzug, den sie offenbar mitgebracht hatten, die Haare waren sauber gekämmt. Seine Hände waren in Handschellen gefesselt, aber seine Haltung war aufrecht und würdevoll.

Der Chauffeur hielt die Tür zum Rücksitz auf. Gerade

als Weyland einsteigen wollte, drehte er ein wenig den Kopf und entdeckte Nils. Er hielt beim Einsteigen inne. Ihre Blicke trafen sich, und Weyland lächelte. Dann verschwand er im Auto.

»Gott allein weiß, welche Geheimnisse er kennt und wie weit nach oben seine Verbindungen reichen«, dachte Nils, als das Auto über das Pflaster davonrollte und zur Brücke über den Östra Hamnkanalen fuhr. »Ich könnte wetten, dass er diese Handschellen nicht mehr sehr lange tragen muss.«

Als der Wagen außer Sichtweite war, stieß Nils einen Schrei aus und schlug mit aller Kraft mit der Faust gegen die Hauswand, erst einmal, dann noch einmal und noch einmal.

Er besann sich, holte mehrmals tief Luft und schaute sich um. Vor einem Geschäft weiter oben in der Straße stand ein Pferd vor einem Lastkarren und sah ihn unter den Stirnfransen an. Sonst hatte niemand seinen Ausbruch mitbekommen.

Er holte ein Taschentuch heraus und wickelte es um seinen blutenden Knöchel. Er ging zurück ins Polizeirevier. Immer noch berauscht von Adrenalin rief er in der Redaktion von *Krone und Löwe* an.

Fräulein Grönblad war noch da. Er räusperte sich und fragte, ob er sie nach der Arbeit zu Kaffee und Waffeln in Bengts Café einladen dürfe.

Sie sagte ja. Er glaubte, aufrichtige Freude und Erwartung in ihrer Stimme zu hören.

Mit einem vorsichtigen Lächeln legte er auf und spürte, wie die übliche Ruhe sich wieder in ihm breitmachte.

ALBERT

12. Juli 1923

Albert lag auf dem Rücken im Gras und schaute in die mächtige Krone der Ulme. Unten glitzerte der Rådasee in der Sonne. Neben ihm saßen Gustaf Ekman und Svante Arrhenius auf ausgebreiteten Decken. Sie waren alle ein wenig müde.

Am Abend zuvor hatte die Stadt Göteborg ihr offizielles Bankett für die Naturwissenschaftler in der Rotunde abgehalten, es war eine erheblich größere Veranstaltung als das Willkommenssouper im Rosengarten. Vierundzwanzig lange Tische waren wie Speichen eines Rads auf dem runden Tanzparkett aufgestellt und gedeckt worden. Arrhenius hatte eine geistreiche Rede gehalten, über den Löwen und die Krone, die beiden Elemente des Stadtwappens, die die Minarette krönten. Er hatte über die Handelsstadt Göteborg gesprochen, die schon immer ein gutes Händchen für Kronen gehabt hatte. Und dass der Löwe vielleicht ein wenig bedrohlich aussah mit seinem erhobenen Schwert. Aus dem Griff und der Stellung ging jedoch klar hervor, dass der Löwe eigentlich ein *Glas* hob und dass es natürlich … Hier hatte Arrhenius eine Kunstpause gemacht, sein eigenes Glas erhoben, in der gleichen Geste wie der Löwe, dann hatte er den Blick über die Versammlung schweifen lassen und war in ein schallendes »… Prosit und willkommen!« ausgebrochen.

Es folgten noch viele Toaste, und am Donnerstag, der

genauso heiß war wie der Tag zuvor, hatte Gustaf Ekman seinen Gast ausschlafen und ihm dann ein spätes und reichliches Frühstück servieren lassen.

An diesem Tag nun war geplant, dass die Naturwissenschaftler verschiedene Exkursionen unternehmen sollten, je nach Forschungsschwerpunkt und Interesse sollten sie geologische Formationen studieren, das Wasserkraftwerk in Trollhättan oder ozeanografische Phänomene in den Schären oder die Pflanzenwelt auf der Insel Särö besuchen.

»Nichts davon fällt ja in dein Gebiet, Albert«, sagte Ekman sachlich, während die Haushälterin Tee in die ostindischen Tassen einschenkte. »Ich würde deshalb vorschlagen, wir fahren einfach hinaus zu meinem Sommerhaus und erholen uns dort ein wenig. Ich habe gestern mit Arrhenius darüber gesprochen, er fand es eine glänzende Idee.«

Ekmans Sommerhaus war, wie sich herausstellte, das schöne Herrenhaus Rådö Säteri, etwas außerhalb der Stadt gelegen. Arrhenius kam in einer Taxidroschke, gerade als Albert aus Ekmans Auto ausstieg. Ebenso wie Ekman trug er einen hellen Sommeranzug.

Nach dem Mittagessen, das die drei Herren auf der Veranda einnahmen, fragte Ekman, ob Albert ihm die Ehre erweisen und sich in das Gästebuch des Hauses eintragen wolle. Das wollte er natürlich. Statt das Buch zu holen, bat Ekman ihn, mit in den ersten Stock zu kommen.

»Hier gibt es viele große Männer und Frauen«, sagte Ekman mit einer Geste zum Fenster.

Albert schaute hinaus. Er sah nur das Tor, die Bäume der Allee und den leeren Vorplatz. Ekman lächelte ihn an.

»Wir haben hier eine kleine Tradition«, fuhr er fort und

klopfte leicht an die Fensterscheibe. »Wir verwenden das Fenster als Gästebuch.«

Da bemerkte Albert, dass in die bleiverglasten Scheiben Namen eingeritzt waren, viele mit einem Datum aus dem letzten Jahrhundert. Sie waren so fein ziseliert eingeritzt, dass man sie nur sah, wenn das Licht auf eine bestimmte Art und Weise einfiel, und er musste sich ein wenig verrenken, um alle Namen lesen zu können. Einer war Svante Arrhenius. Auf einigen Scheiben war nichts zu sehen, wie sehr er auch den Kopf verdrehte.

Gustaf Ekman reichte ihm ein Werkzeug mit einer Diamantenspitze und nickte auffordernd in Richtung einer leeren Scheibe. Albert ritzte seinen Namen quer über das Grün und den blauen Sommerhimmel. Wenn er einen Schritt zurücktrat, sah er nur Grün und Himmel. Dann legte er den Kopf schief und sah wieder seinen Namen. Er lachte begeistert.

»So«, sagte Ekman und legte das Werkzeug wieder in eine Schublade im Sekretär. »Von nun an sehe ich die Welt durch Albert Einstein.«

Als sie herunterkamen, stand die Haushälterin in der Halle und fragte, wo der Herr Professor den Kaffee und den Punsch einzunehmen wünschte. Ekman bat sie, alles zusammen mit ein paar Decken in einen Picknickkorb zu packen.

Kurze Zeit später spazierten die drei Herren gemütlich durch den Garten hinunter zum See und tauschten Höflichkeiten aus. Man dankte Albert für die Nobelrede am Vortag in der Kongresshalle, Arrhenius für seine muntere Rede über den prostenden Löwen und Ekman für das ausgezeichnete Mittagessen, das sie gerade zu sich genommen hatten. Zufrieden mit sich selbst, mit einander und mit der Welt, ließen sie sich im Schatten von einigen Ulmen nieder. Ekman servierte heißen Kaffee und kalten Punsch aus den Thermosflaschen. Die Luft über dem See schien in der Hitze zu flimmern, und auf der anderen Seite konnten sie die Spuren des gigantischen Pfadfinderlagers sehen, das letzte Woche hier stattgefunden hatte.

Während des Banketts am Abend zuvor hatten sie mit dem Polarforscher Otto Nordenskjöld zusammengesessen, der sie mit Erzählungen über seine Abenteuer in der Antarktis unterhalten hatte. Er hatte in einer Hütte überwintert, die er aus Steinen und Pinguinkot gebaut hatte, und um nicht schneeblind zu werden, hatte er einen Augenschutz hergestellt, der aus einem Stück der schwedischen Flagge, das über einen Draht gespannt war, bestand.

»Nordenskjöld ist wahrscheinlich einer der Letzten, die den Erdball erforschen«, sagte Arrhenius nachdenklich. »Das meiste ist doch entdeckt und genau durchsucht worden. Die nächste Generation wird das All und die Planeten erforschen.«

Er nippte am Punsch und schaute in den wolkenlosen Himmel, wo gerade eine Flugmaschine vorbeizog. Die anderen folgten seinem Blick.

»Alles geht jetzt sehr schnell«, fuhr Arrhenius fort. »Vor noch nicht einmal zehn Jahren dominierten die Pferdedroschken die Straßen. Jetzt sind sie fast komplett von den Autos verdrängt worden. Die ersten Flugzeuge schweben schon am Himmel. Wie viele werden dort in zehn Jahren kreisen, was glaubt ihr? Im nächsten Jahr plant Amerika, ein Luftschiff von Alaska über den Nordpol nach Europa zu schicken, um dann eine reguläre Route einzurichten. Wir befinden uns im Jahrhundert der Luft- und der Raumfahrt, da oben werden die nächsten großen Entdeckungen gemacht werden.«

»Gibt es denn dort so viel zu entdecken?«, sagte Gustaf Ekman skeptisch. Er hatte seine langen Beine angezogen und die Arme um die Knie gelegt.

»Auf den Planeten verstecken sich unglaubliche Ressourcen«, sagte Arrhenius.

»Aber wir werden sie wohl nie erreichen. Der Mensch ist nicht dafür geschaffen, sich auf anderen Planeten aufzuhalten.«

»Sag das nicht, Gustaf. Die Temperatur auf unserem Nachbarplaneten Venus lässt sich auf siebenundvierzig Grad Celsius berechnen, und die Luftfeuchtigkeit ist wahrscheinlich dreimal so hoch wie im Kongo«, erklärte Arrhenius. »Alles ist also klatschnass. Und heiß. Aber für Menschen sind das keineswegs unvorstellbare Lebensbedingungen, oder?«

Eine Taube gurrte im Laub über ihnen. Auf dem terrassierten Abhang vor dem Hauptgebäude konnte Albert einen kräftig gebauten Mann sehen, der still mit den Händen auf dem Rücken dastand.

»Siebenundvierzig Grad? Da ist es doch bestimmt heißer. Wenn man die Nähe zur Sonne bedenkt.«

Arrhenius schüttelte heftig mit dem Kopf.

»Die Wolkenbildung ist unglaublich stark und schützt gut gegen die Hitze. Die Reflexion der Wolkenmassen verleiht der Venus ihren weißen Strahlglanz. Auf dem Boden ist es komplett windstill und dunkel. Der größte Teil des Planeten ist zweifellos von Sümpfen mit lebhaftem Pflanzenleben bedeckt.«

Das Flugzeug war verschwunden. Das Laub in den Baumkronen flüsterte leise.

Albert schloss die Augen und stellte sich stille, dunkle Regenwälder vor. Wie es von den Pflanzen tropfte, die dampfenden Sümpfe.

»Und der Mars?«, sagte Ekman.

»Der Mars ist tot«, behauptete Arrhenius. »Es ist völlig klar, dass die sogenannten Kanäle, die man im Teleskop sieht, Krater nach Erdbeben sind. Dort gibt es nur Kälte und Wüsten. Vielleicht hat es einmal Leben gegeben. Aber jetzt nicht mehr. Die Venus hingegen kann sich sehr wohl zu einem Planeten entwickeln, der unserem gleicht. Die Temperatur wird weiter sinken, und irgendwann, vielleicht erst, wenn das Leben auf der Erde zu den einfachsten Formen zurückgekehrt oder erloschen ist, werden Pflanzen- und Tierformen entstehen, die an die unsrigen erinnern. Und Venus wird die Himmelskönigin sein, wie sie von den Babyloniern genannt wurde.«

»Wie schön«, murmelte Albert.

Er sehnte sich nach Hause in sein Turmzimmer und zu seinem Teleskop.

Dann fiel ihm plötzlich etwas ein. Er hatte seine Nobelvorlesung über die Relativitätstheorie und nicht über das Gesetz des photoelektrischen Effekts gehalten. Würde man ihn dafür bestrafen, das Geld zurückhalten?

Nach Arrhenius' feierlicher Rede über Sterne und Planeten kam es ihm ein wenig banal vor, so weltliche Dinge anzusprechen. Aber er musste es wissen. Und da ihm kein passender Übergang einfiel, stellte er seine Frage ganz schnell und gleichsam nebenbei, während er sich mit einem großen Blatt Luft zufächelte.

»Vom Hölzchen aufs Stöckchen, wann glaubst du, dass das Geld auf meinem Schweizer Konto eintreffen wird?«

Arrhenius lachte.

»Albert, mein Freund. Sobald ich wieder in Stockholm bin, werde ich dem Schatzmeister der Stiftung den Auftrag geben, dir das Geld zu schicken. In ein paar Wochen hast du es.«

»Aha, dann ist gut«, antwortete Albert und versuchte, einen Seufzer der Erleichterung zu unterdrücken.

»Ich bin froh, dass du das Thema geändert hast«, fügte Arrhenius hinzu. »Ich wollte es eigentlich selbst vorschlagen.«

Albert setzte sich auf und schaute ihn erstaunt an.

»Ich dachte, es wäre mir verboten, über die Relativitätstheorie zu sprechen. Das hast du mir geschrieben, auch wenn du dich etwas vorsichtiger ausgedrückt hast.«

»Das war letztes Jahr. Da war deine Theorie in gewissen Kreisen noch umstritten. Jetzt gibt es kaum noch Widerstand. Es ist wohl kaum noch eine Frage. Das wissenschaftliche Denken ist in Veränderung begriffen. Ja, das menschliche Denken ganz allgemein.«

Der Mann auf der Terrasse stand immer noch an seinem Platz. Albert wandte sich an Gustaf Ekman und fragte:

»Der Mann da oben, ist das einer von deinen Angestellten?«

»Nein. Die Polizei hat ihn geschickt. Um dich zu schützen, Albert. Du bist ein wertvoller Mann.«

»Ach so«, sagte Albert und legte sich mit dem Kopf auf eine Baumwurzel.

Er gähnte und zog sich den Strohhut übers Gesicht.

Arrhenius und Ekman unterhielten sich neben ihm. Ihre Stimmen verschmolzen mit dem Gurren der Tauben und dem Rauschen der Blätter.

Und in diesem Zustand völliger Geborgenheit glitt er in einen Traum über, er handelte von Betty und den heißen, windstillen Sümpfen auf der Venus.

NILS

12. Juli 1923

Die Terrasse des Cafés auf der Anhöhe war voll besetzt. Kellnerinnen in Volkstrachten bewegten sich zwischen den kleinen Tischen im Schatten der Bäume.

»Haben Sie schon die Wetterkolumne für morgen geschrieben, Fräulein Grönblad?«, fragte Nils und rührte in seiner Kaffeetasse. »Erwartet uns eine Linderung in Bezug auf die Hitzewelle?«

»Ich weiß es nicht. Heute hat Hansson das Wetter bekommen«, sagte Ellen. »Ich war heute im Aquarium und habe eine Reportage geschrieben über den Versuch, die Wassertemperatur in den Becken zu senken. Sie haben Eimer mit Eis versenkt. Die Fische – die wenigen, die noch am Leben sind – wurden sofort munter und schwammen umher wie verrückt. Ich bekam fast selbst Lust, hineinzuspringen und mich etwas abzukühlen.«

Nils lachte.

Ellen strich Marmelade auf eine Waffel und fuhr fort:

»Waffeln essen macht Spaß. Und man hat immer eine schöne Aussicht. Haben Sie schon einmal darüber nachgedacht? Waffel-Cafés sind immer ganz oben. Waffeln und eine schöne Aussicht gehören auf geheimnisvolle Art zusammen.«

Nils schaute über den Abhang mit Rhododendronsträuchern. Unten beim Teich glänzte die weiße gebogene

Kuppel der Sporthalle in der Abendsonne wie eine riesige, an Land gespülte Muschel.

»Ja, da haben Sie recht«, sagte er. »Wissen Sie, eigentlich wollte ich Sie ins Hauptrestaurant einladen. Aber irgendwie bereitet dieser Ort mir Unbehagen.«

»O ja«, sagte Ellen und schüttelte sich ein wenig. »Bengts Café ist viel netter.«

»Aber eine Waffel ist ein kümmerlicher Dank für Ihren Einsatz. Sie haben Einstein gerettet.«

»Sie haben mir ja gesagt, was ich tun soll.«

»Sie sind sehr mutig, Fräulein Grönblad. Eigentlich schuldet Ihnen die ganze Welt einen Dank. Ich weiß nur nicht, wie der ausgesprochen werden könnte.«

»Könnte man nicht eine schicke Medaille bekommen? Ich könnte sie dann wie ein Medaillon an einer Goldkette um den Hals tragen«, sagte sie lachend. »Haben Sie mich deshalb eingeladen? Um mir zu danken?«

»Ich wollte Ihnen auch etwas erzählen.«

»Ja?« Sie schaute ihn gespannt an.

Nils schwieg und schaute in seine Kaffeetasse. Schließlich sagte er seufzend:

»Wir haben Weyland entlassen müssen. Die Deutschen wollen sich selbst um ihn kümmern.«

Ihr Gesicht drückte deutlich ihre Enttäuschung aus.

»Ich verstehe, dass Sie wütend sind, Fräulein Grönblad«, sagte Nils rasch. Er beugte sich vor, damit er nicht lauter sprechen musste wegen des Gemurmels der Cafégäste. »Ich bin es auch, das kann ich Ihnen sagen. Nach allem, was Sie durchgemacht haben! Was Sie riskiert haben! Aber wir erhielten die Anweisung vom Polizeidirektor. Der sie wiederum von einer noch höheren Instanz be-

kam. Wir mussten ihn übergeben und den Deckel draufle-
gen. Kein Wort über die Geschichte darf herauskommen.
Vielleicht hat es auch etwas Gutes, ihn loszuwerden.«

Er erzählte nicht, dass seine Kollegen die Mitteilung
über die Dose mit dem Gift nicht weitergegeben hatten
und dass somit das Beweismaterial verschwunden war.
Das wäre zu bitter gewesen.

»Haben Sie mich nur deshalb eingeladen?«, fragte Ellen noch einmal, diesmal mit ein wenig Schärfe in der
Stimme.

Nils stellte fest, dass sie ihm kaum zugehört hatte. Er
war verwirrt. Ellens Augen waren groß und dunkel, ihr
Mund zusammengekniffen. War sie böse oder traurig?
Ellen hatte so viele Gesichter. Er hatte inzwischen viele
gesehen und sie waren erstaunlich unterschiedlich: das
aufgeregte Mädchen, das er aus dem Tumult beim Hafen-
streik hatte befreien müssen. Die entschlossene Journalistin, die in rasendem Tempo auf der Schreibmaschine
schreiben konnte. Das Flapper-Mädchen mit den rußigen
Augenlidern, mit dem er in der Rotunde getanzt hatte. Die
Kellnerin im gestärkten Häubchen, schnell und tatkräftig.

Das letzte Bild ließ er nur zögernd vor seinem inneren
Auge erscheinen: Ellen mit einem Rasiermesser am Hals.
Die Augen, die sich mit einem stummen Schrei um Hilfe
auf ihn gerichtet hatten.

All diese Bilder legten sich übereinander wie Skizzen
aus Seidenpapier. Alle zusammen bildeten ein Geschöpf,
das starke und merkwürdige Gefühle in ihm auslöste,
eine Mischung aus Begehren, Zärtlichkeit und Bewunderung.

»War das der Grund?«, wiederholte sie leise, als würde

sie zu sich selbst sprechen. »Ich habe mich so gefreut, als Sie mich heute angerufen haben. Ich dachte, dass Sie, jetzt, wo alles vorbei ist, mich treffen wollen, weil …« Sie richtete sich auf, blinzelte heftig und versuchte, ihre Stimme unter Kontrolle zu bringen. »Weil … weil Sie *mich* treffen wollen! Ich habe mich ganz offensichtlich getäuscht.«

»Oh, Fräulein Grönblad! Ellen!« Er legte seine große Hand über ihre. »Sie täuschen sich überhaupt nicht. Keineswegs. Ich bin gekommen, um Ihnen zu danken und von der Lösung des Falls zu berichten. Ja. Aber hauptsächlich bin ich hergekommen, um dich zu treffen. Ich darf doch du sagen? Ich wollte dich sehen, Ellen.« Seine Hand drückte die ihre. »Das wollte ich. Das war eigentlich *das Einzige*, was ich wollte.«

Er bemerkte, dass sie seine Hand anstarrte, und erst jetzt wurde ihm der Schorf auf seinen Knöcheln bewusst. Verlegen zog er die Hand weg, aber sie packte sie mit erstaunlicher Schnelligkeit.

»Aber Nils! Was ist los, hast du dich geprügelt?«, rief sie mit einer Mischung aus Vorwurf und Bewunderung. »Mit wem?«

»Gegen eine Hauswand«, antwortete er lächelnd. »Gegen die Hauswand des Polizeireviers. Und gegen die Ungerechtigkeit der Welt. Und du weißt ja, wie es ausging. Sowohl das Revier als auch die Ungerechtigkeit haben es unverletzt überstanden. Und ich … ja, du siehst es ja.«

Sie schauten beide auf seine Hand. Sie lachte ein wenig.

»Weißt du was, Ellen?«, sagte Nils. »Ich finde, eine Waffel in Bengts Café ist ein bisschen wenig für so eine Gelegenheit. Dürfte ich dich zu einer Fahrt mit der Bergbahn einladen? Das ist das Einzige, womit ich noch nicht gefahren bin. Bis hinauf zum Leuchtturm.«

Dieses Mal kann ich nicht der Zentrifugalkraft die Schuld geben, dachte Nils, als sie dicht nebeneinander in dem grünen Wagen saßen, der langsam und ratternd den Berg emporfuhr. Stattdessen spürte er sehr deutlich die Gravitationskraft, durch die sie wegen der steilen Schräge in die Rückenlehne gedrückt wurden. Er hoffte, dass das Drahtseil von guter Qualität war.

Ellen schaute ungezwungen aus dem Fenster, wo Büsche und kleine Hügel vorbeiglitten.

»Du wolltest doch wissen, wie das Wetter wird«, sagte sie.

Wollte ich?, dachte Nils.

Der Wagen fuhr so langsam, dass er fast stehen blieb. Nils hatte das Gefühl, dass sie jeden Moment in einem wahnsinnigen Tempo rückwärts fahren könnten.

»Der Leuchtturm wird als Wetterstation genutzt«, sagte Ellen fröhlich. »Er dient vor allem der Demonstration. Bei der Zeitung bekommen wir die Wetterberichte per Telegraf von richtigen meteorologischen Stationen. Aber die Instrumente hier oben sind funktionstüchtig.«

Der Wagen war stehen geblieben und sie stiegen vor dem Leuchtturm auf dem Gipfel aus. Es wehte ein angenehmer Wind. Der Leuchtturmwärter lüftete seine Mütze und grüßte. Er kannte Ellen, sie hatte ihn schon einmal interviewt.

Sie schauten sich alle Wetterapparate an. Barographen, Hygrometer, Niederschlagsmesser, Masten mit Windkreuzen und Thermometern, die in lustigen Käfigen steckten, als hätte man Angst, sie würden abhauen.

»Die Thermometerkäfige lassen die Luft herein, aber keine Sonne oder Niederschläge«, erklärte Ellen.

Sie hatte bei dem Interview alles über die Instrumente erfahren. Mit Kennermiene beugte sie sich über den Barographen und studierte das Diagramm.

»Das ist der Luftdruck«, erklärte sie. »Siehst du es?«

»Ja«, sagte Nils und stellte sich neben sie.

Aber er schaute nicht das Diagramm an. Er sah die Konzentration in Ellens Gesicht, die gespannten Sehnen am Hals, wenn sie sich vorbeugte, den wachen Blick, mit dem sie die Kurven unter dem Stift des Messingarms verfolgte. Er sah den weichen, babyhaften Flaum unter der Nackenfalte und ihr Ohr, klein und wunderbar wohlgeformt und beinahe rund, wie bei einem Bärenjungen.

»Er ist gefallen«, entschied sie sachkundig. »Es wird Regen geben.«

»Das kann nicht sein«, sagte Nils.

»Doch, es stimmt«, sagte der Leuchtturmwärter hinter ihnen. »Das Wetter wird unbeständig. Auffrischender südwestlicher Wind, wahrscheinlich Regen.«

Ellen drehte sich so plötzlich um, dass sie gegen Nils stieß, und eine Sekunde lang standen sie ganz dicht beieinander, Brust an Brust, dann machte er automatisch ein paar Schritte nach hinten. Ohne seine Verlegenheit bemerkt zu haben, zeigte sie auf die Wendeltreppe, die hinauf in den Leuchtturm führte, und sagte begeistert:

»Von da oben hat man eine phantastische Aussicht. Komm!«

Und noch ehe er etwas sagen konnte, war sie schon auf

der steilen Stahltreppe. Nils folgte ihr und nahm immer zwei Stufen. Sie blieb nach ein paar Runden stehen. Lehnte sich an die runde, weiße Wand und schaute zu ihm hinunter.

»Von solchen Treppen wird einem ganz schwindelig!«, schnaufte sie. »Immer nur im Kreis.«

Das Licht aus den runden Fensteröffnungen fiel weich auf sie, die Treppenstufe, auf der sie stand, blieb im Schatten. Es sah aus, als würde sie über ihm schweben.

Als sie oben waren, gingen sie auf die betonierte Aussichtsplattform, die um den Leuchtturm führte. Ellen lehnte sich an das Metallgeländer und schaute über die Stadt. Der Wind löste Strähnen aus ihrer Frisur, das Kleid flatterte um ihre Beine. Nils stellte sich neben sie.

Zu ihren Füßen breitete sich die Ausstellung aus wie eine Märchenstadt, mit Säulentempeln, Minaretten und Hallen, umgeben von der richtigen Stadt mit Fabriken, Hafenkränen und Wohnhäusern. Und jenseits davon: das grüne Tal. Die Berggipfel. Im Westen das Meer mit einem Himmel in der Farbe von Wildrosen.

Nils legte seine Hand auf ihre.

»Du bist also auch noch Meteorologin?«, fuhr er fort. »Du überraschst mich immer wieder, Ellen. Es ist, als bestündest du aus mehreren unterschiedlichen Mädchen.«

»Ja? Findest du das wirklich?« Sie drehte sich begeistert zu ihm um. »Das kommt dir vielleicht so vor, weil ich eine *Neue Frau* bin.«

Er schaute sie fragend an und sie fügte hinzu:

»Ein moderner, ganz neuer Frauentyp. Die Zeitungen haben viel über die *Neue Frau* geschrieben. Das hast du doch gelesen?«

»Nicht, dass ich wüsste«, gab Nils zu. »Aber wenn die *Neue Frau* so ist wie du, dann ist sie ganz mein Typ. Ich selbst gehöre zum Typ *Altmodischer Mann*. Ich komme ja vom Land.«

Sie stand so nah bei ihm, dass er ihr Lachen spüren konnte.

»Die meisten sind doch vom Land«, sagte sie. »Ich auch, irgendwie. Und ich glaube nicht, dass du altmodisch bist. Nein, wirklich nicht, Nils. Du bist zum Beispiel glatt rasiert.« Sie berührte mit den Fingerspitzen seine Wange. »Ich habe noch nie einen Polizisten ohne Schnurrbart gesehen. Du bist ein moderner Polizist.«

»Ach ja? Na ja, ich weiß nicht.«

Sie schwiegen eine Weile. Der Motor der Seilbahn brummte dumpf unter ihnen und brachte neue Besucher zum Leuchtturm. Wenn sie anhielt, konnte man das schwache Brausen von tausenden von Stimmen und Musik hören, wie ein entfernt rauschendes Wasser.

»Aber die Zeit, in die wir uns bewegen«, fuhr er fort, »da wird es viel Neues geben. Spürst du das auch?«

Ellen nickte und schaute über die Stadt. Sie streckte die Hand übers Geländer, als wollte sie die Luft mit den Fingern berühren.

»Ich spüre es so deutlich, dass man es beinahe anfassen kann«, flüsterte sie.

OTTO

Mai 2002

Kurz nachdem Onkel Albert nach Hause nach Berlin gefahren war, verschwand die Hitze. Es war, als wäre sie nur
seinetwegen nach Göteborg gekommen und hätte nach
seiner Abreise keinen Grund mehr gehabt, zu bleiben.

Das Tiefdruckgebiet und die Regenwolken von Island
und den Britischen Inseln zogen wieder herein.

Im September, als alle anderen Göteborger die Ausstellung gesehen hatten, durfte auch der ärmere Teil der
Bevölkerung kommen. Die Armenfürsorge und das Ar-
beitsamt verteilten jede Menge Eintrittskarten. Die Un-
terstützungsempfänger durften sich nicht frei bewegen,
sondern gingen in Gruppen unter der Führung eines städtischen Beamten. Sie durften auch nicht samstags und
sonntags hinein und nicht nach sechs Uhr.

In ihren schlecht sitzenden, geflickten Kleidern wanderten sie in Reih und Glied und schauten mit großen Augen alles an. Endlich durften auch sie sehen, wovon alle
sprachen. Seiltänzer und berühmte Musikartisten traten
nicht mehr auf, nur noch Unterhaltungskünstler aus der
Gegend, die Zwerge aus Liliput waren nach Hause gefahren – oder vielleicht weiter in eine südlichere Liliputstadt.

Eine Gruppe Kinder aus einem Kinderheim besuchte
das Kinderparadies. Es war ausgemacht, dass sie auf die
Galoschenschaukel durften und danach auf Bella reiten.
Aber nur kurz. Nur eine Runde um den Teich mit dem

Seehund Fosse, dann kam das nächste Kind dran. Die Kinder gaben mir ihre Billets und schauten mich respektvoll an, obwohl ich nicht viel älter war als sie. Was dachten diese armen Kinder wohl, wenn sie mich sahen? Wussten sie, dass ich in der schönen blauen Jacke mit den Messingknöpfen eigentlich ihr Bruder war, arm und elternlos, genau wie sie? Dass allein die Magie der Ausstellung mich verwandelte und auch ich bald wieder so grau und zerlumpt sein würde?

Es wurde Herbst und die Stadt in Regenwolken gehüllt. Die Fackeln der Minarette leuchteten nur noch schwach und undeutlich wie weit entfernte Himmelskörper im grauen All. Am 15. Oktober wurden die Tore der Ausstellung geschlossen.

Und dann begann der Abriss. Da waren Bella und ich schon wieder nach Hause aufs Gut gefahren, aber in den Zeitungen konnte ich verfolgen, wie die Ausstellungsstadt Woche für Woche dem Erdboden gleichgemacht wurde. Während des Sommers hatte ich mir angewöhnt, jeden Morgen *Krone und Löwe* durchzublättern, um zu sehen, was los war. Zu Hause auf dem Gut behielt ich das bei und las jede Zeitung, die ich bekommen konnte. Vor der Ausstellung hatte ich mich überhaupt nicht für Zeitungen interessiert. Sie beschrieben eine fremde Welt, die mich nichts anging. Aber jetzt fand ich, dass ich Teil dieser Welt war, ich konnte meinen Platz in ihr sehen und deshalb interessierte sie mich.

Ich las, wie Deutschland kaputtging und Adolf Hitler mit einem Revolver in einem Münchner Bierkeller an die Decke schoss. Wie Howard Carter immer tiefer in Tutanchamuns Grabkammer in Ägypten eindrang und immer neue Schätze fand. Und wie die Ausstellung in Göteborg Stück für Stück abgerissen wurde. Die Gedächtnishalle, die Seilbahn, der Leuchtturm, das Hauptrestaurant, die Rotunde, der Viadukt, alles verschwand. Beim Abriss entdeckte man in der Exportausstellung zwei Hallen, die nie verwendet wurden. Der Bau war so schnell vorangegangen, dass man einfach vergessen hatte, eine Türöffnung hineinzusägen.

Das Wetter in diesem Jahr war merkwürdig. Auf den regenreichsten Sommer seit Menschengedenken folgte ein rekordkalter Winter. Das Packeis lag bis hinauf nach Skagen. Fischerboote und Dampfschiffe blieben in den Eismassen stecken, Inseln waren unerreichbar, Züge schneiten auf den Gleisen ein, und auf den zugefrorenen Seen wurden Rennen mit Autos und Motorrädern abgehalten. Der erfolgreichste Fahrer war ein gewisser Rutger »Puffie« Ekholm. Auf den Bildern posierte er stolz neben seinem Buick, mit einem schaffellgefütterten Lederhelm und Motorradbrille auf der Stirn.

Die Minarette durften noch bis Mitte Februar stehen bleiben. Es gab Stimmen, die dafür plädierten, sie zu behalten. Aber während der Herbststürme hatte einer der vergoldeten Trompeter auf dem Löwen-Minarett seine Trompete verloren, die Uhr im Kronen-Minarett hatte die Zeiger eingebüßt. So zugerichtet und ohne Fackeln sahen die beiden Türme eher gespenstisch aus als stolz, und deshalb hatte niemand etwas dagegen einzuwenden, dass sie abgerissen wurden. Eine kleine Schar von Neugierigen konnte zuschauen, wie der goldene Löwe Purzelbäume in der kalten Luft schlug, und als er in einer Wolke aus Schnee und Betonstaub auf dem Boden zerbarst, stürzten sich die Menschen auf die vergoldeten Stücke und steckten sie als Andenken in die Taschen.

Die Stadt kehrte zum Alltag zurück. Hin und wieder hielten die Göteborger inne, schauten in den grauen Himmel über dem Götaplatz und erinnerten sich an die hohen Türme mit den Fackeln. Hatte es sie wirklich gegeben? Es war schon wie ein Traum.

Im Nachhinein stellte sich heraus, dass die Ausstellung trotz der vier Millionen Besucher einen gigantischen Verlust eingebracht hatte. Die Genauigkeit bei den Zahlen, die laufend berichtet wurden, war eine Illusion. Tatsache war, dass man die Kontrolle über die Ökonomie vollständig verloren hatte. Unternehmer fanden sich um den versprochenen Gewinn betrogen, sich hinziehende Gerichtsprozesse waren die Folge. Die Stadt Göteborg musste noch viele Jahre die Verluste verkraften.

Nicht alles wurde abgerissen. Der Vergnügungspark Liseberg war die einzige Abteilung, die Gewinn gemacht hatte und durfte deshalb bleiben, ebenso wie der Götaplatz mit dem Kunstmuseum. Über einen Sommer hatte sich das Stadtbild von Göteborg verändert.

Auch die Bewohner hatten sich verändert. Sie waren von Stockholmern und Ausländern unter die Lupe genommen und für gut befunden worden. Sie bewegten sich jetzt anders. Schneller, sicherer, zielstrebiger. »Wir müssen jetzt weitermachen!« ermahnte die Zeitung *Göteborgs-Posten.* »Unsere Stadt ist jetzt weltbekannt und wir müssen Männer von Welt bleiben!«

Sogar ich, der elternlose Eselsjunge vom Land, hatte mich zu meinem großen Erstaunen verändert. Es war nicht wichtig, dass ich die schöne Jacke mit den Messingknöpfen wieder abgeben musste und mir wieder meine alten abgetragenen Klamotten anziehen und ich auf dem Gut die Ställe ausmisten musste.

Während eines Sommers war ich ein wanderndes Auge in der Ausstellung gewesen; meine jungen, hungrigen Sinne hatten alles um mich herum aufgesogen und in mir war etwas entstanden, was man mir nicht mehr nehmen konnte. Wenn ich im Stall ausmistete, war mein Kopf voller Gedanken und Bilder, Ideen und Pläne. Ich war wie ein Auto, das einen neuen und kräftigeren Motor in seine alte, verrostete Karosserie eingebaut bekommen hatte. Und angetrieben von diesem Motor setzte sich mein Leben auf ganz neuen Wegen fort.

Aber das ist eine andere Geschichte.

Kommentar der Autorin

Dies ist eine erfundene Geschichte, die teilweise auf Tatsachen basiert, und es könnte sinnvoll sein, zu sagen, was was ist.

Die Ausstellungszeitung *Das tägliche Programm* (das Vorbild für *Krone und Löwe*) war eine wichtige Informationsquelle. Sie erschien während der Jubiläumsausstellung täglich und enthielt, neben dem eigentlichen Programm, Reportagen, Interviews und Glossen.

Ellen Grönblad und die übrige Redaktion sind erfundene Figuren ohne Vorbilder in der Wirklichkeit, genau wie Wachtmeister Nils Gunnarsson, Kommissar Nordfeldt und der Eselsjunge Otto (aber den Esel Bella gab es tatsächlich).

Albert Einstein kam wirklich zu spät nach Göteborg und hielt seine Nobelvorlesung zwei Tage später als angekündigt. Die vage Erklärung der »unvorhergesehenen Umstände« und die Tatsache, dass Einstein zu jener Zeit viele Feinde hatte und unter Todesdrohungen lebte, hat meine Phantasie angeregt.

Paul Weyland gilt in den meisten Einstein-Biografien als der Mann, der 1920 die antisemitischen Hass-Kampagnen gegen Einstein anführte. 1992 entlarvte der Wissenschaftshistoriker Andreas Kleinert Paul Weyland als kriminellen Betrüger, dessen Auftreten auf der Bühne der Wissenschaft fatale Konsequenzen für die moderne Phy-

sik hätte haben können. Die Lebensgeschichte dieser merkwürdigen Gestalt, der u. a. ein Hitler-kritischer National-
sozialist, Insasse eines Konzentrationslagers und interna-
tionaler Betrüger war, kann man in Kleinerts Essay *Paul
Weyland, the Einstein-Killer from Berlin* (www.physik.
uni-halle.de/Fachgruppen/history/weyland.htm) nach-
lesen.

Meine Schilderung von Weylands Besuch und seinen
Taten in Göteborg ist natürlich reine Fiktion. Es ist jedoch wahr, dass Weyland sich im Frühjahr 1923 in Stockholm aufgehalten hat. Im *Svenska Dagbladet* wird in zwei
Artikeln vom 10. und 11. April über seine Anwesenheit berichtet. Zunächst in einem ehrerbietigen Interview, in dem
Weyland als deutscher Wissenschaftler dargestellt wird,
der vom Krieg hart getroffen wurde und nun Investitionskapital für eine Zeitschrift zum Thema Schädlingsbekämpfung sucht. Am Ende hat der Interviewer jedoch Probleme, mitzukommen, wenn Weyland über all seine Projekte
und Erfindungen berichtet, z. B. »eine, wie mir scheint,
ziemlich merkwürdige Vorgehensweise zur Erlangung der
größtmöglichen Sicherheit bei der Navigation in dichtem
Nebel«. Am nächsten Tag publiziert die gleiche Zeitung
einen sehr viel kritischeren Text über Weylands Besuch,
er trägt den Titel: *Verdächtige Gestalt: falsche Friedens-
taube oder fauler Fisch?*

Der andere Betrüger in dieser Geschichte Kurt Johansson-Hamilton war auch eine reale Person. Der Mord an
Kriminalkommissar Carl Olander im Polizeirevier in der
Spannmålsgatan wird ausführlich in der *Göteborgs-Posten* vom 17. Mai 1923 geschildert. Obwohl Kurt Johansson einen Polizisten erschossen hat und um Haaresbreite

einen zweiten getötet hätte, wurde er nur zu eineinhalb Jahren Gefängnis verurteilt. Johansson ist vor allem dafür bekannt, dass er später unter dem Namen Haijby das schwedische Königshaus erpresst hat.

Fakten über Einsteins Gegner und der *Academy of Nations* habe ich größtenteils aus Milena Wazecks Buch *Einstein's Opponents. The Public Controversy about the Theory of Relativity in the 1920s* (2014, dt. *Einsteins Gegner*, 2009). Die Mitgliederversammlung der Organisation in Göteborg und die Verbindung zu Paul Weyland sind Konstruktionen meiner Phantasie.

Die Intrigen im Zusammenhang mit Einsteins Nobelpreis werden beschrieben in *Einstein's Nobel-Prize – a Glimpse Behind Closed Doors: The Archival Evidence* (2006) von Aant Elzinga.

Für das Kapitel über Einsteins Besuch bei Niels Bohr habe ich mich inspirieren lassen von *Niels Bohr – Hans liv og virke fortalt af en kreds af venner og medarbejdare* (1964).

Albert Einsteins Verhältnis zu seiner Sekretärin ist durch den Briefwechsel zwischen den beiden belegt. Das Verhältnis bestand über zwei Jahre.

Das Nobelpreisgeld überließ Albert, gemäß der Scheidungsvereinbarung, seiner ersten Frau Mileva und den Söhnen. Sie konnten es gut gebrauchen. Mileva war kränklich und der Sohn Edouard erhielt im Alter von zwanzig Jahren die Diagnose Schizophrenie und musste den größten Teil seines Lebens in psychiatrischen Anstalten zubringen.

Ich möchte auch Ullika Wikström danken, Vorsitzende des schwedischen Eselverbands, dass ich ihre Esel auf dem Hof Stafsinge kennenlernen durfte und dass sie ihre Erfahrungen und Kenntnisse über diese faszinierenden Tiere mit mir teilte. Danken möchte ich auch Jani Pellikka vom Polizeimuseum, Christina Engström vom Schwedischen Eisenbahnmuseum und Pelle Carlson und Sven Lernevall vom Verein Teleseniorer. Für alle Fehler bin allein ich verantwortlich. Ein besonderer Dank geht an Janne, den besten Ehemann, den eine Schriftstellerin sich wünschen kann.

In den Bergen, das Böse ...

Als Daniel seinen Zwillingsbruder Max in der Kurklinik Himmelstal besucht, ist er von der Schweizer Alpenidylle so angetan, dass er beschließt, noch ein paar Tage länger zu bleiben. Max will in dieser Zeit ein paar Geschäfte in Italien erledigen und bittet seinen Bruder, ihn zu »vertreten«. Aber in dem malerischen Alpental ist nichts, wie es scheint, und für Daniel beginnt ein gefährliches Verwechslungsspiel ...

»Sehen Sie zu, dass Sie am nächsten Morgen aussschlafen können, wenn Sie das Buch abends zur Hand nehmen. Es fällt schwer, damit aufzuhören, wenn man einmal angefangen hat.« *NDR Kultur*

»Atemberaubend gut geschrieben.« *Prisma*

Marie Hermanson, Himmelstal. Aus dem Schwedischen von Regine Elsässer. insel taschenbuch 4241. 429 Seiten

Der höllische Höhlenpilz

Drachenpilz, Wolfsblut, Fliegenpilz, Stinkmorchel: Wenn der »Pilzkönig« Holger Haglund seine legendären Seminare abhält, liegen ihm die Frauen zu Füßen. Auch die reiche, welterfahrene Schlossbesitzerin Madeleine erliegt seinem Charme. Sehr zum Leidwesen von Gunnar, Haglunds Sohn, der zeitlebens im Schatten seines Vaters stand. Als die Liebe zwischen Holger und Madeleine abzukühlen droht, fasst Holger einen heimtückischen Plan.

Was, wenn Vater und Sohn die gleiche Frau lieben? Und giftige Pilze im Spiel sind? In *Pilze für Madeleine* meistert Marie Hermanson die Verbindung von schauriger Spannung, absurder Tragödie und zärtlich-ernsthafter Liebesgeschichte. Ein modernes Märchen für Erwachsene – Happy End inbegriffen.

Marie Hermanson, Pilze für Madeleine. Roman. Aus dem Schwedischen von Regine Elsässer. insel taschenbuch 4327. 164 Seiten.

**Der große Familienroman der
schwedischen Bestsellerautorin**

Nach vielen Jahren kehrt Ulrika an den Ort zurück, wo sie als
Kind jeden Sommer verbracht hat. Und sie erinnert sich an die
Familie Gattmann und deren kleine Tochter, das indische Mädchen, das sie adoptiert hatten. Maja war anders. Sie sprach kein
Wort. Daher erfuhr auch niemand, was passiert war, als sie nach
sechs Wochen genauso plötzlich wieder auftauchte, wie sie zuvor
verschwunden war. Als Ulrika beschließt, Majas Geheimnis zu ent-
rätseln, stößt sie auf Kristina, die zurückgezogen auf einer Insel
lebt und den Schlüssel zu einer schier unglaublichen Wendung der
Geschichte zu kennen scheint …

»Marie Hermansons Roman hat alles: die Spannung eines Krimis,
die Genauigkeit einer Zeitstudie und die verträumte Melancholie,
die über der Erinnerung an die Sommer der Kindheit liegt.«
Hannoversche Allgemeine Zeitung

Marie Hermanson, Muschelstrand. Roman. Aus dem Schwedischen von Regine Elsässer. insel taschenbuch 4039. 298 Seiten.

Horror im Alltag

Als dem Pechvogel Reine und der voluminösen Angela nach der Geburt ihres Sohnes Bjarne auch noch ein kleines Erbe zufällt, glauben sie, endlich das große Los gezogen zu haben. Das Glück scheint perfekt. Doch dann wird Bjarne sehr krank. Und die Behandlung sehr teuer. Da heckt Reine in seiner Verzweiflung einen tollkühnen Plan aus ...

In ihrem Roman, spannend wie ein Krimi, erzählt Marie Hermanson mit großem Einfühlungsvermögen die Geschichte zweier Außenseiter, deren Beziehung sich von einem Tag auf den anderen dramatisch ändert.

Marie Hermanson, Das unbeschriebene Blatt. Roman.
Aus dem Schwedischen von Regine Elsässer. insel taschenbuch
4390. 238 Seiten.

**Vom romantischen Märchen
zum fesselnden Thriller**

Auf Gut Glimmenäs lebt in einem ehemals herrschaftlichen Haus
Florence Wendman, die umgeben ist von tickenden alten Uhren.
Ihre innere Uhr ist 1943 stehen geblieben, da war sie ein junges
Mädchen.
Um sich herum hat sie eine Gruppe junger Leute, die ihr zu Diens-
ten sind. Als Sekretärin, als Köchin, als Hausmeister, als Chauffeur.
Die alte Dame kann ihnen bieten, was sie anderswo nicht gefun-
den haben: Unterkunft und eine Arbeit, von der sie leben können.
Die jungen Leute fühlen sich auf dem verfallenden Gutshof wohl.
Der Weinkeller ist gefüllt, die Kleider aus den 40er Jahren, die sie
zu tragen haben, sind schön, der Ort wirkt verzaubert. Sie bewir-
ten Florence' Gäste, die in Wirklichkeit lange tot sind. Sie sind
Schauspieler in einem Stück, das Florence' Leben war.
Als aber ein weiterer Besucher auf das Gut kommt, der alles auf
den Kopf stellt, zeigt die Inszenierung Risse. Wer ist dieser junge
Mann, der nach Florence' Testament fragt? Wie weit werden sie
gehen, um ihr angenehmes, weltfremdes Leben gegen ihn zu verteidigen?

Marie Hermanson, Der unsichtbare Gast. Roman.
Aus dem Schwedischen von Regine Elsässer. Insel Verlag.
Klappenbroschur. Etwa 244 Seiten

NF 286/1/11.15

**»Der fesselndste Roman
des Jahres.«** *Aftenposten*

Auf einem entlegenen Bergbauernhof im norwegischen Gudbrands-
tal wächst Edvard mit seinem wortkargen Großvater Sverre auf.
Als der Großvater stirbt, macht Edvard sich auf die Suche nach
dem Geheimnis seiner Familie. Es wird eine lange Reise, an deren
Ende er mehr als nur ein Geheimnis kennt.
Die Geschichte einer verzweifelten Suche nach der Mutter, dem
Vater, den eigenen Wurzeln – und einer Reise, die Edvard durch
fremde Länder führt, dessen Familiengeschichte ein ganzes Jahrhundert umfasst: das Jahrhundert der großen Tragödien.

»Ein glänzender Roman ... was für ein großartiger Erzähler.«
Hamar Arbeiderblad

Lars Mytting, Die Birken wissen's noch. Roman. insel taschenbuch 4583. 515 Seiten

NF 449/1/2.19

Die Geschichte einer Liebe zwischen Tradition und Aufbruch

Norwegen im Jahr 1880, in einem dunklen und abgeschiedenen Tal: Der junge Pastor Kai Schweigaard hat soeben die kleine Pfarrei mit der 700 Jahre alten Stabkirche übernommen. Die würde er gerne abreißen und durch eine modernere, größere Kirche ersetzen. Die Kunstakademie in Dresden schickt ihren begabten Architekturstudenten Gerhard Schönauer, der den Abtransport der Kirche nach Dresden und ihren Wiederaufbau dort überwachen soll.

Doch die junge und wissbegierige Astrid rebelliert gegen diese Pläne. Mit der Kirche würden auch die beiden Glocken verschwinden, die einer ihrer Vorfahren gestiftet hat. Man sagt ihnen übernatürliche Kräfte nach und dass sie von selbst läuten, wenn ein Unglück bevorsteht. Astrid verliebt sich in diesen Gerhard – und muss sich entscheiden. Wählt sie die Heimat und den Pfarrer? Oder entscheidet sie sich für den Aufbruch in eine ungewisse Zukunft in Deutschland? Da hört sie auf einmal die Glocken läuten ...

Lars Mytting, Die Glocke im See. Roman. Aus dem Norwegischen von Hinrich Schmidt-Henkel. insel taschenbuch 4775. 482 Seiten.

NF 502/1/04.21

London, Liebe und ein Haus voller Bücher

Charlotte lebt in Schweden und ist eigentlich zu jung, um Witwe zu sein, zu jung, um ihren geliebten Mann verloren zu haben. Sie vergräbt sich in ihrer Arbeit, bis eine unerwartete Nachricht ihr Leben auf den Kopf stellt: Sie hat von einer entfernten Tante eine Buchhandlung in London geerbt.

Kurz entschlossen fliegt Charlotte nach England, um das Haus zu verkaufen. Doch schnell fühlt sie sich mit dem Laden eng verbunden – genauso wie mit den beiden warmherzigen Mitarbeiterinnen, dem Kater Tennyson und dem Schriftsteller William. Sie versucht, das fast bankrotte Geschäft zu retten. Dabei stößt sie auf Widersprüche und Rätsel: Warum hat sie ihre Tante Sara nie getroffen, warum hat ihre Mutter nie von ihrer Vergangenheit erzählt, und was ist das dunkle Geheimnis der beiden Schwestern?

Die kleine Buchhandlung am Ufer der Themse erzählt, wie ein Haus voller Bücher, gute Freunde und ein kratzbürstiger Kater einer Frau helfen, einen Neuanfang zu wagen – ein charmanter und hoffnungsvoller Roman zum Wohlfühlen.

Frida Skybäck, Die kleine Buchhandlung am Ufer der Themse.
Roman. Aus dem Schwedischen von Hanna Granz. insel taschenbuch 4740. 550 Seiten.

**Wenn die Natur zur
Gegenspielerin wird**

Eine Wissenschaftlerin reist mitten im Winter nach Finnmark, dem äußersten Zipfel Norwegens. Dort möchte sie das Schwinden der Zugvögelpopulationen und die Klimaveränderungen untersuchen. Fern jeder Zivilisation findet sie Freiheit und Luft zum Atmen, nach der sie sich in ihrer gescheiterten Ehe so gesehnt hatte.

Ganz allein, umgeben von endlosem Schnee, tosendem Meer und rauen Naturgewalten, wartet sie auf die Ankunft der Vögel. Und auf ihren Geliebten, der mit ihr die Einsamkeit teilen will. Doch warum verschiebt er seine Ankunft? Woher kommen die seltsamen Geräusche in ihrer Hütte? Und war es der Wind, der ihr über den Körper strich, oder ist sie doch nicht allein?

Als die Grenzen zwischen Wirklichkeit und Wahn, Gegenwart und Vergangenheit immer mehr verschwimmen, muss sie sich endgültig dem stellen, was sie hinter sich gelassen hat.

Mit atmosphärischer Sprengkraft und Dichte erzählt Gøhril Gabrielsen von einer Frau, die sich in der Einsamkeit selbst zu verlieren droht – in einer Sprache, so klar und scharf wie ein Diamant.

Gøhril Gabrielsen, Die Einsamkeit der Seevögel. Roman. Aus dem Norwegischen von Hanna Granz. insel taschenbuch 4821. 174 Seiten.

NF 503/1/04.21